| 中国文学理论与批评丛书 |

学术顾问　钱中文 | 主编　吴子林

文化诗学导论

童庆炳　著

全国百佳图书出版单位
时代出版传媒股份有限公司
黄　山　书　社

图书在版编目(CIP)数据

文化诗学导论/童庆炳著.—合肥:黄山书社,2017.8
(中国文学理论与批评丛书/吴子林主编)
ISBN 978-7-5461-6678-0

Ⅰ.①文… Ⅱ.①童… Ⅲ.①诗学-研究-中国
Ⅳ.①I207.2

中国版本图书馆 CIP 数据核字(2017)第 193691 号

文 化 诗 学 导 论
WENHUA SHIXUE DAOLUN

童庆炳 著

策　　划　汤吟菲　朱莉莉
责任编辑　常舒雅
责任印制　李　磊
装帧设计　观止堂_未氓
出版发行　时代出版传媒股份有限公司(http://www.press-mart.com)
　　　　　黄山书社(http://www.hspress.cn)
地址邮编　安徽省合肥市蜀山区翡翠路 1118 号出版传媒广场 7 层 230071
印　　刷　安徽新华印刷股份有限公司
版　　次　2020 年 1 月第 1 版
印　　次　2020 年 1 月第 1 次印刷
开　　本　700mm × 1000mm　1/16
字　　数　425 千
印　　张　20.25
书　　号　ISBN 978-7-5461-6678-0
定　　价　69.80 元

服务热线　0551-63533706
销售热线　0551-63533761
官方直营书店(https://hsss.tmall.com)

总 序

通读眼前的八部书稿，各种情绪：兴奋、激动、享受、叹息、伤感、寂寥……轮番袭来，纠结于心。这时，我想起了一部电影——

音乐家科伦布的爱妻亡故，他从此带着两个女儿隐居深林，整日独自研习古大提琴。在绵延无休的乐声中，他看见深爱的亡妻，此刻就坐在他对面聆听。之后，他们一起祷告，一起乘坐马车，一起并肩走过春色茂密的森林，一起来到河岸渡口，直到她独自坐上小船离去。怕她再次消失，他不忍停下手中的乐曲。为了让她一遍一遍重现，他用余生不断拉奏心爱的大提琴，记下心里的悲伤乐曲，想看看爱将延续到哪里。

这是一个清静的世界。老房子旧得幽静、坦然，乐声绵延无休、难以捉摸，家中的器皿也都散发出乐器的光泽。科伦布在森林里拉琴、作曲，他拒绝宫廷表演的邀请，拒绝各种矫饰，只为灵感而作曲，只是记下瞬间的颤抖，删除多余的抒情。他的演奏闻名遐迩，在传说中更是出神入化。

有一天，17 岁的红衣少年，一个鞋匠的儿子，敲响了音乐家的门。他立志成为伟大的音乐家，慕名前来学艺，几经周折，红衣少年成了科伦布的学生。后来，红衣少年背着老师受聘为皇家乐队的演奏家，而被逐出师门。再后来，红衣少年成了宫廷乐长，生活富足；音乐给他带来了华丽的马车、镶嵌珠宝的假发衣饰、显贵的地位与指挥权杖，但他不再有 17 岁时那湛蓝的眼神。他深感自己始终未得音乐的要领。他记得，年少的那个午后，在森林里听到的琴曲，那种庄重、静穆、悠远而哀伤的，才是真正的音乐。

老人弥留之际，宫廷乐长深夜赶赴森林小屋，去上最后一堂音乐课。当他一身显阔地走进那简朴肃穆的家中，发现自己不过是个臃肿的丑角。他问老人："音乐是什么？为了供奉上帝？为了取悦国王？为了金钱？为了荣誉？是爱情的忧伤？或是自暴自弃的放纵？"

都不是。

他终于领悟，自己的疑问便是答案："是不是给死者的礼物？是给那些不能说话的人低声的安慰，给那些消逝了的童年？是为了让鞋匠的锤声变得柔和？是为了那我们出生之前就已存在过的时间，在我们呼吸之前，或者看见光亮之前……"

——这是电影《尘世里的每一个清晨》所讲述的三百多年前的故事，它把我们带回到音乐的黄金时代，唤醒了许多温馨美好的记忆。

是的，倘若音乐有魂魄的话，那就是它的毫无用处，它的无用之用。音乐是爱，是恩慈，是虔诚，是内心孤独的吟唱，是出神的一瞬，是人类关于光明、自由和宁静的力量的梦想。

“一个民族的政治生活只是它存在的浅层部分；为了了解其内在的生命——其行动的源泉，我们必须通过他的文学、哲学，以及艺术这些反映该民族理念、情感和梦想的东西，来深入探索它的灵魂。”罗曼·罗兰写道，“音乐展示给我们的是在表面的死亡之下生命的延续，是在世界的废墟之中一种永恒精神的绽放。”①

文学艺术的研究与创作一样，都是一种生气灌注、深邃博大的“创世”，也就是发现、创造可能世界，帮助人们建立生命的、家族的、民族的“根”的意识，确立经验的、文化的统一感与连续性，在滋养自身的同时，影响人类的精神世界。

安贝托·艾柯在《诺伯托·博比奥：重新审视博学之士的命运》一文中强调，知识分子的责任不在“解决”危机，而在“制造”危机，即时刻营造出一种危机感，唤起人类的共同意识的危机感，并寻找、创造普遍的社会共识。

20世纪70年代末80年代初，即进入“新时期”以来，整个国家处在一种社会转型之中。如何建立中国自己的崭新形态的文艺理论，成了文艺学界的重要课题。面对当代西方文化传入所引发的诸多挑战，以及当代文学创作所提出的诸多命题，经一大批文艺理论家、批评家的共同努力，中国当代的文艺理论终于实现了现代性的转型，即“从一家‘专政’式的独语，转变为‘百家争鸣’式的对话；从政治话语转变为学科的学术话语；从非常态的中心话语，转变为自主发展的常态话语”②。文艺学研究的视野得到前所未有的拓展，如文艺社会学、文艺心理学、文艺美学、文艺解释学、中西比较诗学、文艺生态学、文艺符号学、文艺人类学、文化诗学等领域，都有人在尝试，并获得了不少结实的成果。

---

① [法]罗曼·罗兰著：《音乐散文集》，冷杉、代红译，中国文联出版社1999年版，第1页、第7页。

② 童庆炳撰：《新时期文学理论现代性转型概说》，《童庆炳文集》第3卷，北京师范大学出版社2016年版，第468页。

值得强调的是，其中的一些杰出的代表，如钱中文、童庆炳、孙绍振等文艺理论家，他们大多经历过各种政治运动，从没脱离当代中国的政治、文化现实。置身于风云际会的时代，他们怀抱笃定的理想主义的激情，广泛关注历史与现实的政治、经济、科技、文化各领域，对现有的种种结构模式始终保持质疑的态度，并通过精深的研究推翻僵化不合理的部分，表现出了对时代命脉的精确诊断和敏锐切入。由于洞察了语言符号背后的价值世界，他们成功揭示了其中丰沛而深厚的精神质地，呈现了关于生活世界的总体想象，开启了一个个一般人所未曾领悟的心灵世界。他们的学术成果是对社会文化问题的思考，是显示人文知识分子存在身份的根据，体现了对社会应履行的责任。

至于当下学界的中坚力量，如高建平、王岳川、李春青、陈晓明等一批学者，则是这些前贤的薪火相传者。与师长辈学者一样，对于他们而言，个人与历史、个人与国家互为镜像；他们有着丰富的内心生活及准则，善于提取、想象、弘扬历史与现实中稀薄而弥足珍贵的东西，并以其充沛的语言敞开、释放灵魂的悸动、精神的能量，以内在心灵的秩序对抗外部庸众的世界。

在我看来，文艺理论、美学的研究者以及批评家与作家、艺术家一样，都是这个世界的观察者、倾听者、质疑者和审判员，都是在为一个“缺席的民族”而写作，而不是做历史的书写者、抄写者和打字员。

名利诱惑与学术追求，对于所有问学者来说，是人生中不断出现的十字路口。文学艺术和生命宛若一条河流，收集了星光、烈日、蓝天、雾霾、彩虹和暴雨。面对欲望与生命力蠢动的世界，真正的学者以学术为宗教、为信仰为志业，他们洞察哪些是浮云，哪些是本质；他们所能看到的不只是现在，还有未来；他们播撒怀疑的种子，而不是收成已然明确的事实；他们不只是理念的唤醒者，同时还是社会革新进程的引导者；他们知道，生命只能燃烧，不可虚耗——因为他们手头所持有之物，不外乎时间、记忆和文学艺术所创造的美；而理论的勃勃生机，只能源于抵御纷扰人生的各种诱惑或压力，源于创造性的质疑、心无旁骛的虔诚劳作和漫长执着的自我探寻。只有在思考和写作中，每个人才能找到自己真正的皈依之所——这是上述优秀学者给我们的深刻启示。

由钱中文先生担任学术顾问，本人主编了“中国文学理论与批评丛书”。本着“学术乃天下公器”的宗旨，我们拟分期分批分人结集出版，以检阅当代中国学人的学术实绩。本丛书具有开放结构，第一辑推出的为我国当代著名的文艺理论家、美学家、批评家，其中既有年逾八旬的资深学者，也有中、青年学术新锐；每人一集，收录“有分量”的代表作，凸显“一家之言”的戛戛独造。

主编这套丛书的愿望有二：

其一，展现新时期以来中国文艺理论研究与批评所取得的实绩，凸显那些富于中国特色的、有个性、有识见、敢论断、敢担当的学术创见。如，钱中文的“新理性精神”文论，童庆炳的“文化诗学”，孙绍振的“文学文本解读学”，高建平、王岳川之于中西美学的剖析，李春青之于中国古典诗学的建构性清理，以及陈晓明、吴子林之于中国“文学问题”的探究等等。

有识之士指出，一个城市乃至一个国家的文化质量，跟它是否拥有富于价值的文学记忆或文化记忆，有着很大的关系。所谓文学记忆或文化记忆，就是有一个或一批伟大的作家、思想家，他或他们代表这个城市、国家，这个城市、国家也进入了这一个或一批伟大作家、思想家的创作生命。简言之，文学记忆或文化记忆直接关系到一个国家的文化形象的塑造，其义大焉。

毫无疑问，包括文艺理论、文学批评在内的学术本身，是中国当代文学记忆或文化记忆的重要组成部分。随着我国上升成为世界第二大经济体，中国正成为一个世界性的大国，系统地向世界展现中国的现代化成就、中国文化和价值观，塑形中国的“大国形象”，至关重要。为此，在推出本丛书的同时，我们还将努力组织专家将它们译成外文，使它们走出国门，走向世界，逐步实现中国文论走出去的宏愿，让西方人了解中国、认识中国——这是颇有文化远见的举措,在一切追求市场效应的今天显得尤为难能可贵。

其二,志在薪梓承传,泽被后学,希冀后来者能赓续前人纯正的学术品格,全副身心投入到文学这一健康的终生事业中去,以扭转目前文艺理论、美学研究以及文学批评的窘境或困境,切实推进现实社会的改善与进步,使人们重获生命的完满,走出一条焕发生命韵致与光泽的道路。

马克思有句格言:"最先朝气蓬勃地投入新生活的人,他们的命运是令人羡慕的。"[①]通读完八部书稿,只觉时光如电,一股氤氲之气回荡其间。偶尔抬眼远望,只见雾霾重重,晨昏不明,仿佛自己悬浮于另一个世界;一阵北风骤起,雾霾一点一点散去,古老的都城一点一点透明起来,一点一点安详、生动起来。

户外,市声隐隐沸动,如深山松涛;窗外,落叶敲打着落叶,雨点追逐着雨点;远方,迷迷蒙蒙,嚣嘈不舍昼夜——我听到了生活行进的坚实步履……

一切都只是开端。"中国文学理论与批评丛书"还将推出第二辑、第三辑……并将进一步扩大规模。我们真诚地希望读者诸君提出宝贵的批评建议。

是为序。

吴子林

2016 年 12 月 23 日

① [德]马克思撰:《致 R》(1843 年 5 月),见《马克思恩格斯全集》第 1 卷,第 408 页。

目　录

我的新时期文学理论研究之旅（代自序）

1936年12月，我出生于福建省连城县莒溪村。1952年毕业于连城一中初中部。1955年毕业于福建龙岩师范学校。1958年提前一年毕业于北京师范大学中文系本科，留校任教。现为北京师范大学资深教授，文学院教授委员会主席，文艺学博士生导师，国家级重点学科北师大文艺学学科点学术带头人，教育部文科基地北师大文艺学研究中心学术顾问。

自1958年大学毕业留校任教，我便被分配到北京师范大学中文系文艺理论教研室，师从黄药眠教授。经黄药眠先生精心指导，逐渐形成自己的文学理论研究路数。1963年为纪念曹雪芹逝世200周年，我在《北京师范大学学报》发表的长篇论文《论高鹗续〈红楼梦〉的功过》，是我发表的第一篇正式论文。这篇受到好评并被收入《红学三十年论文选编》等多种集子的论文，激发了我做学术研究的自信心，但同时我也因此被列入“走白专道路”的名单中，而遭受到政治整肃。1963—1965年在越南河内师范大学中文系任教期间，我讲授过中国古代文学发展史及作品选读、古代汉语、写作等课程。我在每周讲授24节课的情况下，利用一切时间，编写了《中国古代文学发展简史》，在炮火连天的河内油印出版，还注释了几十万字的中国古代文学作品。1967—1970年在阿尔巴尼亚地拉那任教期间，除讲授“中国文学”课程外，我用大量的闲暇时间研读“十三经”“二十四史”、《资治通鉴》和中外名家的大量作品。仅巴尔扎克的长篇小说我就阅读了二十多部。这为我日后的研究打下了比较坚实的基础。我是幸运的：当我的同事下乡之时，我在炎热的河内静静地读书备课；当我的同事不得不为“文化大革命”浪费时间之际，我则在地拉那宁静的城市里研读中外各类书籍。1958年至1976年可以说是我学术研究的一个准备时期。

> 出于对长期以来的文论的政治化和哲学化的不满，我开始了“审美诗学”的建构。“审美”文学的特征，这是我新时期最初的理论观点，许多文学理论问题都要在“审美”的视野下加以具体的解释。

1978年进入新时期以后，整个国家处在一种社会转型中，如何建立中国自己的新的形态的文艺学的课题被现实生活鲜明地提出来了。我的文艺学的教学和研究也随之开始新的阶段。我和文艺学界的同行们此时面对的主要问题是如何清理影响中国文艺学长达几十年的苏联教条主义文艺理论的僵化模式。从新中国成立初直到“文化大革命”结束的二十多年的时间里，中国的文艺学始终受到苏联20世纪50年代极“左”的文艺学的深刻影响。苏联50年代的文论基本上是20年代“拉普”派的庸俗社会学和机械论文论的翻版，把一切文学问题政治化和哲学化是其突出的特点，并非创作实践的总结。更为严重的是“文化大革命”时期，连文艺学的一般常识也被完全堵塞。由此可知，新时期开始，文艺学学术研究的起步是十分艰难的。

在这种历史语境中，我清醒地认识到在文学问题上大而化之的哲学化，是阻碍中国文艺学发展的最重要的问题，而如何突破此前的“反映论”的单一的视角，寻找到文学自身的特征是当务之急。这一时期我的研究主要就围绕这个问题展开。我加入了有关文学创作的“形象思维”的讨论，发表了《略论形象思维的基本特征》《再论形象思维的基本特征》和《评当前文学批评中的“席勒化”倾向》三篇论文，力图摆脱文学研究中的政治化、哲学化模式，揭示文学自身的特征。但是在此期间我最重要的研究成果是向俄国大批评家别林斯基发起“挑战”，发表了受到当时文论界广泛重视的《关于文学特征问题的思考》一文（发表于《北京师范大学学报》1981 年第 6 期，1982 年中国社会科学院编的《文学年鉴》作了详细介绍，并选入《中国新文艺大系・理论一集》）。这篇论文质疑“文学形象特征论”的正确性。这种理论认为：文学与科学的不同不在内容，而在形式。科学家用逻辑说话，文学家则用形象和图画说话，可它们说的是同一件事，所以文学的根本特征就是用形象来反映生活。我的文章认为区别事物之间的不同特征首先要追寻它们的不同内容，然后才是形式。文章写道：“形式，这是事物的外部联系、外部标志，它不可能从根本上确定事物的特征；内容，这是事物的内部联系、内部规律性，只有它才能从根本上确定事物的特征。”“我丝毫没有否定‘文学用形象的形式反映生活’这一命题的意思。问题在于‘文学用形象的形式反映生活’这一特点难道不是由文学的独特对象、内容派生出来的吗？”由此，我认为上述文学特征的定义是有问题的。我由这篇文章追根溯源，进而发现这一说法最早是由俄国大批评家别林斯基提出来的。别林斯基曾强调指出：“人们只看到，艺术和科学不是同一件东西，却不知道它们之间的差别根本不在内容，而在处理一定内容时所用的方法。哲学家用三段论法,诗人则用图画和形象说话,然而他们所说的是同一件事。”我认为别林斯基的观点是受黑格尔的“美是理念的感性显现”的影响所致。在黑格尔的哲学体系里,“理念”是万事万物的根本,是它派生出一切事物,因此只能从不同的形式来区分此一事物与彼一事物的不同特征。别林斯基的文学特征论显然是黑格尔“理念”论在文学问题上的翻版。把这样一个黑格尔式的文学特征论长期奉为圭臬,不但是错误的,而且会使中国的文学理论裹足不前。在理清了别林斯基的文学特征论后,我在文章中提出了关于文学特征的理论假设——文学特征问题应分层次、分主次地进行探讨:甲,文学的独特内容——整体的、审美的、个性化的生活;乙,作家的独特的思维方式——以形象思维为主,以逻辑思维为辅;丙,文学的独特的反映形式——艺术形象和艺术形象体系;丁,文学的独特功能——艺术感染力,以情动人。我认为文学和科学的具体的对象与内容是不同的。文学反映的生活是人的整体的生活,即现象与本质、个别与一般具体地、有机地融合为整个生活。整体不是指包罗万象,而是“从一粒沙里看一个世界”。“一首短诗可能只抒发诗人瞬间的一点感受,一篇小说可能只写两三个人之间的一点纠葛,但都是活生生的一个完整的世界,那里面闪烁着生活的全部色彩。”进一步说,这种整体的生活能不能进入文学作品中,还要看这种生活是否与审美发生联系。“文学是美的领域。文学的对象和内容必须具有审美价值,或是描写之后具有审美意义。”更进一步,还要看这种生活是否经过作家的思想感情的灌注,留下作家精神个性的印记。可以说我的这篇文章是新时期国内最早揭示“文学形象特征论”的缺陷,并提出“文学审美特征论”的文章之一。此后我又吸收马克思主义关于对事物的“艺术掌握”以及“诗意的裁判”的观念,认真学习了马克思的《1844 年经济学—哲学手稿》中涉及美学的论述。此外,苏联 80 年代文论界的审美学派的理论资源,也进一步丰富、完善了我的理论。我将上述理论最早吸收进高校的《文学概论》教材中,特别是我自著的由红旗出版社出版的教材《文学概论》(上、下),以“文学审美特征论”贯穿全书,使教材面貌焕然一新。由于全国各地高校纷纷采用此教材,发行量达到了27万册,从而使我的“文学审美特征论”产生了广泛的影响。“文学审美特征论”改变了文学理论简单套用政治理论的模式,推动了中国现代文论的发展,具有重要的学术价值。

另外,我还把“文学审美特征论”运用于文学理论的重要问题——文学典型——的研究中,于1994年发表了论文《特征原则与作家的发现》,提出了与以前的哲学化的典型定义——典型是个性与共性的统一,或典型是偶然性与必然性的统一——完全不同的典型定义。文章认为,过去的典型理论缺少“中介”,因此只是把典型的塑造过程看成是对生活的“综合”或“拼凑”。文章借用德国古典艺术鉴赏家希尔特的“特征”理论,把典型创造理解为对特征的生发、强化,把典型理解为经过特征化的、能够唤起人们美感的形象。我的文章认为:“就外延而言,‘特征’可以是一句话、一个细节、一个场景、一个事件、一个人物、一种人物关系等;就内涵而言,‘特征’具有两种属性:其一,它的外在形象是极其具体的、生动的、独特的;其二,它通过外在形象所表现的内在本质又是极其深刻丰富的。‘特征’是生活的一个凝聚点,现象和本质在这里相连,个别和一般在这里重合,形与神在这里聚首,情与理在这里交融。特征化就是指作家对他所抓取的生活凝聚点的加强、扩大和生发的过程。”所以典型创造是否成功,不在积累的生活材料的量的多少,而在于质的高低。我的关于典型问题的“特征”说,是国内典型理论的一种新的论说。这一理论由于它深入到文学的审美层次,具有一定的启发性,也被学术界不断地引用。我还发表文章试图用“审美”的观点来解释艺术真实性问题、文学结构问题,以及文学的内容与形式的关系等问题。

我的文学审美特征论研究,获得了文学理论界的理解与支持。随后,我的“审美”论就进入各类教材。中国社会科学院文学所的《文学年鉴》转载了我的论文;许觉民先生主编的《新文学大系》“理论卷”收入了我的论文;多年后,王蒙和王元化主编的另一本《新文学大系》"理论卷"也收入了我的论文。值得一提的是,越南重要的期刊《文学》,专门翻译了我评论苏联文论的文章。我自编的以审美为核心观念的教材《文学概论》,1984 年第一版印刷了 27 万册,它在大江南北、黄河两岸学习文学理论课程的师生手中流传。1982 年我还是讲师,1986 年我成为了教授,我还是 1985 年北京市的"劳动模范"。我自己把新时期这一时段的文学审美特征论研究,称为"审美诗学"研究时期。

80 年代中期文学理论界提出的文学主体性是一个重要问题,为深化文学主体性研究,"心理诗学"的探索耗费了我多年的时间。"体验"成为我们阐释的核心观念,而把"矛盾上升为原理"则是我的一种研究思路。

20 世纪 80 年代中期,文艺学"拨乱反正"的任务基本完成后,"实现文学观念的转变,以适应变化了的文学现实"的问题被鲜明地提了出来。1985 年刘再复发表了《论文学主体性》的重要论文,在学界掀起轩然大波,立刻引起了激烈的论争。一些人完全否定这篇论文,但我是赞成刘再复的观点的,我认为应该延伸他的研究。刘再复的"文学主体性"研究,我觉得仍然囿于哲学的范畴,难于在文艺学范围内进行深入的探讨。我意识到"文学主体性"问题的重要意义,同时感到"文学主体性"问题可以转到"文艺心理学"领域加以研究。1986 年我申请到了国家"七五"社科重点项目"文艺心理学(心理学美学)研究"。从 1985 年起到 1992 年,经过七年的时光,我和我指导的研究生终于获得了令人欣慰的成果,出版了"心理美学丛书"(十五种),论文集《艺术与人类心理》,以及由我任主编的、达 56 万字之多的学术专著《现代心理美学》。我自己的学术专著《艺术创作与审美心理》一书也列在"丛书"中。我和我的学生的"心理学美学"研究与一般的"文艺心理学"有些不同,我们不把"心理学美学"看成是心理学的一个分支，因此不同意用普通心理学的概念生硬地宰割文学艺术。相反，我们主张从文学艺术的事实出发，来寻求心理学视角的解释，因此“心理学美学”完全属于美学、文艺学的一个分支。

在我所撰写的《艺术创作与审美心理》这部著作中，我所选择的研究范畴并不是新鲜的，仍然是审美知觉、审美情感、审美想象等。但是我在前人研究的基础上，运用辩证思维的方法，使我的研究获得了新的成果。我的研究方法完全是朴实的、富于启发性的，我说过：“我在研究艺术家的创作心理机制的运动、变化和相互作用时，发现了一个普遍的现象，即艺术家诸种创作心理活动往往是矛盾的、相互冲突的：审美知觉既是无关功利的，又是有关功利的，既是对现实的超越，又要受现实的制约；审美情感既是艺术家自我的情感，又是人类的情感，既是内容的情感，又是与之相对的形式的情感；审美想象既具有主观的意向性，又具有客观的逻辑性……这一对对的矛盾、冲突，起初使我困惑。”在困惑中，海森堡的“将矛盾提升为原理”给了我极大的启发，为我的创作心理研究开辟了一个崭新的路数。如对审美知觉的研究，在前人那里，或是认为审美知觉是超越功利的，或是认为审美知觉是功利的。这种分歧成为美学理论的一个“死结”。我正是从这个“死结”起步，否定了那种静态的调和功利说与非功利说的尝试，即把审美知觉分成知觉效果与心理状态两个方面，认为从知觉效果上讲，审美知觉是无关功利的；而从心理状态上讲，审美知觉是有关功利的。我认为这种理论离解开“死结”还很远，因为“审美知觉是一种流动的并充满心理冲突的过程”。“最能体现审美知觉深层特征”的，恰好是它“从日常实际态度向审美态度的转变”。而这种过渡与转变能否实现，关键在于两种心理力——功利的、实用的心理力与超功利的、审美的心理力——反复较量的结果。“换句话说，在这过渡与转变的瞬间，知觉主体处于一个被争夺的临界点上。一方面，审美对象的特质所构成的审美世界召唤他，使他对经验世界处于一种‘假遗忘’状态；可另一方面，他所熟悉的由强大的功利、欲望所构成的经验世界，又挽留他，像一个情人那样拽抱着他，尽量不使他超越临界点，阻止他顺利进入审美世界。”两种心理力的斗争决定着审美知觉能否实现。我的研究的独到之处在于：把“斗争”“较量”的概念引入知觉过程的研究，从而获得同行的好评。我探索的最后的结论是：“审美知觉作为一个动态过程，不能简单地说成是‘无关欲望’‘无关功利’的，只能说它从欲望、功利的束缚中解放出来，达到无关功利欲望的境界。有欲是无欲的对立面，但是有欲是无欲的超越条件，甚至可以说，欲望、功利的拖累越是沉重，对此欲望、功利的超越后的审美愉悦也越是痛快淋漓。”关于“审美知觉”研究我所提出的新说可以叫作“解放”说。这是我把书本知识、创作经验和生活体验三者贯通起来所获得的成果。

我对审美情感的研究也采取融通的态度。我认为“自我表现”论和“人类情感表现”论，都有片面性，都不能完全揭示审美情感的本质。我认为审美情感应该是“自我情感”和“人类情感”的交合、重合和结合。但是这种结合是如何实现的呢？我又一次引进“冲突”“搏斗”“征服”等概念。我认为，艺术家的自我情感与对象所体现的人类情感之间的冲突是通过相互征服而实现双向流通，从而达到“神秘的统一”。艺术家必须有伟大的人格、超常的智慧、巨大的搏击力量，以及主观战斗精神，把对象所体现的人类情感吸纳、同化到自己心中，成为自我情感的有机组成部分，这样方能克服自我情感与人类情感之间的紧张，方能“在搏击之后结为一体”。我的这一观点在审美情感的研究中被同行专家认为是深刻而独到的。

我用同样的方法研究审美想象，认为审美想象是认识性与意向性两个因素相互征服、相互渗透的结果。

我的“心理学美学”研究力图揭示艺术创作心理机制的复杂性、辩证矛盾性，把“矛盾上升为原理”，学界同好认为这一研究思路颇具独特性。另外一点，也许是更重要的一点，我们朴素地认为作为文学创作的主体，“体验”是最为重要的，我把“体验”与一般的“经验”区别开来，这成为我们集体研究的最重要的成果。在由我任主编、我的朋友程正民任副主编的56万字的《现代心理美学》一书中,我们用了最多的篇幅来研究"艺术与体验",我们罗列了"童年体验""缺失性体验""丰富性体验""崇高体验""愧疚体验""孤独体验""神秘体验""皈依体验"等来阐明艺术主体问题。我们的研究成果不但深化了文学主体性问题的研究,而且把朱光潜30年代的古典的文艺心理学研究提高到现代的水平。我们的著作获得了教育部的奖励,还被列为国庆五十周年的"献礼"著作。对我而言,我与我的学生——丁宁、陶东风、李春青、蒋原伦、黄卓越、李珺平、陶水平、唐晓敏、周帆、曹凤、陈向红、金依锂、黄子兴等——的激烈的学术争论,使我们收获了弥足珍贵的友谊。

> 当作家苦苦摸索"怎么写"的时候,我知道文学理论界应该干什么。我选择了"文体诗学"研究,提出了"文体非文类"说、"文体是一个系统"说,为新时期的文体研究探了探路。

90年代初期,我的研究方向又一次转换。此时我已经清楚地意识到,作家们遇到的问题不仅仅是写什么的问题,还有一个更重要的是怎么写的问题,他们正苦苦摸索这个问题。对于文学理论来说,这就是文体问题了。文学是语言的艺术,语言是文学的第一要素,如果不把研究落实到语言层面,那么怎么写的问题,以及文学的特征和相关的一系列文学问题,还是不可能解决的。经过三年的努力,我的研究又一次获得了成果。1993年我主编了一套"文体学丛书",我自己撰写的专著《文体与文体的创造》也正式出版。"文体学"的研究在中国文艺学界几乎是一个新开辟的领域,因为我并非把"文体"单纯理解为过去人们所说的"文类"或"文学体裁"。在系统而详尽地梳理了中国和西方关于文体理论的基础上,我提出了对"文体"的新见解:"文体是指一定的话语秩序所形成的文本体式,它折射出作家、批评家独特的精神结构、体验方式、思维方式和其他社会历史、文化精神。"这一"文体"定义实际上可分为两层,从表层看,文体是作品的语言秩序、语言体式;从里层看,文体负载着社会的文化精神和作家、批评家的个体的人格内涵。另外,我把文体作为一个"系统",认为从呈现层面看可以分为相互联系的三层:体裁—语体—风格。我认为一定的体裁要求一定的语体,一定的语体经作家个性的过滤,达到稳定和成熟的极致,就形成风格。文体是体裁、语体和风格的结合体。这部书最富创造性的部分是它提出了文体创造问题的新发现。我在评述了"美在内容""美在形式"和"美在内容与形式的统一"的观点的局限之后,提出了"美在内容与形式的交涉部"和"内容与形式的相互征服"的新观点。长期以来,内容与形式一直是文艺学中一个最重要的两项对立模式。但这两项对立模式中的内部关系并不是平等的。所以我想拆解这个两项对立模式,但又认为照搬 20 世纪在西方流行的完全排斥内容的各种形式主义的模式是不可取的。

经过研究,我把文学的内容与形式的关系理解为辩证矛盾运动,并在内容与形式之间找到了一个中介概念,这就是"题材"。我认为文学作品的内容是无法意释的,但题材则是可以意释的。把题材从艺术内容中剥离出来,其目的是强调从题材(材料)向内容的转化过程中,形式所起的关键作用。我提出:"作品的内容是经过深度艺术加工的独特方式,以语言体式为中心的形式则是对题材进行艺术加工的独特方式,一定的题材经过某种独特方式的深度的艺术加工就转化为艺术作品的内容。"值得一提的是,我在提升艺术形式的作用时,与各种形式主义的美学,其中包括西方的所谓"语言论转向",仍保持着一条清晰的界限。这不但表现在我仍然使用被形式主义文论弃置不用的"内容"这个概念,更重要的是表现在对内容与形式关系的含有辩证矛盾思想的处理。我强调的是,作品的形式无论如何总是一定内容的形式,一定的形式只有在题材的吁求下才会出现。如果题材不发出吁求,形式是不会出现的。而且我进一步指出,题材吁求形式,其中就包含形式的创造要受到题材的生活逻辑和情感逻辑的制约，形式必须这样或那样与题材相匹配。但又强调，这种“制约”不是“决定”。在内容决定形式的理论中，内容是“主人”，形式是“仆人”，“仆人”永远是被动的。在我所理解的题材吁求形式的关系中，题材与形式是“主人”与“客人”的平等关系。把“客人”请到“家”，“客人”就往往“造起反”来，“客人”征服“主人”，重新组合，建立一个新的“家”。所以我认为，题材与形式是相互征服的关系，一方面是题材吁求形式，征服形式；另一方面则是形式改造题材、征服题材。我在书中写道：“我们的基本观点是，创造最终达到内容与形式的和谐统一，不是形式消极地适应题材的结果，恰恰相反，是形式与题材的对立、冲突，最终形式征服（也可以说克服）题材的结果。”我举了俄国作家蒲宁的短篇小说《轻轻的呼吸》，认为是形式征服题材的典范。就这篇小说的题材而言，其意义指向是沉重的、哀伤的、令人叹惜的。小说描写了年轻漂亮的女中学生奥丽雅，她先与一个哥萨克士兵谈恋爱，后又与一个老地主乱搞，最终奥丽雅被哥萨克士兵在火车站站台上开枪打死。这样一个故事就其本身而言是“生活的溃疡”“生活的腐败”。但是作家在建构这个故事的时候，把“开枪打死”这四个字，隐含在对乱糟糟的站台和来往人群的描写的长句子中，如果你不认真读，就可能被忽略过去。小说的艺术描写的重点被转到奥丽雅和羡慕她的女生的一次关于女性美的谈话上面。奥丽雅家的藏书中有一本《古代笑林》，其中的一个故事把“轻轻的呼吸”列为女性美的标准要点之一。奥丽雅绘声绘色地对女友们说：“轻轻的呼吸！我就这样的——你听到我怎样喘气——真是这样吧？”此外，奥丽雅的班主任——一个老处女——对奥丽雅的美貌和风度的羡慕，也从侧面进行了大肆的渲染。艺术形式的诗情画意使题材的意义指向发生逆转，整部小说流露出一种乍暖犹寒的春的气息。形式征服了题材，转化出一种新的内容。我的书中通过大量的资料分析证明，这种形式对题材的征服，乃是文体创造的基本规律。作家之所以喜爱描写苦难、伤痛、哀愁、苦闷、死亡，甚至丑恶、病态等，就是因为形式可以征服题材，使题材的意义指向发生逆转，并创造出新的艺术世界来。我在内容与形式关系上的理论突破,被认为使文体学研究进入文艺学研究的前沿,是值得重视的。王蒙先生给我们的丛书写了“序言”。值得庆幸的是,我们的书再版时,季羡林先生也称赞这套丛书,给丛书写了三段评语。其中第一段说:“‘文体学丛书’是一套质量高、选题新、创见多、富有开拓性、前沿性的好书。以前我们对文体问题、对中国古代文论中的有关文体的思想遗产研究、总结得很不够,因而这套丛书的出版对文艺学的学科建设具有填补空白的意义。”季先生的评价让我受宠若惊。而我的学生莫言在听了我的“创作美学”课程后,所记住的就是那个用来说明文体创造的“轻轻的呼吸”的故事,这也让我感到些微的安慰。

> 文学理论作为学科建设,我一直觉得应在中、西、古、今四个主体间进行平等的对话,互通有无,互相补充,互构互动,互相发明,既借鉴西方的有益的观点,又不失中国民族之地位。当文学理论能利用历史留给我们的全部资源的时候,文学理论的学科建设就可以获得成功。这就是我在“比较诗学”上下了较大功夫的原因。

新时期三十余年来,我一直把文艺学当成一个学科来建设。就整个文艺学的学科建设而言,我认为要走古今对话、中西对话的路。我深深体会到文艺学的真理不在一家一派手里,而在各家各派手里。因此古今对话、中西对话,是关系到开发文艺学建设的资源问题。我把“古”“今”“中”“西”理解为四个“对话”的主体,通过这种对话,我们才能把包括古今中外一切含有真理性的东西吸收过来,才可能进行综合,并建立起具有新质的中国的现代文学理论。20 世纪 90 年代我提出了古代文论研究的学术策略:第一,历史原则。把古代文论的资料置放到产生它的历史文化语境中考察,尽可能恢复其本来面貌。只有这样才可能激活历史资料的生命。尽管这不可能完全做到,但一定要尽力去做。脱离原有的历史文化语境的研究是不可取的。第二,对话原则。把“古”“今”“中”“西”理解为四个平等的“对话”的主体。通过古今对话和中西对话,互相补充,互相发明,互相贯通。把古今中外一切具有生命力的观点和方法置于我们的视野之内。对话不是相互简单的比附。第三,自洽原则。对话的目的是把古今中外的真理性的成分交融在一起,这种交融不是机械相加,要能自圆其说,而且在对话中寻找新质,创造出属于中国现代的文论形态来。我和黄药眠先生主编了《中西比较诗学体系》(上、下)一书,1991 年出版,内容包括中西文论的背景比较、范畴比较和影响研究,至今仍是国内最完整的一部比较诗学的著作。我于 90 年代发表在《文史知识》杂志上的两组文章,或是以西释中,或是以中释西,受到读者的欢迎,后来中华书局结集出版,台湾的万卷楼图书有限公司也出版了这部题为《中国古代心理诗学与美学》的书。2000 年,我完成了国家“九五”社科规划项目“中国古代文论的现代意义”,其成果由北京师范大学出版社出版。2000 年,我在新加坡南洋理工大学中华语言文化研究中心担任研究员,完成了“现代学术视野中的中华古代文论”书稿,此书由北京出版社出版。我自 1994 年起给博士生上的“《文心雕龙》研究”的课程讲稿,即将汇集成《〈文心雕龙〉三十说》一书出版。我的“比较诗学”的研究得到国内研究古文论的朋友的鼓励,我的《文心雕龙》研讨论文中的观点,被收入张少康等人编著的《〈文心雕龙〉研究史》中。已故资深古代文论研究专家陈良运在评价我的《中国古代文论的现代意义》一书时,认为这部书“找到古代文论现代阐释的一把钥匙”。他说:“值得我们这些长期研究古代文论的学人特别感兴趣的是,他将现代心理科学知识引进了古代文论研究领域,从人的心理层次观照、诠释某些观念范畴的生成、扩散、延伸与发展,往往令人耳目一新。”他特别称赞我对李贽的“童心”说与马斯洛的“第二次天真”说的比较研究,说“听到他以美国人本主义心理学家马斯洛的‘第二次天真’说诠释明代李贽的‘童心’说,感到十分新鲜且心胸豁然开朗,一缕古代文论现代阐释的新曙光,启开了笔者原来比较狭窄的视界”。对于我对孔子的“乐而不淫，哀而不伤”的新解，对刘勰的“蓄愤”“郁陶”说的新解等，他也赞赏有加。我觉得我找到了知音。

自韦勒克的《文学理论》一书被翻译过来之后，文论界对他提出的所谓“内部研究”和“外部研究”的划分趋之若鹜。90年代“文化研究”被引入后，文学理论的“文化转向”又变为“日常生活审美化”的话题。“文学理论往何处去”又成为一个问题。这个时候，我提出了把“内部研究”与“外部研究”综合起来的“文化诗学”的新思路。

我于1998年在扬州会议上提出建立“文化诗学”的初步构想。1999年我又发表了《文化诗学是可能的》《文化诗学的学术空间》两篇论文。2001年再次发表了论文《文化诗学刍议》，并于当年11月7日到中央电视台“百家讲坛”做了题为《走向文化诗学》的讲演。不幸的是，我的这个讲题美国学者斯蒂芬·格林布拉特于1986年在西澳大利亚大学讲过。这样，就有人认为我的理论是从格林布拉特那里搬来的。的确，此前我读过格氏有关“新历史主义”批评的论文，他那种把对文学文本的解读放回到原有的历史语境中去的方法对我有启发。但我当时不认为这是什么新鲜的东西，因为孟子的“知人论世”的方法早就倡导这样做了。我在90年代末提出“文化诗学”是基于三点考虑：第一，文学理论界过分的“内部研究”，特别是一些琐碎的文本语言研究，忽视了文学的内容，即所谓文学“外部”的东西，我觉得过分的“内部研究”是片面的，文学理论应该追求全面性，那就是把“内部研究”和“外部研究”综合起来，既要关注文学文本的言语技巧、抒情技巧、叙事技巧，也要关注文学文本的文化、社会和政治内容，进行跨学科的研究。第二，90年代后期，西方的“文化研究”被引进，瞬间又成为文论界追逐的目标。我认为从英国威廉斯等人那里引进的“文化研究”基本上不属于文学理论，它是文化社会学，甚至就是政治社会学。虽然，它有时也举某些文学作品为例来说明某个问题，但它并不看重文学文本的诗情画意，不看重文学文本的审美品质，甚至提出"反诗意"。如果我们搞文学理论的人，都钻进这个"文化研究"中去，那么就必然会脱离文学和文学理论本身，这不利于文艺学这个学科的建设。后来主张引进文化研究的学者又转而提倡什么"日常生活的审美化"研究，实际上常常与商业主义"同流合污"，这就更引起我的反感，我觉得他们这样走下去，必然要撇开我所钟爱的文学。而我所提出的"文化诗学"，就是要坚守文学理论的阵地，与搞文化研究的人保持距离。第三，面对诸种社会问题，我们研究文学理论的学者不能置身局外，要通过文学批评发出我们的声音。这样文学理论中缺乏文化的元素和视野显然是不行的。我觉得"文化诗学"恰好能使我们研究文学理论的人"介入"现实，与现实保持紧密的、生动的联系。我发表一系列的文章来界说我提出的"文化诗学"。最终，我用"一个中心，两个基本点"来说明我的"文化诗学"的结构。一个中心，就是要以审美为中心，文学与审美不可分离，审美不是小事，是关系到人的自由的大事。两个基本点：文学研究既要伸向微观的文学文本的细部，文本的分析不可或缺；又要伸向宏观的文化历史的观照，把文学文本或问题置放回原有的历史语境中去把握，揭示文学文本中的文化蕴涵。但是，我认为重要的不是"文化诗学"这个提法本身，重要的是要在文学理论和文学批评中进行实践。我先后主编了两套丛书，一套是北京师范大学出版社出版的"文化与诗学丛书"（10 本），一套是由湖南人民出版社出版的"文化诗学丛书"（5 本），这些著作研究的问题是不同的，但方法则是"文化诗学"的。我为这两套丛书都写了"序言"，申明我的"文化诗学"的主张。我主持完成的教育部重大攻关课题"历史题材文学创作中的重大问题研究"，最终形成 71 万字的专著和一套 5 本的丛书，也可看成是对"文化诗学"实践的作品。

新时期过去了三十余年，转瞬之间，我已从中年迈入晚年。我从审美诗学起步，经历了心理诗学、文体诗学和比较诗学的跋涉，最后一站来到文化诗学。这就是我的新时期的文学理论之旅。回顾走过的路，总觉得做的太少，留下的遗憾太多，论文和著作的质量不能令人满意。我清楚地知道，我离我的学术研究目标还有很大的距离，未能像某些大家那样达到那种令人神往的境界。但生命的火焰即将黯淡，我可能做不了什么来补救了。遗憾将伴随我余下的日子。我只能告诫我的学生：努力吧，勤奋地、不倦地在文学理论这块园地里耕耘。要读万卷书，行万里路，永远和现实生活保持密切的、生动的联系，把书本知识、创作实践和生命体验贯通起来，也许你们能在这块园地获得丰收。我从来不嫉妒学生。我希望你们成家立派。当你们像我这样年老的时候，回首往事，觉得自己的生命没有虚度，你们就成功了，达到了你们的老师没有达到的境界，这对我来说，就是最好的安慰了。

2012 年 5 月 10 日

第一章　为诗辩护：文化诗学存在的前提

文化诗学是北京师范大学文艺学研究中心在20世纪90年代作为一种新的文艺学方法论提出来的。文化诗学的研究对象仍然是文学，古今的文学，中外的文学。但是近几年来出现了一种声音，那就是认为在所谓的“电信技术王国”的冲击下，文学和文学批评，甚至连同情书、哲学和精神分析也“在劫难逃”，都要向“图像”“臣服”，文学和文学批评将走向终结。意思是，“皮之不存，毛将焉附”，如果文学终结了，那么文学理论和批评就失去了研究的对象，人们提出的各种文学理论和批评的新说，也自然是无的放矢。现在人们还继续絮絮叨叨讲文学理论和批评的方法论有何意义？所以这第一章，我们必须首先要“为诗辩护”，阐述文学的独特的审美场域，证明文学现在存在着、发展着，将来也会存在着、发展着，文学的生命是不会衰竭的。

第一节　西方历史上五次“为诗辩护”

在中国悠久的历史上，包括诗歌在内的文学一直处于崇高的地位,曹丕在他的《典论·论文》中说:"盖文章,经国之大业,不朽之盛事。年寿有时而尽,荣辱止乎其身,二者必至之常期,未若文章之无穷。"说明人会死去,而文学是不朽的,是永远不会衰亡的。就是到了明清的章回小说时代,文学也被众多的普通读者所喜欢,从来没有人预言文学将消亡、将终结,所以中国从来就不存在"为诗辩护"问题。

西方则不然。从柏拉图到现在先后有五次"为诗辩护"。就是说,他们一再预言文学将终结。

西方文论史上从古到今始终存在一个"为诗辩护"的论题。为什么像"诗"这样美好的东西,如此令人感动的东西,如此有魅力的东西,不能像中国古人那样去珍爱它,反而似乎是有罪的,还要替它辩护呢?问题究竟出在哪里呢?总的来说,在西方的古希腊理性传统和后来的科学传统中,文学往往被认为不具有价值,或不具有真理性,"诗"遭到责难,所以热爱文学的人们要一再起来为诗辩护。

一、西方文论史上第一次"为诗辩护"

第一次"为诗辩护"发生在世界古代文明开篇的所谓的"轴心"时期。当孔子(前551—前479)在东方的泰山脚下那样热情地赞美西周时代的古老诗篇,并精心地整理和挑选诗篇,终于整理出"诗三百"的时候,当孔子教导他的学生"小子何莫学乎诗?诗,可以兴,可以观,可以群,可以怨。迩之事父,远之事君,多识于鸟兽草木之名"的时候,当孔子语重心长地认为“兴于诗，立于礼，成于乐”的时候，在西方，比孔子稍晚一些，在地中海边的希腊，西方的先哲柏拉图（前427—前347）在他所设计的“理想国”里则控诉诗人的罪状，并准备把诗人从“理想国”里驱逐出去。柏拉图借苏格拉底的话，说诗人有罪，因为诗人把“摹仿性的诗”带进“理想国”来。其理由是，诗歌违反真理。他举出了三种床为例：“第一种是在自然中本有的，我想无妨说是神创造的，因为没有旁人能创造它；第二种是木匠制造的；第三种是画家制造的。”柏拉图认为唯有第一种床，即床之所以为床的“理式”才是真实体，才具有真理性，而画家笔下的床是摹仿的摹仿，“和真理隔着三层”。“我们现在理应抓住诗人，把他和画家摆在一个队伍里，因为他们有两点类似画家，头一点是他的作品对于真理没有价值；其次，他逢迎人性的低劣部分，摧残理性的部分。”所以他决定，“除掉颂神和赞美好人的诗歌以外，不准一切诗歌闯入国境”[①]。从这里我们不难看出，西方文论最初的价值根据，是柏拉图所说的“理式”，是“神”，而不是素朴的人、人的情感与自然的契合。

柏拉图的学生亚里士多德（前384—前322）不同意柏拉图对诗人的态度，起来为诗人辩护，这是西方文论史上第一次“为诗辩护”。亚里士多德为诗辩护的理由是大家都知道的，他认为诗人摹仿现实，“写诗这种活动比写历史更富于哲学意味”，诗歌能够“按照可然律或必然律可能发生的事”，诗人拥有真理[②]。但是，亚里士多德也不是彻底的唯物主义者，所摹仿的现实还有“最后之因”或“最先的动因”。所以亚里士多德虽然为诗作了辩护，可诗的价值根据并未完全站立在确定的大地上面。“希腊人是靠‘理性’来追溯价值之源的，而人的理性并不能充分地完成这个任务。希伯来的宗教信仰恰好填补了此一空缺。西方文化之接受基督教，决不全出于历史的偶然。无所不知、无所不在的上帝正为西方人提供他

---

① ［古希腊］柏拉图著：《理想国》卷十，见《柏拉图文艺对话集》，朱光潜译，人民文学出版社1959年版，第63—83页。

② ［古希腊］亚里士多德著：《诗学》第九章，见《诗学·诗艺》，罗念生译，人民文学出版社1962年版，第29页。

们所需要的存有的根据。”[①]西方文学和文论在中世纪沦为神权的“婢女”也就可想而知了。

二、西方文论史上第二次“为诗辩护”

第二次“为诗辩护”发生在文艺复兴之后。这是在神权的面前为诗辩护。“文艺复兴”这个译词很容易引起人们的误解,以为是文艺得到了解放。实际上“文艺复兴”在外文中的正确解释是“古典学术的再生”。文艺复兴在精神方面的表现,主要是恢复古希腊时期开始的“自然科学”[②]。当时,中世纪残留下来的教会的力量还很大,神学仍然压制着文学艺术。针对教会对文艺的摧残,具有人道主义思想的学者起来“为诗辩护”。在意大利,但丁(1265—1321)最早起来为诗辩护。我们要知道,但丁生活的年代,大约相当于中国的元代中期,当时的中国文学已经跨越了汉赋、六朝诗歌、骈体文、唐诗、宋词、唐宋古文、唐宋传奇、元曲等辉煌时期,产生了屈原、陶渊明、李白、杜甫、白居易、韩愈、柳宗元、李商隐、杜牧、苏轼、李清照、柳永、陆游等一大批伟大不朽的诗人和作家,而古老的诗篇早于汉代就被尊称为《诗经》,但生活在西方的被恩格斯称为“中世纪最后一位诗人,同时又是新时代最初一位诗人”的但丁,在文艺复兴运动的鼓励下,才开始羞答答地为诗辩护。但丁提出文学的“寓言”说,“从宗教的观点为诗辩护”。其后,还有薄伽丘、帕屈拉克等在重复了但丁的“寓言”说的同时,提出文学的虚构不是说谎,“真理埋藏在虚构这幅帐面纱后面”,“诗和神学可以说是一回事”,“神学实在就是诗,关于上帝的诗”[③]。还是怕神权,不得不如此为诗辩护。比但丁晚200年左右的英国文学家菲利普·锡德尼(1554—1586)针对当时仍然有人认为诗人、演员和剧作家欺骗公众、败坏道德,写出了第一篇《为诗辩护》的论文,在这篇

---

① 余英时著:《中国思想传统的现代诠释》,江苏人民出版社1989年版,第8页。
② 朱光潜著:《西方美学史》上册,人民文学出版社1999年版,第143页。
③ 朱光潜著:《西方美学史》上册,人民文学出版社1999年版,第152页。

论文中作者说：自然的“世界是铜的，而只有诗人才给予我们金的”①，这才给出了一个像样的理由。

三、西方文论史上第三次“为诗辩护”

第三次为诗辩护发生在英国工业革命之后，这是在科学的面前为诗辩护。随着英国工业革命的兴起，工厂遍地林立，烟囱冒着黑烟，童工超时打工，城市挤压乡村，田园逐渐丧失。科学技术成为极具影响的力量，科学主义甚嚣尘上。似乎只有科学才发现真理，文学艺术与真理根本不相匹配。科学不但发现真理，而且有用，有用的才是可以存在的，文学艺术受到科学的挤压而再次面临危机。很少有人重视现代工业给环境带来的污染，并使人性变得残缺。这个时候产生了英国浪漫派，出现了湖畔诗人华兹华斯（1770—1850）和柯尔律治（1772—1834）等。他们站出来为诗辩护。他们对那工业革命非但不感兴趣，而且呼唤回归自然。“大自然啊！大自然！”这是华兹华斯的口号。他的《〈抒情歌谣集〉序言》以丰富而独特的思想反对工业化和城市化：“许多的原因，从前是没有的，现在则联合在一起，把人们的分辨能力弄得迟钝起来，使人的头脑不能运用自如，蜕化到野蛮人的麻木状态。这些原因中间影响最大的，就是日常发生的国家事件，以及城市里人口的增加。”②所谓“国家事件”，所谓“人口的增加”，就是指当时现代工业的崛起、科学技术的发展，给人类带来的种种变化。他呼唤失去的田园生活，他说：“我通常都选择微贱的田园生活作题材，因为在这种生活里，人们心中主要的热情找着了更好的土壤，能够达到成熟境地，少受一些拘束……因为田园生活的各种习俗是从这些基本情感萌芽的，并且由于田园工作的必要性，这些习俗更容易为人了解，更能持久；最后，因为在这种生活里，人们的热情是与自然的美和永久的

---

① ［英］锡德尼著：《为诗辩护》，见《为诗辩护·试论独创性作品》，钱学熙译，人民文学出版社1996年版，第10页。

② ［英］华兹华斯著：《〈抒情歌谣集〉序言》，《十九世纪英国诗人论诗》，刘若端译，人民文学出版社1984年版，第8页。

形式合而为一的。”[1]华兹华斯为了反驳那些只有科学才能发现真理，诗歌不能发现真理的说法，强调道：“我记得亚里士多德曾经说过，诗是一切文章中最富有哲学意味的。的确是这样。诗的目的是在真理，不是个别的和局部的真理，而是普遍的和有效的真理；这种真理不是以外在的证据作依靠，而是凭借热情深入人心；这种真理就是它自身的证据，给予它所呈诉的法庭以承认和信赖，而又从这个法庭得到承认和信赖。”[2]华兹华斯进一步把自然科学与文学艺术作对比，说：“科学家追求真理，仿佛是一个遥远的不知名的慈善家；他在孤独寂寞中珍惜真理，爱护真理。诗人唱的歌全人类都跟他合唱，他在真理面前感到高兴，仿佛真理是我们看得见的朋友，是我们时刻不离的伴侣。诗是一切知识的菁华，它是整个科学面部上的强烈的表情。”[3]华兹华斯对于现代工业的批判，对于古老田园生活的神往，对于回归自然的呼喊，都能给我们以启发，令我们感动，甚至到今天仍然有它的意义；但是他为什么要站到“科学家”的立场上为诗辩护呢？他辩护的逻辑是，诗歌不是不能发现真理，它的真理比之于科学所发现的真理更能为更多的人所了解，全人类都跟着合唱。换句话说，华兹华斯为诗辩护诚然让人佩服，但他对文学价值的理解，仍然脱离不开“科学”和“真理”。文学艺术为什么一定要和科学去比真理性呢？

比华兹华斯晚一点出生却早去世的雪莱（1792—1822）在题为《为诗辩护》一文中，也许比华兹华斯说得更好。雪莱认为科学与诗是不同的。科学重在“推理”，而诗则重在“想象”。“诗可以解作‘想象的表现’。”[4]而且他提出了文学艺术的“美与真”的问题，不但把语言艺术的创造与人

---

① ［英］华兹华斯著：《〈抒情歌谣集〉序言》，《十九世纪英国诗人论诗》，刘若端译，人民文学出版社1984年版，第5页。

② ［英］华兹华斯著：《〈抒情歌谣集〉序言》，《十九世纪英国诗人论诗》，刘若端译，人民文学出版社1984年版，第15页。

③ ［英］华兹华斯著：《〈抒情歌谣集〉序言》，《十九世纪英国诗人论诗》，刘若端译，人民文学出版社1984年版，第17页。

④ ［英］华兹华斯著：《〈抒情歌谣集〉序言》，《十九世纪英国诗人论诗》，刘若端译，人民文学出版社1984年版，第119页。

的天性联系起来，而且考虑到语言的本性，他说：

> 狭义的诗却表示语言的，尤其是具有韵律的语言的特殊配合，这些配合是无上威力所创造，这威力的宝座却深藏在不可见的人类天性之中。而这种力量是从语言的特性本身产生的，因为语言更能直接表现我们内心生活的活动和激情，比颜色、形象、动作更能作多样而细致的配合，更宜于塑造形象，更能服从创造的威力的支配。①

雪莱同样也说诗人是“法律的制定者”，是“文明社会的创立者”，是“人生百艺的发明者”，但同时他不是一味说大话，而是从语言的特性出发，具体地论述了文学作为语言的艺术对于阐发人的内心生活和人的情感的独特长处。这样的辩护比什么都有力量。后来，欧洲文学从 18 世纪到 19 世纪的浪漫主义文学和 19 世纪批判现实主义文学的伟大发展中，产生了一大批伟大的诗人与作家，他们的作品，无论是思想与艺术都达到了前所未有的高度，有力地证实了英国浪漫主义诗人的“诗辩”。

四、西方文论史上第四次“为诗辩护”

随着 19 世纪德国哲学的繁荣，德国古典哲学成为人类的精神发展的表征。康德、费希特、席勒、谢林、黑格尔等都热爱包括文学在内的艺术。黑格尔与华兹华斯生于同年，1831 年死于当时德国流行的霍乱。大家知道，黑格尔前后讲过五次美学课，1817 年、1819 年在海德堡大学讲过两次，1820—1821 年、1823 年、1826 年在柏林大学讲了三次，我们现在看到的《美学讲演录》（朱光潜先生译为《美学》）就是他的学生霍托根据 1823 年、1826 年的听课人的课堂笔记对照黑格尔历次讲课的提纲整理而成的。但随着黑格尔的哲学体系的完成，“艺术终结论”也提出来了。

---

① [英]华兹华斯著：《〈抒情歌谣集〉序言》，《十九世纪英国诗人论诗》，刘若端译，人民文学出版社 1984 年版，第 123 页。

华兹华斯的《〈抒情歌谣集〉序言》的最早版本是1815年的，后来不断有修改。大体而言，黑格尔讲美学的时间比华兹华斯发表《序言》的时间稍晚一些。黑格尔的哲学体系，是客观唯心主义体系。这个体系的核心和灵魂就是"绝对精神"。他认为世界的本原不是物质而是精神，精神第一性，物质第二性。但他的"绝对精神"又不是属于人的主观的精神，而是独立于个人之外的，在自然界和人类出现以前就已经存在并将永恒地存在下去的"客观的思想"。他把这个派生出整个世界的"客观的思想"又称为"绝对理念"。这个"绝对理念"不是孤立地、静止地、僵死地存在着，它包含一种永无止境的矛盾运动。那么，文学艺术是什么呢？它们如何运动呢？在黑格尔看来，"美是理念的感性显现"，理念在显现为各种艺术的时候，是按照象征型艺术开始——跨进了古典型的造型艺术——最后终止于浪漫型艺术。从诗的运动角度说，则经过了史诗—抒情诗—戏剧体诗的发展过程，在戏剧体诗经过悲剧和喜剧之后，终于走完理念在艺术领域的全部行程，或者说得到了完全的实现，这样，理念就要越出艺术的感性形式向更高的阶段——宗教、哲学——发展。所以黑格尔说："到了喜剧的发展成熟阶段，我们现在也就达到了美学这门科学研究的终点。"[①]又说："到了这个顶峰，喜剧就马上导致一般艺术的解体。"[②]这时候，绝对精神将走向更高阶段的宗教和哲学。需要说明的是，黑格尔的思想是矛盾的，按照他的"绝对理念"的逻辑，艺术终结论是必然的。但按照他的历史发展的观点，艺术是无止境的。黑格尔有一个"扬弃"的观点，对于艺术来说"扬弃"就是既保留又抛弃。总有一些东西被保留，但不利于"理念"运动的东西不被保留，最终要被抛弃。

在当时，稍小黑格尔几岁的谢林，是一位明确地持有"先验唯心论"的哲学家，谢林的观点是，艺术是至高无上的，艺术紧紧把握住理念与现实的统一。哲学似乎是可以企及的最高事物，但仅能让少数人达到这一

① ［德］黑格尔著：《美学》第三卷（下），朱光潜译，商务印书馆1981年版，第334页。

② ［德］黑格尔著：《美学》第三卷（下），朱光潜译，商务印书馆1981年版，第334页。

点，艺术则是按照人的本来面貌引导全部人达到这一目标。所以他的观点与黑格尔是不同的。一百多年来，谈论黑格尔的“艺术终结论”的人很多，但真正赞成他的人很少。根本原因在于黑格尔的“绝对理念”不过是披着外衣的神性而已，因此他的哲学逻辑或者说神性如何能干预人类的现实文学艺术的终止呢?

五、21世纪全球化时代的“为诗辩护”

当前，我们又一次不得不为诗辩护，这是第五次“为诗辩护”，这是在电子技术面前为诗辩护，在高科技图像面前为诗辩护。这一次，是解构主义理论家德里达发起的。他认为文学和情书将随着电子图像的流行而走向终结。中国当代一些年轻的或不太年轻的学者也随声附和。这次“为诗辩护”在中国引起了广泛的回响。笔者也在此次争论中[①]。

“文学终结”近几年成为一个热门话题，从《文学评论》2001年第1期发表了美国知名学者希利斯·米勒的文章《全球化时代的文学研究还会存在吗?》以后，在中国这种讨论就开始了。米勒先生在这篇文章中说：

> 新的电信时代无可挽回地成为了多媒体的综合应用。男人、女人和孩子个人的、排他的“一书在手，浑然忘忧”的读书行为，让位于“环视”和“环绕音响”这些现代化视听设备。而后者用一大堆既不是现在也不是非现在、既不是具体化的也不是抽象化的、既不在这儿也不在那儿的东西冲击着眼膜和耳鼓。这些幽灵一样的东西拥有巨大的力量，可以侵扰那些手持遥控器开启这些设备的人们的心理、感受和想象，并且还可以把他们的心理和情感打造成它们所喜欢的样子。因为许多这样的幽灵都是极端的暴力形象，它们出现在今天的电影和电视的屏幕上，就如同旧日里潜伏在人们意识深处的恐惧现

---

① 参见笔者《文学独特审美场域与文学人口——与文学终结论者对话》一文，载《文艺争鸣》2005年第3期。

在被公开展示出来了,不管这样做是好是坏,我们可以跟它们面对面,看到、听到它们,而不仅是在书页上读到……我想,这正是德里达所谓的新的电信时代正在导致精神分析的终结。[①]

米勒相信:这是电信时代的电子传播媒介的"幽灵","将会导致感知经验变异的全新的人类感受",并认为"正是这些变异将会造成全新的网络人类,他们远离甚至拒绝文学、精神分析、哲学的情书",从而导致文学的终结。文学终结了,"那么,文学研究又会怎样呢? 文学研究时代已经过去了。再也不会出现这样一个时代——为了文学自身的目的,撇开理论的政治的思考而单纯去研究文学。那样做不合时宜"[②]。

中国的年轻或不太年轻的学者对于米勒的关于文学的终结论深信不疑,以至于产生一种恐慌。有人相信文学在电子图像时代必然终结,而文学研究的合法性也受到根本的威胁,所谓"皮之不存,毛将焉附"? 有的学者就提出,文艺学的边界如果不越界不扩容,文艺学岂不要自取灭亡吗? 趁现在的"文学性"还在那里"蔓延",在日常生活的审美化中蔓延,在城市规划、购物中心、街心花园、超级市场、流行歌曲、广告、时装、环境设计、居室装修、健身房、咖啡厅中蔓延,赶快抓住这些"文学性"的电信的海啸中的稻草,实现所谓的"文化转向",去研究城市规划、购物中心、街心花园、超级市场、流行歌曲、广告、时装、环境设计、居室装修、健身房、咖啡厅。

米勒先生笃信德里达的解构主义,他的文学和文学研究终结论,并不是他的独创,也是从德里达那里贩买来的。雅克·德里达在《明信片》一书中说,在这个电信技术时代王国中,"整个的所谓文学的时代(即使不是全部)将不复存在","电信时代的变化不仅仅是改变,而且会确定无疑

① [美]J·希利斯·米勒撰:《全球化时代文学研究还会继续存在吗?》,载《文学评论》2001年第1期。

② [美]J·希利斯·米勒撰:《全球化时代文学研究还会继续存在吗?》,载《文学评论》2001年第1期。以下所引米勒文字都出自这篇文章,不另注。

地导致文学、哲学、精神分析学，甚至情书的终结”①。

我读了米勒先生的文章，很不以为然。他的文章给我的感觉是：也许他提出了一个问题，但过分夸大电子图像的影响，文学的终结根本是不可能发生的事情。2001 年 8 月我们北京师范大学文艺学研究中心召开了题为“全球化语境中文化、文学与人”的国际学术研讨会议。米勒也应邀来参加了这次会议。在会上我作了题为《全球化时代的文学和文学批评会消失吗——与米勒先生对话》的发言。米勒就坐在我的面前静静地听了我的发言，他在答辩中并没有跟我辩论，且认为我的看法也许是有道理的。荷兰学者佛克马则完全赞同我的意见，认为“文学终结论”是一个奇怪的问题。米勒自己在这次会上作了《全球区域化的文学研究》的报告，他的主要论点是文学研究既包含全球性因素，也包含地域性因素。来自一个地域文化的文学多大程度上可以被处于另一个地域文化的人们所接受呢？他认为这里有许多问题值得研究。他不但没有否定文学和文学研究的存在，反而在探讨处于不同地域文化之间的文学应如何实现相互理解的问题。他似乎把他发表在中国的那篇文章中的主要论点忘记了。顺便提一句，2004 年米勒又一次来到中国，他在接受《文艺报》编审周玉宁的采访时说：“文学是安全的。”意思是文学不会终结。米勒改口了，可是他的“文学终结论”的支持者却拒绝改口。

我在那次国际会议上的文章发表后，被好几个刊物转载。在那篇文章里，我一方面承认电信媒体的迅猛发展必然会引起文学的变化，另一方面说明人类情感只要还存在，作为人类情感表现性形式的文学就将继续存在。我说：“的确，旧的印刷技术和新的媒体都不完全是工具而已，它们在某种程度上具有影响人类生活面貌的力量，旧的印刷术促进了文学哲学的发展，而新的媒体的发展则可能改变文学、哲学的存在方式。”②再一

---

① ［美］J·希利斯·米勒撰：《全球化时代文学研究会还继续存在吗?》，载《文学评论》2001 年第 1 期。

② 童庆炳撰：《全球化时代的文学和文学批评会消失吗？——与米勒先生对话》，载《社会科学辑刊》2002 年第 1 期。

方面，我认为无论媒体如何变化，文学是不会消亡的，我提出："文学和文学批评存在的理由究竟在什么地方呢？是存在于媒体的变化，还是人类情感表现的需要？如果我们把文学界定为人类情感的表现形式的话，那么我认为，文学现在存在和将来存在的理由在后者，而不在前者。诚然，文学是永远变化发展的，一个时代有一个时代的文学，没有固定不变的文学。但文学变化的根据主要还在于——人类的情感生活是随着时代的变化而变化的，而主要不决定于媒体的变化。"①并认为米勒的"文学终结论"很难说服人。后来，我的文章遭到一些为米勒的"文学终结论"所倾倒的学者的嘲讽，说我提出的观点与米勒根本不在一个层次上，言外之意是我的层次低，米勒的层次高。换句话说，就是你同意米勒的看法层次就高，你不同意米勒的看法层次就低。在有些迷信学术霸权的人心中就是这样。

现在让我们来检讨一下米勒先生提出的几个关于文学要终结的论点是否站得住脚。米勒先生发表在 2001 年第 1 期《文学评论》上面的文章并不好读，其中一些逻辑令人费解，但是大体的意思是可以读懂的。米勒先生自己也是研究文学，并热爱文学的，因此当他读到德里达的作品《明信片》中的那段话后，他也觉得"骇人听闻"，也"激起了强烈的恐惧、焦虑、反感、疑惑"，但立刻就认为德里达所言"已经是不言自明的事实"。即认为传播媒介的表面的、机械的、偶然的变化，就导致了文学、哲学、精神分析学、情书的终结。那么，理由在哪里呢？他回答说："新的电信时代正在通过改变文学存在的前提和共生因素。"他所谓的文学存在的前提和共生因素，其实很简单，那就是以数码文化为代表的新的电信文化取代了印刷文化。他认为新的电信王国包括"照相机、电报、打印机、电话、留声机、电影放映机、无线电收音机、卡式录音机、电视机，还有现在的激光唱盘、VCD、DVD、移动电话、电脑、通讯卫星和国际互联网"，这些新的电信

① 童庆炳撰：《全球化时代的文学和文学批评会消失吗？——与米勒先生对话》，载《社会科学辑刊》2002 年第 1 期。

力量造成了“新的电信时代的三个后果”。这三个“后果”就是造成文学终结的原因。

米勒所说的第一个“后果”,就是“全球化”,即所谓“民族独立国家自治权力的衰落或者说减弱”。当然,如果说全球化经济的发展,新的电子媒介的发展,造成了经济的、文化的、信息的交流越来越频繁,边界逐渐被拆除,世界多少成为了麦克卢汉所说的“地球村”,某些审美的时尚在许多地区迅速流行起来,这或多或少是一个事实。但说“民族独立国家自治权力的衰落或者说减弱”则完全不是事实。全球化导致某些人主张“日常生活审美化”。在他们看来,“日常生活审美化”抹平了文学与模特走步的“边界”,抹平了文学与街心花园的边界,抹平了文学与咖啡馆的边界。但是在我看来,且不说“日常生活审美化”是少数人的事情,就是有一天“日常生活审美化”真的普及了,文学的基本边界还是存在着。对“全球化”作简单的理解是无益的。“全球化”是一把双刃剑,对于文学也是如此,一方面可能某些文化垃圾充斥世界市场,吸引观众,挤压文学的生存与发展;但另一方面,它又有利于各民族各国家文学的交流、沟通与理解。所以“全球化”不能成为“文学终结论”的一个理由。

米勒所说的第二个“后果”,就是“电子社区”的出现。“电子社区”就是各国各地区的互联网的形成。米勒没有说“电子社区”的出现和发展如何让文学走向终结,但是他的支持者替他作出了解释。支持者说,“文学即距离”,因为“文学更本质上关切距离,因为简单而毋庸置疑的是,距离创造美”[①]。现在的“电子社区”则使“距离”消失,甚至是什么“趋零距离”(“趋零距离”就是“零距离”)。这样一来,作为有“距离”才有的“文学”的消亡也就是必然的了。这位支持者在这里起码犯了几重错误:第一,大家知道,“距离”说是英国学者布洛发明的理论,20 世纪 30 年代朱光潜先生的《文艺心理学》一书将它介绍进中国,朱先生认为美的确与“距离”有关,但从未笼统肯定“距离创造美”。朱光潜先生认为“‘距离’

① 金惠敏著:《媒介的后果——文学终结点上的批判理论》,人民出版社 2005 年版,第 13 页。

含有消极的和积极的两方面"。对于美来说,"距离"既不能太过,也不能太近,合理的距离是"若即若离"。第二,支持者认为文学的模仿、比喻、修辞、想象都是"距离"的"另一种说法",这种看法有何学理的根据?难道能够把布洛的"心理距离"等同于这些概念吗?第三,任何事物之间的"趋零距离"或"零距离"是否有可能?我们当然清楚,由于电信的电子化,使相距甚远的人可以在片刻之间取得联系,与过去的单纯的书信来往需要很长的时间不可同日而语,但难道这就是所谓的"趋零距离"或"零距离"吗?一个电话从华盛顿打到北京,也还要经过铃响,接电话人走到电话机旁,也仍然需要时间,这是"零距离"吗?更重要的是,现今人们通过"网络社区"(另外还有"现场直播""可视电话"之类)使时空距离大大缩短,可以使信息(包括审美信息)迅速流通。但这与布洛所阐明的审美活动需要与功利拉开一段适当的"心理距离"是一回事吗?此"距离"非彼"距离"。我们只要了解布洛所举的著名的"雾海航行"的例子就可以知道了。对于艺术创作与欣赏中的适当的心理距离,无论是对印刷的小说、散文、诗歌,还是对电视、网络上流行的审美文化的创作与欣赏,都是重要的,为什么单单说"距离"的消失就威胁到文学的生存与发展呢?所以"电子社区"的出现,并不是文学终结的理由。

米勒说的第三个"后果",就是新的电信力量的出现,改变了人类的感知事物的方式。用他的话来说,电子媒介将"导致感知经验变异的全新的人类感受(正是这些变异,将会造就全新的网络人类,他们远离甚至拒绝文学、精神分析、哲学和情书)"。这里提出的问题才是电子媒介在时空距离拉近后对人的感知的某些影响。我们承认,电视上、网络上的现场直播及可视电话使相隔万里的两端可以顷刻沟通,电子游戏为部分孩子所迷恋等,对于部分人类感知方式的部分改变,当然影响是很大的,这是一个事实。电视播出的新闻,特别是现场新闻,由于时空距离小,确有现场之感,给人的感受冲击更感性、更直接、更巨大。报纸上的新闻则经过时间上对人的心理的缓冲,所以同样的新闻感觉起来就有差别。这是一个事实。我们无须回避，也不能回避。但是对此影响的估计，则应该实事求是，要从实际情况出发。米勒说，在一些发达的国家，也只有50%的家庭有电脑，一些发展中国家有电脑的家庭就更少。应该承认的是，人类的感觉器官不单是对电子媒介敞开，更多的时间还是对周围的真实世界敞开，你在家里吃饭睡觉，你读报，你下地耕田，你到工厂做工，你欣赏春天的桃花和秋天的红叶，你出外旅游，欣赏文化景观和自然景观，你不可能整天都在虚拟的电子图像世界里。你的感觉方式可能因为有了电子媒介而延伸，但基本的感觉方式并没有多大变化。因此，文学对大家来说并非陌生之物，大家仍旧读小说、散文、诗歌，只是因为时间关系，读得少一些而已。所谓因人的感觉的变异，人类将拒绝文学，文学将走向终结的说法，最多只是一种假设和推论，没有充分的现实依据，不太切合现在和可以预见的未来的实际。

可见，米勒和他的支持者的几点关于文学终结的立论，差不多都是似是而非的，经不起分析的，它们缺乏现实感，缺乏事实的支持。

六、"文学边缘化"不等于"文学终结"

米勒和他的支持者的意见堪称长篇大论，不是三言两语可以说清的，但他们的观念可以归结为一点，那就是认为现在的社会已经处于电子高科技时代，在文化领域图像的霸权已经势不可当，视觉图像统治一切，覆盖一切，吸引一切，哪里还会有文学这种非图像文字的立足之地呢？文学该到消亡的时候了。（顺便说一句，这些人是由文学的乳汁喂养长大成人的，为何现在那么急切地希望文学消亡？这岂非咄咄怪事?）

更有论者把目前文学的边缘化与"文学终结论"混为一谈，认为边缘化就是文学的终结或者是文学终结的预兆。其实，关于文学边缘化问题，多年前我就反复说过，文学的确已经边缘化，并认为这种"边缘化"恰好是一种常态，那种把文学看成是"时代的风雨表"，把文学放到社会的中心的时代是一种"异态"。文学失去了"轰动效应"，也逐渐"边缘化"，也可以说,这是一种常态,我说这是一件值得高兴的事情。为什么要把作为文学常态的文学“边缘化”理解为文学的终结呢?其实文学“边缘化”是文学发展的常态。一个社会常态应该是以经济发展为中心,只有这样,才能满足人的吃穿住行的物质需要,这个社会的运转才处于常态。当然,我并不是认为经济发展就是一切,以经济文明为中心,同时也要配合文化的、政治的文明的发展才是可行的。不难看出,文学的边缘化与文学的终结是两个完全不同的问题,为什么要把它们混淆起来呢?

第二节　文学的独特审美场域

随着电视、电影、互联网络和其他新媒体的流行,文学受到挑战,文学也在改变自己以适应新的境况,这些很多人说过,也许无需再多说了。为了回答米勒的文学终结的问题,为了说明文学生存的理由,似乎要从三个层面来加以阐述。

一、人类情感与文学表现

如前所述,文学是人类情感的表现形式,那么只要人类的情感还需要表现、抒泄,文学这种艺术形式就仍然能够生存下去。

这一点在我发表的《全球化时代的文学和文学批评会消失吗?》的短文中已作了表述,我说:“的确,旧的印刷技术和新的媒体都不完全是工具而已,它们在某种程度上具有影响人类生活面貌的力量,旧的印刷术促进了文学哲学的发展,而新的媒体的发展则可能改变文学、哲学的存在方式。”[1]另一方面,我认为无论媒体如何变化,文学是不会消亡的,我提出

① 童庆炳撰:《全球化时代的文学和文学批评会消失吗?——与米勒先生对话》,载《社会科学辑刊》2002年第1期。

“文学和文学批评存在的理由究竟在什么地方呢？是存在于媒体的变化，还是人类情感表现的需要？如果我们把文学界定为人类情感的表现形式的话，那么我认为，文学现在存在和将来存在的理由在后者，而不在前者。诚然，文学是永远变化发展的，一个时代有一个时代的文学，没有固定不变的文学。但文学变化的根据主要还在于——人类的情感生活是随着时代的变化而变化的，而主要不决定于媒体的变化”[①]，我认为米勒的“文学终结论”很难说服人。关于这一点，杜书瀛先生也有精辟的论述，他也同样认为：“既然文学是语言艺术，所以我认为文学存在的理由还应该从这样一种角度去思考、去挖掘。因为文学不只是文字，还离不开语言——文字之前还有许多口传的文学。……语言不会消亡，那么文学就有它存在的基础。”[②]钱中文先生则认为，在当前全球化的语境中，这种中西方之间不同的论调正好显示了中外文论之间的差异所在，“中国学者主要是从现代性的诉求出发，而外国学者的着眼点则是后现代性”，“以何者为主，则要看那个国家的文化发展的具体情况”，所以米勒才会站在电信时代的所谓文学“生不逢时”的语境中指出“文学研究的时代已经过去了。再也不会出现一个时代——为了文学自身的目的撇开理论的或者政治方面的思考而单纯地去研究文学。那样做不合时宜”。钱中文教授还认为：“但是一个民族，它所赖以生存的地域的特殊性，它所特有的政治文化制度以及文化传统的悠久性，在新的文化建设中，起着极为重大的作用。所以想更新、要前进，就必须以现代性而不是后现代性来观照传统，既尊重传统，又批判传统，融会传统。”[③]正如杜书瀛、钱中文两位先生所言，我们的文学有着自身赖以生存的特殊性及其博大精深的民族传统，它传递着人类的情感，抒发民族的精神，具有无限的被阐释和重释的空间，它又怎么会消亡呢？

---

① 童庆炳撰：《全球化时代的文学和文学批评会消失吗？》——与米勒先生对话，载《社会科学辑刊》2002年第1期。

② 杜书瀛著：《文学会消亡吗——学术前沿沉思录》，中山大学出版社2006年版，第26页。

③ 钱中文著：《钱中文文集》，上海辞书出版社2005年版，第515—520页。

二、文学语言与文学的审美场域

我们仅仅说“人类情感的表现需要文学”还不够,也不足以说服那些文学终结论者。不论德里达还是米勒,还是国内的某些年轻或不太年轻的学者,他们认定的文学终结的理由,是:由于电子媒体的高度发展,电影、电视、互联网、多媒体的发展,图像(而不是文字)已经占据了极大的空间,人们对电子图像的喜欢必然超过对文字语言的喜欢,文学作为一种文字语言的艺术必然要终结,而完全让位于电子媒介所宠爱的电影、电视和互联网的日子迟早要到来。如果文学不愿灭亡,那就必须“臣服”图像的统治。人类的情感表现不需要通过文学这种语言文字形式来表现,完全可以通过人们更为喜欢的电子图像来表现。

这样一来,我们必须给出第二层面的理由,一个文学不会终结的独一无二的理由。

文学始终不衰的这个独一无二的理由在哪里?我在《文学评论》2004 年第 6 期发表了一篇题为《文艺学边界三题》的文章,在这篇文章里,我认为文学不会终结的理由就在文学自身中,特别是在文学所独有的语言文字中。在审美文化中,文学有属于自己的独特审美场域。这种审美场域是别的审美文化无法取代的。这种见解我想可以从生活于 5 至 6 世纪的刘勰的《文心雕龙》中受到启发:文学作为语言的艺术有属于自己的“心象”,而不是面对面的直接的形象。刘勰在《文心雕龙·神思》篇中说:“独照之匠,窥意象而运斤。”这里是说文学创作的时候,作家的想象和情感凌空翻飞,并且窥视着由想象和情感凝聚在自己心中的“意象”来动笔。这里的“意象”不是外在的直接的形象,而是隐含了思想情感的内心的仿佛可以窥见的形象,是内视形象。“内视”形象是文学创作的特点之一。就是说,作家创作出来的形象,在创作前、创作中和创作后,都是内心视象,而不是如现在的电影或电视剧创作那样,要根据演员这个直接形象去创作,或开始于内心视象,而最终要落实于直接的实体性的形象。

值得注意的是，刘勰又在《隐秀》篇说：“隐之为体，义生文外，秘响旁通，伏采潜发，譬爻象之变互体，川渎之韫珠玉也。”“隐”作为文学的体制，意义生于文字语言之外，好像秘密的音响从旁边传过来，潜伏的文采在暗中闪烁，又好像爻卦的变化在互体里，珠玉埋藏在川流里，因此能“使玩之者无穷，味之者无极”。这里说的是读者阅读欣赏的时候，所领会到的不是文字内所表达的意义，而是文字之外所流露出来的无穷无尽的意味。进一步说，读者所面对的不是如电影、电视中的演员所表演的直接形象，而是文字语言之外的意义、气氛、情调、声律、色泽等。我觉得刘勰所论的正是文学那种由于文字的艺术魅力持久绵延于作者和读者内心视象的审美场域，唯有在文学所独具的这个审美场域中，文学的意义、意味的丰富性和再生性是其他的审美文化无法比拟和超越的。后来唐代王昌龄也说：“搜求于象，心入于境，神会于物，因心而得。”[①]在这里，王昌龄力图说明，文学虽然也要写物，但这物必须与人的心、神相互交融，是因心而得之物，可见这物也是内宇宙之物，不是外宇宙之物，或者说这就是内心视象。这也可以说是对文学的独特审美场域的很好的解释。

还有中国古人谈到文学的时候，总是强调“文约辞微”“言近旨远”“清空骚雅”“一唱三叹”“兴象玲珑”“虚实相生”“不言言之”“不写写之”“不著一字，尽得风流”，等等，中华古代文论优点之一，就是把文学审美场域的独特性说得比较细微和透彻。举例来说，李白的《春思》：“燕草如碧丝，秦桑低绿枝。当君怀归日，是妾断肠时。春风不相识，何事入罗帏。”在这里，写春天到来了，少妇殷切地思念外出的丈夫，盼丈夫能尽快归来。最后两句，“春风不相识，何事入罗帏”，完全是少妇的内心视点的表现。我盼的是丈夫速归，可我不认识你春风啊，你春风为什么进入我的罗帏之中呢？这一切在诗里是完全可能的，而且是诗意盎然，但在影视图像中如何可能呢？影视如何能把少妇这种心事如此有诗意地表现出来呢？

① 王昌龄著：《诗格》，见《中国历代诗话选》一，岳麓书社 1985 年版，第 39 页。

值得体会的是，德国文论家莱辛在《拉奥孔》中提出的文学的“心眼”和“失明”这两个概念。莱辛在比较诗与画的不同的时候，替密尔顿辩护。克鲁斯认为，密尔顿与荷马之间最大的类似点就在失明。莱辛反驳说：“密尔顿固然没有为整个画廊的绘画作品提供题材；但是如果我在享用肉眼时，我的肉眼的视野必然也就是我的心眼的视野，而失明就意味着消除了这种局限，我反而要把失明看作具有很大的价值了。”[①]按照克鲁斯的观点，一篇诗提供的意象和动作愈多，诗的价值就愈高。反之，诗的价值就处于“失明”状态，诗的价值就要遭到质疑了。莱辛不同意这种看法，他认为诗人抒发的感情可能不能提供图画，可能是朦胧的、意向性的，是“肉眼”看不见的，即所谓“失明”，它不能转化为明晰的图画，更构不成画廊，但这并不等于诗人什么也看不见，实际上诗人是用“心眼”在“看”，能够看出浓郁的诗情画意来，这不但不是诗的局限，而是诗的价值所在。莱辛的所谓“心眼”显然是说诗人不是以物观物，而是以心观物，以神观物，最终是一种“内视”之物，从这里看到的比之于图画那里所看到的更空灵，更绵长，更持久，更有滋味。我们是否可以说，早在 18 世纪，莱辛就在历史的转弯处等待着德里达和米勒了。

按照我的理解，对于文学独特审美场域的奥秘，还可以做进一步的申说。在文学的创作过程中，思想感情在未经语言文字处理之前，并不等于通过语言文字艺术处理以后的审美体验。在真正的作家那里，他的语言与他的体验是完全不能分开的。不要以为语言文字只是把作家在生活中感触到的体验原原本本地再现于作品中。语言是工具媒介，但语言又超越工具媒介。当一个作家在运用语言文字处理自己体验过的思想感情的时候，实际上已悄悄地在生长、变化，这时候的语言文字已经变成了一种“气势”，一种“氛围”，一种“情调”，一种“气韵”，一种“声律”，一种“节奏”，一种“色泽”，作家体验过的一切都不自觉地投入其中，经历、思想、感觉、感情、联想、人格、技巧等都融化于语言中，语言已经浑化而成一种

---

① ［德］莱辛著：《拉奥孔》，朱光潜译，人民文学出版社 1997 年版，第 79 页。

整体的东西,而不再是单纯的只表达意义的语言媒介。因此,文学语言所构成的丰富的整体体验,不是其他的媒介可以轻易地翻译的。歌德谈到把文学故事改编为供演出的剧本的时候说:“每个人都认为一种有趣的情节搬上舞台也还一样有趣,可是没有这么回事!读起来很好乃至思考起来也很好的东西,一旦搬上舞台,效果就很不一样,写在书上是我们着迷的东西,搬上舞台可能就枯燥无味。”①同样,一部让我们着迷的文学作品,要是把它改编为电影或电视剧,也可能让人感到索然无味。我们不能想象有什么电影和电视剧可以表现屈原的《离骚》给予我们中国人对于历史、君王和人生的沉思。我们不能想象有什么电影和电视剧可以表现陶渊明的那种“羁鸟恋旧林,池鱼思故渊”的归隐的感情。同样的道理,对于唐诗、宋词的意味、意境、气韵,对于有鉴赏力的读者来说,难道有什么图像可以表现吗?像王维的诗的那种清新、隽永,像李白的诗的那种雄奇、豪放,像苏轼诗词的那种旷达、潇洒,任是什么图像也是无法表现的。对于以古典小说为题材的电视剧和电影,如果你已经精细地读过原著、玩味过原著,那么你可能对哪一部影像作品感到满意呢?不但如此,就是现代文学中有些看似具有情节的作品,往往也很难被改编为电子图像作品的。你不觉得这些导演、演员、摄影师费尽九牛二虎之力,也无法接近文学经典吗?并不是他们无能,而是文学经典本身的那种“言外之旨”“韵外之致”,那种内视形象,那种丰富性和多重意义,那种独特的审美场域,依靠图像是永远无法完全接近的。例如臧克家的《送军麦》中的几句:

牛,咀嚼着草香,
颈下的铃铛
摇得黄昏响。

香气如何能被牛咀嚼?黄昏又怎么会响?我们从这里立刻会感受到

① [德]爱克曼辑录:《歌德谈话录》,朱光潜译,人民文学出版社1980年版,第181页。

那诗意。但这诗意来自何方？来自内视形象和内在感觉。这种内在的形象和感觉,看不见,摸不着,只能体会和感悟,这些东西如何能变成图像呢？或者在图像中我们怎能领悟这种诗意呢？不但诗歌的内视形象很难变成图像,就是散文作品中,尽管可能有外视点的形象,可能改编为某种图像,然而散文作品仍然要有诗意。列夫·托尔斯泰是一位伟大的小说家,但他不认为写小说就只要描写图画,就可以不要诗意。他在谈到《战争与和平》的创作的时候说:"写作的主弦之一便是感受到诗意跟感受不到诗意之间的对照。"①

还有,图像(电影、电视剧等)对于被改编文学名著犹如一种过滤器,总把其中无法言传的无法图解的最宝贵的文学意味、氛围、情调、声律、色泽过滤掉,把最细微最值得让我们流连忘返的东西过滤掉,在多数情况下所留下的只是一个粗疏的故事而已。而意味、氛围、情调、声律、色泽几乎等于文学的全部。我们已经拍了电影《红楼梦》,随后又拍了电视剧《红楼梦》,据传还要以人物为单元拍摄电视剧《红楼梦》,但对于真正领会到小说《红楼梦》意味的读者,看了这些"图像"《红楼梦》,往往会感到有差距。我们宁愿珍藏自己对于小说《红楼梦》那种永恒的鲜活的理解和领悟,宁愿珍视《红楼梦》的文学独特场域,也不愿把它定格于某个演员面孔、身段、言辞、动作和画面上面。也许有人会说,你所讲的都是古典作品,要是现代的情节性比较强的作品,改编成电子图像作品是完全可以的。可以是可以,问题在于改编者还能不能把被改编的现代作品的原汁原味保存下来。我认为这是基本不可能的,你没有听到吗,多少作家指责电影或电视剧编导把他的作品韵味改编掉了。图像就是图像,图像艺术的直观是语言文字不可及的;但语言文字就是语言文字,作为语言文字艺术的文学,它的思想、意味、意境、氛围、情调、声律、色泽等也是图像艺术不可及的。例如,现在有不少人说,鲁迅的《野草》才是鲁迅最优秀最具

---

① [俄]列夫·托尔斯泰著:《列夫·托尔斯泰论创作》,戴启篁译,漓江出版社 1982 年版,第 161 页。

有哲学意味的作品，可至今还没有任何人敢把《野草》中的篇章改编为电影或电视剧，为什么？因为电子图像无法接近《野草》所描写、抒发的一切。

三、文学的语言功能——粘住一切

文学语言不但有内视性特点，而且也具有其他媒介所不及的独特的强大的功能，这就是文学语言能更多方面、更细致、更深刻地展现人与人的生活。语言的功能之大是难以想象的，世界上所有的事情、所有的动作、所有的情感、所有深刻的哲理，都可以用语言传达出来。高尔基说："民间有一个最聪明的谜语确定了语言的意义，谜语说：'不是蜜，但是可以粘东西。'因此可以肯定说：世界上没有一件东西是叫不出名字来的。语言是一切事实和思想的外衣。"①由于文学语言有如此巨大的功能，所以它可以冲破时间与空间的限制、冲破事实与现实的限制，更多方面、更细致、更深刻地展现人的外部生活和内心生活。电影、电视节目不论如何自由也还是有限制的，受时间、空间的限制，一部电影最长三小时，一部电视连续剧最长也不过几十集或上百集，但文学作为语言的艺术就完全没有限制，想写什么，想写多长，都由作家做主。就以写人物而论，文学既可以写人物生活的外部表现，如肖像、对话、动作、表情等，也可以直接写人的内心世界，如心理活动、意识流、梦境、无意识，没有什么是语言无法表现的。更重要的是，文学语言的这种写法是图像无法表现的。例如，《红楼梦》第三回写贾宝玉与林黛玉相见，从贾宝玉眼中看到的林黛玉是这样的：

> 两弯似蹙非蹙笼烟眉，一双似喜非喜含情目。态生两靥之愁，娇袭一身之病。泪光点点，娇喘微微。闲静似娇花照水，行动似弱柳扶风。心较比干多一窍，病如西子胜三分。

---

① [苏]高尔基著：《论文学》，孟昌、曹葆华、戈宝权等译，人民文学出版社1978年版，第332页。

这是贾宝玉眼中的林黛玉的“肖像”。林黛玉的美在语言文字中就是这样一种美。她的眉是“笼烟眉”(即“涵烟眉”。唐明皇曾令画工画十眉图:一曰涵烟眉,形容眉毛像一抹疏淡的清烟),她的目是含情目,她的情态在脸颊的酒窝与愁的结合部,她的美与她的病相关,她的眼睛闪动的时候泪光点点,她开始说话之际则是娇喘微微,她闲静时如何如何,她行动时如何如何,她的聪明如比干,她的美如西施皱眉捧心,有文化内涵……像这样的美是只可意会不可言传的,曹雪芹把她的美用文字写出来了,我们体会都不易体会,怎么能把她落实为图像,成为某个演员的图像呢?

又如,鲁迅的小说《一件小事》,当写到车夫扶着那个老女人,向巡警分驻所大门走去时,小说这样写道:

> 我这时突然感到一种异样的感觉,觉得他满身灰尘的后影,刹时高大了,而且愈走愈大,须仰视才见。而且他对于我,渐渐的又几乎变成一种威压,甚而至于榨出皮袍下面的“小”来。

鲁迅小说中“我”的这种复杂的微妙的感觉,是图像难于表现的,只有文学才能如此淋漓尽致地表现出来。鲁迅小说中的这种心理描写还是简单的,文学作品中还有更复杂的心理描写,如何能用图像来表现呢?

更重要的是,作为语言艺术的文学常能写出一种感性的画面却又能寓含深刻的哲理。当然,文学需要不需要与哲理相结合,还是一个见仁见智的问题。如宋代严羽在《沧浪诗话》中反对“以议论为诗”,但同样在宋代提出了“理趣”的文论范畴,认为诗歌应该而且可以包含深刻的哲理。有一点可以肯定的是,语言文字的感性描写可以达到哲理的境界。如宋代苏轼的诗《题西林壁》:

> 横看成岭侧成峰,远近高低各不同。

不识庐山真面目，只缘身在此山中。

这是大家都熟悉的诗，其中的哲理则很深刻。它指明了身在事物中反而不能看到事物的全貌。但苏轼还有一首《初入庐山》(其一)：

青山若无素，偃蹇(yǎn jiǎn，高耸的样子)不相亲。
要识庐山面，他年是故人。

这里所强调的是，要认识事物，必须熟悉事物、亲近事物。两首诗的意味不同，置身事物之中、置身事物之外都不行，认识事物必须既在外又在内。这个道理在苏轼的诗中不是讲出来的，而是用语言所描写的画面展示出来的。这种理趣与语言文字的强大功能密切相关，只有语言才能曲尽其理致，图像如何能有此理趣？

朱熹也是一位有代表性的哲理诗人。除其《观书有感》脍炙人口外，佳句佳篇甚多。绝句《泛舟》也大有深意。其云：

昨夜江边春水生，艨艟巨舰一毛轻。
向来枉费推移力，此日中流自在行。

这首诗写出了一种体验。一个人得意还是不得意，常常不是依靠自己的勤奋和努力，机遇、机会也许更重要。只要有机遇、机会，就是那艨艟巨舰，也会被水浪轻轻托起，快速地航行中流。诗人也许是表达成功者的得意之情，也许是劝那些未遇之士，要等待时机，做好准备，机会永远给有准备的人。在这里深刻的道理不是说出来的，作者用一个语言画面就表现出来了。不论什么电子图像都很难达到这样的理趣的境界。这说明了不但哲学家可以用语言说理，文学家也可以用语言描写的景物来说理。这是文学语言的功能所致。语言的确可以粘住一切。

艾略特(T.S.Eliot,1888—1965)作为一位现代主义理论家,他旗帜鲜明地提倡文学的哲理性。他说:

> 最真的哲学是最伟大的诗人之最好的素材,诗人最后的地位必须由他诗中所表现的哲学以及表现的程度如何来评定。

整个20世纪的现代主义文学追求的都是文学与哲理的结合。卡夫卡的《甲壳虫》《城堡》,海明威的《老人与海》,这些都是不可改编的,它们只能作为语言艺术存留于世。

对于文学的哲理性,我们这里所关心的是它的语言媒介。用西方文论话语说,就是"有意味的形式",形式是语言,意味则是通过语言形式传达出来的。"意味"不脱离语言,但"意味"又超越语言。这种意味不仅仅作用于你的视觉、感觉,或者情欲,而且作用于你的整个心灵,在你的心灵上刻下了深深的印痕;也因此,语言所传达的"意味"具有可品味的持久性。为什么有的影视作品和没有语言意识的文学作品轰动一时、传诵一时,而时过境迁,就被人遗忘?为什么一些名著,如《楚辞》、李白的诗、杜甫的诗、《红楼梦》、莎士比亚的作品、《安娜·卡列尼娜》等,令人玩味无穷?就是因为它们作用于你整个心灵。感觉甚至情欲是一时的,满足了就过去了,唯有"意味"永恒,它像人对春天的那种欢欣的感觉一样,会再次回来。这就是语言艺术的魅力所在。

第三节 文学世纪、文学人口与文学生命

我们已经把文学生存的理由从语言本身的特性作了阐述,但是这还不够。我们还必须问,文学的时代是否已经过去?文学的人口还有没有?

一、文学世纪不会结束

我相信宇宙的一切都在运动与变化，世界的一切都在运动与变化，但是这运动与变化会不会结束呢？这是一个哲学问题，一个人类学问题，一个宇宙学问题，我在这里不能给出回答，应该由哲学家、人类学家、宇宙学家来回答。但我相信的是，只要宇宙还存在，人类还存在，时间还存在，那么文学也永远还会存在。古人说，"大乐与天地同和"，"文者，天地之心哉"，天地在，大乐在；天地在，文学在。文学艺术与天地万物是同构对应的。刘勰《文心雕龙·原道》对此有非常深刻的阐述。

当然，这里我们要追问文学（也包括其他艺术）是干什么的，或者说文学存在的意义何在？这是我们研究文学的人必须要弄明白的事情。在我看来，文学艺术存在的最根本的原因就是文学是人的本质力量的对象化，是人的生命力的感性的展开，文学告诉人，人活着是有价值的、有意义的。这就是文学存在的意义。李泽厚在《美学四讲》中有一段话谈到包括文学的整个艺术的意义：

> 人们在这物态化的对象中，直观到自己的生存和变化而获得培养、增添自我生命的力量。因此，所谓的生命力就不只是生物性的原始力量，而是积淀了社会历史的情感，这也就是人类的心理本体的情感部分。它是"人是值得活着的"强有力的确证。艺术的最高价值便不过如此，不可能有比这更高的价值了，无论是科学或道德都没有也不可能达到这个有关生命意义的价值。①

如果我们把这个论点说得更具体更通俗一些，那就是：

第一，揭示人的生存境遇和状况。人的生存是偏于动物性还是人性，这是文化首先关心的事情。奴隶社会、封建社会和资本主义社会，那是一

---

① 李泽厚著：《美学四讲》，生活·读书·新知三联书店2004年版，第204页。

个人剥削人、人压迫人的社会,这就必然出现马克思所说的人的“异化”。所谓人的“异化”,即人的本性的丧失,人成为非人。奴隶社会、封建社会和资本主义社会人的“异化”,即一部分人因其受压迫的地位而变成被宰割的“羔羊”,而另一部分人因其压迫人的地位,而被动物性的贪欲所控制而变成“豺狼”,这种状况就是由那种社会文化所造成的。文学若能揭示人的现实生存状况,那么就有了文化意义。因为它是在揭露这种文化的非人性和反人性的性质,这里就具有了对人的精神关怀的价值了。一般而言,批判现实的假、恶、丑的作品就在这方面具备了文化意义。例如,鲁迅的小说《祝福》是大家都熟悉的作品。作品的主人公祥林嫂本来是一位平凡、善良和淳朴的劳动妇女,她正派、俭朴、老实、寡言、安分,但也顽强。她的身上充满了人性,但封建文化及其权力形式摧毁了她的一生。她生活在封建文化弥漫的社会中,她的悲剧可以说是必然的文化悲剧。她一生有几个转折点,先是夫死,她自身受封建文化中“守节”的毒害,不愿出嫁,但她的家族不给她“守节”的权利。她被当作货品那样强制地出卖了。接着出现第二个转折点,她再嫁的丈夫又病逝,心爱的儿子被狼吃掉了。“出嫁从夫,夫死从子”,这是封建文化的规定。她无法在这里生活下去了。她面临第三次命运的转折。她再次到鲁四老爷家当佣人。但这次她因她的遭遇被视为有“罪”的人,连祭祀时候的祭品她都不能动,这使她精神上遭到前所未有的打击。再接着她又面对着第四次转折,这次是普通人给她的信息,凡嫁过两个男人的人,到了阴间将被阎罗大王锯成两半分给两个死鬼。她虽然反抗过,但终于冲不出封建文化设下的罗网,悲惨地倒下了。《祝福》揭露了腐朽的封建文化不适宜于中国普通的人民的生存,从而呼唤一种适宜于普通中国人生存的新的文化。再如,西方19世纪的批判现实主义作品,一般都认为是对资本主义的“吃人”文化的揭露。

第二,叩问人的生存意义。人为什么活着?什么是幸福?什么是不幸?什么是爱情?什么是亲情?什么是友情?什么是乡情?什么是爱国之情？什么是民族之情？什么是人的责任和人的同情？……对这些问题的回答，体现了人的生存意义，也是精神文化中一些基本的观念。文学艺术把人的生物性的欲望变成一种美学的哲学的精神活动。例如，文化使求偶要求变成为心心相印的爱情活动，文化使衣食的温饱变成为一种精神的享受，文化使求生变成一种回归家园的精神过程……作家在其作品中也必然要艺术地探索这些问题，以其语言所塑造的形象表达什么样的生活是值得过的，什么样的生活是不值得过的。这样，文学的文化意义就在叩问人的生存意义的问题上凸显出来。例如，杜甫的诗《茅屋为秋风所破歌》是大家都熟悉的。杜甫在描写了大风卷去屋上三重茅之后，描写了“床头屋漏无干处，雨脚如麻未断绝”，呼喊道：“安得广厦千万间，大庇天下寒士俱欢颜，风雨不动安如山。呜呼！何时眼前突兀见此屋？吾庐独破受冻死亦足。”这里表达出儒家的“仁义”之心，即那种“先天下之忧而忧，后天下之乐而乐”（范仲淹）的精神。儒家文化的积极的生活意义在于：先人后己，先忧后乐。杜甫诗中“忧”天下人的精神就是儒家文化的积极的人生态度的表现。

第三，沟通人与人、人与自然之间的联系。文化的群体性是十分突出的。文化在一定意义上就是一个群体、一个民族、一个国家、一个共同体在长期的历史中形成的共同遵守的思想和行为准则。真正的文化都是以爱护人为目标的，所以文化可以使人与人变成兄弟姐妹；文化可以变野蛮的抢夺为和平的竞赛；文化可以使弱肉强食变成互相支援与帮助；文化可以使对抗变成友谊；文化可以使陌生甚至敌对的自然变成亲和之物。文学中的交往对话关系，以诗情画意延伸了人与人之间、人与自然之间的和谐，从而显示出文学的文化意义。例如，男人与女人之间的恋爱，就是一种人的爱的感情的沟通。但是在这种沟通中，不是没有困难和问题，而是文学从情感这个领域出发关心这种沟通。例如中国现代诗人汪静之有一首题为《恋爱的甜蜜》的诗：

琴声恋着红叶，/亲了永久甜蜜的嘴。/他俩心心相许，/情愿做终身的伴侣。

老树枝，/不肯让伊，/自由嫁给琴声。

幸亏伊不受教训，/终于脱离了树枝，/和琴声互相拥抱，/翩跹地乘着秋风，/飘上了青天去。

新娘和新郎/高兴得合唱起来，/韵调无限和谐；/啊！祝福我们，/甜蜜的恋爱，/愉快的结婚啊！

这首诗歌所歌唱的就是青年男女之间热烈的爱的关系，经过追求，遭遇困境，走上反抗，终于实现爱的沟通的理想。这里充满了追求爱的自由这种文化理想。当然爱的沟通除了要有这种作为人的文化精神的勇气之外，也许还要有更多的东西。

第四，憧憬人类的未来。人与动物的根本区别之一，就是动物总是浑浑噩噩地活着，它们没有理想，不能预测未来，而人却可以。尽管蜜蜂构造的蜂房，其精密灵巧可能使许多建筑师感到惭愧不如，但蜜蜂只是凭本能在构造，它不可能事先有筹划，而人则可以有意识地构造未来。例如，人构造一座房子，哪怕再简陋，也总会在事前画一张草图。人是一种具有理想的动物。人每天都怀着对未来的希望生活着。人之有理想、幻想，乃根源于他们的文化。或者说，人的愿望、理想和幻想，如果没有文化的升华，那么人类就要倒退回原始状态中去。因为有了文化，人才真正地成为了人。同时文化使未来有现实之根，未来因文化之助变得美好起来。文学诗意地表现人的愿望、理想和幻想，展现了一个充满人性的未来，而获得文化意义。例如，宋代文学家苏轼的《水调歌头》：

明月几时有？把酒问青天。

不知天上宫阙，今夕是何年？

我欲乘风归去，又恐琼楼玉宇，高处不胜寒。

起舞弄清影，何似在人间。

转朱阁，低绮户，照无眠。
不应有恨，何事长向别时圆？
人有悲欢离合，月有阴晴圆缺，此事古难全。
但愿人长久，千里共婵娟。

这是苏轼在中秋之夜，在月下畅饮怀念弟弟苏辙时写下的名篇。这首词最大的特点是，一方面抒发了现实的苦闷，亲人离别，无法相见等，另一方面则展开了幻想，把酒问天，“欲乘风归去”，抒发对天上宫阙的向往。但又觉得天上宫阙，虽是“琼楼玉宇”，却“高处不胜寒”。现实与理想都并非圆满，人间有“悲欢离合”，天上有“阴晴圆缺”，难于十全十美。词人真诚地祝愿“人长久”，虽彼此在千里之外，却能“共婵娟”。这首词的突出特点就是能使人展开广阔无限的幻想，向往美好的未来，表现了人的特性，从而获得文化意义。

当然，人类的艺术，包括文学，也许在人类的散文时代成为一种装饰与娱乐。有的学者说，现在是“四星高照，七情飞扬”，以快感为宗旨的视觉艺术或许有可能成为主流，挤压真正的文学艺术的发展。但是可以肯定地说，历史没有终结，因此寻找人生意义的、鼓舞人生的、抚慰人生的、非装饰性的真正文学艺术，仍然还是人的需要。人类还需要英雄，或者说还是英雄时代，不要英雄的所谓的“散文时代”还没有到来，看来也不一定到来，因此非装饰性、非单一娱乐性的真的文学仍将长期存在。

二、文学人口还远未消亡

我始终认为文学和其他艺术，都各有自己的独特的“指纹”，就像我们每个人的指纹都是不同的一样。生活中有不少人喜欢电影、电视指纹，但仍然有不少人喜欢“文学指纹”，也因此“文学人口”总保留在一定的水平上。既然有喜欢,就有了需要。既然有了需要,那么文学人口就永远不会消失。

而且“文学人口”还由于语文教育永远要保持在一定的水平上。中小学的语文课本、大学的语文课本,绝大多数都是经过时间筛选的文质兼美的文学作品,语文教师要教这些文学作品,学生要学习这些文学作品。还有,社会上总有那么一群热爱文学的读者,他们不太喜欢看那些或者是吵吵嚷嚷的,或者是千部一腔的,或者是粗糙无味的电影、电视剧,而更喜欢手捧文学书籍,消磨自己的闲暇时光。就是在年轻人中,这类人也是不少的。前几年《中华读书报》曾有一篇文章专门统计当前文学作品的发行量,很多文学作品印到几十万册,甚至上百万册。恰好,两年前我读到《参考消息》上转载的法国《费加罗报》网站 2005 年 1 月 19 日的一篇题为《法国十大畅销小说家》的文章,作者列了 2004 年文学作品的销售情况,评选出十大畅销小说家。我这里不想全文照抄,只转载其中发行量最大和最小的两位作家。“1.马克·李维(MARC LEVY):作品销量 152.1 万册。第一部小说《假如这是真的》2000 年一经出版便引起巨大反响,作品被好莱坞看中,买走改编权,将由影业巨头梦工厂影片公司搬上银幕。小说《下一次》是他的第四部作品,同样在书店热销。李维擅长写充满悬疑气氛、亦真亦幻的爱情故事,其作品充满想象力。……10.朱丽叶·本佐尼(JULIETTE BENZONI):作品销量 42 万册。朱丽叶 1963 年开始写作,83 岁高龄仍然笔耕不辍,她擅长写历史题材作品,会利用历史文献资料,以细腻温婉的笔触,写出扣人心弦的故事,拥有一批忠实的读者。去年她出版了两部小说《女巫的珍宝》和《艳情玛丽》。”其他作家小说的销售量介乎这两人之间,有 131 万册的,有 123.7 万册的,有111.8万册的不等。可以试想一想,在一个老牌的发达国家,影视图像绝不比中国发展得差,况且还有如此多的文学人口,那么在影视图像还不那么发达的国家,文学的销售量必然更大,文学人口也会更多。这就是说,无论中国还是外国,文学人口永远不会消失。既然文学人口不会消失,那么文学研究就是必需的，文学和文学研究也就不会在电影、电视和网络等媒体面前终结。

德里达和米勒的文学终结论，与他们主张的解构主义相关。解构主义力图打破西方传统的“逻格斯中心主义”，力图冲击形形色色的教条主义，但是他们对此也只是“擦抹”一下，逻格斯中心依然存在，结构主义依然存在。看来，他们现在也要用这种消解的态度来对待文学和文学研究，但我觉得他们也只是“擦抹”一下，“擦抹”过后，文学依然存在。然而他们遇到的困难是，他们在冲击逻格斯主义和教条主义的时候，还是要用逻格斯中心甚至教条主义所濡染过的概念和范畴。同样，他们试图消解文学和文学研究，但困难的是他们这样做的时候，仍然举文学作品作例子，仍然要用文学研究的术语说明问题。这就像鲁迅讽刺过的那样，他们站在地球上，却要拔着自己的头发离开地球一样，他们离不开，他们苦恼着，但是最终仍然站在地球上面。

第二章　走向综合：文化诗学的学术背景

从1949年新中国成立以来，中国文学理论与批评已经走过了几十年。几十年以来，中国文学理论与批评，与共和国同命运，经历过艰难与曲折。我们今天提出的“文化诗学”的构想，并不是我们心血来潮，突发奇想，而是半个多世纪文学理论与批评合乎逻辑的发展，它有自身的学术背景。我们必须把这个学术背景弄清楚，文化诗学的新构想才是可以理解的，可以被接受的。这样，我们就不能不用今天的视野，来考察新中国文学理论走过的路程。

为了寻找到一个叙述的视角，我们借鉴韦勒克、沃伦在《文学理论》一书中提出来的一对概念，这就是文学理论研究的所谓“内部研究”与“外部研究”。我们还借用新中国十七年学术研究提出的“自律”与“他律”这一对概念。什么是“外部研究”？韦勒克和沃伦说：“流传极广的、盛行各处的种种文学研究的方法都关系到文学的背景、文学的环境、文学的外因。”[1]他们因为是“新批评派”，对于“外部研究”持批评的态度，他们说“这种研究就成为‘因果式’的研究，只是从作品

---

① ［美］韦勒克、沃伦著：《文学理论》，刘象愚等译，生活·读书·新知三联书店1984年版，第65页。

产生的原因去评价与诠释作品，终至于把它完全归结于它的起因（此即‘起因谬说’）。”[①]他们把文学研究中的传记研究、心理学研究、社会学研究、文学思想研究、文学的艺术学研究，笼统地都看成是“外部研究”。他们主张“内部研究”。什么是“内部研究”？他们说，“文学研究的合情合理的出发点是解释和分析作品本身”[②]。如“文学作品的存在方式”“谐音，节奏和格律”“文体和文体学”“意象，隐喻，象征，神话”，小说的叙述模式，文学的类型等的研究，才是“内部研究”。不过中国一百年的文学理论的发展，很难寻找到这种严格的“外部研究”与“内部研究”。中国的研究者可能更多地讲“自律”与“他律”。凡研究文学自身规律的叫作“自律”研究，凡研究文学与政治、社会、历史、文化、民俗、心理、环境等关系的，叫作“他律”研究。“自律”的概念比“外部研究”的概念要宽一些，如作家传记、创作心理、审美接受在韦勒克、沃伦眼里都还是“外部研究”，但在十七年的学术视野里，已经不是“他律”而被称为“自律”研究了。我们在下面的叙述中，会考虑到这种区别。

---

① ［美］韦勒克、沃伦著：《文学理论》，刘象愚等译，生活·读书·新知三联书店1984年版，第65页。

② ［美］韦勒克、沃伦著：《文学理论》，刘象愚等译，生活·读书·新知三联书店1984年版，第145页。

第一节 “十七年”(1949—1966):“他律”作为权力话语

1949年中华人民共和国建立到1966年“文化大革命”开始,共经过了十七年。本节所概说的就是这一时期中国文学思想的演变。

1949年中华人民共和国建立,标志着旧时代的结束,新时代的开始。毛泽东早在1949年9月21日发表的《中国人民站起来了》一文中明确指出:“全国规模的经济建设工作业已摆在我们的面前。”“随着经济建设的高潮的到来,不可避免地将要出现一个文化建设的高潮。”事实上,新中国成立以来中国开始了大规模的经济建设,取得了巨大的成果。新中国的文学思想在曲折中发展着。

一、主导话语——文艺从属于政治

20世纪50年代文艺思想是在“五四”以来文学思想斗争经验的基础上,带着历史的惯性发展而来的。1942年毛泽东发表的《在延安文艺座谈会上的讲话》,正确地指导了当时的文艺运动,推动了革命文艺的创作。其中一些带有普遍性的内容,如文艺为工农群众服务的问题,普及与提高的问题,继承与革新的问题,生活源泉问题,艺术高于生活的问题,中国作风和中国气派问题,等等,在50、60年代成为全国指导性的文艺思想。至今,它们仍然是中国现代文艺思想中的重要成果。《讲话》中存在两种元素和倾向。一种是强调文艺从属政治,强调文艺的方向必须是政治性的,如说文艺是“团结人民、教育人民、打击敌人、消灭敌人的有力武器”;“文艺服从政治”[①]我们可以把对这些问题的研究,称为“他律”研究,或“外

① 毛泽东著:《在延安文艺座谈会上的讲话》,见《毛泽东文艺论集》,中央文献出版社2002年版,第49、69页。

部”研究。

另一种元素和倾向，就是承认文艺和生活都是美，但“文艺作品中反映出来的生活却可以而且应该比普通的实际生活更高，更强烈，更有集中性，更典型，更理想，因此就更带普遍性”，承认“继承与借鉴决不可以变成替代自己的创造”，提出文艺创作要有“观察、体验、研究、分析”的过程，提出革命文艺要达到“政治与艺术的统一，内容与形式的统一，革命政治内容和尽可能的完美的艺术形式的统一”①，提出反对“标语口号式”的倾向，后来还讲百花齐放、诗要用形象思维，等等。这些提法与文学创作、文学作品和文学接受的规律相关，因此是属于“自律”研究了。

不难看出，前一种元素和倾向重点强调的是文艺的方向，文艺与群众的关系，文艺与时代的关系，等等，大体上属于文艺的“他律”研究、“外部研究”的问题；后一种元素和倾向则重视文艺的特殊性，重点承认文艺的艺术性，内容与形式的统一，形象思维，文艺的主体精神，反对文艺上面的教条主义，大都涉及文艺“自律”或“内部研究”问题。

新中国成立后，文艺理论界面临一种对毛泽东《讲话》以及后来的文艺问题论述的解读和选择。新中国成立不久，当时文艺界领导和主流理论家出于对政治的热情都选择了毛泽东文艺思想的前一种元素和倾向，“他律”研究成为当时的“权力”话语。

中华人民共和国成立后，以经济建设为主题的新时代开始了。在这样的背景下，国家的文化和艺术事业，在思想上如何建设，就成为一个亟待解决的问题。

二、非主导话语：对人与人性的呼唤，对艺术规律的探求

1956 年到 1957 年上半年，1960 年至 1961 年，对于研究新中国文学思想发展史的人来说，是两个非常重要的时段。正是在这两个时段，一些

---

① 毛泽东著：《在延安文艺座谈会上的讲话》，见《毛泽东文艺论集》，中央文献出版社 2002 年版，第 64、73 页。

学者接续了马克思主义文学思想的血脉，结合中国当时的实际，提出了并部分回答了马克思主义文学理论在中国遇到的新课题，推进了中式的“自律”研究或“内部研究”。

1956 年到 1957 年上半年，这是一个重要的时段。这个时段可以用毛泽东的话说是“春天来了”。这种巨大的转变不能不反映到文学艺术及其理论方面。

1956 年到 1957 年上半年，一些具有新感情、新思想、新格调的作品陆续发表，如王蒙的《组织部来了个年轻人》、刘宾雁的《在桥梁工地上》、陆文夫的《小巷深处》、宗璞的《红豆》等作品，这些作品或者是对于社会的消极现象有所批判，或者写爱情而摆脱了教条主义的模式，给人以耳目一新之感。这是前所未有的，在当时引起了一些争论。

在文学理论方面，1956 年至 1957 年上半年，批评教条主义成为引人注目的现象，何直（秦兆阳）的《现实主义——广阔的道路》、周勃的《论现实主义及其在社会主义时代的发展》、钟惦棐的《电影的锣鼓》、钱谷融的《论“文学是人学”》、巴人的《论人情》、陈涌的《关于社会主义的现实主义》等文章，对于当时流行的导致文学创作公式化的教条主义倾向，进行了具有学理性的讨论。这里的突破，集中在两个问题上：

第一就是对苏联的“社会主义现实主义”“创作方法”的质疑。其中又以秦兆阳的《现实主义——广阔的道路》所提出的论点最为尖锐。秦兆阳批评说，似乎“社会主义精神”只是作家的一种主观的观念，并存在于生活的真实之中，不是有机地存在于艺术描写的真实性和历史具体性之中，而必须外在地加以结合。这样一来，岂不是用世界观取代创作方法了吗？

第二是巴人、钱谷融、王淑明提出的文学与人，文学与人情、人性关系问题。如果说秦兆阳立足于破除非马克思主义的文艺观念的话，那么巴人、钱谷融的文章重在建设，即要建设文学的人的基础、人性的基础，而这是马克思《1844 年经济学—哲学手稿》所讨论的许多问题中的一个重要问题。

巴人的“人情”论在这时期具有特殊的意义。巴人(王任叔)(1901—1972)早年曾参加文学研究会,后来参加中国共产党和左翼作家联盟,曾编辑过《鲁迅全集》,其思想受鲁迅的影响。1939 年出版《文学读本》,1949 年更名为《文学初步》出版,新中国成立后,巴人一直在文化部门从事领导工作,并曾任人民文学出版社副社长和总编辑。他于 1952—1953 年把《文学初步》改写为 58 万字的《文学论稿》,1954 年由新文艺出版社正式出版,成为新中国成立后最早用马克思主义观点撰写的系统的文学理论的一部书。1957 年 1 月他于《新港》杂志发表了《论人情》。巴人在这前后,发表的短论还有《给〈新港〉编辑部的信》《以简代文》《真的人的世界》《略论要爱人》等。巴人说,他遇到一些长期参加革命的老战士,喜欢看旧戏,不喜欢看新的戏剧,原因就是新的戏剧中“政治气味太浓,人情味太少”。因此巴人提出“人情、情理,看来是文艺作品‘引人入胜’的主要东西”。他认为:“能‘通情’,才能‘达理’。通的是‘人情’,达的是‘无产阶级的道理’。”然后他提出什么是人情呢?他回答说:“我认为,人情是人与人之间共同相通的东西,饮食男女,这是人所共同要求的。花香、鸟语,这是人所共同喜爱的东西。一要生存,二要温饱,三要发展,这是普通人的共同的希望。”①值得注意的是,巴人的论述已经与马克思的“异化”理论联系起来,看得出他的观点是对于马克思主义的人道主义的活的运用。巴人说:“说这是‘人性论’吗?那么还是让我们来看一看马克思和恩格斯说的话吧……列宁在《马克思和恩格斯的“神圣的家族”一书摘要》中有下面一段‘摘要’:‘有产阶级和无产阶级同样是人的自我异化。但有产阶级感到在这种异化中是满足的和稳固的,它把这种自我异化看作自己的强大的证明,并在异化中获得人的生活的外观。而无产阶级则感到自己在这种异化中是被毁灭的,并在其中感到自己的无力和非人生

① 巴人撰:《论人情》,载《新港》1957 年第 1 期。又见《点滴集》,浙江人民出版社 1982 年版,第 2—3 页。

活的现实。巴人的文学人情论，从对文艺与生活的感受切入，然后提升到马克思的“人的异化”理论的视野，得出了无产阶级的文艺写人情，就是要摆脱自我异化，恢复人类的本性，因此无产阶级的文艺展现人类的本性，写人情、写人性是理所当然的。后来关于文学与人性的许多讨论，就立论的核心点看，并没有超越巴人。

与巴人相呼应的是华东师范大学青年教师钱谷融，1957 年 5 月他也在上海的《文学月刊》发表论文《论“文学是人学”》，“想为高尔基的这一意见作一些必要的阐释；并根据这一意见，来观察目前文艺界所争论的一些问题”，对季靡菲耶夫《文学原理》中的“人的描写是艺术家反映整体现实所使用的工具”的观点，提出商榷。他把人的问题引入对文学问题的解释之中。钱谷融提出了人在现实生活中和文学中究竟处于什么地位的问题。他回答说：“人和人的生活，本来是无法加以割裂的，但是这中间有主从之分。人是生活的主人，是社会现实的主人，抓住了人，也就抓住了生活，抓住了社会现实。反过来，你假如把反映社会现实，揭示生活本质，作为你创作的目标，那么你不但写不出真正的人来，所反映的现实也将是零碎的，不完整的；而所谓生活本质也很难揭示出来了。所以，文学要达到教育人、改善人的目的，固然必须从人出发，必须以人为注意的中心；就是要达到反映生活、揭示现实本质的目的，也还必须从人出发，必须以人为注意的中心。”①钱谷融的以“人”为中心的文学观念，是十分难得的。马克思《1844 年经济学—哲学手稿》的中心命题就是“人”。人的异化、人的劳动的异化，都是把人变成非人。因此，马克思呼唤人、人性、人道主义的复归，提出人以全面的方式占有自己的全面本质。当时尽管何思敬的译本《1844 年经济学—哲学手稿》已由人民出版社发行②，可是影响并不广泛，几乎很少引起人的注意。但钱谷融先生从生活和文学中感悟到的要“抓住人”，以及“人是生活的主人”的思想，与《1844 年经济学—哲学手

① 钱谷融著：《论“文学是人学”》，人民文学出版社 1981 年版，第 7 页。

② 1956 年 9 月，由何思敬译、宗白华校的《1844 年经济学—哲学手稿》首次由人民出版社出版发行。

稿》中的思想很相似。

1961 年到 1962 年提出的具有马克思主义品格的文艺思想有如下几点：

（1）文艺自身的特征的强调。艺术形象的创造问题当作艺术的特征问题得以凸现出来。觉得文学的特征是艺术形象，从 1961—1962 年的观念看，还是很难得的，形象特征论在那个时段还是对于文艺特征的最好的理解。强调文艺的形象特征、形象思维的特征，与马克思主义反对席勒化，反对把文艺变成时代精神的话筒的思想，完全是一致的。

（2）题材多样化的呼唤。“写什么”是当时作家、艺术家面临的一个困难的选择。题材狭隘化也是产生公式化、概念化的一个原因，因为许多作家并不熟悉新英雄人物，硬要去写，结果当然写不好，只能用某些观念去套。1963 年第 3 期《文艺报》发表了专论《题材问题》，这篇文章当时未署名，后经确认是张光年写的，后来收入了张光年的《风雨文谈》集子里面。这篇文章认为无产阶级是世界上最先进的阶级，因此无产阶级的社会主义的文艺，就应该在题材问题上，开辟出前人所未曾开辟的新的天地。无产阶级的文艺当然要表现自己，但“无产阶级在表现自己的同时，还要以革命的眼光，以批判的态度描写历史，以领导者的地位来关心社会上各个阶级、各种人物的动态和心理，以主人公的心情来欣赏自然界的一切美好事物。不但前人未曾见过的新时代的一切新鲜事物……就是前人曾经写过的旧社会的许多题材，只要符合今天的需要，也都可以进入社会主义文学艺术领域。”生活有多么广阔多样，题材就可以有多么丰富多彩。这种题材广阔多样的观点，被当时文艺工作者所一致接受。

在张光年呼唤题材多样化后不久，1962 年 8 月在大连，邵荃麟提出了“中间人物”论，实际上也还是题材问题。他提出了文艺要反映人民内部矛盾问题，尤其是提出了写“中间人物”问题，主张要扩大和丰富社会主义文学的人物画廊。他说：“强调写先进人物是应该的。英雄人物是反映我们时代的精神的。但整个来说，反映中间状态的人物比较少。两头小,中间大;好的、坏的人都比较少,广大的各阶层是中间的,描写他们是很重要的。矛盾点往往集中在这些人身上。我觉得梁三老汉比梁生宝写得好……"[①]他的理论是从中国实际情况出发的,实事求是,也探索了文学创作的一个规律,是很有意义的。

(3)现实主义文学要深化。如何深化文学现实主义,是一个比题材多样化更为深刻的问题。如果说题材多样化涉及的是"写什么"的问题,那么"现实主义深化"则是涉及"怎么写"的问题。邵荃麟提出了"现实主义深化"论,他的意思是我们从事的革命和建设事业,既要肯定方向,但更应看到"道路是长期的、复杂的和曲折的"。他说:"搞创作,必须看到这两点:方向不能动摇,同时要看到长期性、复杂性、艰苦性。没有后者,现实主义没有基础,落空了;没有前者,会迷失方向,产生动摇。"[②]他认为当时创作的一些作品,"革命性都很强",但反映现实的深度不够,反映革命斗争的长期性、复杂性、艰苦性不够。所以他提出:"我们的创作应该向现实生活突进一步,扎扎实实地反映现实。"[③]那么怎样才能达到"现实主义的深化"呢?他说:"现实主义是创作的基础,生活是现实主义的基础。写出好作品的作家,必然是深入生活的;但只是深入生活,不一定写得出好作品。创作有它自己的规律。……作家应该有观察力、感受力、理解力。光感受还不行,还应有理解力——通过形象及逻辑思维进行的,要有概括力。没有概括力,写不出好作品。……不体察入微,对现实的分析、理解就不深。没有强大的理解力、感受力、观察力,就不可能有高度的概括力。……作品中能给人以新的思想,这和作家对生活的理解有关。"[④]邵荃麟的讲话则认为光深入生活是不够的,作家还必须经过多方的修养、

① 邵荃麟撰:《在大连"农村题材短篇小说创作座谈会"上的讲话》,见《邵荃麟评论选集》上册,人民文学出版社 1981 年版,第 393 页。

② 邵荃麟著:《在大连"农村题材短篇小说创作座谈会"上的讲话》,见《邵荃麟评论选集》上册,人民文学出版社 1981 年版,第 397 页。

③ 邵荃麟著:《在大连"农村题材短篇小说创作座谈会"上的讲话》,见《邵荃麟评论选集》上册,人民文学出版社 1981 年版,第 399 页。

④ 邵荃麟著:《在大连"农村题材短篇小说创作座谈会"上的讲话》,见《邵荃麟评论选集》上册,人民文学出版社 1981 年版,第 400—401 页。

锻炼，充分发展作家的主体的观察力、感受力和理解力；没有创作主体的感性的和理性的力量的调动，创作仍然是不能成功的。邵荃麟是用马克思主义来探索文学创作规律的重要理论家之一。应该说，邵荃麟的"现实主义深化"论站在历史唯物主义的高度，为中国的文学创作指出了一条健康发展的路，一条充满荆棘又充满成功的路。

应该说，1961 年至 1962 年，巴人、邵荃麟等文艺理论家的努力是可贵的。在十七年中，有学者比较重视艺术规律，一再发表意见。如黄药眠 20 世纪 50 年代初中期的"生活实践"论，朱光潜的"美学实践"论，以群、蔡仪主编的文学理论教材等，尽管不是主导的思想，但今天我们回顾这段马克思主义文艺思想史的时候，仍具有意义。总之，十七年中那些合乎文艺规律的理论探索，是马克思主义的新思想的播种，它迟早会开花、结果。

第二节　新时期（1978—2007）："向内转"与"向外转"

从 1978 年起，在实事求是、解放思想这面旗帜下，文艺学界与别的学术界一样，开始反思过去，拨乱反正，接续"五四"的传统，立意建设文学理论与批评现代形态，至今已有三十多年的历程。这三十多年文艺学界发生的事情，发表的文章和著作，提出的各种各样的观点，掀起的波浪，可谓纷繁复杂、百态纷呈。我这里想用删繁就简的方法，不论期间发生的各种枝节，仅就其大的脉络做一次梳理，最后看看我们现在走到哪里了，该如何迈出新的步伐。

我认为，新时期文艺学三十多年走过了由外而内、由内而外两个阶段之后，正在实现某种延伸与超越。

一、“向内转”——中国式“内部研究”的兴起

当新时期开始之际，我们遭遇到的是“文革”时期留下的“极左”的僵硬泛文学理论。

随着思想解放、拨乱反正的进行，反思的深入，“实践是检验真理的唯一标准”的讨论，《上海文学》编辑部于1979年第4期以评论员的署名，发表了《为文艺正名——驳“文艺是阶级斗争的工具”说》一文。《上海文学》的这篇文章引起了一场大讨论。从《上海文学》的文章开始，从1979年到20世纪80年代初，对文艺与政治的关系问题进行了讨论，讨论双方都从马克思、恩格斯的著作里面找根据，从文学发展的历史找根据，但由于大家都只找对自己的观点有利的方面，所以当时的讨论真如“盲人摸象”，交集点很少，当然不能得出一致的结论。

这个问题的解决是以1979年召开的第四届中国文学艺术工作者第四次代表大会文代会为转机的。此后，文学和文学理论转向了文艺内部自身问题的研讨。

应该说明的是，中国文艺学界所理解的所谓“外部研究”与“内部研究”，与“新批评”派的韦勒克、沃伦所著的《文学理论》所说的同样命题的意涵是不同的。中国当时文艺学界只把“政治”和“泛政治”化的那些“工具”论、“从属”论当“外”，而把文学艺术自身问题的研究都当成是“内”。从20世纪80年代到90年代，所讨论和研究的问题很多，成果也很可观。举其大者，就有形象思维问题讨论、共同美讨论、社会主义时期悲剧问题讨论、文学与人性关系问题讨论、文学审美特征问题讨论、文艺学方法论问题讨论、文学主体性问题讨论、文艺心理学问题研究、文学文体问题研究、文学的“语言论转向”研究、文学叙事学研究，等等，这里不可能把这些问题都一一进行叙述。这里仅就比较重要的几个问题作些评述：

（一）文学的人性基础问题

从1978年到1984年这段时间，讨论人性、人道主义的文章达到三四

百篇,成为了理论界的一个热点问题。老一代的文艺理论家如朱光潜、周扬、黄药眠、王元化、汝信、钱谷融等都发表了论文,参与了这一重要的讨论。

就文学理论界提出的问题主要有:(1)人性、人道主义是什么?(2)人性、人道主义与文学的关系是什么?(3)人性、人道主义是否是马克思主义理论的一部分?下面就这三个问题简单评述前面提到的几位大家的观点。

朱光潜的观点。(1)“人性就是人的自然本性。”“人的肉体和精神两方面的力量”就是人性。“据说是相信人性论,就要否定阶级观点,仿佛是自从人有了阶级性,就失去了人性,或者说,人性就不起作用。显而易见,这对马克思主义者所强调的阶级观点是一种歪曲。人性与阶级性的关系是共性与特殊性或全体与部分的关系。部分并不能代表或取消全体,肯定阶级性并不是否定人性。”[①](2)朱光潜说,“人情”是人性中的一个重要因素。“在文艺作品中的人情味就是人民所喜闻乐见的东西。有谁爱好文艺而不要求其中有一点人情味呢?”[②]同时朱光潜认为只有肯定人性、人情的存在才能有“共同美感”的存在,而历代作家创作的许多悲剧、喜剧等都是具有共同美感的。(3)朱光潜认为“马克思《1844年经济学—哲学手稿》整部书的论述,都是从人性论出发的”,他强调人的本质力量要尽量发挥。他证明“人的肉体和精神两方面的本质力量”便是人性。马克思正是从人性论出发来论证无产阶级革命的必要性和必然性……”[③]就是说,朱光潜认为人性作为人的自然属性是天然的存在,文艺作品要有人情味、写出共同美,才是人民喜闻乐见的。而人性论是马克思所强调过的,甚至是他论证无产阶级革命的必要性和必然性的一个出发点。

黄药眠的观点。黄药眠的观点与朱光潜不一样。(1)他不同意人性

---

① 朱光潜撰:《关于人性、人道主义、人情味和共同美问题》,载《文艺研究》1979年第3期。
② 朱光潜撰:《关于人性、人道主义、人情味和共同美问题》,载《文艺研究》1979年第3期。
③ 朱光潜撰:《关于人性、人道主义、人情味和共同美问题》,载《文艺研究》1979年第3期。

是人的自然属性,他认为是所有人类共同的特质,是人类有别于动物的东西。他在承认有自然人性存在的前提下,认为“马克思主义者并不首先强调生物的本性,好像这个本性因为受外界事物的刺激,于是形成了感觉。不,马克思主义者认为,人并不是被动地去感受外在的刺激,而首先是在劳动实践中,改造世界的过程中,主动地去感觉和认识世界,同时并在感觉和认识世界的历史过程中积累了许多经验,因此人的感觉,有别于动物的感觉,它是社会文化历史所造成的结果。人一生下来,就在社会历史环境中生活、劳动,人们所闻所见以及其他一切感觉所及,几乎全部是人化的事物。人们就是在和这些事物接触中养成了人化的感觉,因此人的感觉也只能是社会化的感觉。”[①]总体来看,黄药眠认为人的感觉是人区别于动物的感觉,也就是人性,人性是人在社会实践中形成的,人性的本质是它的社会性。(2)他用上述观点来理解人性与文学的关系。他肯定文学作品是要写人性的,而不是写动物性,是写具有社会性的人性。“古往今来的文学艺术作品,就可以看出它们并不表现自然人的赤裸裸的本能。同样是写恋爱,在‘五四’前后,我们对于描写男女青年的恋爱小说,是把它当作为提倡民主反对封建礼教的进步运动的一部分来看的。至于到了后来没完没了的卿卿我我的恋爱小说,那就被当作左翼文艺的对立物而加以批判了。《金瓶梅》对性行为方面的赤裸裸的描写是比较多的,但我认为这本书的好处恰恰不是在这个地方,而是在作者把小城市的恶霸生涯以及人情世态写得栩栩如生。”[②](3)马克思主义是阶级论者,不是人性论者。应该说,黄药眠的看法,特别是他对人性的社会性的看法,是符合马克思主义的社会实践理论的;他对文学与人性描写的见解也较切合文学作品的实际。

巴人在《新港》1957 年 1 月号发表了《论人情》,钱谷融在《文艺月刊》1957 年 5 月号发表了《论“文学是人学”》,王淑明在 1963 年第 3 期的

① 黄药眠撰:《关于文学中的人性、阶级性等问题试探》,载《文艺研究》1980 年第 1 期。

② 黄药眠撰:《关于文学中的人性、阶级性等问题试探》,载《文艺研究》1980 年第 1 期。

《文学评论》上发表了《关于人性问题的笔记》。新时期开始以来的这次人性、人道主义和文学问题的讨论,存在着不同的意见,但总的发展趋向是肯定人性、人道主义是存在的,而且认为马克思主义的一个命题,人学成为新兴起的一门学科。人性、人道主义的正面探讨,大大促进了人们对文学理论的认可。如认为文学实际上是人、人性的全部展开,是人的本质力量的对象化等论点已经被普遍接受。这种认识表明了在新时期开始之际,在文学理论领域,人和人性的觉醒成为一个明显而重要的表征。

人性和人道主义问题的深入讨论的一个结果,就是"文学是人学"命题的重新确立。"文学是人学"是高尔基提出的命题。1957 年钱谷融发表了《论"文学是人学"》一文,他发挥了高尔基的"文学是人学"的思想,阐明了文学与人性、人道主义的内在联系,认为"文学的对象,文学的题材,应该是人,应该是时时在行动中的人,应该是处在各种各样复杂的社会关系中的人"。在文学创作中,"一切都以人来对待人,以心来接触心"。"人"是文学的中心、核心,"文学是人学"。在这个命题中"伟大的人道主义精神"还得到特别强调①。新时期开始,钱谷融再次强调,"文学既然以人为对象,当然非以人性为基础不可,离开人性,不但很难引起人的兴趣,而且也是人所无法理解的。不同时代、不同民族、不同阶级所产生的伟大作品之所以能为全人类所爱好,其原因就是由于有普遍人性作为共同基础。""作家的美学理想和人道主义精神,就应该是其世界观中对创作起决定作用的部分。"在文学领域,"一切都是为了人,一切都是从人出发的","一切都决定于作家怎样描写人、对待人"②。王蒙指出,人性具有多样性和可塑性,"文学作品是写人的,一篇作品的思想力量和道德力量和他们具有的人道主义精神是不可分的","三中全会以来的文学作品中,人道主义精神的发扬,对于人性和人情的诸多方面的关注、刻画或美化,对于人的尊严的维护和召唤,成为一个重要的特点",但"作品的内

① 钱谷融撰:《论"文学是人学"》,载《文艺月报》1957 年 5 月号。
② 钱谷融撰:《〈论"文学是人学"〉一文的自我批判提纲》,载《文艺研究》1980 年 3 期。

容决不限于人道主义和人性等等”，马克思从未反对也不拒绝真正的人性和人道主义，不敢描写具体的活生生的人性就不可避免的导致创作的模式化、概念化而走向反艺术的道路①。钱中文认为人性的共同形态是人物性格、典型的构成要素，可从真实性、历史性与道德要求等三方面评价对人性共同形态的描写。他认为以往把人性片面理解为阶级性，这在文学作品中表现为对人的血肉之躯的恐惧，反映于文艺理论中表现为对于人性的恐惧。经过讨论，大家大体上确认除了阶级性，还有共同人性，这“乃是这场人性问题讨论的重要收获”。而共同人性，与阶级性一样是现实的人的根本特征，是社会现实关系的组成部分。问题不是文学中有无共同人性，而是如何认识和描写人性。文学中人性描写具有抽象性与具体性两重性，因此不能把对于人性的共同形态的反映笼统的称为抽象的人性描写，也不能把文艺人性描写统称为人性论宣传。唯物史观反对人性论，但不排斥人性。“只有那些具体、生动地描写了健康的、符合生活逻辑的人性共同形态的作品，才能给人以审美享受。”人性的共同形态是人物性格、典型的构成要素，有时人物性格的刻画直接通过人性的共同形态来表现，人性论的典型和庸俗社会学的典型论都离开了现实的人。对于人性共同形态的描写可以从真实性、历史性与道德要求等三方面进行评价，“这三个方面大致可以用来区别文学创作中的资产阶级人性论和无产阶级文学中的人性形态描写之间的不同，也可以用以区别无产阶级文学和优秀的古典文学中人性共同形态描写的同异。”②

钱谷融、王蒙和钱中文的论述获得文论界多数人的认同。在新时期开始之际，探讨人性、人道主义这个与文学创作和评论密切相关的问题，这是文学理论界的重大收获。应该说，从 1978 年到 1984 年文学理论界讨论的问题很多，但以人性、人道主义与文学的关系这个问题最为重要。可以说，新时期的文学理论由于反思了上述问题，真正获得了发展的新起点。

---

① 王蒙撰：《“人性”断想》，载《文学评论》1982 年第 4 期。

② 钱中文撰：《论人性共同形态描写及其评价问题》，载《文学评论》1982 年第 6 期。

（二）文学审美特征论的发现

长期以来，我们在谈到文学的特征的时候，总是与科学作对比，认为文学与科学都反映生活，文学用形象反映生活，科学用逻辑和推论反映生活。因此文学的特征就是形象性。这种“文学形象特征”论是导致文学创作的公式化、概念化的原因之一。新时期之际，文艺学界的学者意识到这个问题，因此他们开始重新探索文学的特征问题。

1.美是艺术的基本属性

新时期“文学审美特征”论最初是把文学艺术与美联系起来思考，认定美是文学艺术的基本属性。著名美学家蒋孔阳教授于 1980 年发表了《美和美的创造》一文，其中说：

> 美是艺术的基本属性。不美的“艺术”不能成为真正的艺术。①

他还补充说：

> 艺术美不美，并不在它所反映的是美的东西，而在于它是怎样反映的，在于艺术家是不是塑造了美的艺术形象。生活中美的东西，固然可以塑造为美的艺术形象，就是生活中不美的甚至丑的东西，也同样可以塑造为美的艺术形象。②

很显然，蒋孔阳先生对于文学艺术的本质思考，已经转移到“美”这个十分关键的概念上面。他提出的“美是艺术的基本属性。不美的‘艺

---

① 蒋孔阳著：《美和美的创造》，江苏人民出版社 1981 年版，第 52 页。
② 蒋孔阳著：《美和美的创造》，江苏人民出版社 1981 年版，第 52 页。

术’不能成为真正的艺术”论点十分精辟，他把文学艺术的性质归结为美，而不是此前所认为的是形象化的认识，这是很重要的。更重要的是他认为文学艺术的美的问题不仅是反映对象问题，更是怎么写的问题，丑的事物，经过艺术加工也可以塑造为美的形象。写什么并不具有决定作用，更重要的是怎样写。这种理解是很有意义的。

2.文学的特征是情感性

这里我们还必须提到另一位美学家李泽厚对文学艺术的理解。早在1979年，李泽厚在讨论“形象思维”的演说中，就强调文学艺术不仅仅是“认识”，“把艺术简单看作是认识，是我们现在很多公式化、概念化作品的根本原因”①。他同时又认为，文学艺术的特征也不是形象性，仅有形象性的东西也不是艺术。他强调指出：

> 艺术包含有认识的成分，认识的作用。但是把它归结为或等同于认识，我是不同意的。我觉得这一点恰恰抹杀了艺术的特点和它应该起的特殊作用。艺术是通过情感来感染它的欣赏者的，它让你慢慢地、潜移默化地、不知不觉地受到它的影响，不像读本理论书，明确地认识到什么。②
>
> 我认为要说文学的特征，还不如说是情感性。韩愈《原道》这篇文章之所以写得好，能够作为文学作品来读，是因为这篇文章有一股气势，句子是排比的，音调非常有气魄，读起来感觉有股力量，有股气势。所以以前有的人说韩愈的文章有一种“阳刚之美”或者叫壮美。③

---

① 李泽厚撰：《谈谈形象思维问题》，见《李泽厚哲学美学文选》，湖南人民出版社1985年版，第340页。

② 李泽厚撰：《谈谈形象思维问题》，见《李泽厚哲学美学文选》，湖南人民出版社1985年版，第341—342页。

③ 李泽厚撰：《谈谈形象思维问题》，见《李泽厚哲学美学文选》，湖南人民出版社1985年版，第344页。

李泽厚在这里批评了流行了多年的文学艺术是认识、文学艺术的特征是形象的观点，应该说是很深刻的。认识是所有的科学和哲学社会科学中都有的，这的确不足以说明文学艺术的特点。文学形象特征说流行了多年，其实有形象的不一定是文学，动植物挂图都有形象，但不是文学。而像韩愈的文章没有形象，倒是文学。把文学仅仅看成是通过形象表现认识，的确为公式化、概念化开了方便之门。由此他认为文学的特征是情感性，也即审美。后来他又在《形象思维再续谈》（1979）中直接说文学是“一种强大的审美感染力量。审美包含认识——理解成分或因素，但绝不能归结于等同于认识”[①]。李泽厚的上述理解连同蒋孔阳的论述不能不说是新时期文学观念转向“文学审美特征”论的先声。

3.“文学审美反映”论的提出

笔者于1981年发表了《关于文学特征问题的思考》一文，明确提出了文学的审美特征，其中说：“文学反映的生活是人的美的生活。人的整体的生活能不能成为文学的对象、内容，还得看这种生活是否跟美发生联系。如果这种生活不能跟美发生任何联系，那么它还不能成为文学的对象。文学，是美的领域。文学的对象和内容必须具有审美价值，或是在描写之后具有审美价值。”[②]1983年，我撰写了《文学与审美》一文，阐述了“文学审美特征”论，认为：

> （文学反映的生活是人的美的生活。人的整体的生活能不能成为文学的对象、内容，还得看这种生活是否跟美发生联系。如果这种生活不能跟美发生任何联系，那么它还不能成为文学的对象。文学，是美的领域。文学的对象和内容必须具有审美价值，或是在描写之后具有审美意义。）美并不单纯是客观事物的属性，它跟审美主体的

---

① 李泽厚撰：《形象思维再续谈》，见《美学论集》，上海文艺出版社1980年版，第559页。

② 童庆炳撰：《关于文学特征问题的思考》，见《中国新文学大系1976—1982·理论一集》，中国文联出版公司1988年版，第658—659页。

> 主观作用有密切关系。什么是美的生活，什么是不美的生活，什么生活可以进入作品，什么生活不能进入作品，是一个极其复杂的问题。但文学创造的是艺术美，艺术美来源于生活美，因此只有美的生活才能成为文学的对象的道理，却是容易理解的。诗人们歌咏太阳、月亮、星星，因为太阳、月亮、星星能跟人们的诗意感情建立联系，具有美的价值；没有听说哪一首诗歌吟咏原子内部的构造，因为原子内部的构造暂时还不能跟人们的诗意感情建立联系，还不具有美的价值。诗人吟咏鸟语花香、草绿鱼肥，因为诗人从这些对象中发现了美；暂时还没有听说哪个诗人吟咏粪便、毛毛虫、土鳖，因为这些对象不美或者说诗人们暂时还没有发现它们与美的某种联系。①

笔者的论述显然从苏联文论界的“审美学派”中吸收了“审美”和“审美价值”这个概念。苏联在20世纪50年代的“解冻时期”，就对文学艺术的本质和特征展开了如何克服教条化的讨论。但是当时文论界学者并没有认真从那次讨论中吸收营养。例如苏联著名的文学理论家和美学家布洛夫在1956年就提出：“艺术是审美意识的最高的、最集中的表现。”②他说：“美学的方法论不是一般的哲学方法论”，“把典型看成是通过具体的和单一的事物来表现‘一定现象的实质’，这个定义早已不能令人满意了。从一般哲学意义上来看，这个定义仍然是对的，但从美学上来看，则丝毫不能说明什么。这里指的是什么‘实质’呢？大家知道，任何一种意识形态都力求揭示‘一定现象的实质’。但有各种各样的实质。雷雨的真正实质在于：这是一种大气中的电的现象。是否可以说，诗人在描写这种现象的时候给自己提出的任务是揭示这种物理实质呢？显然，不能这样说，因为诗人在描写雷雨的时候所揭示的实质是另一样东西。请想一

---

① 童庆炳撰：《关于文学特征问题的思考》，见《中国新文学大系1976—1982·理论一集》，中国文联出版公司1988年版，第658—659页。

② ［苏］阿·布洛夫著：《美学应该是美学》，见《美学与文艺问题论文集》，学习杂志出版社1957年版，第39页。

想‘我喜爱五月初的雷雨’这句诗。这里不仅没有表明雷雨的物理实质，而且从严格的科学观点看，这种实质似乎被‘遮蔽’起来，假如愿意的话，还可以说被歪曲了。”[①]如果说，以前的文学理论总是从哲学的或者社会学的角度来看待文学艺术的本质特征的话，那么布洛夫的这些论述真正从美学的角度接触到了文学艺术问题，因此他得出的是关于文学艺术的审美特性的结论，对于新时期的中国学者来说，显然具有很大的启示意义。笔者由此受到启发，提出了“文学的对象和内容必须具有审美价值，或是在描写之后具有审美价值”。在这个表述中起码有三点是值得注意的：第一，提出了审美价值的观念。价值就是对人所具有的意义。审美价值就是对人所具有的诗意的意义。从这样一个观点来考察文学，显然更接近文学自身。第二，提出了文学的特征在于文学的对象和形式中。过去的理论受别林斯基论述的影响，认为文学与科学的区别仅仅在于反映方式的不同，文学和科学都揭示真理，科学用三段论法的理论方式揭示真理，文学则用形象的方式揭示真理。笔者不同意别林斯基的论点，认为文学与科学的区别首先是反映的对象的不同。第三，文学反映的对象可以有两个层面：一是本身就具有审美价值的生活，如优美、壮美、崇高等；一是经过描写后会具有审美价值的生活，如悲、喜、丑、卑下等。这样笔者就从文学反映的客体和主体两个维度揭示了文学的审美特征。

在当时学界多数人都同意文学的审美特性的情况下，就不再是漫无边际地重复文学的审美特征的说法，而是要进一步的工作，提出严谨的关于文学审美特征的学说。这时已经到了 20 世纪 80 年代的中期。所谓“方法年”“观念年”的出现，使那些主张文学审美特征者获得了更好的研究环境和更宽阔的视野。

“文学审美反映”论的构建，基于对“认识反映”论的不满。他们认识到，仅仅把文学看成是社会生活的认识是不够的，这种看法只是在认识论

① [苏]阿·布洛夫著：《美学应该是美学》，见《美学与文艺问题论文集》，学习杂志出版社 1957 年版，第 40 页。

的层面给文学定位，不能说明文学的特殊性。笔者在1984年出版的《文学概论》（上、下卷）第一章第三个标题是“文学是社会生活的审美反映”，笔者认为：“社会生活是文学的唯一源泉。文学是社会生活的反映。其实，包括文学在内的全部意识形态（政治、法律、道德、哲学、艺术、宗教等）和一切社会科学，都是客观的社会生活的反映，都以客观的社会生活为源泉，所以文学是社会生活的反映的论断只是阐明了文学和其他意识形态以及一切社会科学的共同的本质，只是回答了‘文学是什么’的第一个层次的问题。然而，我们仅仅认识文学和其他社会意识形态以及一切社会科学的共同本质是不够的。……我们还必须阐明文学区别于其他社会意识形态以及社会科学的特征。弄清楚文学本身特殊的本质，即回答第二层次的问题。那么，文学反映生活的特殊性是什么呢？我们认为文学对社会生活的反映是审美的反映。审美是文学的特质。……文学之所以是文学就在于它是对社会生活的审美反映，文学的崇高目的是要按照一定的社会审美理想来改造人的生活，使人的生活变得更美好。”①笔者随后按照文学反映生活的“独特的对象、内容和形式”展开对“文学审美反映”论的论证。

当时另一位学者王元骧教授也对文学审美论展开了研究，他对文学的“审美反映”做出了更具体深入的解说。他在为1987年全国高校第二届文艺学研讨会撰写的《反映论原理与文学本质问题》一文中就指出：“从反映论的观点来考察文学，我们就应该同时顾及文学作品的客观内容（作品反映的对象）和主观内容（作家的思想、情感、倾向）两个方面。应该看到流露在作品之中的作家的主观思想、情感，与作品所描写的对象一样，同样都来自生活，同样都包括在我们所说的文学是生活的反映这个命题的内涵之中。”②据此，他进一步认为：“从审美反映的选择性的角度来看，文学作品的丰富性绝不仅仅取决于客观现实本身的多样性，同时更取

① 童庆炳著：《文学概论》上卷，红旗出版社1984年版，第46—48页。
② 王元骧著：《探寻综合创造之路》，陕西师范大学出版社2000年版，第6—7页。

决于作家本人审美感受的独特性。作家的创作个性愈鲜明,他面对现实所产生的审美情感愈具有个人特色,那么,他的作品就愈能摆脱那种似曾相识的面目而显示出自己独特的个性风貌;唯其这样,我们的文学园地才会显得绚丽多彩,光辉夺目。"①他在 1988 年发表的另一篇论文中又从不同层面对"文学审美反映"理论进行了论证。首先,从反映的对象看,与认识对象不同,"在审美者看来,它们的地位价值就大不一样。这就是因为审美情感作为审美主体面对审美对象的一种态度和体验,总是以对象能否契合和满足主体自身的审美需要为转移的:凡是契合和满足主体审美需要的,哪怕是在别人看来微不足道的东西,也会成为主体爱慕倾倒、心醉神迷的对象;否则不论事物本身的客观意义多么重大,人们也照样无动于衷,漠然处之。"②其次,就审美的目的看,与认识目的以知识为依归不同,"由于审美的对象是事物的价值属性,是现实生活中的美的正负价值(即事物的美或丑的性质),而美是对人而存在的,是以对象能否满足主体的审美需要从对象中获得某种满足而引起的。所以,从审美愉快中所反映出来的总是主体对对象的一种直接或间接的(即通过对丑的否定来肯定美)肯定的态度,亦即'应如何'的问题。这就决定了审美反映不是不可能以陈述判断,而只能是以评价判断来加以表达。"③最后,一般认识的反映形式是逻辑的,而审美反映是"以崇敬、赞美、爱悦、同情、哀怜、忧愤、鄙薄等情感体验的形式来反映对象的"④。王元骧教授的"文学审美反映"理论从反映的对象、反映的目的和反映的形式等三个方面来阐述"审美反映"论的要点,很完整也很深刻,大大深化了对"文学审美反映"论的理解。

---

① 王元骧著:《探寻综合创造之路》,陕西师范大学出版社 2000 年版,第 23 页。

② 王元骧撰:《艺术的认识性和审美性》,见《审美反映与艺术创造》,杭州大学出版社 1992 年版,第 52 页。

③ 王元骧撰:《艺术的认识性和审美性》,见《审美反映与艺术创造》,杭州大学出版社 1992 年版,第 53 页。

④ 王元骧撰:《艺术的认识性和审美性》,见《审美反映与艺术创造》,杭州大学出版社 1992 年版,第 54 页。

4.“文学审美意识形态”论

与“文学审美反映”论相映成趣的是，钱中文教授于1984年提出的“文学审美意识形态”论，他说：“文学艺术固然是一种意识形态；但我以为是一种审美的意识形态；文学艺术不仅是认识，而且也表现人的情感和思想；审美的本性才是文学的根本特性，缺乏这种审美的本性，也就不足以言文学艺术。看来文学艺术的本性是双重性的。”①很显然，这是运用马克思主义的社会结构学说，即社会基础与上层建筑理论对于文学艺术观念问题的一次解决。1987年钱中文教授又发表了题为《文学是审美意识形态》的论文，正式确认“文学是审美意识形态”，并展开了论证，其结论说：“文学作为审美的意识形态，以情感为中心，但它是感情和思想的认识的结合；它是一种自由想象的虚构，但又具有特殊形态的多样的真实性；它是有目的的，但又具有不以实利为目的的无目的性；它具有社会性，但又具有广泛的全人类的审美意识的形态。”②钱中文提出的“文学审美意识形态”论具有广阔的阐释空间，从哲学的观点看，文学是一种意识类型，与哲学、伦理等具有意识形态的共同特性，但文学之所以是文学，是因为文学的一种具体的意识类型，即审美意识形态，它使审美的方法和哲学的方法融合在一起，提出文学是以感情为中心，但又是感情与思想的结合；它是一种虚构，但又具有特殊形态的真实性；它具有阶级性，但又是一种具有广泛社会性以及全人类性的审美意识形态。

（三）文学主体性问题的论争

1986年被称为“文学观念年”。文艺学方法的讨论首先要落实到文学观念的革新上面。特别是“文学是人学”这个命题的确立，很自然地要

---

① 钱中文撰：《文学艺术中的“意识形态本性论”》，见《文学理论：走向交往与对话的时代》，北京大学出版社1999年版，第87页。

② 钱中文撰：《文学是审美意识形态》，见《新理性精神文学论》，华中师范大学出版社2000年版，第136页。

从文学之“根”的人的角度去思考文学观念的革新。这个情况呼唤文学主体性的出场。

在《文学评论》1985年第6期和1986年第1期上，发表了长篇论文《论文学的主体性》。其主旨是：“构筑一个以人为思维中心的文学理论与文学史研究系统”，“我们的文学研究应当把人作为主人翁来思考”，“把人的主体性作为中心来思考”①。这个主旨是有明确的针对性的。那就是庸俗社会学和机械认识论倾向。在批判“极左”思潮和教条主义中，主体性问题的提出可以说恰逢其时。刘再复《论文学的主体性》的主要论点是：“文学中的主体性原则，就是要求在文学活动中不能仅仅把人（包括作家、描写对象和读者）看作客体，而更要尊重人的主体价值，发挥人的主体地位，以人为中心、为目的。具体说来就是：作家的创作应当充分发挥自己的主体力量，实现主体价值，而不是从某种外加的概念出发，这就是创作主体的概念内涵；文学作品要以人为中心，赋予人物以主体形象，而不是把人当成玩物与偶像，这是对象主体的概念内涵；文学创作要尊重读者的审美个性和创造性，把人（读者）还原为充分的人，而不是简单地把人降低为消极受训的被动物，这是接受主体的概念内涵。”②刘再复就上述观点展开了洋洋洒洒的论述。刘再复论文的意义不在于具体论述一个问题，而在于文学观念的转变：即从过去的机械的反映论文学观念，转变为价值论的文学观念。因为在强调文学的主体性的时候，刘再复的核心思想是要论证人、主体的人、人的经验、人的尊严、人的思想感情、人的性格、人的命运、人的活动等才是最具有意义和价值的，一切离开“人”这个主题的文学是没有意义和价值的。

刘再复的“文学主体性”论受到多方面的肯定。如孙绍振认为：“刘再复主体性论的提出，标志着在文艺理论上被动的、自卑的、消极反映论统治的结束，一个审美主体觉醒的历史阶段已经开始。这不是低层次经

① 刘再复撰：《论文学的主体性》，载《文学评论》1985年第6期。
② 刘再复撰：《论文学的主体性》，载《文学评论》1985年第6期。

验的复苏，而是理论上的自觉。在新的逻辑起点上，刘再复提出新的范畴：实践主体性和精神主体性，创作主体性和欣赏主体性。”这些范畴对于认识实践真理、对于从反映论向认识结构的本体深化、对于突出个体的主体性有重要意义[①]。有的学者认为，艺术家在社会生活中不仅是实践、认识和创造新生活的主体，而且是审美的主体。在艺术家和社会生活之间横亘着的不是镜子，而是具体的活生生的人。文艺对社会生活的反映势必带有个人色彩，打上人的烙印，因此反映的过程就是主体积极活动的过程。社会生活是艺术的源泉首先在于它造就了艺术创造的主体。写心灵是体现创作深度和创作广度的艺术原则，作家就是用自己的心灵浇铸自己的艺术形象，从而在其文艺产品中自然的显示出自己的心灵和人格[②]。

但刘再复的理论也遭到了一些人的质疑。比较有代表性的是陈涌对刘再复的“文学主体性”论提出严厉批评，认为刘再复的主体性理论否定了马克思主义观点、方法和指导思想，对马克思主义文艺原理进行了错误的概括，这是“直接关系到如何对待马克思主义基本原理的问题”[③]。姚雪垠认为刘再复的主体性理论把作家和作品中人物的主观能动性“作了无限夸张”“违背了历史科学”“包含着主观唯心主义的实质”“基本上背离了马克思主义”[④]。当然对这种批评也有反批评。例如，针对陈涌的批评，孙绍振就进行了反批评，于 1986 年 9 月在《文论报》上发表了《陈涌同志在理论上陷入迷误的三个原因》，文章从“有没有内部规律”“艺术家主体和科学家主体的区别”“主体认知图式：平面的还是多层次的”“忽视艺术形式的积累和规范作用的必然结果”几个层面对陈涌的理论观点逐一进行了犀利的反驳，批评了陈涌“老是在文学艺术与其他意识形态的共同性中兜圈子的第一个原因——他不能在理论上区分作家主体和科学家主体在感性和理性、审美与认识方面的不同”，“他的思维定势使他只能

---

① 孙绍振撰：《论实践主体性、精神主体性和审美主体性》，载《文学评论》1987 年第 1 期。

② 鲁枢元撰：《审美主体与艺术创造》，载《文艺报》1983 年第 5 期。

③ 陈涌撰：《文艺学方法论问题》，载《红旗》1986 年第 8 期。

④ 姚雪垠撰：《创作实践和创作理论——与刘再复同志商榷》，载《红旗》1986 年第 21 期。

在形象与生活统一中进行片面的思辨……他把审美反映看成是单层次的,因而在审美主体特殊主动功能面前两眼一抹黑,他无法看到审美反映的表层与深层的矛盾,因而找不到文艺反映生活的特殊规律”,并且看不到“形象之外的社会生活与形象之内的社会生活是不等同的”①。

那么,刘再复的“文学主体性”理论究竟是反马克思主义,还是合乎马克思主义的呢?刘再复在论文中引了马克思《1844年经济学—哲学手稿》中的论述。马克思曾说:“人是一个特殊的个体,并且正是他的特殊性使他成为一个个体,成为一个现实的、单个的社会存在物。同样的他也是总体,观念的总体,被思考、被感知的社会主体的自为存在,正如他在现实中既作为社会存在的直观和现实享受而存在,又作为人的生命表现而存在一样。”刘再复还引了马克思关于人的生命活动与动物的生命活动的区别的论述。然后他指出:对于被作家描写着的对象的人来说,他是被描写的客体;但对于生活环境来说,他又是主体。所以要把人当成人。作品中的人物是有自主意识和自身价值的活生生的人,按照自己的灵魂和逻辑行动着、实践着的人。而在后来的论争过程中,更多的学者引用马克思的《关于费尔巴哈的提纲》中的一段话:“从前的一切唯物主义(包括费尔巴哈的唯物主义)的主要缺点是:对对象、现实、感性,只是从客体的或直观的形式去理解,而不是把它们当作人的感性活动,当作实践去理解,不是从主体方面去理解。”②由此看来,主体性问题是马克思主义之义,文学主体性的见解大体上也是合乎马克思主义的,是马克思主义在文学活动问题上的具体运用。

总的看来,刘再复从1985年到1986年提出的“文学主体性”理论,不是没有逻辑的概念的缺陷,可作为一种文学观念,即主体性文学观念还是让人们充分意识到,“文学主体性”理论对单纯认识论文艺学的批评有某种程度的合理性,标志着不同于认识论文艺学的主体性文艺思想的出现,

---

① 孙绍振撰:《评陈涌同志的〈文艺学方法论问题〉》,见《审美价值结构与情感逻辑》,华中师范大学出版社2000年版,第192—208页。

② 马克思著:《关于费尔巴哈提纲》,见《马克思恩格斯选集》第1卷,人民出版社1995年版,第54页。

这对于中国文艺学的变革与发展是有重要意义的。

（四）文学语言的研究

文学文体、文学语言的研究从20世纪80年代后期就开始了，但真正成气候是在90年代以后。

从古典到现代，人们都非常重视语言在文学中的地位。但他们对语言在文学中究竟占有什么地位、具有什么功能的看法是大异其趣的。中外古典文论所持的是“载体”说，语言只是一种“形式”“工具”“媒介”“载体”，它的功能是表达生活的和情感的内容，内容有“优先权”，形式则处于被内容决定的地位。20世纪西方科学主义文论则持“本体”说，认为语言是文学的“本体”，文学就是语言的建构，语言是文学存在的家园。古代文论与20世纪西方文论的文学语言观就这样分道扬镳。

那么文学语言观念从古典到现代的转变是怎样发生的呢？

20世纪西方哲学和人文科学领域发生的一个重大事件就是所谓的“语言论转向”。在西方，19世纪以前，占主导地位的是理性主义，理性制约一切，所以理性作为文学的内容也自然处于“统治”地位，语言只被看成是传达理性内容的工具。20世纪初叶以来，由于资本主义危机不断发生，人的生存境遇恶化，人们觉得过去崇拜的理性不灵了，反理性的思潮应运而生。在所谓的“语言学转向”中，人们不再追问语言背后的理性，而认为“语言是存在的家”（海德格尔），“想象一种语言意味着想象一种生活方式”（维特根斯坦）。语言不是单纯的媒介、手段、载体，它是存在本身。人是语言的动物。语言观上的这种变化，很自然地引起了文学观念的变化。20世纪形成的科学主义的文论流派在文学语言观上一脉相承。他们认为作品中的语言就是文学的本体。俄国学者什克洛夫斯基在其重要论文《艺术作为手法》中在反复强调文学语言的特性之后说：“这样，我们就可以给诗歌下个定义，这是一种困难的、扭曲的话语。”[①]法国

① ［法］托多罗夫选：《俄苏形式主义文论选》，蔡鸿滨译，中国社会科学出版社1989年版，第77页。

结构主义大师罗兰·巴尔特看得更远，他强调“语言和文学之间的一致性”，认为“从结构的角度看，叙事作品具有句子的性质”，“叙事作品是一个大句子”①，超过语言层就是文学的“外界”。

90年代以来中国的“语言论转向”研究成果，除了介绍西方的相关理论之外，主要是突破了对文学语言表层的研究，深入到文学深层特征的研究。1.强调语言是人的最重要的一种符号，语言是人与动物区别的根本标志。2.强调人的语言与人的感觉、知觉、想象、理解等心理机能是同一的。语言不是外在于人的感觉的，而是内在于人的感觉的。3.强调语言又是一种文化，从而它能够规定人们思考的不同方式。过去说语言是文化的载体，这个说法还不够。应该说，语言本身就是一种文化。因为人是必须用语言来思考问题的，语言不同，思考的方式自然不同，作为思考的产物的文化也就不同。操英语的人和操汉语的人，不仅仅是用不同的语言工具，实际上是拥有不同的文化和对事物的不同理解。4.强调文学语言与普通语言的不同。认为日常生活的信息语言，一旦纳入到作品中，被作品的背景，特别是其中的语境所框定，就变成文学话语，那么它就不再是单纯的传达信息的“载体”，而获得了丰富的审美的附加意义。这附加意义是指，作品中的全部话语处在同一大语境中，因此任何一个词、词语、句子、段落的意义，不但从它本身获得，同时还从前于它或后于它，即从本作品的全部话语语境中获得意义。话语意义不仅从本身确定，还从其前后左右的话语联系中重新确定。我们似乎可以把这种现象称为“大语境”性。强调文学语言的深层特征，如“内指性”“本初性”和“陌生化”等等。

对于上述各个问题，大家的意见常有分歧。可以说，争论始终不断，不同意见的对峙经常发生，但“青山遮不住，毕竟东流去”，所谓的“自律”或“内部研究”已经成为学术“气候”。我还记得1987年《文艺报》展开关

---

① ［法］罗兰·巴尔特著，《叙事作品结构分析导论》，见《美学文艺学方法论》下册，文化艺术出版社1985年版，第535—536页。

于文学“向内转”的讨论，有人激烈反对这种“向内转”的看法，但中国式的内部研究“向内转”的观点得到了大多数人的同意，逐渐形成共识。反对的声音越来越小，最后归于沉寂。这一事件可能是中国文艺学在20世纪80年代末中国式的“内部研究”趋于成熟的标志。转向“内部研究”（尽管此时西方文论的“内部研究”式微，新一轮的“外部研究”，即文化研究勃兴），中国的文论家作出了符合中国国情的明智的选择，推动文学理论与批评研究的转型。20世纪90年代的“语言论转向”，叙事理论的研究，文学本体论的研究，不过是更标准的、更严格的“内部研究”而已。所不同的是，20世纪80年代的“向内转”明显带有知识分子对于社会转型的热情参与，90年代后的“语言论转向”则失去了这种参与的热情。如果我的感觉没有错的话，在中国式的“内部研究”中，“审美”“主体性”“语言”这三个词被特别的“放大”，所以有所谓的“审美转向”“主体性转向”和“语言转向”的说法，文学“自律”的趋势，成为一种研究潮流，从这潮流中涌现的成果，虽然参差不齐，但不能不说它已经成为自“五四”以来文艺学研究的独特景观。

我想说的是，不论是20世纪80年代还是90年代，中国式的“内部研究”涉及对文学艺术自身规律的研究，是文艺学的一次转型。这“转型”可以概括为三个“转变”：从一家式的独语，转变为“百家争鸣”式的对话；从政治话语转变为学科的学术话语；从非常态的中心话语转变为自主发展的常态话语。这三种变化也可称为对话化、学术化和常态化。其所获得的成果虽然不能说“辉煌”，但可以说是“耀眼”的。

二、“向外转”——“外部研究”的勃兴

与20世纪90年代“语言论转向”差不多同时，一种新的“外部研究”在中国文艺学界悄然而兴。这就是“文化研究”在中国的出现。

文化研究本身虽然与文学研究有关，但英国文化研究把文化看成是一种整体的生活方式，“文化分析就是阐明一种特殊的生活方式，一种特

殊文化隐含或外显的意义和价值。”①而文学只是生活方式的一种而已。英国文化研究的关键词是:“阶级”“性别”“种族”。批判精神是其灵魂。这与英国社会20世纪50、60年代的学生运动、70年代的女权主义运动和反种族歧视运动密切相关。随着大众文化的勃兴,“大众文化”问题也进入到他们的研究视野。文化研究后来在美国有很大的发展。增加了诸如东方学、后殖民主义学等方面的分析与研究。他们也谈到文学作品,但仅作为一种例证,并不是什么“诗学”。但到了20世纪90年代,英、美的文化研究已逐渐沉寂。而一些学者则如同发现“新大陆”一样发现了西方的“文化研究”,很快地加以引进。

中国在20世纪90年代后,经济迅速发展,商业迅速发展,物质财富涌现,人民的生活水平有很大提高,改革取得的成果超出了人们的预料。但涌现出一些社会问题。从精神上说,就是拜物主义、拜金主义的流行。也正是在这种背景下,文化研究、文化批评被引进中国,而且恰好是被一些文艺学的学者引进中国。应该说,他们的工作不是无的放矢,而是有针对性的。文化研究或文化批评对于中国文艺学研究是具有启示意义的。这主要是它为文学研究提供了新鲜的视角。对于文学作品的解读,若是能从文化视角去解读,可能会读出新鲜的文化意义来,这对于拜物主义和拜金主义,也可以起到批判的作用,这无疑是有益的。中国的文化研究的确在关注和分析新兴起的大众文化,对广告文化、网络文化、“超女”文化和“80年后”文化等,有不少新鲜的分析和见解。正如他们所指出的:“当今的文学研究已不满足于从文化角度看待文学,而有向多领域和多学科蔓延的趋势。很多文学批评家把触角伸向了广告、电视肥皂剧、MTV、流行歌曲、麦当劳和酒吧,对文学的文化研究演变为文化批评。传统的文学研究方法已经不够使用,不少人尝试用心理分析、问卷调查、定量统计等进行研究。”②

---

① 罗钢、刘向愚主编:《文化研究读本》,中国社会科学出版社2000年版,第125—126页。
② 陶东风主编:《文学理论基本问题》,北京大学出版社2005年版,第302页。

但是,随着20世纪70年代以来的西方文化研究在20世纪末和21世纪初的逐渐消退,它对于文学研究的负面作用也慢慢显示出来。中国学者的文化研究的问题也凸现出来:第一是引进的痕迹太重,而自己的问题意识却不十分清楚。第二,随后又从英国的学者费瑟斯通那里照搬"日常生活审美化"的话题,"新的美学原则崛起"的话题,鼓吹文艺学的所谓"越界""扩容",一味迎合消费主义的需要。但无论如何我们还是要肯定文学的文化研究的确把研究对象从"内"移到"外",开拓了我们的视野,引导一些学者去研究文学与社会关系问题。有的学者似乎把这"由内而外"的研究看成是新的文艺社会学的复兴,这种看法也不是没有根据的。其后,人们从文化研究角度,开始关注日常消费文化的艺术现象,电子媒介所产生的图像现象等。"日常生活审美化"的提出和观点引起争论;文艺学的边界"扩容"引起争论;强调"眼睛美学"和"新的美学原则的崛起"引起争论;"文学终结论"引起争论,等等。我感到,这次"由内而外"所提出的诸种问题并没有解决,各说各话的情况比较严重,对于文艺学来说,所取得的成果还有待评估。在这新世纪开始之际,我们仍然面临的问题是:文学理论为何?文学理论向何处去?

三、走向综合——文化诗学是可能的

三十年时间,从大体脉络上说,文学理论先是"由外而内",接着是"由内而外"。现在我们应该思考我们面临的新问题了:文学是不是会走向消亡?如果文学走向消亡的话,那么文艺学就失去了对象,文艺学还能存在下去吗?假如文学和文学批评能够生存下去,那么文艺学是否应该将20世纪80、90年代的"内部研究"延续下去?把20世纪90年代和21世纪初的"外部研究"延续下去?如果认为这样的延续会把"内部研究"与"外部研究"相隔离,并不利于文艺学的整体发展的话,那么我们是不是应该超越"内部研究"和"外部研究"的人为的划分,让他们"内"与"外""两翼齐飞",内部研究中应该结合外部研究,外部研究中应该结合内部研究？还有，我们以前研究的成果，审美转向的成果，主体性转向的成果，语言论转向的成果，文化论转向的成果，应该如何对待？是抛弃还是扬弃？如果选择扬弃，那么该如何扬弃？这些“转向”的成果都是我们的生命投入，我们怎么能完全抛弃呢？扬弃有所清除，也有所保存。问题是我们在保存这些成果的精华之后，该如何在“内部”与“外部”的困惑中作出选择？是“单选”，还是“全选”？单选不过是重复，似不合理，那么我们就“全选”吧！问题又来了，这种“全选”会不会成为一种大杂烩？

于是我们探索的方法应该是形成一种能实现新的综合的研究视野或方法论。这种新的视野和方法论应该基于文艺学研究学术的承继，又基于对旧有成果的超越。我感到，“内部”穿越“外部”，“外部”穿越“内部”势在必行。在文学文体与历史文化之间实现互动与互构，在艺术结构与历史文化之间实现互动与互构，在故事形态与历史文化之间实现互动与互构，在艺术叙事与历史文化之间实现互动与互构……应该成为研究的课题，方法也要相应革新，这样我们就可能实现文艺学的又一次“位移”。80年代初中期的“由内而外”，我们把研究对象“位移”到文学自身的规律上面，90年代以来的“由内而外”，我们把研究对象由语言“位移”到社会文化上面，那么这一次的综合应该把研究对象“位移”到艺术文本与历史文化互动与互构上面，这就是我和一些学人这些年以来一直呼唤和提倡的“双向拓展”，一直提倡的“文化诗学”了。刘庆璋教授指出：

> “文化诗学”之所以要在诗学之前冠以“文化”，除了强调这一理论命题的人文精神和人文关怀之外，还由于它对文化与文学关系的特别关注和特有认识。它表现在：首先，“文化诗学”视整个文化系统为文学与社会联系的纽带，从而正确揭示了文学与客观世界的连接关系。……第二，“文化诗学”从广阔的文化视野出发来审视文学，运用丰富多彩、卓有建树的各个文化扇面的新理论、新方法来研究文学。……第三，“文化诗学”的落脚点是诗学——文学学，是一

种文学理论，而不是泛文化理论。①

刘庆璋教授对文化诗学的这种理解与我的构想是基本吻合的，正是在回应现实与文学理论自身问题的吁求中，我们提出了“文化诗学”的理论构想。我们所主张的“文化诗学”就是要坚持文学与其他文化扇面之间互构、互动的理念，就是要将艺术文本放到与历史文化互涵互动的层面上去进行多维度的观照。刘庆璋教授在发表的另一篇文章中更加全面地阐释了“文化诗学”这种辩证、互动的综合性研究方法：“文化诗学作为一种富于创意的文学新论，还由于它对文化、文学及其相互关系有了更为全面、更为深刻的认识，并能从文学理论的角度汇集各种文化理论的新成果。它视整个文化系统为文学与社会联系的纽带，从而正确揭示了文学与客观世界的联结关系。它更充分地估量了文学与经济基础之间存在的这一包容复杂、空间广袤的宏大中介——文化的重要地位，更清楚地看到了文化的历史承传性、中外交融性、相对稳定性和构成复杂性。它坚持文学与其他文化扇面互构、互动的理念……这些不同扇面的文化理论自然就成为文化诗学这种文学新论的丰富的理论资源……正是由于文化诗学坚持文化与文学互动、互融、互构的理念，在对文学规律的认识上，它就能看到，作为子系统的文学既具有自身的特殊规律，同时又蕴含着母系统——文化的某些共同规律，从而就能既充分重视文化各扇面的基本区别，又看到各扇面的互文性，既不因个性否定共性和互文性，也不因共性和互文性否定个性，而是从个性、共性既区别又联系的辩证观点出发去界说文学，从而对文学的理性认识，包括对文学特殊规律的认识，就可能更全面、更深化。”②如刘庆璋教授所言，我们之所以提倡一种“文化诗学”，就是要用“文化诗学”的新的实践方法来重新观照文学文本。而这种方

① 刘庆璋撰：《文化诗学学理特色初探——兼及我国第一次文化诗学学术研讨会》，载《文史哲》2001 年第 3 期。

② 刘庆璋撰：《文化诗学：富于创意的理论工程》，载《漳州师范学院学报（哲学社会科学版）》2004 年第 2 期。

法不仅“打通”了文本内外的关联，还能很好地针对现实文论面对的各种问题提出新的解决策略。另一位倡导“文化诗学”的学者蒋述卓教授在《走文化诗学之路》一文中，也提出了自己的看法。他从文论现实问题出发，认为“建立一种新的阐释系统就刻不容缓地成为我们当下重要的任务。这种新的阐释系统就是文化诗学”①。他还进一步对“文化诗学”进行了学理层面的阐释，他认为：

> 文化诗学，顾名思义就是从文化角度对文学进行批评。这种文化批评既不同于过去传统的文艺社会学中那种简单的历史批评或意识形态批评，又不简单袭用西方后现代主义文化或西方人所建立的第三世界文化理论的文化批评理论。它应该是一个立足于中国本土文化语境、具有新世纪特征、有一定价值作为基点并且有一定阐释系统的文化批评。②

正如刘庆璋与蒋述卓两位先生所言，中国文化诗学并非对西方话语的简单搬用，而有着自身出场的现实与理论背景。在导言中，我也已经提前申说过，我们的“文化诗学”是植根于现实土壤的，是一种不同于西方格林布拉特提出的“新历史主义”的文学新论。我们尽管仍然借用了西方“术语”，但是我们应该而且必须立足丁中国本土的文化语境，我们的“文化诗学”的历史出场有着我们自身的本民族的诗学传统和现实语境。关于这一点，我们文艺学研究中心李春青教授在《中国文化诗学的源流与走向》中也有清晰的说明：

> “中国文化诗学”是一种具有本土性质的文学研究方法，是伴随着中国古代文学的产生与发展而形成的中国式的文学阐释学。然

---

① 蒋述卓撰：《走文化诗学之路——关丁第二种批评的构想》，载《当代人》1995年第4期。

② 蒋述卓撰：《走文化诗学之路——关于第三种批评的构想》，载《当代人》1995年第4期。

> 而，由于现代以来……不善于或不屑于对中国文化传统中固有的观念与方法进行总结、提升……这或许正是当下中国学术研究很少能发出自己独到声音的重要原因。当然，我们并不否认，随着马克思主义的意识形态批评、哲学阐释学、巴赫金的社会学诗学、美国的新历史主义批评的传入，中国文化诗学传统获得了新的资源与营养，从而更加成熟与完善。换言之，“中国文化诗学”是一种既有着悠久的传统，又具有现代精神的文学阐释路向。①

与李春青教授从民族传统文论出发，主张文化诗学的“本土化”与“中国文化诗学”建构旨趣相似的是，国内的另一位文化诗学的实践者林继中教授也同样倡导“文化诗学”的本土化。

作为古典文学界的杜诗研究专家，他主张从传统诗学中去挖掘中国文化诗学话语的理论资源，认为文化诗学的首要环节即在实践，并主张跨学科的研究方法，以此完成传统文论话语的激活。在《文化诗学刍议》一文中，他指出：

> 整体性研究是文化诗学生命之所在。所谓整体性研究，体现在以宏阔的文化视野对文学进行全方位的审视，采用跨学科的方法，从人类学、美学、心理学、社会学、宗教学、民俗学、经济学等诸多学科的视角观照文学。然而更重要的还不在“跨”，而在打通，即必须将这些不同学科视为一个彼此联系的整体，以多种视角观照文学的目的，还在于尽量全面地对产生该文学文本的历史文化母体进行修复，探索其生命的奥秘。②

除倡导跨学科的整体性思维方法外，林继中教授还认为文化诗学的

① 李春青撰：《中国文化诗学的源流与走向》，载《河北学刊》2011 年第 1 期。

② 林继中撰：《文化诗学刍议》，载《文史哲》2001 年第 3 期。

基本方法就在于“双向建构”[1]，其要义有三：“其一，要阐释文本与外部世界的互动关系；其二，要关注不同文化间的沟通，寻找中西文化间的契合点与生长点；其三，要文史互动、古今互动，使文学文本具有历史与当代的双重意义。”[2]在《在双向建构中激活传统——从“文化诗学”说开去》一文中，林继中教授还详细阐述了用“文化诗学”方法激活传统文论的实践路径。他认为“只有那些尚能参与古今对话的东西，才是激活的对象，也是传统继续延伸的生长点”。“激活”的关键在于重建语境，再现诗意的自觉追求。“有没有重建语境，再现诗意自觉追求是新方法与旧方法的分水岭”，“是传统与现代学术能否接上轨的立足点”。“激活”还在于让古与今、继承与创新形成张力，促成“通变”。中国古典文论中诸如“望今制奇，参古定法”就是将古今正变视为一体两面，相互制约和转化。林继中教授还指出：“‘参古’不是‘效古’，而是‘趋时必果’‘望今制奇’，强调矛盾积极的一方——‘变’。传统的内涵经“新变”作出调整，“新变”被整合于传统，形成新传统，这就叫‘望今制奇，参古定法’”。他认为，“激活”还意味着“参与”。我们的文化诗学研究就是要积极主动参与到世界多元文化中去，需求对话，在碰撞中检验，在实践中融合。在对待中西文化诗学的态度立场上，他认为走向综合的整体性的互文视角是必须确立的，他用了一个有趣的比喻说：“批判与否定是必需的。问题是知识结构是个活体，它不像剜烂苹果，可以明确地区分其精华与糟粕而弃取之；它更像是人的肌肉，你能从活人身上挖一磅肉而不含血与水吗？所以它只能通过对客观现象进行阐述的实践，中学、西学互为参照系，互相发明，互相检验其普适性，进而互相渗透。所谓‘借鉴’尚不能尽其义，它应当是嫁接式的互渗互动，是双向建构，在双向建构中催生一个更为优化的、更为合理的新生命。这应当是一个长期反复试验的过程，是一个不断实践、反思、

---

① 林继中撰：《文化诗学刍议》，载《文史哲》2001年第3期。

② 林继中撰：《文化诗学刍议》，载《文史哲》2001年第3期。

调整、超越的前仆后继的无穷系列。”①林继中教授认为中西、古今的双向建构，总体趋势是指向未来，“立足现实，双向建构，才是文化自觉”，中国文化诗学只有主动参与到世界文化多元共存与重组的新格局中，“才能在双向建构中长入全人类共同的文化诗学”②。

以上所谈刘庆璋教授、蒋述卓教授、李春青教授、林继中教授，他们都是近年来国内致力于“文化诗学”研究的早期耕耘者，他们或在学理上试图建构一套话语理论，或是在实践操作中运行一种新的研究方法，无论是理论建构还是实践操作，都对“中国文化诗学”的形成和发展起着非常重要的推动作用。

“文化诗学”仍然是“诗学”：一方面，审美仍然是中心，语言分析不能放弃，但它不把文学封闭于审美、语言之内；另一方面，也不是让外部因素来过多影响文学，文学的某种“自治”的程度必须保持。”“文化诗学”作为一种实践方法在我国的提倡，有着十分重要的意义，它不仅担负着解决现实文论的各种难题，还担负着民族传统诗学的钩沉激活，更重要的是它给我们提供了一种走向综合的整体性的研究方法，提供了一种融通对话的态度立场。作为一种“审美诗学”与“文化研究”的双重整合，“文化诗学”具有非常广阔的学术空间。

---

① 林继中撰：《在双向建构中激活传统——从文化诗学说开去》，载《文艺理论研究》2009年第4期。
② 林继中撰：《在双向建构中激活传统——从文化诗学说开去》，载《文艺理论研究》2009年第4期。

第三章　回应呼唤：文化诗学的现实依据

第一节　现实文化存在状态与深度文化精神的寻求

在中国进入20世纪90年代的时候，提出“文化诗学”这个命题并不是哪个理论家的百无聊赖或心血来潮。理论之所以是理论，就在于它能在实践中回答问题、解决问题。因此任何一种真正理论的提出都应具有现实的根据。

一、中国社会转型时期文化存在状况的悖论

我们生活在中国，我们必须对今天中国的现实有一种清醒的理性的认识。应该说，自20世纪90年代后，现实的文化存在状态，既让我们感到欣慰，又让我们感到深深的不安。欣慰的是，中国人在20多年前就开始了一场思想改革运动，提出了“实践是检验真理的唯一标准”，终于实现了改革开放。这种改革开放经过三十年的实践，特别是90年代以来的实践，获得了成

功，让我们摆脱了贫困的日子，解决了吃喝住穿的问题，人民生活的品质有了很大的提高，国家的综合实力也大为加强，世界开始来拥抱中国，中国也开始走向世界，这不是很好的事情吗？可不安的是：我们必须面对现代工业文明和市场化给我们带来的种种困扰。无可否认的事实是：在人们生活得到改善和提高的同时，在综合国力提高的同时，拜金主义、拜物主义、享乐主义、消费主义以及这些“主义”的具体表现，一些社会文化负面现象又沉渣泛起。这样我们就面临一个悖论：现实让我们满意，现实让我们不满意。那么，现实中那些让我们不满意的社会文化问题是怎样产生的呢？或者说产生的根源在哪里呢？应该看到，文化是一个完整的系统。物质文化、制度文化、精神文化作为文化的三个子系统，缺一不可。文化中的这几个子系统要是发展不平衡，出现畸形状态，是现实社会文化失范的根源。

历史的经验是不能忘记的，历史永远是最好的教师。

鸦片战争前后，中国遭到帝国主义国家前所未有的欺凌，国人认识到中国落后了，出现了“洋务运动”，从器物层面吸收西方的坚船利炮、声光化电，而于其他则完全不予理睬，结果“洋务运动”以失败告终。

戊戌变法吸取了洋务运动失败的教训，企图从制度上吸收西方进步的东西，但是对于精神文化则关注得十分不够，或者说某种新的文化形态没有深入群众的心坎，结果变法运动只是少数人参与，没有得到全国多数人的拥护，结果还是失败了。

辛亥革命成功了，革除了帝制，但同样的问题是精神文化没有起色，国民的文化灵魂没有得到刷新，人民团结不起来，结果陷入了长期的军阀混战。

“五四”新文化运动可谓痛定思痛，发动了思想文化革新运动，从精神文化入手力图革新人的精神面貌，力图摆脱封建主义文化的精神枷锁，力图获得思想的自由和个性的解放，这方向无疑是正确的，所以获得了巨大的成功，推进了中国革命的进程。

就中国古代传统文化的“境遇”来说，在经过了20世纪60、70年代的冷遇后，在80年代“改革开放”后就逐渐引起人们的重视。90年代，传统文化似乎迎来又一届“青春”。

应该说传统文化还是传统文化，传统没有变。变化了的是现实生活。在经过了一系列的发展后，现实生活中出现了一个不容忽视的事实，那就是拜物主义、拜金主义沉渣泛起。“物”和“金”都不是坏东西，甚至是我们追求的东西，但是一旦“物”和“金”成为崇拜的“主义”，问题就来了。在面对这些问题时，他们回过头看自己祖先所创造的文明，并从那“仁义爱人”的伦理中，从“己所不欲，勿施于人”的道德中，从“小人喻于利”“君子喻于义”的教导中，从“天地之性，人为贵”的人文理想中，从“四海之内皆兄弟”的亲和中，从“民贵君轻”的政治理想中，从“无为无不为”的辩证思想中，从“与天地万物相往来”的自然观中，从风、雅、颂、赋、比、兴的诗性智慧中，看到儒雅而纯正的背影，或看到顺应自然的境界，他们连忙往回走，试图看到背影的正面，去领略那阔大恢宏的中华古典文化的气象、精神、诗情和韵味。于是我们重新发现孔子入世之道，重新发现庄子出世之道，重新发现汉学的古朴之道，重新发现玄学的思辨之道，重新发现盛唐之音，重新发现宋明理学之理……神往古代传统是人们试图摆脱现代社会俗气所做的一种努力。

现代中国人完全是在新的历史条件下产生对传统的“眷念”，与“五四”新文化时期对古老传统的批判看似完全不同，实则有相通之处。因为

“五四”时期人们看到的是中华古代的惰性、封闭性所产生的俗气和浅薄的一面。中国现代伟大的文学家、思想家鲁迅终其一生就是在与传统文化中那些麻木、庸俗、虚伪、落后、俗气、教条等作殊死的斗争。我们不会忘记他的《狂人日记》,不会忘记其中几乎人人都熟悉的一段话:“凡事总需研究,才会明白。古来时常吃人,我也还记得,可是不甚清楚。我翻开历史一查,这历史没有年代,歪歪斜斜的每页上都写着‘仁义道德’几个字,我横竖睡不着,仔细看了半夜,才从字缝里看出来,满本都写着两个字‘吃人’!”鲁迅对旧文化的批判的确是十分彻底的和全面的。他当年力主对外国的东西采取“拿来主义”,就是要用现代文明来对抗封闭、落后、虚伪、平庸、俗气等,以使中国人获得生存、发展的机会。

这就是说,“五四”的“反传统主义”和当代的“传统主义”都以反对平庸、虚伪、俗气、浅薄为旨归,都以人的精神现代化为旨归,“五四”的“反传统”是要摆脱无生气的麻木的僵死的东西,以实现人的精神的现代化;今天我们承继文化传统,是要以传统文化中的人文伦理精神来摆脱现今流行的拜金主义、拜物主义和极端个人主义等,其目的也是促进人的精神的现代化。因此,在建设人的精神的现代性上,它们似乎是相同的。

由此不难想到:中华古代文化有两面,有人文、儒雅、智慧、淳朴、自然、超脱的一面;同时又有残忍、愚昧、虚伪、庸俗、封闭、停滞的一面。这就要看我们所处的历史文化语境的状况。“五四”新文化运动时期,传统文化中的残忍、愚昧、虚伪、庸俗、封闭、停滞妨碍了我们的生存与发展,“反传统主义”占了上风,就不足为奇。现在,当社会转型时期的拜金主义、拜物主义和极端个人主义等,让平庸、俗气、粗卑的市民主义“污染”了我们的生活,人们想到并推崇中华传统文化的人文、儒雅、智慧、淳朴、自然和超脱,也就很自然了。

我还想说的一点是,中国是一个有着几千年传统文化的国家,在历史的每一个重要的关头,都不能不面对这个悠久的传统,不面对是不可能的。历史的经验已经反复告诉我们这一点。更重要的是,传统是活着的,它就在我们的身旁。我们“不但要理解过去的过去性，而且还要理解过去的现存性”，传统文化对于我们是一个“同时的存在”，“组成一个同时的局面”（T.S.艾略特）。屈原、陶渊明、李白、杜甫、苏轼这些大诗人就在当代诗人的身边，他们的精神生命没有结束。如何接过他们的燃烧了一两千年的诗歌火炬是我们今人的责任。因此处理好“古”与“今”的关系，无论对于过去还是现在，都绝不是可有可无的小事。古代优秀的文化传统必须继承，“五四”新文化运动的一些优秀的传统也必须继承。古代的传统是一个文本，“五四”新文化运动也是一个文本，我们都必须用历史主义的观点去对待它。

从以上我们对历史的回顾中可以看到，文化作为一个整体，是很难切割开来的，物质文化、制度文化和精神文化要平衡地前进，才能推进社会的持久的进步。畸形的文化，必然带来畸形的社会问题。这对社会发展来说，是绝对不利的。

经济的发展要有精神文化的引导。历史唯物主义没有过时，马克思关于经济基础与上层建筑的作用与反作用的观点没有过时。社会的经济基础归根结底决定着意识形态和精神文化，意识形态和精神文化也绝不是可有可无的东西，它必然在很大程度上作用于社会的经济发展。没有社会的经济发展是万万不可的，同时没有健康的精神文化发展也是万万不可的。关键的问题是人的需要是多层面的，除了物质的需要，人的道德伦理秩序、人的思想言论的自由、人的个性的发展、人的精神生活的丰富，也都属于人的需要。在物质得到基本的满足的条件下，这种需要就会凸显出来。没有钱是不行的，但仅有钱也是万万不行的。在物质文化发展的同时，制度精神文化的关怀，就成为重要的方面。像许多发达国家的经济诚然是世界领先的，但在他们那里种种关系到人的生存与精神生活等层出不穷的社会文化问题，并没有随着经济的发展而得到解决。

二、社会转型期中国当代学者对深度文化精神的寻求

要知道，世界上最重要的是人，人光有物质的富裕还不够，还要有文

化精神生活的富裕。因此现代工业经济的发展和市场经济也需要深度文化精神的引导。经济的发展要体现以人为本。如果经济的发展、市场化的结果不利于人的建设,不利于人性的完善,如果经济的发展让人感到机器的压迫、电子的干扰、环境的污染、文物的破坏、信仰的失落、欲望的膨胀……那么这种经济的发展对人的生存又有什么意义呢?应该看到,现代经济的发展与精神文化的发展,并非总是同步的,相反往往是相悖的。在人类的历史上,工业文明所代表的经济发展与精神文化常常出现二元对立现象,在激烈的社会转型时期也有表现。这体现出历史发展的"悲剧性",体现出经济发展维度与精神文化维度的"错位"。

近代西方的一些学者清晰地看到了现代化和技术进步过程在文化、精神、价值、信仰方面造成的巨大负面效应。自英国工业革命开始,一些西方的作家和思想家就开始对工业文明所带来的负面文化进行批判。从狄尔泰到席勒,再到马克思,都是从批判工业文明和资本主义的逻辑开始自己的理论活动的。这些都是众所周知的事情。

有人可能会问在工业文明发展到高科技的今天,新的工业文明是不是对人具有了一种亲和力呢?事实的发展告诉我们,新的高科技工业文明可能给我们带来一些社会文化问题。西方马克思主义的代表人物美国学者赫伯特·马尔库塞说:"进步的加速似乎与不自由的加剧联系在一起。在整个工业文明世界,人对人的统治,无论是在规模上还是在效率上,都日益加强。这种现象不仅是进步道路上偶然的、暂时的倒退。"马尔库塞并没有夸大事实,他只是揭露事实而已。20世纪的科学技术突飞猛进,人类的经济文明似乎进入一个新时代,正是在这个看起来是经济大发展的时代,人类也遇到了战争灾难和其他种种威胁人类生存的问题。

现代经济的进步有它自身的铁一般的规律,它不会总是照顾人的情感世界的美好发展。恩格斯认为黑格尔的思想比费尔巴哈要深刻得多,他在《费尔巴哈与德国古典哲学的终结》一书中借鉴黑格尔的说法,认为自从有阶级以来的社会,恶(包括贪欲、权欲等等)是历史发展的杠杆。

但是我们并不会因此就放松经济的发展，不会因此就放松高科技的发展，因为经济的发展、科技的发展又能给人类带来极大的方便、舒适、快乐、富强和幸福。这样就出现了悖论：现代经济的发展、科技的发展给人类带来前所未有的幸福，现代经济的发展、科技的发展给人类带来前所未有的灾难。在这个悖论面前，我们认为，重要的制衡力量就是深度的精神文化。有了深度的健康的精神文化的制衡，现代经济和科技才有可能沿着属人的方向发展。

在现代工业文明所带来的种种社会问题面前，西方的一些学者看到了这些问题，还努力寻求着深度的文化精神。从狄尔泰到华兹华斯，从席勒到马克思，从霍克海默到马尔库塞，他们都在寻找如何摆脱现代资本和现代工业文明给人类带来灾难的文化精神。马克思早期提出“人性的复归”，成熟期提出“消灭私有制”，实现共产主义的理想，就是突出的代表。

中国的学人在20世纪90年代起发现现代工业文明和市场化、世俗化所带来的一些问题之后，也在寻找摆脱这种困境的文化精神，先后提出各种深度的文化精神：

1993年由上海王晓明等提出了“人文精神”的讨论。王晓明在《上海文学》1993年第6期发表了《旷野上的废墟——文学与人文精神的危机》，发动了文学研究界一次影响比较大的讨论。这次讨论涉及的主要问题有：

1.文学的危机与精神的危机。王晓明在他的文章中认为：“今天，文学的危机已经非常明显，文学杂志纷纷转向，新作品的质量普遍下降，有鉴赏力的读者日益减少，作家和批评家当中发现自己选错了行当……”① 大家知道当时流行的是王朔的“痞子文学”和张艺谋的电影《菊豆》和《大红灯笼高高挂》，文学与艺术或一味调侃，或热衷于刺激欲望，媚俗、自娱成为时髦。我在1994年也发表了文章《隐忧与人文关怀》，提出了问题：“当代中国的审美文化在哪些方面出了问题？它可能引起的后果是什么？

① 王晓明等撰：《旷野上的废墟：文学和人文精神的危机》，载《上海文学》1993年第6期。

从文化意义上看我们处在怎样一个时代？从这样一个特定的时代出发，我们的审美文化应该有什么样的品味？审美文化的创造者能不能逃避历史的责任？”[①]我的回答是：一、创作态度的游戏化。……1986 年前后涌现出一些作者，创作态度为之一变，神圣的使命感消失，代替它的是纯粹的“游戏”和“玩”。……二、作品的平面化。追求对生活的表面的描写，拒绝深度。放弃选材要严的原则，琐碎的无意义的生活小事，不搭界的事物和色彩，皆可拼凑成篇。展览生活的原生态，作逼真的描写，不作解释，不作评价，当然也不揭示意义。……三、传播的商业化。无论是“美女图”，还是千部一腔的武侠片、武侠小说，或者是琼瑶式的言情片、言情小说，都有商品化，编造、模仿、复制、刺激、赚钱……人文意义已被淡化。还有借裸体艺术之名，展示性的构造，这就不只是消解人文意义，而是反人文意义。以“炒”股票的办法“炒”审美文化作品，某些平庸的无意义的作品，在一夜之间，被“炒”成畅销书。……当代审美文化人文意义的消解，不能不引起人们的担忧。因为这将产生严重的后果：

(1)现实的失落。由于这些作品平面化，没有深度，只有形象，这就意味着形象把现实抽空了，终日浸泡其中的人，他自己也变成“空壳人”，他先是不想理解现实，然后是不会理解现实；现实的真实感的丧失使他们难以担当好自己的社会角色。(2)精神的失落。由于这些作品缺少精神产品的素质，其消费过量者就从精神家园里被放逐出去，成为精神上无家可归的游子，被剥夺对精神故乡的回忆和对乐土的热望，想象力也随之萎缩。(3)人的失落。由于这些作品缺少人文价值，一味刺激人的生物欲望，人的本性就在无意义的文化消费中失落，使人不能真正具有人的本质，人被物和欲所异化就成为不可避免的事。一种不敢正视人和现实的文化，虽然不同于当年鲁迅所说的“瞒和骗”的文化，却是鲁迅所说的“媚俗”的文化，是无聊的、庸俗的、培养小市民习气的文化，对此，人们不能不

---

① 童庆炳撰：《隐忧与人文关怀》，载《文艺研究》1994 年第 1 期。

感到隐忧[①]。

2.当时提出来的问题就是在转型时期，人文知识分子如何来认同自己的身份和价值立场？陈思和说："我和王晓明一样，关心的是自己的问题，即作为一个现代知识分子，我们的安身立命之处在哪里？"人文知识分子要给自己定位，不能逐拜物主义、拜金主义之流，要有自己的话语，自己的价值立场。人文精神是知识分子的自救之道和再生之道。

3.陈思和提出了与人文精神相关的"民间"概念，即认同市场之外的"民间"立场，反映下层民间的情绪，体现"民间"的原始生命力。

4.警惕市场化导致人的精神萎缩，这是这次人文精神讨论的一个重要之点。当商品的价值被视为一切产品价值的标准，甚至也被视为精神产品的标准的时候，那么文学必然要媚俗，拜物主义、拜金主义等思潮就不能不入侵文学，真善美被消解，也就是自然的了。也正是在这个意义上，马克思曾经说过，资本生产与诗歌发展是敌对的。

当然值得指出的是，讨论中有不同的声音。

1995年，钱中文提出了"新理性主义精神"。"新理性主义精神"大体上包含了如下几点：1."新理性精神将从大视野的历史唯物主义出发，首先来审视人的生存的意义。"[②]物的挤压使人的生存意义丧失，对于文学艺术来说，它的功能就是必须寻找回人的生存的意义。2."在大视野的历史唯物主义的观照下，弘扬人文精神，以新的人文精神充实人的精神。"[③]所谓新的人文精神的建立，就是要"发扬我国原有的人文精神的优秀传统，在此基础上……融合成既有利于个人自由进取，又使人际关系获得融洽发展的、两者相辅相成的互为依存的新的精神"[④]。他推崇海明威的

---

① 童庆炳撰：《隐忧与人文关怀》，载《文艺研究》1994年第1期。

② 钱中文撰：《文学艺术价值、精神的重建：新理性精神》，见《文学理论：走向交往对话的时代》，北京大学出版社1999年版，第339页。

③ 钱中文撰：《文学艺术价值、精神的重建：新理性精神》，见《文学理论：走向交往对话的时代》，北京大学出版社1999年版，第344页。

④ 钱中文撰：《文学艺术价值、精神的重建·新理性精神》，见《文学理论：走向交往对话的时代》，北京大学出版社1999年版，第345页。

《老人与海》中的精神："……一个人并不是生来要给打败的"，"你可以把他消灭掉，可就是打不败他"。他推崇福克纳的精神："我不肯接受人类到了末日的说法……人是不朽的"，作家的"特殊光荣就是振奋人心，提醒人们记住勇气、荣誉、希望、同情、怜悯之心和牺牲精神，这就是人类昔日的荣耀"①。这是一种现代性精神的体现。3."新理性精神将站在审美的、历史社会的观点上，着重借助与运用语言科学，融合其他方法，重新探讨审美的内涵，阐释文学艺术的意义、价值。"②4."新理性主义在文化交流中力图贯彻对话精神，文化交流应在对话中进行。"③不难看出，"新理性精神"是在更新了旧理性精神的基础上，呼唤人文精神的回归，以对话的方法，揭示文学艺术的意义和价值，以回应当前社会精神的萎缩、贫乏和堕落。这是很可贵的。但对于钱中文的"新理性主义"也有批评，主要是认为它不能形成一种"追求纯文学性上面的文学理论"，有"拼凑"的痕迹。但复旦大学教授朱立元的研究认为，钱中文的"新理性主义"的内在结构包括三部分：以"新人文精神"为精神内涵和价值根据，以"现代性"阐述为理论基点和中心话语，以"交往对话"的综合思维方式为思考理路和逻辑方法④。朱立元的理解深得钱中文理论的精髓。

1996年我提出了"人文—历史张力"说，对文学精神价值取向提出了自己的意见。一方面认为："应该看到，从'以阶级斗争为纲'到经济的改革开放，从一味搞政治，转移到以经济建设为中心，这是社会的进步，是非同小可的进步。因此对社会转型期出现的道德失范问题，除了从道德的角度去加以考量，还必须从历史的角度加以把握。换言之，在社会转型期，出现道德失范，是经济发展的伴生物，是难以避免的。切不可对此做

① 钱中文撰：《文学艺术价值、精神的重建：新理性精神》，见《文学理论：走向交往对话的时代》，北京大学出版社1999年版，第347—348页。

② 钱中文撰：《文学艺术价值、精神的重建：新理性精神》，见《文学理论：走向交往对话的时代》，北京大学出版社1999年版，第352页。

③ 钱中文撰：《文学艺术价值、精神的重建：新理性精神》，见《文学理论：走向交往对话的时代》，北京大学出版社1999年版，第358页。

④ 朱立元撰：《钱中文"新理性精神"文论的内在结构》，载《河北学刊》2003年第5期。

出过分的反应，因此我们所主张的人文主义必须有历史的维度，也就是说是在总结历史的经验教训，保证社会进步、促进经济发展的前提下，去提倡人文主义。这样，人文主义就必须和历史主义相结合，是否可以把这种人文主义叫作'开放的人文主义'呢？我看是可以的。开放的人文主义是历史的、宽容的、民主的和诗意的，不是独裁的、专制的、僵死的和教条的。"[①]另一方面，我又认为："对这种道德失范的现象，如果不以人文主义的理想与之对抗，多元化将演变为社会的混乱，经济的发展将演变为物质至上主义，人也就可能在没有精神的支撑下沦为只有生物欲望的动物。换言之，一个社会缺少精神的治理和制约也是不行的。因此，历史主义也必须具有人文的维度，也就是要清醒看到今天社会存在的问题，呼唤人文主义的理想也是必要的，甚至是刻不容缓的。这样，历史主义就必须而且可以与人文主义相结合。历史主义应该是有理想的、有精神的、有限制的，不是无边的、无精神内涵的、无限制的。"[②]这样我的结论是：人文主义要有历史主义的维度，历史主义要有人文主义的维度，这实际上就是说，经济发展是重要的，市场化也是必然的，是社会历史的要求；但同时精神文化的追求也是重要的，人文关怀的呼唤也是必然的，这就是人的发展的要求。这两者之间，要保持某种张力的状态。我们评价文学，也要有这样的精神价值取向。

深度精神文化不是后现代文化。深度精神文化应该是本民族优秀的传统文化与世界优秀文化交融的产物。这种深度精神文化的主要特性是其人文的品格。以人为本，尊重人，关心人，保证人的心理健全，关怀人的情感世界，促进人的感性、知性和理性的全面发展，就是这种深度精神文化的基本特性。这里特别值得指出的是，深度精神文化不是抹杀民族传统文化，恰好相反，一定要本民族传统文化的深度介入。全球化不应该是对民族文化的消灭，而应该是对各民族文化中最优秀文化的发展。因为

① 童庆炳撰：《人文主义的历史维度和历史主义的人文维度》，载《文学自由谈》1996年第2期。
② 童庆炳撰：《人文主义的历史维度和历史主义的人文维度》，载《文学自由谈》1996年第2期。

一切具有世界性的东西,最初都是属于某一个民族的东西,是对这个民族的优秀东西的吸收和改造。没有民族的东西作基础,凭空创造出一种世界性的文化,这是不太可能的。

在这样一个现实面前,作为人文工作者的作家和理论家能做什么呢?或者说他们能用他们的作品去鼓励还是去批判什么呢?难道是一味地加入到推销消费主义、享乐主义、拜金主义、拜物主义等的行列中去吗?当然不是。我们只能用我们的作品去制约经济发展给我们带来的负面影响。这样我们认为"文化诗学"是对现实生活的一个恰当的回应。

与此同时,刘庆璋教授也已开始了对"文化诗学"研究的思考。面对某些急功近利的浮躁,在《文化诗学:富于创意的理论工程》一文中她也提出了关于"文化诗学"的构想,她结合当前文论与现实的状况指出:

> 在中国的城市,文学艺术进入了交易市场,它与娱乐消遣、市场营销、日常生活的美化需求等相结合,形成一种红红火火、参与者众多的大众文化。在这种市场需要的大众文化之中,文学与其他文化活动的严格界限模糊了,而相互渗透、相互流通、相互构成的现象明显了。如此等等的新的文化风尚,使中国学人不可能闭门于文学审美研究的象牙塔之中,并且开始思考:作为文学理论的纯粹的文学审美论,似乎也再难以适应已经出现的更为复杂的文学现实了。这时,受西方有关理论的启发,中国学人开始了作为自己学术话语的"文化诗学"的研讨。①

刘庆璋教授同时还认为,"文化诗学"的提出,除了是对时代社会的现实回应,还在于文论自身发展及人文精神品格的需求。在《文化诗学学理特色初探——兼及我国第一次文化诗学学术研讨会》一文中,她就提

① 刘庆璋撰:《文化诗学:富于创意的理论工程》,载《漳州师范学院学报(哲学社会科学版)》2004年第2期。

出:“‘文化诗学’在‘诗学’前冠之以‘文化’,首先在于突出这一理论的人文内核,或者说,在于表明:人文精神是文化诗学之魂。……‘文化诗学’从广阔的文化视野出发来审视文学,运用丰富多彩、卓有建树的各个及其文化扇面的新理论、新方法来研究文学。……具有视野的开放性、方法学上的包容性和鲜明的当今时代的时代性。”①

“文化诗学”的基本诉求是通过对文学文本和文学现象的解析和批判,提倡深度的精神文化,特别是提倡诗意的追求,提倡人文关怀,批判社会文化中一切浅薄的俗气的不顾廉耻的丑恶的和反文化的东西。这就是我们提倡“文化诗学”的现实根由,也可以说是“文化诗学”的首要的旨趣。

第二节　文化诗学的精神诉求

也许我们谈到文化诗学,马上会有人联想到文化研究或文化批评。文化研究或文化批评是从西方引进的。西方的文化研究有他们自身的问题意识,这一点我在第二章就谈到了。问题是中国的文化研究或文化批评的出场是否有自己的问题意识呢?如果有的话,这属不属于中国文学理论范围内?是不是一种文学研究或文学批评呢?

一、中国的“文化研究”问题意识的缺失

我们首先要承认,文化研究或文化批评的引进,对于文学研究是具有启示意义的。这主要是它为文学研究提供了新鲜的视角。对于文学作品的解读,若是能有像“文化研究”一样的文化视角去解读,可能会读出新

① 刘庆璋撰:《文化诗学学理特色初探——兼及我国第一次文化诗学学术研讨会》,载《文史哲》2001 年第 3 期。

鲜的文化意义来,这无疑是有益的。这一点我们在前面也谈到过了。但是,随着20世纪70年代以来的西方文化研究在20世纪末和21世纪初的逐渐消退,它对于文学研究的负面作用也慢慢显示出来。中国的文化研究与文化批评也是如此。

首先,中国的文化研究缺乏中国自己的问题意识。英国20世纪50年代开始于雷蒙·威廉斯的"文化分析"(后来称为"文化研究"或"文化批评"),只要我们阅读他的《文化分析》这篇论文,我们就知道威廉斯非常重视"经验",甚至可以说"经验"是文化研究的中心范畴。所谓经验就是亲身经历过感受过而形成的某种"感觉结构"①。西方的"文化研究"的问题意识是很清楚的,他们提出的几个重要的范畴"阶级""性别""种族",后来美国赛义德提出的"东方主义",都是有的放矢的,有现实根据的。但是中国热衷于文化研究的学者,仍然是借用西方人的这些范畴来分析问题。如用"女权主义"或"女性主义"的概念来分析中国当代的作品,就不免隔靴搔痒了。问题意识的缺失,使得中国的文化研究虽然热闹一时,但是收获很小。

进一步说,文化研究对于文学理论与批评不但没有起到正面作用,反而显露出了负面作用:第一,文化研究并不总是以文学为研究对象,甚至完全不以文学为研究对象。在更多的情况下,文化研究或文化批评往往是一种社会学的、政治学的批评,其对象与文学无关,纯粹在那里讲解阶级斗争、性别冲突和种族矛盾;其方法又往往是"反诗意"(这是文化研究论者自己的话)的。如果把这些仅仅出于某个具有文学批评家身份的人的社会学批评、政治学批评著作,硬说是文学研究岂不令人费解吗?至于它的读者很多,得到很高的评价,那是作为社会学、政治学著作所得到的礼遇,与文学批评又有何关系?第二,文化研究或文化批评理论本身具有公式化的局限性。无论是文化研究中的重要的女权主义、东方主义、后殖民主义,作为一种理论模式,与我们十分熟悉的阶级斗争理论的公式是十

① [英]威廉斯著:《文化分析》,见《文化研究读本》,中国社会科学出版社2000年版,第132页。

分相像的，革命阶级/反革命阶级，男性/女性，西方/东方，文化殖民/反文化殖民等，推导的方法也十分相似，结论也产生于解读作品之前，总之都是同一种二元对立的理论模式。如果我们用这种文化理论去解读题材相关的作品，那么无论作品本身的优劣（难道文学批评不是要把优秀的作品和低劣的作品区分开来吗），所解读出来的东西是一样的（难道文学批评不是要把不同作品解读出来吗），这种视角先行的模式单一的文学批评，不但使解读作品的内容和意义趋同化，失去了作品的思想和艺术个性，使文学批评非思想化、非艺术化，而且那解读必然是平面的，缺少深度的。因为文化研究关注的只是理论本身，对文学文本的解读只是一种例证。更进一步说，这种由于理论公式化导致文学批评刻板化的倾向，也必然远离文化研究人文关怀的初衷。人文关怀有三要素：尊重人的不同经验，捍卫人的尊严，尊重人的不同思想，但文化批评理论本身的缺失，恰好把不同的经验、个性、思想都趋同化模式化刻板化了，这不能不说与人文关怀是背道而驰的。也许正是基于这个原因，西方文化批评大家赛义德在他逝世前几年，就意识到这个问题的严重性，他认为理论走入歧途，影响了人们对文学的热爱，他痛心疾首地感叹：如今文学已经从课程设置中消失，取而代之的都是那些“残缺破碎、充满行话俚语的科目”。回到文学文本，回到艺术，才是理论发展的正途。从一定意义上说，文学可以说是被一波又一波的高调理论喊衰的①。

正是基于上面这种认识，我认为不要把文化批评与文学批评简单等同起来。文化批评不等于文学批评。试图用文化批评取代文学批评，一味在文艺学界喊“文化转向”是不可取的。本来，文学的内容是千差万别的，文学的风貌是仪态万千的，文学的情感是多姿多彩的，文学的形象是栩栩如生的，文学的境界是余味无穷的，文学的语言更是千姿百态的，文学本身就是一个无比丰富的世界，好，现在遇到了文化批评固有的模式的“大刀”，不容分说，一下子把你砍成几大块，还说这是最新潮的文学批

① 盛宁撰：《对“理论热”消退后美国文学研究的思考》，载《文艺研究》2002年6期。

评。这样的文学批评究竟是让作家感到欣慰呢,还是能让读者感到满意?

如果文化研究或文化批评有上面这些问题,那么单纯用文化研究或文化批评的标准来勘探文艺学的边界,一味叫喊文艺学的"越界"和"扩容"是合理的吗?

更令人不安的是,中国当代文化研究的进一步发展,使那些提倡者对那些"主义"的理性和"本质主义"感到厌烦,于是他们不但不去思考现代资本和现代工业给我们社会带来什么问题,应该如何应对,反而又借用英国诺丁汉特伦特大学社会学与传播教授费瑟斯通《消费文化与后现代主义》的"日常生活审美化",开始迎合正在兴起的"消费主义"的浪潮,转而提倡所谓的"我们时代日常生活美学现实",研究专门作用于人的感官刺激和欲望享乐相关的城市规划、购物中心、街心花园、超级市场、流行歌曲、广告、时装、美容美发、环境设计、居室装修、健身房、咖啡厅、美人图片等,他们想以此取代对文学的研究。研究对象改变了,那么研究的原则是否要改变呢?他们中的一些人认为抛弃旧的康德式的"审美无功利"的理性的"美学原则",建立物质性的以视像为中心的"眼睛的美学"原则势在必行。他们认为,"物"是中心,"物"中之"物"又指向了对于身体的满足和关注。这样他们就认为当下的审美活动已经跨过了高高的精神栅栏,化为日常生活的视像,心灵沉醉的美感转移为身体的快意的享受。为此他们兴奋地呼唤"新的美学原则"的崛起。

似乎一些大的较大的城市已经发展到这一步:你无论到哪里,都离不开商品。商品几乎充满你的一切空间和时间。只要你在生活,你就离不开商品,既然离不开商品,那么附着在商品上面的亮丽、清香,就不能不吸引你的感觉。基于以上新的变化,有人说"审美已经日常生活化",或者说"日常生活审美化"。

但是,我的问题也随之而来,这一切新的变化能称为"日常生活的审美化"吗?第一,这种"日常生活的审美化"是对谁而言的?费瑟斯通提出问题的语境与中国学者提出问题的语境完全不同。我们毕竟还是发展中国家。第二,我们对“审美”应作何理解,审美是视觉的快适呢?还是心灵的震动?审美当然是人类的一种活动。但它究竟是怎样一种活动呢?我们大家都知道,我们在读一本悲剧性小说的时候流下了眼泪,我们在观看一出喜剧的时候禁不住笑了起来,我们在朗读一首英雄史诗的时候会肃然起敬,我们把这种活动称为审美。在这种活动中,观看者作为主体的感情在评价对象,由于对象本身具有打动人心的价值性,观看者在看在听在评价的时候,作为主体的欣赏者又主动投入感情,对于对象作出感情的肯定评价或感情的否定的评价。就是说,你在观看悲剧或喜剧的瞬间,似乎那悲剧呈现的悲哀是你自己的悲哀,你的亲人的悲哀,你的朋友的悲哀,你的团队的悲哀,你的国家的悲哀,你的民族的悲哀,或者似乎那喜剧是你对对手的丑态嘲笑,你对仇人的丑态嘲笑,你对敌人的丑态的评价,于是你的感情终于被深深地触动,而自然而然地哭起来或笑起来。如果我们这样来理解“审美”,那么前面所说的“日常生活的审美化”或“审美化的日常生活”并不能引起你的感情的震动,并不能引起会心的笑与真情的泪,那么所谓的“日常生活审美化”的命题还能不能成立呢?

是否审美问题有不同的层次?是的。我认为审美问题的确有不同的层次。当我说香山的红叶是美的、杭州的西湖是美的、桂林的山水是美的、敦煌的壁画是美的时候,是指审美的对象而言的,这是审美问题的第一层次。当我们说美在节奏中、在韵律中、在和谐中、在对称中、在错落有致中、在多样统一中、在黄金切割中的时候,我们是指审美活动构成的形式要素而言的,这是审美问题的第二层次。当我们说美好、丑陋、悲剧、喜剧、崇高、卑下等也可以评价,可以欣赏,那么我们是指审美的范畴而言的,这是审美问题的第三层次。当我们抽象地说,美是关系,美是无功利的判断,美是理念的感性显现,美是客观的,美是主观的,美是主客观的统一,美是评价,美是自由的象征等的时候,我们是在回答对于审美的哲学追问,这是审美问题的第四层次。只有在对于审美问题这种分层次或分方面的理解的前提下,我们才可能进一步来考察日常生活的审美究竟是什么。

很显然，我们今天考察的“日常生活的审美”问题，只是就审美活动构成的形式要素而言的。日常生活中漂亮、美丽、动听、光滑等的确是一种审美，但必须明确这种审美只作用于人的感觉，一般不会作用于人的心灵，它是审美的最浅层次，而不是深层次。这种浅层次的审美是由于节奏、韵律、和谐、对称、错落有致、多样统一、黄金切割等构成的，它不触及或很少触及人的感情与心灵，仅仅触及人的感觉，是人的感觉对于对象物的评价而已。因此，这种审美是不可与观看悲剧、喜剧时候的感情的评价同日而语的。我们必须区别感觉的评价与感情的评价的不同，必须区别浅、深两种不同层次的审美。

进一步的问题是为什么在今天所流行的更多是作为感觉的评价的浅层次审美，原因很简单，那就是新的技术支撑了现代商业社会。现代商业的特点之一，就是更多地调动人的感觉，而不是调动人的感情。因为现代商业虽然给我们带来诸多便利，但也给我们带来一些深层的社会问题和风险。现代商业有时要让人掏钱买货物，并让人在购物中获得快感，而忘掉那些深层的属于感情领域的种种问题（如贫富悬殊、东西部发展不平衡、城市农村的差异、环境污染、贪污受贿、分配不公等）。现代商业似乎以盈利为最高目标，商家制造的东西，让购物者有好的感觉、美的感觉，产生了购物的欲望，并乐于从口袋里掏出钱来买这种东西。这几乎就是它的全部追求。基于这样的理解，我们诚然要给现代日常生活的“审美”一定的正面的评价，难道我们不愿看到美的东西，而情愿看到丑的东西吗？但是我们一定要了解我们中国自己的国情，我们毕竟还是发展中国家。当我们在这里谈论所谓的日常生活的审美化的时候，我们是否要一味地做理论广告？企业要做商业广告，那是他们的事情，我们作为人文知识分子，为什么一味地替他们制造美学舆论呢？难道我们不应该更多地为那些普通的还享受不了“日常生活的审美”的人们着想？难道我们不应该更多地体认那些百姓的生活处境？这种一味为消费主义唱赞歌的行为是合理的吗？

对于文艺学这个学科而言，我们的文学批评是需要那种触动人的心灵的审美呢，还是仅仅只需要“眼睛的美学”，这是不言而喻的。因为用“眼睛的美学”如何切入非图像的文学作品的艺术世界呢？文学是情感的世界，是想象的世界，是心灵的世界，是内视的世界，与热衷于看图像，特别是看美女的图像的“眼睛的美学”有何相干？看来我们在这里又遇到了文艺学的边界问题，因为他们早就高举“新的美学原则”从文学领域“越界”到购物中心、街心花园、超级市场、健身房、咖啡厅、电视屏幕前等地方去了。

二、文化诗学精神诉求的三个向度

1999 年我在《江海学刊》发表了《文化诗学是可能的》，同年在《东南学术》发表了《文化诗学的学术空间》，正式提出“文化诗学”的命题。显然，文化诗学出场的现实语境与前面讲到的 1993 年开始的“人文精神”的讨论是一样的。不过，我们提出的“文化诗学”的内在结构是，以审美为中心的“双向拓展”。因此，文化诗学作为一种文艺学方法论，其精神诉求有三个维度：第一是审美精神，这是中心，文学作品首先要具备这种品质和精神；第二是人文意义，文学是语言的艺术，艺术文学必须要有人文意义，要关切人的生存的意义；第三是历史文化精神，文学是历史文化的产物，又构成了历史文化扇面的一部分，必须进入历史文化语境，才能揭示出文学作品的涵义。

为什么文化诗学提出这样的精神诉求，这要从文学与人性的关系谈起。我们认为文学是人性的全面展开。

在好几个有关共产主义的定义中，我最喜欢马克思在《1844 年经济学—哲学手稿》中给共产主义下的定义：“共产主义是私有财产即人的自我异化的积极的扬弃，因而是通过人并且为了人而对人的本质的真正的占有；因此，它是人向自身、向社会的（即人的）人的复归，这种复归是完全的、自觉的而且保存了以往发展的全部财富的。”在这个定义中，马克思提出了“人的复归”这个重要问题。在我看来，文学主要不是摆脱生活扰攘的憩息，不是酒足饭饱之后坐在柔软沙发上打盹儿，而是实现“人的复归”过程的一种力量，是人性建构的一个重要方面，是人的精神生活之鼎的必不可少的一足。

那么什么是“人的复归”？

人在长期的劳动中创造了自己，从一般动物中分离出来，成为一种有知、情、意的心理功能的社会动物。在人类的童年，人开始了对自身的本质力量的占有，从蒙昧状态中苏醒过来。德国伟大的作家席勒曾这样赞美古希腊人：“希腊人的本性把艺术的一切魅力和智慧的全部尊严结合在一起”，“他们既有丰满的形式，又有丰富的内容；既能从事哲学思考，又能创作艺术；既温柔又充满力量。在他们身上我们看到了想象的青年性和理性的成年性结合成的一种完美的人性。”[①]的确，希腊人是发育得最好的人类孩童，他们创造了无比辉煌的古代文化，在他们身上有一种混沌状态下的“完美”。但是，无论如何不能说他们已获得高层次的“完美的人性”，充分发挥了人的一切潜能。这是因为人的全面的本质，不是自然的产物，而是漫长历史的产物。在人类历史刚刚开篇的时候，在生产力的发展还极其低下的情况下，人的感性和理性的潜能是不可能充分发挥出来的，人也就不可能占有自己的全部本质。因此，无论是过去还是今天，那种讴歌原始的丰富，鼓吹原始的美，引导人们把眼光转向遥远的过去，都是可笑的。而马克思所说的“人的复归”绝不是要把人“复归”到原始人那里去。

“人的复归”是马克思针对人类的严重的“自我异化”提出来的。私有制虽然对原始的公有制来说是伟大的历史进步，但是带来了三大差别，人不但不能全面地展开自己的本质力量，让知、情、意和谐发展，而且人的本性严重地“自我异化”。“由于劳动被分成几部分，人自己也随着被分

① ［德］席勒著：《美育书简》，徐恒醇译，中国文联出版公司 1984 年版，第 48—49 页。

成几部分。为了训练某种单一的活动，其他一切肉体的和精神的能力都成了牺牲品。人的这种畸形发展和分工齐头并进"①，工人成为了机器的单纯的附属品，农民则被捆绑在土地上，成为土地的一部分，而资产者则为他们自己的利欲所奴役。所有的人都向非人转化，人寻找不到自己。人的知、情、意都受到压抑或完全丧失。对于劳动者来说，由于他们不占有生产资料，他们的"自我异化"就更为严重。他们生产的东西愈美好，他们自己就变得愈丑陋；他们的对象愈文明，他们自己就变得愈野蛮；劳动愈精巧，劳动者就变得愈呆笨。"所以结果是：人除掉吃、喝、生殖乃至住和穿之类动物性功能方面，他感觉不到自己和动物有任何差别。动物性的东西变成了人性的东西，人性的东西变成动物性的东西。"②在大地直立起来的人，经过层层异化，丧失了人的本质，终于沦陷到了一般动物的地位。人类在劳动中创造了自己，人类又在劳动中摧残了自己。这是人类的悲剧。

就个体而言，人的"自我异化"表现为个人的知、情、意心理结构的残缺和片面化。私有制总是把人捆绑在单一的对象上，并使人的感觉也单一化。当一个人只为一种感觉所控制的时候，那么他的这种感觉就会畸形发展，而其他一切感觉、情感、欲望和理智就被扼杀。一个一贫如洗的穷人，时时刻刻被贫困感所控制，那么他作为人的其他心理潜能就全部消失了，所以马克思说："忧心忡忡的穷人甚至对最美的景色都无动于衷。"一个一心想赚大钱的商人，他的全身心都被利欲所占有，那么他作为人的全部潜能也全部丧失了，所以马克思说："贩卖矿物的商人只看到矿物的商业价值，而看不到矿物的美和特性；他没有矿物学的感觉。"我认为人性的这种残缺和片面化，就是人的精神危机的表现。而危机的根源在私有制，实现共产主义，才能彻底消除人的"自我异化"，弥补人生的残缺，才能在最高层次上实现人的复归，使人的肉体的精神、感性和理性的一切潜

① 恩格斯著：《反杜林论》，见《马克思恩格斯选集》第3卷，人民出版社1972年版，第330页。
② 马克思著：《1844年经济学—哲学手稿》，人民出版社1979年版，第48页。

能都以应有的丰富性发挥出来。

文化诗学的精神诉求是立足于马克思的“人的复归”和人性的复归的基础上的。文学完全可以为人的知、情、意的心理功能建构提供养料，也是控制社会精神失范的一种力量。

文化诗学的精神诉求为什么主要是三个向度？而不是两个向度，四个向度？这就是我们前面说的，文学是人性的全面展开，知、情、意是人的心理功能的基本结构。文学的审美精神首先与“情”相对应、人文意义可以与语言所传达的“意”相对应，历史文化精神则可以与“知”相对应。所以文化诗学精神诉求的三向度与人性、与人的心理功能密切相关。

首先，我们来谈“审美精神”。我们是文学艺术的理论批评工作者，我们不是政治家，不是社会学家，不是经济学家，不是企业家，文学批评不能整天高喊这个“主义”那个“主义”。文学理论与批评面对文学作品离不开“诗情画意”的揭示，我们必须是在“诗情画意”的前提下来关怀现实。我曾反复讲过，文学批评的第一要务是确定对象美学上的优点，如果对象经不住美学的检验的话，就不值得进行历史文化的批评了。难道我们要面对那些极为拙劣的文学作品去“挖掘”其中的什么文化精神吗？这是完全不可想象的事情。那么我们所讲的“诗情画意”的前提是指什么呢？这就是文本中流动着的鲜活的情感。我们通过阅读文本把握审美情感流动的脉络，看看它在什么地方感动或打动了我们，让我们的心震颤起来，而不仅仅是视觉上的娱乐。有人把“审美”看成是一种可有可无的东西，似乎只是一些作品技巧的美学上的细枝末节，我们对这种看法不能苟同。“审美”关系到全面发展的人的实现和人性的丰富性的全部展开。那种把“文学审美特性”看成是一种过时的论点的看法，是不对的。在社会转型的情况下，我们认为唯有审美、诗意可以与商业交换的功利主义保持一定的距离，也只有审美和诗意可以抗拒人的“自我异化”，同时也是预防社会精神失范的一种力量（举例，杜甫的《茅屋为秋风所破歌》、海明威的《老人与海》），所以，在社会转型期，审美与诗意并不是可有可无的东西，它是人复归为人的必不可少的精神元素，也是社会维持正常运转的一种精神元素。

令人遗憾的是，目前中国某些学者所热衷的“文化研究”，其对象已经从大众文化批评、女权主义批评、后殖民主义批评、东方主义批评等进一步蔓延到去解读城市规划，去解读广告制作，去解读模特表演，去解读街心花园，去解读时尚杂志，去解读互联网络，去解读居室装修，去解读美人及其图片等等，解读的文本似乎越来越离开文学文本，越来越成为一种无诗意或反诗意的社会学批评，像这样发展下去文化研究岂不是要与文学和文学理论“脱钩”？文学艺术文本岂不要在文化批评的视野中消失？所以，我最大的担心是当前某些“新锐教授”所呼喊的文艺学的“文化转型”，将使文学理论和批评的对象完全转移，而失去文学理论和批评的起码的学科品格。正是基于这种担心，我们才提出“文化诗学”的构想。

其次，我们来谈谈人文意义。我们面对文学文本，文化诗学的诉求就是要通过对文本语言的细读，读出其中的积极意义来，特别是读出其中的人文意义来。当我们这样说的时候，不是要回到以前那种悬空谈感受的庸俗社会学批评，那不是我们所要的批评。文本中的一个词、一个句子在运用上的变化，都隐含意义和意味。所以回到文本，回到语言，在细读中，我们才能挖掘出其中的人文意义。说到人文意义，必然要了解什么是人文主义。人文主义在欧洲是文艺复兴时期的产物。可以说文艺复兴运动的全部精神成果，就是肯定了“人”在宇宙中的中心地位。“一般说来，西方思想分三种不同模式看待人与宇宙。第一种模式是超越自然的，即超越自然的模式。集焦点于上帝，把人看成神造的一部分。第二种模式是自然的，即科学的模式，集焦点于自然，把人看成是自然秩序的一部分，像其他有机体一样。第三种模式是人文主义的模式，集焦点于人，以人的经验作为人对自己，对上帝，对自然了解的出发点。”[①]英国学者阿伦·布洛

① ［英］阿伦·布洛克著：《西方人文主义传统》，董东山译，生活·读书·新知三联书店1997年版，第12页。

克对西方思维模式的概括对我们是有启发的。根据他的研究,他认为人文主义有三个特点:第一,人文主义集中的焦点在人身上,一切从人的经验开始。人可以作为根据的唯一的东西就是人的经验。第二,人的价值就是人的尊严。一切价值的根源和人权的根源都是人的尊严。人之尊严的基础就是人具有潜在的能力以及创造和交往的能力。第三,对于人的思想的重视,人能够通过对历史文化背景和周围环境的理解形成一定的思想。思想既不完全是独立的,也不完全是派生的。与人文主义关系最为密切的就是艺术。“艺术与人文主义有着一种特殊的血缘关系,这除了适用于音乐、舞蹈以及其他非口头艺术如绘画、雕塑、陶瓷,因为它们有着越过不同语言障碍进行交往的力量。”①由此不难看出:第一,人文主义的主题是人的尊严、人的潜能和人的创造力;第二,人文主义与文学艺术有血缘关系。人文主义作为文学的一个批评尺度,是历史赋予的,不是人为制造出来的。中国古代有没有人文主义?我们的看法是,作为一种思潮的确没有,但作为一种精神是自古就有的。古人讲“仁”,讲“礼乐”,实际是以人为中心,是讲对人的尊重。“仁者爱人”“己所不欲,勿施于人”都是强调对人的尊重。所以古人说人“为五行之秀,实天地之心”(刘勰语)。中国的“人文”与文学艺术的关系也是极为密切的。当然,中西人文精神在具体内容上又有很大差异,这是不应混淆的。我们在运用中要区别对待。然而西方的人文主义和中国的“人文”精神都以人为中心,认为人的良知、道德、尊严是所有价值中最具有价值的,这些基本上是相同的。

对于我们来说,在这社会转型时期,从文学文本中提炼出人文意义、人文精神,就是为了对抗商业化、市场化所带来的人的平庸、俗气。

最后,我们来谈谈历史文化精神。文学是历史文化的产物,又是历史文化的构成部分。文学理论和批评完全可以从“文化研究”中吸取其采

---

① [英]阿伦·布洛克著:《西方人文主义传统》,董东山译,生活·读书·新知三联书店1997年版,第237页。

用文化视角的优点，在充分重视文学的语言、审美向度的同时，开放文化的向度。一段时间以来，语言的向度是重要的，这无需多说。审美的向度也是重要的。当然，文学理论和批评也不能局限于语言和审美，必须向历史和文化的向度开放，不能对文本的丰富历史精神和文化蕴含置之不理。文学自外于现实的这种情况应该改变。文学是诗情画意的，但我们又肯定文学是文化的。诗情画意的文学本身就包含了神话、宗教、历史、科学、伦理、道德、政治、哲学等文化意蕴。在优秀的文学作品中，诗情画意与文化意蕴是融为一体的，不能分离的。"文化诗学"应该而且可以放开视野，从文学的诗情画意和文化意蕴的结合部来开拓文学理论和批评的园地。当一个批评家能够从作家的作品的诗情画意中发掘出某种文化精神来，而这种文化精神又能弥补现实文化的缺失，或批判现实文化中丑恶的、堕落的、消极的和缺乏诗意倾向的，那么这种文学理论和批评不就实现了内部批评和外部批评的统一，不就凸显出时代精神了吗？

第四章　双翼齐飞:文化诗学的基本构想

通过对半个世纪中国文艺学研究的发展,所存在的最大问题就是所谓的“内部研究”与“外部研究”的分离,虽然也取得不少成就,但我们不能不承认,继续这样“分离”下去,有可能导致是文艺学的危机。如何来解除这个危机,使文艺学的研究走上广阔的道路呢?我们认为这就是“文化诗学”肩负的使命。文化诗学作为一种文艺学的方法论,就是通往综合创新的必经途径。那么,我们对文化诗学的基本构想是怎样的呢?这就是本章要回答的问题。

第一节　以审美评价活动为中心

从 1999 年正式提出“文化诗学”的构想之后,我们一直认为新的文化诗学的内在结构是这样的:文化诗学研究的对象主要是文学,那么就必须以审美为中心,同时向微观的语言分析与宏观的文化批评发展。

一、文化诗学的对象是文学

“文化诗学”成立的一个前提就是文学不会走向终结。文学的世纪没有过去。中国古代的光辉灿烂的经典文学作品将继续流传下去;外国翻译过来的具有艺术魅力的经典文学作品将继续为人们所喜爱;中国现代以鲁迅为代表的充满思想与艺术力量的经典文学作品将继续为人们所研究;当代正在发展着的变化多端的文学创作,则需要人们的关注;还有对这些作品进行批评所形成的文学理论也需要不断加以推进。这些文学、文学思潮、文学流派和文学理论仍然是鲜活的,仍然潜移默化地影响人们的精神世界。通过对上面所说的种种文学研究,挖掘出现实所召唤的所需要的审美精神、人文精神和历史精神,是我们不可推卸的责任。著名作家余秋雨在谈及文学创造时说:“艺术,固然不能与世隔绝,固然熔铸着大量社会历史内容,他的立身之本却是超功利的。大量的社会历史内容一旦进入艺术的领域,便凝聚成审美的语言来呼唤人的精神世界,而不是要解决什么具体的社会问题。在特殊的社会历史条件下有的艺术作品也会正面参与某些社会问题,但是,如果这些作品出自大艺术家之手,它们的内在骨干一定是远比社会问题深远的课题,那就是艺术之所以是艺术的本题。”[①]总而言之,与文化研究相区别,文学理论不孤立地去研究英

---

① 余秋雨著:《艺术创造论》,上海教育出版社 2005 年版,第 209 页。

国诺丁汉特伦特大学社会学与传播教授费瑟斯通在《消费文化与后现代主义》一书中提出的所谓的“日常生活审美化”，不去研究城市规划、购物中心、街心花园、超级市场、流行歌曲、广告、时装、美容美发、环境设计、居室装修、健身房、咖啡厅、美人图片等，“文化诗学”的本位研究是文学和文学理论。我们不认为文化诗学的研究空间是封闭的、狭窄的，文学是广延性极强的人类实践活动，它形成了一个“文学场”，涉及的面很宽，历史、社会、自然、人生、心灵、语言、艺术、民俗的方方面面及其关系都在这个“场”内。

“文学场”的概念是法国学者布迪厄提出来的，其意思也是从文学生产的空间结构、关系结构来考察文学。布迪厄认为要实现对作品与社会现实的科学理解需要三个步骤，“第一，分析权力场内部的文学场（等）位置及其时间进展；第二，分析文学场（等）的内部结构，文学场就是一个遵循自身的运行和变化规律的空间，内部结构就是个体或集团占据的位置之间的客观关系结构，这些个体或集团处于为合法而竞争的形式下；最后，分析这些位置的占据者的习性的产生，也就是支配权系统，这些系统是文学场（等）内部的社会轨迹和位置的产物，在这个位置上找到一个多多少少有利于现实化的机会（场的建设是社会轨迹建设的逻辑先决条件，社会轨迹的建设是在场中连续占据的位置系列）。”[①]布迪厄同时认为：“艺术和科学自身的对象是两个结构之间的关系，即生产场的位置之间（及占据位置的生产者之间）的客观关系结构和作品空间的占位之间的客观关系结构……作品的变化原则存在于文化生产场中，更确切地说，存在于因素和制度的斗争之中。”[②]

与布迪厄所谓的“文学场”类似，“文化诗学”的研究对象向“文学场”位移，实际上是向文学所涉及的“外宇宙”和“内宇宙”开放。如果文学作

---

① [法]皮埃尔·布迪厄著：《艺术的法则：文学场的生成和结构》，刘晖译，中央编译出版社2001年版，第262页。

② [法]皮埃尔·布迪厄著：《艺术的法则：文学场的生成和结构》，刘晖译，中央编译出版社2001年版，第281页。

品描写了自然、社会的各种情景,那么我们也可以从文学的角度去研究这种描写的情境与意义。如果街心花园是诗歌、小说、散文的描写对象,那么我们也可能从文学描写的角度来探索它。

二、文化诗学"以审美为中心"

文化诗学为什么要"以审美为中心"?道理很简单,就因为我们不是去研究别的东西,我们研究的唯一的对象就是文学。为什么研究文学要以审美为中心呢?人在社会中有各种活动,其中比较重要的有生产活动、政治活动、科学活动、伦理活动、宗教活动和审美活动等。马克思说:"人也按照美的规律来塑造",人的一切活动中都含有"审美"的因素,但只有文学艺术活动才把"审美"作为基本的功能。审美在文学艺术中的实现反映了文学艺术的特征。这就是我们为什么要以审美为中心的理由。就是说,是否把审美作为基本功能这一点把艺术与非艺术区别开来,也把文学与非文学区别开来。王元骧教授指出:"把艺术的性质界定为是审美的,这应该是确定无疑的,这是艺术作为自身目的之所在;要是艺术也像科学那样只是向人提供知识、帮助人们认识现实,那它就失去了自身存在的意义和价值,充其量也只不过是科学的附属品。"①

文学主要有三个向度:语言的向度、审美的向度和文化的向度。因此文学不能不是这三个向度同时展开。而审美的向度体现出文学的特征和基本功能。这样,我们面对一部作品的时候,不能不首先检验它的审美品质。正如布罗夫所说过的一样:"如果一个人很冷漠,缺乏同情心,他就无法同艺术对象打交道,他不可能揭示出对象的真实。"②这也正好与美学家克罗齐所说"动物学家和植物学家不承认有美或不美的动物和花卉"③一样。我曾反复讲过,文学批评的第一要务是确定对象美学上的优点,如

① 王元骧著:《探寻综合创造之路》,陕西师范大学出版社2000年版,第33页。
② [苏]布罗夫著:《艺术的审美实质》,高叔眉、冯申译,上海译文出版社1985年版,第178—179页。
③ [意]克罗齐著:《美学原理》,朱光潜译,作家出版社1958年版,第91页。

果对象(作品)经不住审美的检验的话,就不值得进行批评了。文学首先是艺术,具有审美特性,然后才是别的。恩格斯在1859年《致拉萨尔》的信中,提出了这样的批评原则:

> 我是从美学的和历史的观点,以非常高的,即最高的标准来衡量您的作品的……①

恩格斯把“美学的观点”放在批评的第一位绝不是偶然的,他知道自己是在评论拉萨尔的剧本,而不是理论著作,所以他不是把“历史的”尺度放在前面,而是把“美学的”尺度放在前面。他和马克思一起,充分看到了文学批评首先必须要看作品的审美品质,如果某部作品只是“时代精神的单纯的传声筒”(马克思语),那么就不值得我们去批评了。歌德也说:“一种好的文艺作品,固然不会有道德上的效果,但是要求作家抱着道德上的目的来创作,那就等于把他的事业破坏了。”②鲁迅在谈到宋代一些小说的时候,也说:“宋时理学极盛一时,因此把小说也多理学化了,以为小说非含教训,便不足道。但文艺之所以为文艺,并不贵在教训,若把小说变成修身教科书,还说什么文艺。”③马克思、恩格斯、歌德、鲁迅的话的意思是相似相近的,都在说明文学艺术的基本功能和价值主要不在政治、道德等,而在文艺的审美性上。所以“文化诗学”把“审美”作为中心,就是基于上面所说的理由。刘庆璋教授在阐释文化诗学的诗学新意时,也认为:“对于文学来说,无论是创作、鉴赏或理论批评,都直接受制于作者的文化心态,特别是作为文化心态内涵之一的审美观念。社会物质生活首先作用于人的精神旨趣、情感意向、美学取舍,然后才能作用于文学

① [德]恩格斯著:《致拉萨尔》,见《马克思恩格斯论文学艺术》(一),人民文学出版社1982年版,第182页。
② [德]歌德著:《歌德自传——诗与真》,刘思慕译,人民文学出版社1983年版,第569页。
③ 鲁迅著:《中国小说历史的变迁》,见《鲁迅全集》第8卷,人民文学出版社1958年版,第331页。

创作、欣赏与理论批评。”①

三、审美评价活动

那么大家要问，什么是“审美”？什么是文学作品中的“审美”？这两个问题都很大，本身就可以写几部书。我这里只是简明扼要地来谈一谈。

我们先来谈谈“审美”这个不断被重复的概念。

审美的概念最早是由德国哲学家康德提出来的。在《判断力批判》中，康德根据他的《纯粹理性批判》中，按照知性形式判断中思维的质、量、关系、方式这四个契机，从质的契机把“审美”鉴赏规定为是人“凭借完全无利害观念的快感与不快感对某一对象或其表现方法的一种判断力”②。在这个概念中，“无利害观念”“快感”“表现方法”和“判断力”几个词最为重要。后人对于康德思想的理解不同、解释不同、强调的方面不同，因此对于康德的审美理论可谓人言言殊。有叔本华的理解，有戈蒂耶的理解，当前突出的还有后现代主义的理解。后现代完全排除审美的精神超越性质，把“审美”理解成单纯的“欲望的满足”，从而视审美为“眼睛的美学”。这与康德的审美原意相距甚远。我这里是从马克思的价值理论来解释审美。这是我的老师黄药眠先生在1957年提出的理论，20世纪80年代苏联的美学理论家斯托洛维奇终于在《审美价值的本质》一书中形成新的美学体系。黄药眠的美论与朱光潜的“主观与客观的统一”的美论不一样。关键在于黄药眠不是谈哲学上的“统一”，而始终认为美是主体对于客体对象的“评价”。在《不能不说的话》的讲演录中，“评价”一词出现了12次之多，而且语境都差不多，即认为审美是对客观事物的评价。这就是说，黄药眠先生对哲学上的这个“统一”、那个“统一”不感兴趣，他在讲演开始时就说：“将哲学上的认识论的存在先于认识的理论套在美学上，是不适当的。”又说：“我以为只抓着哲学上的教条，对美学

---

① 刘庆璋撰：《文化诗学的诗学新意》，载《文艺理论研究》2000年第2期。

② [德]康德著：《判断力批判》上卷，宗白华译，商务印书馆1964年版，第47页。

上的问题是不能解决的。”[①]他转而从马克思思想武器中寻找新的理论支持，这就是价值论。在“美是一种评价”的命题中，客体要有审美价值性，主体要有审美愿望和审美能力，而主体以自己的审美能力评价客体的审美价值性是一个过程，而评价过程是人的一种活动。这样，黄药眠先生就在很大程度上摆脱了简单揭示“美的本质”的命题，而把这个问题转化为“人的审美活动是什么”的问题。这一提问的转变，以及阐述视角从哲学转向价值学，把美和美感联系起来考察，大大推进了当时的讨论。如果当时有人沿着他的思路研究下去，那么 20 世纪 80 年代苏联学者斯托洛维奇的专门从价值论来论述审美的著作《审美价值的本质》，也许就不那么新鲜了。

下面就是我对“审美”的一些思考。审美是人的心理处于活跃状态的主体，在一定的中介作用条件下，对于客体的美的观照、感悟、判断。简言之，审美是对事物的情感评价。我们感觉到花很美，是我们的视觉对于花这一对象的评价。我们感觉某首乐曲很好听，是我们的听觉对这一乐曲的评价。我们感到某部小说很动人，这是我们的心灵对这一小说的评价。这些都是情感的评价。审美也可以理解为评价者与被评价的价值性所构成的关系：

（一）评价者——审美主体

审美的“审”，即评价者的观照—感悟—判断，是作为评价者的人对信息的接受、储存与加工。即以评价者的心理器官去审察、感悟、领悟、判断周围现实的事物或文学所呈现的事物。在这观照—感悟—判断过程中，人作为评价者的一切心理机制，包括注意、感知、回忆、表象、联想、情感、想象、理解等处在高度活跃的状态。这样被“审”的对象，即被评价的对象，包括人、事、景、物，以及它们的表现形式，才能作为一个整体，化为评价者的可体验的对象。而且评价者的心灵在这瞬间要处在不涉旁骛的

---

① ［德］康德著：《判断力批判》上卷，宗白华译，商务印书馆 1964 年版，第 28 页。

无障碍的自由的状态，真正的心理体验才可能实现。评价者的愿望、动作是审美的动力。主体如果没有“审”的愿望、要求和必要的能力，以及主体心理功能的活跃，审美是不能实现的。但值得特别说明的是：审美主体的愿望、要求和能力并不是赤条条的生理性的感觉器官，其实，我们的心理感觉器官是社会历史文化的积淀的产物。这就是说审美主体的人的愿望、要求与能力是社会文化发展的产物，在其身上具有不同程度和性质的社会关系和历史文化遗传的影响。一个刚刚来到中国的游人，很难欣赏秦代的兵马俑的美；对于长城的壮美景色的欣赏力也是有限的。一个农村的没有欣赏过芭蕾舞的农妇，很难看懂芭蕾舞，也很难读懂一些具有哲理性的诗词。例如，我们欣赏唐代柳宗元的《江雪》：

千山鸟飞绝，万径人踪灭。
孤舟蓑笠翁，独钓寒江雪。

欣赏者必须受过中国传统文化的影响，深知儒家和道家的为人处世之道。同时欣赏者又要有欣赏的愿望、要求，能全身心投入，把自己的感觉、感情、想象、记忆、联想、理解等都调动起来，专注于这首诗歌所提供的画面与诗意，这样才能进入《江雪》所吟用的那种与天地融为一体的又是孤寂的诗的世界，并从中感受到一种独特的难言的美，实现了审美评价。

当然，就评价者层面来说，美的呈现与主体的审美能力有密切关系。欣赏音乐要有音乐的耳朵，如果没有音乐的耳朵，再美的音乐也对他没有意义。这是马克思说过的道理。评价者的愿望、趣味、审美能力也是审美评价的条件之一。评价者的审美能力是怎样形成的？难道仅仅是人的原始本能吗？当然不是。实际上，评价主体有两种因素：第一，作为具有正常生理机能的有机体的人（包括群体与个体）；第二，作为具有受过历史社会文化熏染过的社会的人（包括群体与个体）。审美愿望、审美趣味和审美能力就是在历史社会文化实践的过程中形成的。单纯的生物性的人不会具有审美愿望、审美趣味和审美能力的。所以我们必须把一般主体与审美主体这两个概念区别开来。

（二）被评价者——客体的审美价值

审美的“美”是指客观事物或文艺作品中所呈现的事物，这是“审”的对象。对象很复杂，不但有美，而且有丑，还有崇高、卑下、悲、喜等等。因此，审美既包括审美（美丽的美），也包括“审丑”“审崇高”“审卑下”“审悲”“审喜”等等，这些可以统称为“审美”。当“审”现实和文学艺术中的这一切时，就会引起人的心理的回响性的感动。审美，引起美感；审丑，引起厌恶感；审崇高，引起赞叹感；审卑下，引起蔑视感；审悲，引起怜悯感；审喜，引起幽默感等。尽管美感、厌恶感、赞叹感、蔑视感、怜悯感、幽默感等这些感受是很不相同的，但它们仍然属于同一类型。这就是说，我们热爱美、厌恶丑、赞叹崇高、蔑视卑下、怜悯悲、嘲笑喜的时候，我们都是以情感（广义的，包括感知、想象、感情、理解等）评价事物。客体的“美”是信息源，是“审美”的对象。没有审美对象，审美活动是不能实现的。另外，所谓审美对象，必须要具有价值性，如果对象不具有价值性，审美也是不能实现的。这就是说，对于作为被评价的客体来说，也应该分成两个因素：第一，作为单纯自然事物的本性，即事物的自然性；第二，作为具有历史社会文化意义和功能的自然性。马克思提出了“自然的人化”的观点，可以看作是对这个问题的深刻分析。就是说，原始的自然，未经人化的纯自然，对于人来说还是陌生物，还不是审美对象，因此与人不能构成审美评价关系。另外，朱光潜教授提出了“物甲”与“物乙”说，这对我们也是有启发的。朱光潜说：“物甲只是自然物，物乙是自然物的客观条件加上人的主观条件的影响而产生的，所以已经不是纯自然物，换句话说，已经是社会物了。”[①]当法国艺术家杜尚的小便池，还摆在自己家里的时候，还

---

① 朱光潜著：《美学怎样才能既是唯物的又是辩证的》，见《美学批判论文集》，作家出版社1958年版，第48页。

是物甲，这还不是审美客体，只是一般客体。当他把小便池带到美术展览会，正式摆在展览馆的展台上供人们欣赏的时候，那就是物乙了，就是审美对象了。所以我们必须把一般客体与审美客体区别开来。例如我们欣赏柳宗元的《江雪》，必须有这首诗歌的文字的形迹，语言的声音，节奏的快慢，声律的特点等，以及这些因素的复合所构成的社会文化具体意味的意境。我们才有可能面对具有审美价值性的客体。如前面两句中的“绝”与“灭”这两个字，恰好衬托了后面两句中的“孤舟”和“寒江”，“千山”“万径”与“蓑笠翁”的对比，描写出一种万籁俱寂、一尘不染的雪天气氛，全诗押入声韵，则更给人增加了孤寂之感。没有这些文字、声音、形象、氛围等所构成的整体的具有社会文化的意境，就没有审美价值性，我们就不可能对这首诗歌进行到位的欣赏。

（三）审美评价活动的审美中介

评价者作为审美主体与审美客体之间如何才能建立起有效的联系，从而使审美活动得以实现呢？这还有赖于评价者与被评价者的审美中介。没有中介层面，审美评价活动也是无法实现的。应该看到，如果审美主体和审美客体只是作为一种孤立的僵硬的存在，两者之间缺乏中介联系，那么审美评价是无法实现的。

1.“中介”的涵义

我们可以借用心理学的刺激→反应（即 S→R）。这个 S→R 公式被行为主义心理学所采用。这个公式所表达的是动物的生命最原始的反应关系，就是说这只是动物的反应关系。这个公式只是让我们看到刺激物这一外在的方面，至于反应者的心理的所谓“隐蔽的变量”则完全看不见，这完全不适用于人对事物的反应关系。人的反应必须有中间环节，即中介。因为这个公式过分简单，不足以说明人的反应，所以心理学很快抛弃了 S→R 公式。随着心理学的发展，人们发现主体的反应不是那样被动的直接的,主体有充分的能动性,人的反应一定带有先在或先结构的因素,于是提出了 S→O→R 的新公式。O 代表有机体人的先在、先结构或图式。O 是有机体反应过程中的中间变量,也是反应过程的中介。这个中介在反应过程中起着举足轻重的地位和作用,没有它反应就不能发生,甚至有时主要就要研究这个有机体的中间变量,然后才能对反应作出说明。那么作为中介的 O 是什么呢? 简单地说,O 就是人的头脑的生物积淀和历史文化积淀的问题。不同的民族、不同的地区、不同的群体、不同的个人有不同的 O。人聪明不聪明与先天的生物性积淀有关,但更重要的是后天的社会文化的积淀。"打落水狗"对于 20 世纪 30 年代的中国革命者来说,就是他们的 O;但对于外国人或生活在新世纪的中国人就缺乏这个 O 结构了。一个离家几十年的住在大城市的游子,他时时会有乡愁的冲动,这是他反应外界的中间变量;但对于刚刚离开家从一个边远的山区到大城市里面来闯荡的年轻人,一心想在城里站稳脚跟,他很少有什么乡愁冲动。我们面对一个很有意思的小品,有的人笑得很开心,有的人根本笑不起来,因为不同的人反应的中间变量是不同的。后来学术发展了一步,这就是瑞士的哲学心理学家,发生认识论的创始人皮亚杰提出来的新公式:

S→AT→R

S←AT←R　(双向联系式)

在这个新的公式中,O 被 AT 所取代。A 是个体同化,T 是认知结构。这个公式的意思是:一定的刺激(S)被个体同化(A)在认知结构中,才能对刺激作出反应。这个新的公式的意义在于说明"中介"是一个完整的系统,而且是流动着的变化着的,不是固定不变的。无论是 O,还是 AT,都在说明一个重要之点,它能够面对客体的信息作出整理、归类、改造、创造。三月份香山樱桃沟山坡上的山桃花,在深绿的松树和柏树丛中静静地开放,远远看去,像黑夜里点亮的一盏又一盏明亮的灯。卧佛寺前面四月底成片开放的碧桃花,远远望去则像那灿烂无比的燃烧着的晚霞。这是“我”这个评价者的中间变量(即中介)对这些景色的改造与创造。审美评价作为审美反应,其“中介”层面的作用就更是重要了。正是中介把审美主体与审美客体联系起来,最终形成了审美评价。

2.审美中介举例

审美中介的环节很多,很难把它说尽。这里仅仅就以下两点做具体说明。

(1)特定的心理时空和心境中介

审美作为一种活动必须有特定的心理时空的关系组合。在审美活动中,孤立的事物若与主体各方面的条件缺乏契合,那是无所谓美或不美的。马克思早就说过:

> 忧心忡忡的穷人甚至对最美的景色都无动于衷;贩卖矿物的商人只看到矿物的商业价值,而看不到矿物的美和特性。①

马克思的话对我们是一个重要的提示:审美不能没有中介环节。在不同的时间、不同的空间、不同的心境,对于审美评价是不一样的。如果有人问月季花美不美?这是无法回答的,你还必须问:这对谁?在什么时间和空间下,在怎样的心境下?如果有人问,暴风雨美不美?那是无法回答的。你还必须问:这对谁?在怎样的时间、空间和心境中?如果你是一个农民,正在从事挑柴的劳动,那么每当暴风雨来临,不论你正在山上砍柴,还是正挑着柴走在山路上,这对你来说都是灾难,你绝对不会在这个时候认为暴风雨是美的。但是如果你是一个诗人,此时又安全、悠闲,缺

① [德]马克思著:《1848年经济学—哲学手稿》,人民出版社1979年版,第79—80页。

少刺激，这时你在高楼上，突然听见雷电的轰鸣，随后是那排山倒海般的风雨，你觉得那风那雨像刘邦的《大风歌》一样的壮阔雄伟。还有我们多次看见（在电影、电视中）战士出征的画面，伴随着暴风雨，显得特别的悲壮。暴风雨只有在特定的时间、特定的空间和特定的心境的中介作用下，才可能是美的。孤立的作为“关系项”的暴风雨无所谓美不美。同样的道理，如果有人问：柳宗元的《江雪》美不美？那么我们就要反问：这对谁？在怎样的时间与空间中？在怎样的心境下？正是特定的时间、空间和心境，把主体与对象联系起来。

（2）历史文化中介

审美评价活动的实现还必须有赖于主体的历史文化知识的中介。因为审美活动不但是瞬间的存在，它的每一次实现都必然渗透人类的民族的历史文化传统，或者说历史文化传统又渗透、积淀到每一次审美评价活动中。人们总是感觉到审美活动让我们想起了似曾相识的东西。所谓“所见出于所知”，人的审美活动往往是审美者的历史文化“先见”“先结构”“图式”的投射。因为美往往是历史文化凝结而成的。例如我们欣赏柳宗元的《江雪》，就会想起我们在中国漫长的封建主义的严酷统治下，许多知识分子怀才不遇，就是当了官员也常因不合最高统治者的要求而被罢免，或不屑于与统治者同流合污而自动离去，不得不过所谓的“穷则独善其身”的日子。我们还会进一步想到中国历史上道家代表人物如庄周的生活理想，在纷乱现实中追求“逍遥游”的生活，等等。如果我们对历史上这种情况了解得越多，我们就会对在寒江上的“蓑笠翁”的孤寂心理有越深刻的理解，那么我们就越能欣赏这首诗。从这个意义上说，审美主体的历史文化的积累往往成为一种中介。文学在描写自然，不是描写纯自然，不是描写物甲，是描写物乙。就是说，作家以自己在社会文化实践中形成的诗意去把握、拥抱它们。当作家把这些自然写进作品中去的时候，历史文化的中介就成为必然的因素，只有如此，他的描写才是有意

义的世界和艺术的世界。例如,杜甫的《望岳》:

岱宗夫如何?齐鲁青未了。
造化钟神秀,阴阳割昏晓。
荡胸生层云,决眦入归鸟。
会当凌绝顶,一览众山小。

这是描写山东泰山的一首诗,意思是说:泰山的形象究竟怎么样啊?从齐地到鲁地都望不尽它的山色。大自然把神奇秀丽都集中于泰山,山的南面与北面,就像早晨与傍晚两个世界。远望山中层云迭出,目送归鸟入山,几乎把眼角都睁裂了。将要登上顶峰,往下一看,那山下之众多的山都变得十分渺小。全诗似乎只是描写泰山,写从山下望山上,写它的神奇秀丽,写它的山南山北的区别,写山旁边的云层和飞鸟,最后写从山上往山下望的情景。似乎只是写山,其实不完全是。这是写杜甫眼中心中的山,通过对泰山的描写,表达了对祖国山河的热爱。这里的作为自然物的泰山,已经变成了诗人用他的全部的生命情感掌握过的具有历史文化的符号,它本身已经是独特的精神文化。可以这样说,所有的客体的审美价值,只有经过历史文化的中介,才能进入文学作品,才能成为审美评价活动。

审美评价活动的过程是通过中介层面协同的过程,是创造的过程。也可以说,审美评价活动的根本精神是人的心理器官的全部畅通,是人的内在丰富性的全部展开,是人本质力量的对象化。在审美的瞬间,人们暂时摆脱了周围熙熙攘攘的现实,摆脱了一切功利欲念,最终实现精神超越和净化。

四、文学中的审美评价活动

最后要简要地说明,文学中的审美评价活动,与其他的艺术审美活动相比,有什么特征?这个问题我们在第一章大体上讲过,这里再做一些补充。

审美活动是到处存在的。人们的衣食住行中就存在审美。人们的活动中无处不存在审美。而各种艺术活动中的审美是审美活动的高级形态。那么作为艺术之一的文学,与其他艺术中的审美活动相比又有什么特点呢?

(一)文学审美活动具有广阔的包容性

文学是语言艺术。语言有巨大的功能。词语可以与世界上一切事物发生广阔的联系。世界上一切人物、事件、场景、色彩、声音、气味、感觉、知觉、想象、情感、心态……无一不可以用词语符号表示出来,并间接地刺激人的感官。只要作家创作需要,那么大至无边的宇宙,小至一个人一刹那的细微的心理变化,都可以用词语加以描写、表现。凭借语言符号来把握世界的文学,其描写具有无比的广阔性和丰富性。黑格尔说:

> 语言的艺术在内容上和表现形式上比起其他艺术都远为广阔,每一种内容、一切精神事物和自然事物、事件、行动、情节,内在的和外在的情况,都可以纳入诗,由诗加以形象化。[①]

黑格尔在对比中凸显出文学作为语言艺术的特征,这是符合实际的。例如大家都熟悉的《红楼梦》描写生活的广阔程度是任何艺术都无法达到的。人们称它为封建社会的百科全书,称它为全景小说,是毫不夸张的。护花主人评《红楼梦》时,曾写下这样一段文字:

> 一部书中,翰墨则诗词歌赋,制艺尺牍,爰书戏曲,以及对联匾额,酒令灯谜,说书笑话,无所不精。技艺则琴棋书画,医卜星相,及

① [德]黑格尔著:《美学》第3卷,朱光潜译,商务印书馆1981年版,第10—11页。

> 匠作构造，栽种花果，蓄养禽鸟，针黹烹调，巨细无遗。人物则方正阴邪，贞淫顽善，节烈豪侠，刚强懦弱及前代女将，外洋诗人，仙佛鬼怪，尼僧女道，娼妓优伶，黠奴豪仆，盗贼邪魔，醉汉无赖，色色皆有。事迹则繁华筵宴，奢纵宣淫，操守贪廉，宫闱仪制，庆吊盛衰，判狱靖寇；以及讽经设坛，贸易钻营，事事皆全。甚至寿终夭折，暴亡病故，丹戕药误及自刎被杀，投河跳井，悬梁受逼，并吞金服毒，撞阶脱精等事，亦件件俱有，可谓包罗万象，囊括无遗。①

像《红楼梦》这种百科全书式的巨著，其反映生活的丰富广阔，不要说绘画、雕刻、音乐、舞蹈等特别受时间和空间限制的艺术难于表现，就是一百集电视连续剧也无法再现。不但文学描写生活的广度是别的艺术无法相比的，而且文学描写的细致入微、深入曲折的程度也是其他艺术无法相比的。例如王蒙的意识流小说《春之声》写主人公岳之峰从国外回来之后坐闷罐子车回到阔别多年的故乡度春节的内心感受。故事十分简单，可对主人公的心态的描写的细致、深入、微妙是惊人的。王蒙在解释自己的这篇小说时曾说："……我打破常规，通过主人公的联想，突破时间和空间的限制，把笔触伸向过去和现在，外国和中国，城市和乡村，满天开花，放射性线条，一方面是尽情联想，闪电般的变化，互相切入，无边无际，一方面却是万变不离其宗，放出去的又都能收回来，所有的射线都有一个端头，那就是坐在 1980 年春节前夕里的闷罐子车里的我们的主人公的心灵。"②《红楼梦》之所以能把生活展现得如此丰富宽阔，《春之声》之所以能把生活描写得如此细致入微，这不能不归功于语言的神力。文学如果不是借助语言，就不可能如此宽广如此细致地反映生活。

文学的这一特点充分地映现在文学审美活动上面。审美活动不是封闭的，而是开放的。审美可以融化生活的一切内容。所以文学的审美最

---

① 曾祖荫编：《中国小说历代序跋选注》，长江出版社 1982 年版，第 229 页。
② 王蒙撰：《关于〈春之声〉的通信》，载《小说选刊》1980 年第 1 期。

为辽阔丰富。文学的审美对象中有美，也有丑，有悲，也有喜，有崇高，也有卑下……就是说在文学的审美活动中，人们可以以自己的情感或拥抱或排斥或喜爱或憎恨一切，生活中的一切都可以当作审美观照的对象，都可以成为作家和读者的诗意的过滤。文学审美活动所具有的包容性，是别的艺术不可能达到的。

（二）文学审美活动具有思想的深刻性

文学作为语言艺术，它所蕴含的思想往往比其他艺术更深刻。因为词语并非物质性材料，具有实质性内容的词义是一种精神性表象，这样，“语言在唤起一种具体图景时，并非用感官去感知一种眼前外在事物，而永远是在心领神会”①，人们的这种心领神会直接趋向认知、思考，便于对生活进行理性的、深入的把握。所以，我们不能不说文学是所有艺术中最富有思想性的艺术，甚至可以直接称为思想的艺术。一幅画，让我们看到一些构图、色彩；一首乐曲，让我们听到一连串声音；一段舞，让我们看到一些人体的姿态、动作……这些都可以感染我们的情绪，也能给我们一些思想的启迪。但文学则除了感染我们的情绪，还能给我们以大量的、强烈的、深刻的理性的认识。马克思在谈到英国批判现实主义作家时说：“现代英国的一批杰出的小说家，他们在自己的卓越的、描写生动的书籍中向世界揭示的政治和社会的真理，比一切职业政客、政论家和道德家加在一起所揭示的还多。”②恩格斯在谈到巴尔扎克时也说：“……他在《人间喜剧》里给我们提供了一部法国‘社会’特别是巴黎‘上流社会’的卓越的现实主义历史，他用编年史的方式几乎逐年地把上升的资产阶级在 1816 年到 1848 年这一时期对贵族社会的日甚一日的冲击描写出来……他汇集了法国社会的全部历史，我从这里，甚至在经济细节方面（如革命以后动产和不动产的重新分配）所学到的东西，也要比从当时所有职业的历史学

---

① ［德］黑格尔著：《美学》第 3 卷下册，朱光潜译，商务印书馆 1981 年版，第 6 页。

② ［德］马克思著：《英国资产阶级》，《马克思恩格斯全集》第 10 卷，人民出版社 1995 年版，第 686 页。

家、经济学家和统计学家那里学到的全部东西还多。”①我们认为马克思、恩格斯这两段话，不仅是在充分肯定英国和法国一批批判现实主义作家作品的认识价值，而且也说明了文学作为一种语言艺术其思想认识的深刻性特点是其他艺术无法相比的。为什么巴尔扎克敢于宣称自己要做“法国社会的书记”，就因为他手里拿的笔不是画笔，而是能够源源不断地写出语言文字的笔。

作为语言艺术的文学比其他艺术更能蕴含深刻的思想性，突出地表现在语言最为凝练的诗里。诗最能达到“言有尽而意无穷”的境界，最具有哲学的深度。如“路漫漫其修远兮，吾将上下而求索”（屈原）、“此中有真意，欲辩已忘言”（陶渊明）、“江流天地外，山色有无中”（王维）、“相看两不厌，只有敬亭山”（李白）、“野火烧不尽，春风吹又生”（白居易）、“春蚕到死丝方尽，蜡炬成灰泪始干”（李商隐）、“无可奈何花落去，似曾相识燕归来”（晏殊）、“横看成岭侧成峰，远近高低各不同”（苏轼）、“春色满园关不住，一枝红杏出墙来”（叶绍翁）、“山重水复疑无路，柳暗花明又一村”（陆游）……这些诗句都有鲜明的形象，可形象背后又蕴含着深刻的哲学意味。

文学所蕴含的思想的深刻性在文学审美活动中同样得到充分的体现。文学的审美活动的一个特点，是人的感性和理性都充分活跃起来。因为人面对的文学是一个言—象—意的结构，在审美活动中就不会停留在对作品表面的语言的阅读和形象的感受上面，而必然深入到“意”这个层面。换句话说，文学的审美评价活动必然要深入到文学的最深层的内容中。例如在文学审美评价活动中必然要追问这句话或这个形象有何意味，这个悲剧是怎样酿成的，那个卑下的人物与社会的关系等等。正是这种审美追问和随后的审美判断使思想的深刻性得到充分的体现。

也因此，我们所说的文学中的审美评价，从来不是纯审美，不是什么

---

① ［德］恩格斯著：《致玛·哈克奈斯》，《马克思恩格斯选集》第 4 卷，人民出版社 1972 年版，第 462—463 页。

审美主义。我们始终认为，文学中的审美具有一种溶解力，它可以把历史、道德、伦理、政治、民俗等一切都溶解于审美中。我一直使用一个比喻，审美就是水，而历史、道德、伦理、政治、民俗等就是盐，盐溶解于水中，体匿性存，无痕有味。但是现在有些批评我的人，就拿这个比喻做文章，说，你看，你不是把一切都让“水”冲掉了吗？这不是“唯审美论”是什么？我请这些人不要曲解我的比喻，我的意思是文学作为审美的形态，不能把它当成时代精神的简单的传声筒，要让思想倾向在审美的形态中自然而然地展现出来，思想倾向不要特别标志出来，不要特别喊出来。表面看的确是审美形态，可“盐”——历史、道德、伦理、政治、民俗等——仍然在其中，只是它“无痕有味”而已。请问，“味”在不就是“盐”在吗？

第二节　宏观与微观的“双向拓展”

“文化诗学”的构想是：以审美评价活动为中心的同时，还必须双向展开，既向宏观的文化视野拓展，又向微观的言语视野拓展。我们认为不但语言是在文学之内，文化也在文学之内。审美、文化、语言及其关系构成了文学场。文化与言语，或历史与结构，是文化诗学的两翼。两翼齐飞，这是文化诗学的追求。俄罗斯文论的专家程正民深刻指出：“文艺学研究可以从历史出发，也可以从结构出发，但如果是科学的研究，它所追求的必然是历史与结构的统一。文艺学如果从历史出发，那么历史研究的客体就是审美结构；如果从结构出发，那么也只有靠历史的阐释才能理解结构的整体意义，对结构的认识和理解只有通过历史的阐释才能得到深化。”[①]这种看法把历史的与结构的研究结合起来，是很合理的，很有启

① 程正民撰：《俄罗斯文艺学的历史主义传统与创新》，《程正民自选集》，山东文艺出版社2007年版，第249页。

发性的。只有这样去做,才能克服所谓的"内部研究"与"外部研究"所带来的片面性,文学研究也才能实现再一次的"位移",即移到整体的"文学场"及其要素的联系上面来。

一、向宏观的文化语境拓展

在研究文学问题(作家研究、作品研究、理论家研究、理论范畴研究等)的时候,要向宏观的文化视野拓展,以历史文化的眼光来关注研究的对象,把研究对象放回到原有的历史文化语境中去把握,不把研究对象孤立起来研究,因为任何文学对象都是更广阔的文化的产物。这样,研究文学和文学理论都要充分考虑到"历史的关联""社会的关联"。恩格斯曾经称赞过黑格尔的"伟大的历史感",认为"他是第一个想证明在历史中有一种发展、一种内在联系的人",认为他"在现象论中,在美学中,在历史哲学中,到处贯穿着这种伟大的历史观,材料到处是历史的,即放在与一定的历史联系中来处理的"。恩格斯的观点表明了一种历史主义的观念和方法[①]。别林斯基也深刻指出:"不涉及美学的历史批评,以及反之,不涉及历史的美学批评,都将是片面的,因而也是错误的。"[②]"历史优先"是文化诗学的基本原则。只有把研究的对象放置于原有的历史文化语境中,才能充分揭示对象的意义和价值,才能开掘出审美精神、历史精神和人文精神来。

我们北京师范大学文艺学研究中心一直从事"中国文化与诗学"教学科研的李春青教授也同样认为重建历史文化语境对于文化诗学研究的重要性。他认为:"任何意义只有在具体的文化语境中才是可以确定的。不顾文化语境的研究可以称为架空立论,只是研究者的主观臆断,或许会有某种现实的意义,但算不上是严格意义上的学术研究。"他通过对"诗经学"研究中种种脱离语境的"架空立论"的情况进行了梳理分析,指出

① 参见《马克思主义经典作家论历史科学》,人民出版社1961年版,第215—216页。
② [俄]别林斯基著:《别林斯基选集》第3卷,满涛译,上海译文出版社1980年版,第595页。

了脱离具体语境“主观化”说诗的弊病，进而得出了“文化诗学的入手处就是重建文化语境”①。

但是，要进入历史文化语境并不容易。历史离我们很久远，我们怎么能知道离我们已经很久远的情况呢？仅仅看历史书是不够的。因为历史书或者是对于历史语境的描述不够详尽，或者所写的情况与你考察的问题相关性不够，或者资料不够，或者是有错误的，这样我们就要花大力气去“重构”历史语境，要寻找相关的历史资料，甚至最原始的资料，经过整理，经过理解和合理的想象，才可能把历史语境重建起来。

重建历史文化语境是困难的。人们用了过多的“恢复历史的本来面目”“揭示历史真相”一类的词语。我们要追问的是，有谁能够“恢复历史的本来面目”“揭示历史真相”呢？

我们当然从历史唯物主义观点出发，肯定某个历史人物和事件的本真状态是存在过的，但是这种历史的本真状态已经基本上不可追寻。要知道，历史的本真与历史学家笔下的历史文本所描绘的情况是需要加以区别的。历史的本真状态，特别是离我们久远的历史本真状态，虽然存在过，但已经不可追寻。因为那时候没有现场的摄影师和录音师，不可能完整地具体地逼真地按其原来的面貌保存下来。就是有摄影师和录音师也未必就能保存下来。历史学家没有亲历现场，他们笔下的历史文本不完全靠得住，因为其中有许多不过是历史学家根据传说虚构出来的。我曾在一篇文章里面说过：“被鲁迅称为‘史家之绝唱，无韵之离骚’的《史记》，其中不也有不少推测性的虚构吗？‘鸿门宴’上那些言谈和动作，离《史记》的作者司马迁少说也有六七十年，他自己并未亲睹那个场面，他根据什么写出来的呢？他的《史记》难道不是他构造的一个文本吗？”②如果进一步说，司马迁所写的很多内容不过是出于他的虚构而已。如《五帝

① 李春青撰：《论文化诗学的研究路向——从古今〈诗经〉研究中的某些问题说开去》，载《河北学刊》2004年第3期。

② 童庆炳撰：《重建·隐喻·哲学意味——历史文学作品三层面》，载《社会科学辑刊》2006年第6期。

本纪》《夏本纪》《殷本纪》之类属于根据传说而写的，很难说是“历史本相”。其中如写黄帝“教熊罴貔貅貙虎，以与炎帝战于阪泉之野”，不过是神话式的无稽之谈。就是其中写实有人物的一些言谈，生动是生动，但很难说那就是“历史真相”。如他在为人们所津津乐道的《淮阴侯列传》中写韩信平定齐国后，派人到刘邦处，请求刘邦允许他当齐国的假王，其中写道：“韩信使者至，发书，汉王大怒，骂曰：‘吾困于此，旦暮望若来佐我，乃欲自立为王！’张良、陈平蹑汉王足，因附耳语曰：‘汉方不利，宁能禁信之王乎？不如因立之，善遇之，使自为守，不然，变生。’汉王亦悟，因复骂曰：‘大丈夫定诸侯，即为真王耳，何以假为！”这里的确把刘邦前后两次的骂写得很生动传神，把刘邦那种对韩信既要用之又要防之的心理，可以说刻画得合乎情理又淋漓尽致。但我们提出的问题是：这是文学描写还是历史本真？如果说这是想象的艺术真实的话，那么说它同时记录了历史的本真，是历史的真相，恐怕就很难令人信服了。

历史真相是什么？为什么历史文本不可能完全揭示历史真相？历史的真相是历史人物与事件的原始状态。它是存在过的，是“有”，但人物与事件的状态，既千变万化，又稍纵即逝。它的原始性、复杂性、发展性、延伸性、偶然性、暂时性和混沌性等，是无法把握的。就是亲历现场的人，虽然亲睹亲闻，也很难完全把握。这样这些历史人物和事件的原始性、复杂性、发展性、延伸性、偶然性、暂时性和混沌性，对于任何人来说，就可能从“有”转到“无”。更不要说几百年前发生的事情，更不要说千年以上发生的事情，就是离我们很近的事件，我们也只能掌握一个大概的轮廓而已，很多场面，很多情景，很多细节，都如过眼烟云，随风飘散。所以，从客观上说，完全的绝对的历史真相是不可能掌握的。这是从客观的角度来看。如果我们再从主观的角度来看，每个人的立场、观点、视点、关注点是不同的，即使我们面对的是同一个人物和事件，也会有不同的说法、不同的理解、不同的判断，那么究竟谁说的、理解的、判断的更真实、更符合历史真相，这都是无法说清的。

历史本真或历史真相如此难以把握，那么我们如何来看《二十四史》《资治通鉴》一类的历史文本呢？这些历史文本所记述的只是一个历史人物、历史事件的大致的框架、概貌和空间的方位、时间的断限等，而且会因观点的不同对人物与事件作出不同的甚至是完全不同的判断，其中有偏见也在所难免。鲁迅说："历史上的记载和论断有时也是极靠不住的，不能相信的地方很多，因为通常我们晓得，某朝的年代长一点，其中必定好人多；某朝的年代短一点，其中差不多没有好人。为什么呢？因为年代长了，做史的是本朝人，当然恭维本朝的人物，年代短了，做史的是别朝人，便很自由地贬斥其异朝的人物，所以在秦朝，差不多在史的记载上半个好人也没有。曹操在史上年代也是颇短的，自然也逃不了被后一朝人说坏话的公例。"[①]鲁迅所说极是。这说明历史文本有时离历史真相较远。任何一个历史学家都不敢说他的描写就是历史真相。正如美国当代著名学者海登·怀特所说的那样："一个优秀的职业历史学家的标志之一就是不断地提醒读者注意历史学家本人对总是不完备的历史中所发现的事件、人物、机构的描绘是临时性的。"[②]这样，随着新的相关历史文件、历史文物或别的新的证据的发现，就要不断地修正它，而且这种修正是不会完结的，于是任何历史文本只是一种不完全靠得住的临时物。既然历史本真或历史真相难以追寻，而历史文本有时又不完全靠得住，那么对于文学文本来说，也就只剩一条路：寻找到尽可能多的史料，"重建"历史。正如海登·怀特说："已故的R·G·柯林伍德(Collingwood)认为一个历史学家首先是一个讲故事者。他提议历史学家的敏感性在于从一连串的'事实'中制造出一个可信的故事能力之中，这些'事实'在其未经过筛选的形式中毫无意义。历史学家在努力使支离破碎和不完整的历史材料产生意思时，必须要借用柯林伍德所说的'建构的想象力'(constructive imagination)，这种想象力帮助历史学家——如同想象力帮助精明能干的

---

① 鲁迅撰：《魏晋风度及文章与药与酒之关系》，《鲁迅论文学》，人民文学出版社1959年版，第34页。

② [美]海登·怀特著：《作为文学虚构的历史文本》，见张京媛主编：《新历史主义与文学批评》，北京大学出版社1993年版，第161页。

侦探一样——利用现有的事实和提出正确的问题来找出'到底发生了什么'。"[①]怀特这里说是历史文本需要"建构的想象力",那么对于文学文本来说,就更需要"建构的想象力"了。在我看来,这里所说的"建构",正确的说法是"重建",即重新建构。如何来重建历史?这又是一个很难解决的问题。大体上说,历史文学作家为了艺术地提供一个能够传达出某种精神的历史世界,只能用艺术地"重建"的方法。"重建"的意思是根据历史的基本走势,大体框架,人物与事件的大体定位,甚至推倒有偏见的历史成案,将历史资料的砖瓦进行重新的组合和构建,根据历史精神整理出似史的语境。这就有似文物中的"整旧如旧"的意思。我们说要想把文学作品放回到原有的历史文化语境中去把握,就只能走这条"重建"之路,此外没有别的路可走。

在重建历史文化语境问题上,美国的新历史主义的观点的确值得我们借鉴。新历史主义从未把他们的"文化诗学"看成学说,他们主要是在研究莎士比亚的时候提出来的一种方法。他们的最大贡献就是提出了新历史观。他们的新历史观,简单地说,就集中在两句话上:文本是具有历史性的,历史是具有文本性的,研究者应加以双向关注。这就是美国的"新历史主义"的最大贡献。怎样理解"文本是具有历史性的"呢?这是说任何文本都是历史的产物,受历史的制约,具有历史的品格,因此,任何文本都必须放到原有的历史语境中去考量,才能揭示文本的本质。怎样理解"历史是具有文本性的"呢?这是说任何历史(包括历史活动、历史人物、历史事件、历史作品等)对我们今人来说,都是不确定的文本,我们总是以今天的观念去理解历史"文本",改造和构设历史文本,不断地构设出新的历史来,而不可能把历史文本复原。之所以会如此,关键在于作为认识主体的人和人所运用的语言工具。人是具体历史的产物,他的一切特征都是特定历史时刻的社会因素所刻下的印痕,人永远不可能超越

① [美]海登·怀特著:《作为文学虚构的历史文本》,见张京媛主编:《新历史主义与文学批评》,北京大学出版社 1993 年版,第 163 页。

历史;语言也是如此。按结构主义者的观点,语言是所指和能指的结合,这样,语言的单一指称性就极不可靠。这样,当具有历史性的人运用指向性不甚明确的语言去阅读历史文本时,会发生什么情况呢?肯定地说,他眼前所展现的历史,绝不是历史的本真状况,只是他自己按其观念所构设的历史而已。就是历史学家笔下的历史也只具有“临时性”。今天说某段历史是这样的,明天又可能被推翻,换成另一种说法①。这就是新历史主义的新历史观。例如,我们在面对司马迁的《史记》文本的时候,我们一方面认为他写的那些人物、故事不过是他用他的语言书写出来的,虽然他根据一定的史料,但他笔下的历史文本经过了加工、分析、解释,这已经不完全是真实的历史,所以历史是文本的;但另一方面,我们又要看到,司马迁用他的语言所书写的《史记》,必然受司马迁所在那个时期的社会、文化等诸多历史条件的制约,他写来写去,也不可能完全超越他所处的历史文化条件,所以文本是历史的。这样解释相当合理。可以说,它与马克思的历史观确有相似之处。马克思曾经在《路易·波拿巴的雾月十八日》一书中说:

> 人们自己创造自己的历史,但是他们并不是随心所欲地创造,并不是在他们自己选定的条件下创造,而是在直接碰到的、既定的、从过去承继下来的条件下创造。一切已死先辈们的传统,像梦魔一样纠缠着活人的头脑。当人们好像只是在忙于改造自己和周围的事物时,恰好在这种革命危机时代,他们战战兢兢地请出亡灵来给他们以帮助……

马克思这段著名的话,表达了双重的意思:一方面,历史是既定的存在,对我们来说,它永远不会消失,先辈的传统永远纠缠着活人,因此,任

① 参见张京媛主编《新历史主义与文学批评》中斯蒂芬·格林布拉特和海登·怀特等人的论文,北京大学出版社 1993 年版。

何一个新创造的新事物都要放到历史的天平上加以衡量;另一方面,今人又不会恭顺历史,他们以自己长期形成的观念去理解、改造历史,甚至“请出亡灵来给他们以帮助”。因此,今人所理解的历史,已不是历史的原貌,而只是人们心中眼中的历史。如果把马克思的观点运用于文学研究,那么一方面要把作品放置到特定的历史背景中去考察,另一方面则要重视评论主体对作品的独到的解说。“文本是历史的,历史是文本的”这一说法,继承了马克思的历史观又有所发挥。由此可见,美国的“文化诗学”仍然有许多学术养分值得我们吸收。

历史不过是一种文本,具有“临时性”,那么我们如何将文学作品放回到原有的历史文化语境中去把握呢?这就是我在前面所说的要想尽一切办法去“重建”“似史”的历史文化语境。所以对于文化诗学来说,“历史优先”原则仍然是重要的。

二、向微观的语言细读拓展

语言永远是文学的第一要素。作家创作在一定意义上是写语言,我们阅读文本,也是在阅读语言。我们要把握文本所含的审美情感流动的脉络,看看它在什么地方感动或打动了我们,让我们的心震颤起来,看看它在什么地方给我们启示,给我们以智慧的启示;然后我们用专业的眼光来分析它,除了分析出艺术意味以外,还要分析出文化意蕴,这一切都必须通过语言阅读,舍此就没有别的途径。所以通过对文本语言的分析,特别是语言细读,揭示作品的情感和文化,这就是我们的基本路径。在这路径的入口,就是文本的语言。这里我们要特别指出的是:我们提出语言分析,不是孤立地认为语言本身就是文学的一切,而是因为语言中渗透了情感与文化,包括我们提倡的审美精神、历史精神和人文精神,都隐藏在文本语言中。所以不顾语言所隐藏的情感与文化,回到以前那种悬空谈感受的所谓社会学批评,不是我们所要的批评。文本中一个词、一个句子在运用上的变化,都隐含艺术的追求和文化的意味。所以回到文本,回到语言，也就是回到文学所不可缺少的美学优点，回到情感与文化。审美也好，历史文化也好，离开文本的语言分析，也就无从谈起。

在语言细读方面，中外资源都非常丰富。中国古代的诗文小说评点，俄国形式主义，英美的新批评，结构主义批评，都重视语言分析。形式主义的批评流派的文学观念把文学封闭在语言之内，这是不可取的。但他们提倡文本的语言分析则是很重要的。

中国古代的诗话，作为对文本的评点，在一定程度上，就是语言细读。中国古代的诗话，开始于北宋欧阳修的《六一诗话》，他的宗旨是“居士退居汝阴而集，以资闲谈”。自欧阳修首创，其后效仿者不断，逐渐形成气候。北宋末年，诗话家许彦周认为：“诗话者，辩句法，备古今，记盛德，录异事，正讹误也。”他把“辩句法”放在首位，是符合实际的。后来诗话分成两派，一派是“论诗及事”，一派是“论诗及辞”，后一派就是以语言分析为主的。今天我们所说的“寻章摘句”，就是这一派的兴趣所在。不少诗话在诗句分析上细致入微，极见功力。这里仅就金圣叹在《杜诗解》中对杜甫的《画鹰》前四句的评点，做一点介绍。原诗前四句是：

素练风霜起，苍鹰画作殊。竦身思狡兔，侧目似愁胡。

这几句诗的意思是：在白色的绢布上面画苍鹰，其威猛如挟风霜而起。其神态特异不凡。它竦起身躯想抓住狡兔，它侧目就像那焦虑凝神的猢狲。金圣叹评点说：“画鹰必用素练，只是目前恒事，乃他人之所必忽者，先生之所独到，只将‘风霜起’三字写练之素，而已肃然。若为画鹰先做粉本，自非用志不分，乃凝于神者，能有此五字否？三四即承‘画作殊’‘殊’字来，作一解。世人恒言传神写照，夫传神、写照乃二事也。只是此诗，‘竦身’句是传神，‘侧目’句是写照。传神要在远望中出，写照要在细看中出。不尔，便不知颊上三毛，如何添得也。”显然，金圣叹用了传统的“传神写照”来评点此诗，一下子就把杜甫诗句的细微精彩之处点出来了。

俄国形式主义批评提出“文学性”概念，而文学性就在语言中。什克洛夫斯基的“陌生化”，托马舍夫斯基的“节奏的韵律”，都是他们所热衷的语言分析。

英美新批评提出语言细读，首先也是观念上的改变，其次才是一种通过分析文本语言来阐释文学的方法。如理查兹的“情感语言”，燕卜荪的“含混”，布鲁克斯的“悖论”和“反讽”，退特的“张力”，兰色姆的“肌质”，沃伦的“语像”，等等。结构主义的“关系项”“关系”，还有从结构主义延伸出来的叙事学。这些都属于语言批评。

但是所有这些所谓文本语言细读批评，除中国古代的评点外，都存在一个根本的缺陷，那就是他们把文本的语言孤立起来分析，把语言看成是文学的“内部”，其他都是文学的“外部”。“外部”就不是文学本身了。俄国形式主义批评的代表人物雅各布逊（1891—1982）提出所谓的“文学性”观念：“文学研究的对象并非文学而是文学性，即那种使特定作品成为文学作品的东西。”①那么他们就把语言，特别是扭曲的语言看成是文学性，语言所蕴含的意义被排除在“文学性”之外。但是他们的理论是有矛盾的。例如什克洛夫斯基论文学语言的“陌生化”，说那种自动化的语言是“习惯性”的，让人习以为常，习惯就退到无意识的自动的环境里，从而失去了对于事物的感觉。这说得很对。于是他主张文学语言的“陌生化”。他说：

> 为了恢复对生活的感觉，为了感觉到事物，为了使石头成为石头，存在着一种名为艺术的东西。艺术的目的是提供作为视觉而不是作为识别的事物的感觉；艺术的手法就是使事物奇特化（陌生化）的手法，是使形式变得模糊，增加感觉的困难和时间的手法，因为艺术中的感觉行为本身就是目的，应该延长；艺术是一种体验事物的制

---

① ［法］托多罗夫选：《俄苏形式主义文论选》，蔡鸿滨译，中国社会科学出版社1989年版，第24页。

作的方法,而"制作"成功的东西对艺术来说是无关重要的。[1]

这里的矛盾是:你一方面说,你使用语言陌生化的手法,是"为了恢复对生活的感觉,为了感觉到事物,为了使石头成为石头",也就是说为了使生活变得新鲜,能够让读者因你的语言手法的改变而觉得你的描写更耐人寻味(所谓"增加感觉的困难");可是另一方面你又说这只是"制作","制作"成功的东西,即语言描写的意义对艺术来说又无关紧要。这不是自相矛盾吗?语言是一种符号世界,符号世界表达一种意义世界,符号世界与意义世界是无法分开的。你怎么能把连为一体的东西活活地切割开来呢?所以语言与意义、话语与文化、结构与历史本来就在一个场内,是不能分开的,为什么硬要把它们分割开来呢?维·什克洛夫斯基谈到语言的陌生化,喜欢举列夫·托尔斯泰的例子,如他举了托尔斯泰的《霍斯托密尔》的小说,这篇小说写主人公与他的小马的谈话,但小马总是听不懂主人的话,如为什么人总喜欢"我的马""我的土地""我的空气""我的水",它听着"实在别扭"。这种陌生化描写不正是在批判私有制吗?让你感觉私有制是如此不合情理,这就是托尔斯泰的陌生化描写要凸显的东西,而且凸显得很成功,真的"使石头成为石头",读者如何仅仅能称赞这种描写本身,而把控诉私有制的思想情感排除掉呢?这完全是不可能的。

总之,纵观西方20世纪文论所走过的历程,其内部运演呈现出一种俄国形式主义—英美新批评—结构主义—符号论—新历史主义等的递进消解的曲线图式,这也不难想象有学者指出"新历史主义是形式主义末路的崛起",西方这种通过各种学说"内部"与"外部"形态的冲突、消解、互补,尔后又打着"新历史主义文化诗学"的旗帜要求回返文学研究,要求从文化的视角、历史的维度、跨学科的空间、人类学方法的"厚描"(thick description)去重新面对文学文本,揭示文本背后隐含的社会权力的运作。

---

① [法]托多罗夫选:《俄苏形式主义文论选》,蔡鸿滨译,中国社会科学出版社1989年版,第65页。

其实，只要进一步仔细思考，我们不难发现：无论是西方的新历史主义学派还是我国所提倡的“文化诗学”，尽管两者存在巨大的区别，但似乎都有一个共同点，那就是强调文学研究要回归历史，与哲学“分手”而重新与历史“结盟”，用一种历史生成的视野来重新观照社会。结合当代文学理论的大背景，我们再进一步深思会发现——“文化诗学”其实就是对西方“逻各斯中心主义”①（logocentrism）的消解和超越。西方逻各斯（the logos，类似“理性”）将追求世界本原、终极实在、绝对真理视为中心，甚至将上帝视为哲学思想的最后依托，只关注形而上学，强调逻辑的推衍，直接造成了历史本质化、固定化的危险，而这也就导致了理论与实际脱离，根本不能解释新产生的文艺问题。于是，强调打破形式主义内设的语言牢笼，主张在文本与社会间双向往来的“新历史主义学派”以及强调重建历史语境，主张文学与文化间互动互构研究的“中国文化诗学”，都在自己的社会文化语境中，在自己的民族土壤中得以生根、发芽。

① 按照德里达的定义，“逻各斯中心主义”（logocentrism）是一种在场的形而上学。这不仅体现为言语先于文字，而且也表现在对符号本身的认识上。它割断所指和能指的关系，将所指奉为不变的中心，以构筑形而上学的大厦。逻各斯中心主义在语言观上表现为言语或语音中心主义（phonocentrism），德里达之所以要批判逻各斯中心主义，是因为它与西方在场的形而上学密切联系，其批评的矛头直接指向了亚里士多德、卢梭和黑格尔。德里达还从索绪尔《普通语言学教程》入手试图解构西方的逻各斯传统。参见张隆溪著：《道与逻各斯》，冯川译，江苏教育出版社2006年版。

第五章　深入历史语境：文化诗学的支点

第一节　当下文学理论的困局

长期以来，中国现代的文学理论研究常被说成比较“空”“空洞”“不及物”“大而无当”等。人们这样说，是有一定道理的。其中一点是，我们过分信赖哲学认识论。当然，哲学认识论是重要的，它对自然和社会科学是很有用的。但哲学认识论运用到具有丰富人文内涵的文学和文学理论研究上面，就显得很不够了。哲学认识论只能解决文学中的认识问题，超越认识问题的更为复杂和细微的美学、文学问题，它就显得无能为力了。

我们经常看到的文学理论研究是：置于认识论的框架内，只注重于概念的判断、逻辑的推衍，作出简单的结论。哲学认识论的框架，无非是一系列的二元对峙：现象与本质、主观与客观、主体与客体、个别与一般、个性与共性、偶然与必然、有限与无限等，这些公式很难切入到文学艺术和美的细微问题中，很难解决艺术与美的复杂问题。文学的版图十分辽阔，涉及的问题很多，有认识问题，又不止于认识问题。1987 年春天，王蒙写过一篇题为《文学三元》的文章，发表在同年《文学评论》第 1 期上面，认为文学具有社会性、文化性和生命性，在 20 世纪 90 年代初期遭受到一些人的批评，说他的文章主张“多元”论，是错误的。我对王蒙说：你写的“元”太少，所以遭批评了，要是你写几十元、几百元，人们就不会批评你了。我后来曾写过一篇题为《文学五十元》的论文，我认为文学的版图辽阔到我们难以想象的地步，它就像人类的生活本身一样丰富，就像我们所处的整个宇宙一样辽阔，涉及的问题林林总总，方方面面，它所涉及的问题，不是简单的认识论就可以解决的。

如对文学的本质、文学的真实、文学的典型等许多问题，都无法用认识论的这些二元对峙的概念去解决。以前，蔡仪、以群主编的《文学概论》和《文学基本原理》（上、下卷），最突出的弊病就是力图用哲学认识论去解释文学的一切问题，结果是不成功的。如关于文学的本质问题，他们不约而同地回答说，“文学是社会生活的反映”，然后罗列出叙事作品、抒情作品、写自然景物的作品和神话、童话作品，然后说：“这些作品，仍然不能不说是社会生活的反映。”从哲学的观点看，这说法没有错，但没有完全解决问题。因为不但文学是社会生活的反映，政治、法律、伦理、道德、历史等都是社会生活的反映，所以这样的回答，只回答了文学与政治、法律、伦理、道德、历史的共性的问题，没有解决文学的特性的问题。当然蔡仪、以群知道这一点，于是又回答说，“文学是社会生活的形象的反映”，把“形象”当作文学的特征[①]。问题在于有一些文学作品，并没有什么形象和图画，如中国西周时期《诗经》里的一些诗篇，唐宋八大家的散文，宋代的一些诗歌，西方现代派的一些作品，主要是追求理趣，或者说追求哲学意味，可我们仍然觉得它们感染了我们，它们是很好的文学作品。可见用单一认识论来界说文学的局限性是明显的。再如文学真实和文学典型问题，长久以来用认识论的哲学去解释，也是不成功的。文学的真实被纳入“现象与本质”的框架中，尽管直到现在仍然有人说，文学真实性就是通过对某些社会现象的描写揭示出社会生活的某些本质方面，但这样下定义是没有说服力的。还有文学典型被纳入个性与共性的框架中去解释，说：文学典型就是个性与共性的统一。连蔡仪自己也意识到这样的解释，没有把生活典型与文学典型区别开来，于是就在“个性”前面加上“突出的特点”和“有多方面的丰富性”，在“共性”前面加上“深刻”的形容词，但这样做同样无济于事。因此，抽象的哲学认识论常常不利于文学问题的解释和解决。那么，我们采用别的哲学理论情况就会发生转变吗？如我们用唯心主义哲学、结构主义哲学和解构主义哲学，来解释文学问题会有什么重大收获吗？实际上，从20世纪以来已经有人这样做，结果提出了什么新鲜的突破性的理论了吗？或者扎扎实实地解决了几个文学问题？都没有。可见文学研究一味与哲学结盟，并不能给我们更多的东西，这是值得大家思考的一个问题。

第二节　摆脱困局的出路

摆脱困局的出路有两条：一条是文学研究特别是文学理论研究要与

① 蔡仪主编：《文学概论》，人民文学出版社1979年版，第1—18页。

现实的文学创作、文学现象和文学思潮保持着密切的生动的联系。这一点，我在2010年发表的一篇文章中已有论列①，此不赘述；一条是文学研究应与历史语境保持关联，追求深厚的历史感。

如果我们把视野转向历史，我们会立即发现，文学研究与历史有着深厚的联系。一个作家一篇作品是怎样产生的？一个文学问题是怎样被提出来的？它们是在怎样的环境中得到解释的？这些都与历史有关。文学问题总是在一定的时代被提出来的，也总是在一定的历史语境中得到了解释。因此我们甚至可以说，无论文学问题的提出，或文学问题的解答，都与历史语境相关。离开历史语境，孤立地运用概念进行逻辑的推理，不但显得空洞，得不到真实的具体的回答，解决不了要解决的问题。这一切都有赖于我们回到历史语境。

“语境”本来是语言学的术语。语言学上有“本义”与“语境义”的区别。“本义”就是一个词的字典意义。比如“闹”这个词的本义是什么呢？我们查了一下《现代汉语词典》，那里说“闹”就是“喧哗”“不安静”“热闹”“闹哄哄”的意思，还列了“闹别扭”“闹场”“闹洞房”“闹肚子”等词语。但是在“红杏枝头春意闹”这句诗中，这个“闹”字获得了独特语境，它的意思已不是“喧哗”“不安静”等，而是指春天生机勃勃之意。这“生机勃勃”在这句诗的文本语境中就是“闹”字的“语境义”。

这个道理，我们的古人早就知道。刘勰在《文心雕龙·章句》篇中提出了“章明句局”的理论，他说：“夫人之立言，因字而生句，积句而成章，积章而成篇。篇之彪炳，章无疵也；章之明靡，句无玷也；句之清英，字不妄也。振本而末从，知一而万毕也。”这段话的意思是，人们进行写作，是由单个的文字组成句子。由句子组成章节，然后积累章节构成文章。但是，文章只有全篇焕发光彩，那么章节才不会有枝节和毛病；章节明白细致，那么句子才无差错；句子干净利落，那么用字才不会虚妄。所以抓住全篇命意这个根本，那么章节、句子这些枝节才会安置得当，抓住“本”或

---

① 参见拙文《冲破文学理论的自闭状态》，载《社会科学报》2010年5月20日第5版。

“一”这个整体，那么万千的句子、字词（即“从”或“末”）才会有着落。刘勰在这里所说的“振本而末从”的“本”和“知一而万毕”的“一”就是指文本的整体语境，“从”或“万”则是字、词、句而已，即我们阅读文章一定要看语境来解释或理解字、词、句的意义。反过来说也是一样，意义是从整体语境这个“本”或“一”中看出来的。

以上所述是“语境”的“本义”，后来各个人文社会学科都用“语境”这个词，那就是“语境”这个词的引申义。或者说人们把语境分成文本内语境和文本外语境。如英籍波兰人类学家马林诺夫斯基，很早就把语境的概念扩大，他提出了所谓的“情景语境”与“文化语境”。马林诺夫斯基的发现与他的学科背景有关，他是在非洲土著新几内亚东部的特洛布兰德群岛做调查时，开始研究语言与社会和文化的关系，先后提出“情景语境”和“文化语境”的概念。他发现对于那些土著人来说，如果不了解他们的活动的情景，就很难理解他们的语言。如一个驾着独木舟的人把划船的桨，说成是“wood”（木头），这个叫法与其他地方的人的叫法不同，如果我们不了解这些人当时说话的语境，就不能理解这些土著人说“wood”是指什么意思。马林诺夫斯基根据大量的例子，得出结论说：“话语常常与周围的环境密切联系在一起，而且语言环境对于理解话语来说是必不可少的；人们无法仅仅依靠语言的内部因素来分辨话语的意义；口头话语的意义总是由语言环境决定的。”[①]后来他又发现语言与文化的密切关系，提出了“文化语境”概念。马林诺夫斯基的说法成为后来伦敦语言学派的重要学术背景。

马林诺夫斯基的“情景语境”和“文化语境”一般已经离开了书写文本内的语境，变成了文本外的语境，即我们正在讨论的文本外的“历史语境”。或者说，文本所描述的事情，不是孤立发生的，它与发生的背景、机遇、人物、事件、时间、地点、场域等有关联。

比如，在中国古典文学研究中，学者们会提出这样的问题，陶渊明作

---

① 封宗信著：《现代语言学流派》，北京大学出版社2006年版，第40页。

为伟大的诗人,他的经典地位为什么在他生活的那个年代没有形成,只是到了宋代,他的经典地位才得以确立,这是何故？刘勰离陶渊明不远,可他的《文心雕龙》谈到了历代的许多诗人作家,唯独就没有提到陶渊明和他的诗篇①。陶渊明在唐代虽然已经有影响了,但他在唐代的影响在“二谢”之下。一直到了宋代,到了苏轼那里,因苏轼自身有着独特的经历和隐逸的体验,对陶渊明的诗有情感的共鸣,加以他在宋代文坛的崇高地位,给陶渊明以极高的评价,说:“吾于诗人,无所甚好,独好渊明之诗。渊明作诗不多,然其诗质而实绮,癯而实腴,自曹、刘、鲍、谢、李、杜诸人,皆莫及也。”②苏轼为什么这样评价陶渊明,使陶渊明声名鹊起？这就不但要进入陶渊明诗所处的历史语境,还要进入苏轼所处的历史语境,包括文化语境和情景语境双重语境,并结合分析陶渊明的作品,才能做出合理的解释。又如,杜甫的诗篇在中国抗日战争时期特别受到推崇,作为诗人,杜甫的地位也大大提高,这是为什么？杜甫还是那个杜甫,为什么在中国抗日战争中,似乎他就与我们站在同一个战壕里？这就与杜甫诗中特别浓烈的爱国主义情感有关,这不但与杜甫诗歌的情景语境、文化语境有关,更与抗日战争的历史语境密切相关,这也是双重语境使然。这种文学现象很多。

对于“历史语境”的理解,我的看法是要与马克思主义的历史主义联系起来考察。马克思在《哲学的贫困》中说:“人们按照自己的物质生产的发展建立相应的社会关系,正是这些人又按照自己的社会关系创造了相应的原理、观念和范畴。所以,这些观念、范畴也同它们所表现的关系一样,不是永恒的。它们是历史的暂时的产物。”③马克思的话很精辟,人所揭示的原理、观念和范畴都是“历史的暂时的产物”。这也就是说,精

---

① 刘勰的《文心雕龙·隐秀》篇有一处提到陶渊明,云:“彭泽之豪逸,心密语澄,而俱适乎壮采。”清代纪晓岚说,明代《永乐大典》所收此篇已经残缺,缺的部分大概是明人所补。一般研究者都同意纪晓岚的判断。此句是在补文之内。

② 苏轼著:《苏轼文集》第6册,中华书局1986年版,第2515页。

③ 参见《马克思主义经典作家论历史科学》,人民出版社1961年版,第122页。

神产品，其中也包括具有观念的文学作品，都是由于某种历史的机遇或遭遇，有了某种时代的需要才产生的；同时这些精神产品也不是永恒不变的。某个时期流行的精神产品，在另一个历史时期，由于历史语境的改变而不流行了。正如恩格斯所说："当我们深思熟虑地考察自然、人类历史或我们自身的精神活动时，在我们面前首先呈现的是种种联系和交互作用的无限错综的图画，其中没有任何东西是不动和不变的，万物皆动、皆变、皆生、皆灭。……"[①]所以，历史是一位伟大的法官，在历史语境的变迁下，往往是真理变谬误，谬误变真理，时尚的变得不时尚，不时尚的变得时尚……正因为如此，列宁就把这个问题提到更高的程度来把握，说："在分析任何一个社会问题时，马克思主义理论的绝对要求，就是要把问题提到一定的历史范围之内。"[②]很清楚，在历史的联系中去把握对象，不是一般要求，而是"绝对要求"。

我们所提出的"历史语境"，有一个思想灵魂，它就是马克思、恩格斯所阐明的历史发展观。离开马恩所讲的伟大"历史感""历史性"和"历史发展观"这一点来理解历史语境，我们就不可能真正理解历史语境。

有人要问，你这里讲的历史语境和以前常说的"历史背景"是不是一样的？我的回答是，它们是有联系的，但又是不同的。所谓两者有联系，是说无论"历史背景"和"历史语境"都力图要从历史的角度去理解文学的发展与变化。所谓两者又是不同的，按照我个人的理解，如果说"历史背景"是"一般"的话，那么"历史语境"则是"特殊"了。历史背景只是关注那些作家的作品和文学的发生和发展，处于哪个历史时期，那个历史时期一般的政治、经济文化的状况是怎样的，这段历史与这段文学大体上有什么关系等。这样，历史背景往往无法确切地回答某个作家或某篇作品是怎样产生的；"历史语境"则除了包含"历史背景"一般性情况之外，更重要的是需进一步深入到作家、作品产生的历史具体的机遇、遭际、事件、

① 参见《马克思主义经典作家论历史科学》，人民出版社1961年版，第122—123页。
② 参见《马克思主义经典作家论历史科学》，人民出版社1961年版，第202页。

时间、地点和情景之中，切入产生某个作家或某部作品或某种情调的抒情或某个场景的艺术描写的历史肌理之中，这就是特殊联系了。换言之，一般的历史背景，无法准确地说明文学的实际，只有更具体的更特殊的历史语境，才能真实地确切说明文学的实际。进一步说，“历史背景”只讲外在的形势，而“历史语境”则除了要讲外在的形势，还要把作家、作品产生的文化状态和情景语境都放进去。一些评论家只是从外在的历史形势背景来评价作品，作出的解释和结论是一般的、浮浅的，说不到要点上，而若作家自己来谈自己的作品，他必定会把自己写作品时候的文化和具体情境放进去，把“我”放进去，所得出的解释和结论就不一样。

这里，我想举郭沫若的一个例子。郭沫若于 1959 年写历史剧《蔡文姬》，该剧演出后，评论家的评论焦点都集中于曹操这个人物身上，说：这是“为曹操翻案”的戏。其实，在这个剧作中，曹操的形象写得很干扁，着墨不多，也不是剧中的主要人物。郭沫若对自己这个剧本最重要的评价是“蔡文姬就是我”。对于郭沫若的这个自我评价，仅仅根据历史背景是得不出的。很多人对郭沫若的这句话都不能理解，一般都说：郭沫若无非对蔡文姬的遭遇比较同情，所以有此一说。这样的评论是不痛不痒的。我因为 2004 年获得主持教育部重大攻关课题“历史题材文学创作重大问题研究”，重读了郭沫若的全部历史剧。我特别研究了郭沫若在《〈蔡文姬〉序》中说的话：“我也可以照样说一句：蔡文姬就是我！——是照着我写的”，“其中有不少关于我的感情的东西，也有不少关于我的生活的东西”，因为“在我的生活中，同蔡文姬有过类似的经历，相近的感情”。我就去翻郭沫若自己的书，研究一下《蔡文姬》怎么会有郭沫若“感情的东西”，跟蔡文姬有什么样的“类似的经历”“相近的感情”，怎么会说蔡文姬是“照着我写的”？我终于发现了郭沫若的“蔡文姬就是我”这个自我评价。

原来，1937 年抗日战争爆发，郭沫若冒着危险从日本回国，参加抗日战争。他回来后，写了一篇散文，发表于 1937 年 8 月上海的《宇宙风》月刊第47期上，题目是《我从日本回来了》。这篇散文是篇日记。大革命失败后，郭沫若于1928年逃亡日本，与日本某医院的护士安娜相识、相恋，终于结婚。他们在十年间生下了五个孩子，相依为命，度过了艰难的日子。1937年，日本发动侵略中国的卢沟桥事变后，郭沫若出于他的爱国热情，觉得自己不能再待在"敌国"，决定立刻回国参加抗日战争。他回国的情境的确与当年蔡文姬的选择相似。一边是故国的召唤，一边是妻子、儿女的爱恋，所以他感到无限的痛苦。我们知道，蔡文姬到匈奴那里之后，与左贤王结婚，生下了两个儿女。左贤王当时对她说，你要是想回故国去，你可以回去，但两个儿女绝不许带走。剧作中有蔡文姬与胡儿的一段对话，其中蔡文姬说："我已经和你爹爹谈了三天了。我说，儿女让我带回去，没有儿女的母亲很可怜。他说，不行，你是汉人，我可以让步，让你走；儿女是匈奴人，我不能让步，你不能带走。我说，一人分一个吧，把你或者你的妹妹带回去，他也不肯。儿啊，你想，把你们丢下，让娘一个人回去，这不是割下了娘的心头肉吗？"[①]所以，蔡文姬感到十分痛苦，一边是故国的召唤，这是她日思夜想的事情，她无论如何要回去，一边是要与自己的还处于年幼的儿女分离，这也是她不舍的。所以她的心情处在极度矛盾中。郭沫若离开日本，返回中国参加抗日战争，与蔡文姬的处境的确十分相似。郭沫若在那篇散文中写道："昨夜睡甚不安，今晨四时半起床，将寝衣换上一件和服，踱进了自己的书斋。为妻及四儿一女留白，决心趁他们尚在熟睡中离去。……我怕通知他们，使风声伸张起来，同时也不忍心他们知道后的悲哀。我是把心肠硬下了。……自己禁不住淌下眼泪。……走上了大道，一步一回首地，望着妻儿所睡的家。灯光仍从开着的窗户露出，安娜定然是仍旧在看书，眼泪总是忍耐不住地涌。走到看不见家的一步了。……"[②]从郭沫若的叙述中，我们就看得出，郭沫若写蔡文姬离开左贤王和儿女，不是凭空的。他是以自己1937年离开日本回

---

① 郭沫若著：《郭沫若剧作选》，人民文学出版社1978年版，第323页。

② 郭沫若著：《郭沫若集》，花城出版社2006年版，第350—352页。

国作为情景语境来写的,因而写得十分真切。“历史语境”的重要性早就有不少作家和学者意识到了。例如法国的萨特在他的重要著作《什么是文学?》中举过这样的例子:“假如有一张唱片不加评论反复播放普罗万或者昂古莱姆一对夫妻的日常谈话,我们根本听不懂他们在说什么;因为缺乏语境,即共同的回忆和共同的感知;这对夫妇的处境及他们的谋划,总之缺少对话的每一方知道的向对方显示的那个世界。”①萨特所举的例子,说明作者的“历史性”和读者的“历史性”,以及“写作和阅读是同一历史事实的两个方面”。他的思想是深刻的。

由此,我们不难看出,所谓“历史背景”所指的一段历史的一般历史发展趋势和特点,最多是写某个历史时期的主要事件和人物,展示某段历史与某段文学发展的趋势和特点大体对应,是“一般”。“历史语境”则不同,它除了要把握某个历史时期的一般的历史发展趋势和特点之外,还必须揭示作家或作品所产生的具体的文化语境和情景语境,是“特殊”。换言之,历史背景的着力点在一般性,历史语境的着力点在特殊性。我之所以强调历史语境,是因为只有揭示作家和作品所产生的具体的历史契机、文化变化、情境转换、遭遇凸显、心理状态等,才能具体地深入地了解这个作家为何成为具有这种特色的作家,这部作品为何成为具有如此思想和艺术风貌的作品。这样的作家和作品分析才可以说是历史具体性和深刻性的。

要是我们文学研究都能进入历史语境,在具体的历史语境中揭示作家和作品的产生,文学现象的出现,文学问题的提出,文学思潮的更替,那么文学研究首先就会取得“真实”的效果,在求真的基础上,才能进一步求善求美。如果我们长期这样做下去,我们的文学研究,文学理论的研究,就会落到实处,真正地提出和解决一些问题,理论说服力会加强,也必然会更具有学理性,更具有专业化的品格。

---

① [法]萨特著:《萨特读本》,杜裕芳译,人民文学出版社2005年版,第565页。

第六章　重构语境:文学修辞与社会文化的互动、互构

文学语言是一种言语,但有其独到的特点。文学语言在具体的作品中作为文本而存在,它总是与社会文化形成了一种“互文性”的对话关系。要揭示文学语言文本的文化意义,重要之点是重构语境,把文学语言文本放到语境中去把握。不但要放到“文内语境”中去把握,还要推展语境,放到“文外语境”中去把握。文学语言文本受社会文化文本的制约,同时又丰富了社会文化文本,形成新的社会文化景观。所谓“互动”“互构”,就在这种“制约”与“丰富”过程中。

无论是文学抒情还是文学叙事,它们的最小单位都是文学言语的修辞。一个文本的言语表达的秩序、言语表达的情调、言语表达的氛围、言语表达的声律、言语表达的色泽,乃至文学体裁、文学风格的确立,都有赖于文学修辞。修辞这个概念也有狭义与广义的区别。广义的修辞,可以包括人与自然的一切方面的姿态、颜色、音响、形状等的修辞性。自然的修辞,如山的高低起伏,峰的险峻神奇,江流的缓急清浊,湖海的宽广深浅,自然气候的明媚、阴晦、清爽、混浊、黑暗、明亮、寒冷、炎热等;人的修辞,如人体的、表情的、手势的、装饰的等;还可以包括故事的修辞,如温暖的、温馨

的、清新的、隽永的、悲凉的、悲壮的、悲悯的、幽默的、诙谐的、诗意的、曲折的、平淡的等。狭义的修辞是就文本的语言表达方式及其效果来说的，如中国古代文学文本中赋、比、兴的运用，对偶、夸饰、平仄、详略、繁简、典故的运用、字词的推敲等。在刘勰的《文心雕龙》中，《熔裁》《声律》《章句》《丽辞》《比兴》《夸饰》《事类》《练字》等十篇，都属于修辞批评理论。本章所取的就是文本语言表达的狭义的修辞。这里将重点探讨文学修辞、文学修辞批评和文学修辞批评理论与社会文化的互动关系。

第一节　文学修辞与中外修辞批评理论的遗产

第一节我们将首先讨论什么是文学修辞，什么是文学修辞批评，以及中外文学修辞批评的遗产。

一、文学修辞的性质、功能和效果

作家面对自己获得的题材，在开始进入创作过程之前，必然有关于这个题材达成自己心目中所希望的样子的预设，这就不能不考虑作为语言表达的修辞问题。那么，文学修辞问题主要包括哪些内容呢？刘勰在《文心雕龙·章句》篇中指出："夫人之立言，因字而生句，积句而成章，积章而成篇。篇之彪炳,章无疵也;章之明靡,句无玷也;句之清英,字不忘也:振本而末从,知一而万毕也。”刘勰的意思是,作家写作作为立言活动,无非要考虑到字词、句、篇三者及其关系。这就是文学修辞的内容了。文学修辞就是在表达文学题材时的用字词、句子和篇章的秩序。这一点并无不同意见。但对刘勰这段话的后半段,“龙学”界有两种不同的解读:其一,认为“篇”是“本”,字词、句是“从”,全篇光彩鲜明了,那么各章就无瑕疵了,各章明白美好,句子就不会有毛病了,句子明洁华美,字词就不会有错。这种理解把全篇的修辞安排看成是整体性的东西,整体性的东西安排好了,那么章、句、字词也就稳妥了,所谓“振本而末从,知一而万毕”,就是说的这个意思。其二,认为“字词”是“本”,“篇”是末,认为全篇光彩鲜明,是因为各章无瑕疵,各章明白美好,是因为句子没有缺点,句子明洁华美,是因为用字(词)没有毛病。这就是所谓“因字而生句,积句而成章,积章而成篇”。我是同意后一种看法的,认为文学修辞的要素是字词、句、章、篇的修饰。字词的修饰是基本的,然后才是句子、章节、全篇的修饰。如果连字词都有许多毛病,如何去讲究句子、章节、全篇的安排呢?但同时我又认为“篇”作为整体的安排也是重要的,或者说是更重要的。这一点刘勰也注意到了,他在《文心雕龙·附会》篇中说:“夫画者谨发而易貌,射者仪毫而失墙,锐精细巧,必疏体统。故宜诎寸以信尺,枉尺以直寻,弃偏善之巧,学具美之绩,此命篇之经略也。”意思是说,绘画者一味描绘毛发,而所描绘的形貌就会失真。射箭者只见毫毛,而不见整堵的墙,就会因小失大。所以宁可委屈一寸而保证一尺的伸直,宁可委屈一尺而保证一丈的伸直,宁可放弃局部的细巧,也要学会整体完美的功夫,这才是谋篇布局的概要。这里,刘勰实际上讲了这样一个道理,整体是制约局部的,而局部却不能超越整体。整体优先的原则是十分重要的。这里刘勰所说的寻、尺、寸,也是指篇、章、句、字词的修饰,但强调整体优先。由此看来,刘勰认为文学修辞包括两个过程:一个过程是由篇到章到句到字词的加工,即由整体到部分,在实际创作中,作家对于自己笔下所写的作品的情调、色泽等先有整体的构思，然后才设想具体安排字词、句子、章节时的加工，我们似可以称为“大修辞”；一个过程是由字词到句子到章节到全篇，即由部分到整体，就是说细部的加工会影响到整体的效果，特别是关键的细节的加工，甚至可以决定整篇的情调和色泽等，我们似可称为“小修辞”。

如果我们同意刘勰对文学修辞的这种辩证的理解的话，文学修辞的要素则包含了字词、句子、章节和全篇这四者的独特的加工活动。作家面对的是取自社会生活的题材，他们用特有的程序对题材进行独特的加工，结果这来自社会生活的题材被提升到审美事实，形成了文学作品。如果我们把来自社会生活的题材与加工过的作品进行比较，我们就会发现文学修辞的程序。文学修辞对作家而言，是艺术加工中的言语的双向的运动。一方面，充分考虑到整体言语的修辞效果，从这里出发去追求细部的修辞艺术；另一方面，充分考虑到细部言语的修辞效果，从这里出发去追求整体的修辞艺术。

文学修辞具有什么性质和作用呢？

我首先来谈谈文学修辞的性质问题。文学的题材来自社会生活，它能不能转变成文学作品，受许多因素的影响，文学修辞就是其中最重要的影响之一。我们不能把文学修辞仅仅看成是一种字词、句子、章节、修辞格等语言工具的运用。按照现代的语言观，语言符号对于人来说就是一种存在，在人类有了语言符号之后，语言符号始终先于人而存在。因此，人一出生，就落入到语言的网络中，人们不但不可能从语言符号中挣脱出来，而且不得不通过语言去看这世界。这一点我们在第五章中已经详细讨论过，这里就不赘述了。这里我们要强调的是语言的修辞性问题。语言的本质是语法还是修辞，结构主义的索绪尔强调的是语法，强调语言是共时性的语法规则，修辞只是语法中的一个子项。这种看法认为共时性的语法，才能使符号清楚地表达意义，而且主旨才会凸显出来；但后来的解构主义强调语言的本质是修辞，修辞破坏语法的规范，文学的歧义、朦胧、不可解才得以产生。因此，解构主义认为语言的本质是修辞性的。我的看法是世界是“结构—解构”的运动，语言中既有结构的性质，也有解构的性质，既是共时的，也是历时的，因此语言的本质既是语法，也是修辞。语言的语法性使文学作品的意义获得明晰的审美信息，语言的修辞，特别是偏离性的修辞，则又使作品的意义获得含混性、朦胧性和歧义性，这前后两种结合正是优秀文学作品可解不可解的原因。例如，杜甫的《春望》中的句子“感时花溅泪，恨别鸟惊心”。其修辞的特点是模糊主语，让读者摸不清楚主语是什么。但一方面它的审美信息是清晰的，那就是对“安史之乱”所造成的国恨家仇感到忧心与愤怒；另一方面它的审美信息具体说来又是不清晰的，这里是说人看到花后不觉流下眼泪，见到鸟也觉得惊心呢？还是说在那混乱的时候连花也溅泪鸟也惊心呢？就可以作出不同的解释，因此这里又充满歧义和含混。同样，李商隐的《无题》（“相见时难”）全诗用了比喻、象征、对偶等修辞手法，它具有结构性，意思总的说是清楚的，那就是“怀人”；但又具有解构性，诗中究竟是怀念什么人的或求助什么人呢？则是不清楚的。一说认为此诗作于大中五年（851），当时李商隐在徐州卢弘止处当幕僚，卢弘止死，李商隐从徐州到长安，因为长期在外做幕僚，感到无聊，想通过关系进翰林府。他想向当时出任宰相的令狐绹陈情。但又没有门路，很难见到，所以说“相见时难别亦难”。但他想见令狐绹的心情是那样坚定和急迫，所以就用了比喻的句子：“春蚕到死丝方尽，蜡炬成灰泪始干。”想到自己青春易逝，又有“晓镜但愁云鬓改，夜吟应觉月光寒”的比喻，但他没有失望，总觉得还会有人帮助他，所以又有“蓬山此去无多路，青鸟殷勤为探看”的句子。一说认为李商隐为思念他的情人而作，全诗所写，无非是对他的情人的一片真情。此外，还有寄托、艳情、狎游、感遇、政治、悼亡等多种解读。

其次，再来谈谈文学修辞的作用和功能问题。文学修辞通过字词、句子、章节、篇的艺术加工方式，用以加强或改变文学题材本身的性质。文学题材就是作家已经掌握的写作的材料。对诗来说，它的材料就是情景，对小说来说,它的材料就是故事。情景、故事本身是有颜色、温度和情调的。如有热烈的、有温暖的、有冷淡的、有凄凉的、有寒冷的、有豪放的、有婉约的、有欣喜的、有悲哀的、有红色的、有黑色的、有绿色的、有白色的等等。文学修辞的作用就是加强或改变这种颜色、温度和情调。一般来说,通过文学修辞来加强题材的颜色、温度和情调,这是比较好理解的。让我们来重读一下大家都熟悉的杜甫的《闻官军收河南河北》:

剑外忽闻收蓟北,初闻涕泪满衣裳。
却看妻子愁何在,漫卷诗书喜欲狂。
白日放歌须纵酒,青春作伴好还乡。
即从巴峡穿巫峡,便下襄阳向洛阳。

唐代宗广德元年(763)秋,杜甫避成都徐知道之乱,流落到梓州。宝应元年(762)"安史之乱"到了尾声。唐军讨伐史朝义,收复了河南等地;763 年正月,史朝义委任的范阳节度使李怀仙投降,史朝义自缢身亡,李怀仙乘机割其首献唐军,河北诸州叛军皆投降,"安史之乱"结束。杜甫在梓州听到这个好消息,立即作了此诗。安史之乱是杜甫一生中最为痛苦的时期,听到这个好消息,其内心的高兴可想而知。就这首诗的题材而言是喜与乐,是暖色调的。杜甫此诗加强了此诗题材的暖色调,使"暖"变为"热"。杜甫在文本修辞上下了不少功夫,先写喜极而泣,这里用了对比修辞,本来是喜乐之事,应该笑才是,但杜甫偏写"初闻涕泪满衣裳"。接着写"妻子愁何在",则是用衬托修辞,用妻子的"愁"来衬托诗人的"喜"。"漫卷诗书"一句看似闲笔,但闲笔不闲,表现了诗人那种高兴得不知如何是好的心情。"白日放歌""青春作伴"两句是夸张,将暖色调提升为热色调了。最后两句用了由西向东和由南到北的四个地名,诗人想象立刻可以沿着这条路线返回老家了。这里用得最好的是"从""穿""下""向"四个字,正是这四个字把四个地名联成一气,表达了诗人想返回老家的急切心情。这首诗被称为“天下第一快诗”。诗人的修辞作用突出地表现为加强了题材的原有的色调。许多作品中修辞的作用和功能,都是顺着题材的颜色、温度和情调,使红者更红,绿者更绿,蓝者更蓝,黑者更黑,使温者更温,冷者更冷,使悲哀者更悲哀,欣喜者更欣喜……

文学修辞的另一种作用和功能则是改变原有题材的颜色、温度和情调。这就是说,这种文学修辞是通过词语等形式方法的雕琢,使题材本来的意义发生逆转,黑的似乎变成了红的,暖的似乎变成了冷的,悲的似乎变成了喜的。在这里边就显出修辞功能的更为巨大的力量。我过去把这种情况表达为“形式征服内容”。

如果我们只是强调修辞对题材的一种适应,一种呈现,那么许多问题都解决不了。比如我们可以提一些问题:为什么艺术家、作家总是热衷于写人生的苦难、不幸、失恋、挫折、伤痛、死亡、愁思、苦闷?“丑”以什么理由进入文学创作中?难道仅仅因为它可以跟“美”对照吗?或者可以供“美”的理想批判吗?为什么现代艺术家往往喜欢写生活里的荒诞、异化、变形、失落、沉重、邪恶?我们可以想到,要是修辞作为形式的因素只是消极地适应和呈现这些题材的话,那么这些文学作品还能产生美感吗?所以一直存在这样一种观点:内容是主人,形式是仆人,形式仅仅是消极的配合、补充内容,服服帖帖地为内容服务。古代和现代的很多人都坚持这一观点。的确,题材吁求形式,题材是主人,形式似乎是客人。然而一旦把这个客人请到家里来了,那么这个客人是否处处、时时都要听从主人的安排呢?那就很难讲了。实际上文学创作的实践证明,客人一旦到了主人家里,往往就造起反来,最终是客人征服主人,重新组合、建立起一个新的家,不是原来那个家了。所以作为修辞的形式征服题材,两者在对立冲突中建立起一个新的意识秩序和有生命的艺术世界。我的基本观点是:艺术创作最终达到内容和形式的和谐统一,但是这不是形式消极的适应题材的结果,也不仅仅是加强题材的色调的结果;恰恰相反,有时候作为形式的修辞与题材对立冲突,最终是作为形式的修辞征服了题材。所以有时候修辞与题材这两者是相反相成的。讲到这里，大家可能觉得有点枯燥，我给大家举个现成的例子——鲁迅的《阿Q正传》。从题材的角度说，《阿Q正传》是个悲剧还是喜剧呢？当然是一个悲剧了。一个年轻的贫苦的农民参加辛亥革命，在革命中糊里糊涂地被人杀害了，在被杀害时还不觉悟。他觉得自己的圈划得不圆，觉得自己赴刑场的时候不能唱一段京戏，为此而苦恼。这是个喜剧还是悲剧？就题材而言，就素材而言，它是个悲剧。但是如果鲁迅通过修辞加强这个悲剧的色调，用这种悲剧的情调来写《阿Q正传》的话，我们会喜欢这部作品吗？我们肯定不会喜欢。鲁迅在修辞上恰好是用喜剧的情调、用幽默的情调来征服《阿Q正传》的题材，使我们觉得处处很可笑很幽默。比如阿Q的精神胜利法让我们觉得很可笑：他明明没有钱，他就想，我儿子会比你阔多了。他有许多表现说起来都是非常可笑的。但一个真正能把《阿Q正传》读进去的读者就会知道，第一遍我们读的时候的确是哈哈大笑，但当我们读第二遍、第三遍、第四遍，当我们刚刚要笑的时候我们却笑不起来了，原来是笑里包含了一种非常深刻的悲剧。鲁迅正是用一种独特的喜剧性的修辞，用幽默的情调征服了《阿Q正传》的题材，使《阿Q正传》的题材原有的色调发生逆转，这样《阿Q正传》成为了名篇佳作，成了一部流传不朽的作品。

在这里我想介绍苏联早期的心理学家、艺术心理学家、艺术理论家列·谢·维戈斯基《艺术心理学》一书中的一些论点。他说要在一切艺术作品中区分开两种情绪，一种是由材料引起的情绪，一种是由形式引起的情绪。他认为这两种情绪处在经常的对抗之中，它们指向相反的方向，而文学艺术作品应该包含着向两个相反方向发展的激情，这种激情消失在一个终点上，就好像电路“短路”一样。维戈斯基的意思是，在许多作品中形式和题材的情调不但是不相吻合的，而且是处于对抗当中的。比如说题材指向沉重、苦闷、凄惨，而形式则指向超脱、轻松、欢快，形式与题材所指的方向是完全相反的，但是又相反相成，达到和谐统一的境界。维戈斯基所举的一个最有名的例子就是俄国作家普宁(诺贝尔文学奖得主)的一个短篇小说《轻轻的呼吸》。《轻轻的呼吸》讲了一个什么故事呢?讲一个女中学生叫奥丽雅的故事,她在那所中学里是最具有魅力的漂亮姑娘,大家都围着她转,男生围着她转不说,女生也围着她转,魅力四射。但是这个女中学生道德败坏,一方面和一个哥萨克士兵谈恋爱,另一方面又跟一个五十六岁的老地主乱搞,这件事终于被她的恋人知道了,哥萨克士兵来到了她所在的城市,在火车站上一枪把奥丽雅打死了。就是这么一个故事。但整个小说经过作家的文学修辞处理完全不是这么一个内容。我刚才讲的那么一个故事用维戈斯基的话来讲,是"生活的溃疡",是一段乱七八糟的生活,是一个完全没有什么意思的故事,是一个放荡的女中学生的生活故事,是一个外省的女中学生的毫不稀奇、微不足道和毫无意义的生活。这么一个故事写出来就是"生活的混沌""生活的浑水""生活的溃疡",完全没有什么意思。但是经过作家的叙述和修辞处理以后,也即经过形式的征服以后,情况就完全不同了。原来作家在这里强调的不是故事本身的乌七八糟的东西,他写出的是一种"乍暖还寒的春天的气息"。作家在写这个故事的时候,安插了一个班主任,这个班主任是个老处女,她已经三十多岁了,但还没有尝过当女人的滋味,她非常羡慕奥丽雅。有一次她在教室旁边听到奥丽雅跟一群女生介绍她怎么能吸引男生。奥丽雅绘声绘色地说,她祖父留下很多书,有一本书叫《古代笑林》,那本书里专门讲女子怎样才变得有魅力,怎样才能吸引男人,比如说,女人的呼吸、喘气,应该是轻轻的,轻轻的,魅力就在这里,就是要轻轻的呼吸。这么说一下子就把那些女生都吸引住了,连那个班主任也被吸引住了:原来她不漂亮没有人爱她,主要是不能轻轻地呼吸啊。整个故事的重点就在这里。这段描写完全是一种文学修辞处理,可是成为了这个故事的一个转折点,用我们中国的话来说,这就是诗眼、文眼,整个故事都集中在这个详细细节的描写上面。而关于奥丽雅最终被打死了这个事情,被镶嵌在一个很长很长的句子里面,如果你不小心看还看不出来她被打死了。这是略写。作家主要靠详写略写的修辞,来达到色调的转换。作家并不强调奥丽雅被打死了。另外,奥丽雅死后,墓碑上有她的一张照片,非常漂亮,微笑着,她的班主任在她死后还到她的墓地来送一把鲜花,在旁边的椅子上坐着沉思——尽管奥丽雅只生活了十五年,但是女人的一切滋味她都尝过了,而她的这种生活是不值得过的。你看,这个小说经过作家的独特的修辞给人的印象就完全不同了。与小说和本事所产生的印象截然相反,作者所要表现的真正的主题是"轻轻的呼吸",而不是一个外省女中学生的一段乱七八糟的故事。这不是奥丽雅的小说,而是一篇写"轻轻的呼吸"的小说。小说的主线是解脱、轻松、超然和生活的透明性的感觉,而这种感觉从作为小说基础的本事本身是无论如何也得不出来的。这就是文学修辞改变了题材的意义。大家可以去看看维戈斯基的《艺术心理学》这本书,书的后面还附有这篇小说,他对这篇小说的分析是非常到位的。维戈斯基的结论是:形式消灭了内容,或者形式消灭了题材的沉重感、溃疡性。题材的可怕完全被诗意的形式征服了。最后维戈斯基的评价是:通篇渗透着一股乍暖犹寒的春的气息。

其实这个故事我在鲁迅文学院的作家班里讲过,莫言一直听我的课,很多课的内容他都忘了,唯独对这篇小说《轻轻的呼吸》,他没有忘,所以后来他给我的一本著作《维纳斯的腰带——创作美学》写序时说,写小说要"轻轻地写",他想起了我给他们分析的普宁的小说《轻轻的呼吸》。实际上女主人公"轻轻的呼吸"影响了他——创作要轻轻地写,他记住了这个。所以就小说而言,题材与形式的对立是经常的事情。小说的题材就是本事,本事作为生活的原型性的事件,必然具有它的意义的指向和潜在的审美效应。然而,当小说家以其独特的修辞、叙述的方式去加工这个材料的时候,完全可以发挥它的巨大功能,对这个材料、这个本事进行重新的塑造,从而引出与本事材料相反的另一种意义的指向和审美效应。因为作为文学修辞和叙事方式是负责把本事交给读者,它通过叙述的视角、叙述的语调,刻意地安排,然后把这样一个故事而不是那样一个故事交给读者,它可能引导读者不去看本事中本来很突出的事件——比如说奥丽雅被打死,把它隐没在一个长句中——而去注意本事中并不重要的细节,奥丽雅讲的“轻轻的呼吸”那个细节,引导读者先看什么事件,然后再看什么事件,这样读者从小说中所获得的思想认识和审美感受与从材料中所得到的可能是完全不一样的。《轻轻的呼吸》中的奥丽雅和她的女同学的一次关于女性美的谈话,通过她的班主任——一个老处女的回忆,被文学修辞大肆地渲染,整个小说就改变了方向,它的思想意义和审美效应就改变了。这个细节非常重要,这个细节就使得整个小说发生了逆转。所以作为形式的修辞与题材对抗并且进而征服题材。由此可见,文学修辞是非常重要的,文学修辞可以雕刻题材,使题材转化为这样一篇作品,而不是那样一篇作品。维戈斯基上述的观点对我们是有启发的。

二、中外文学修辞批评理论的遗产

作家通过文学修辞创作出作品,那么批评家就要对作品中的文学修辞的方方面面进行评论,这就是文学修辞批评。中国和外国留给我们的文学修辞批评的遗产很丰富。中国古代文论中关于文学修辞批评十分丰富,20 世纪俄国的形式主义批评、英美新批评中的文学修辞批评也很有特点,这里仅对此做一点最初步的简要的评介。

(一)中国古代文论中的文学修辞批评论

中国古代文论中的文学修辞批评论源远流长。中国最早的歌谣集《诗经》用了许多修辞手法。后人对此进行归纳,提出了“赋、比、兴”的批评理论,这可能就是中国最早的文学修辞批评了。其后历代对赋、比、兴都有不同的解释,就是关注文学修辞批评的发展。此外,春秋战国时期,学派林立,相互辩论,为了驳倒论敌,说服同情者,不能不运用各种修辞,研究各种修辞,修辞论当然就发展起来了。当时真正对文学修辞论作了系统总结的是刘勰的《文心雕龙》。上面我已经说过从《文心雕龙·熔裁》篇到《文心雕龙·练字》篇共八篇都是修辞批评的理论总结。其中有丰富的内容,不是三言两语能说清楚的。我们这里想从文学修辞与文学创作物化阶段的关系,来梳理一下中国古代文论文学修辞批评中几个关键的问题。

在文学创作过程,作家对其所写的内容达到了"胸有成竹",形成了"心象",并不等于创作的完成。这"成竹"能不能变成纸上鲜活而生动的"新绿","心象"能不能从作家"母胎"中顺利诞生,这仍然是未知的事情。那么这里最重要的就是作家所选取的语言表达的独特方式,这就是文学修辞的事情了。

1.文学修辞的艰难:"文不逮意"

实际上,在心象形成之后,要把"胸中之竹"变成"手中之竹",通过语言表达方式把心象实现为作品的形象,这里的困难是很大的。魏晋时期的陆机早就提出:

> 余每观才士之所作,窃有以得其用心。夫其放言遣辞,良多变矣,妍蚩好恶,可得而言。每自属文,尤见其情。恒患意不称物,文不逮意,盖非知之难,能之难也。①

陆机常看一些文士的作品,他们自以为对创作的奥秘有体会。可他们所用的文辞实在不敢恭维。其美丑好坏,都还可以议论。陆机认为,自己要是动手创作,就会领悟到创作的甘苦了。最重要的一点是,常怕自己的构思与所表现的事物不相符,运用的文辞不能准确地表现自己酝酿好的心象,这种困难不是道理上不易理解,是实践起来不容易。先秦时期,老庄说,体道困难,而言道更难,所谓"言不尽意"就是对此而言的。陆机可能受道家学说的影响,加之自己创作的体验,也认识到文学创作中酝酿

① 陆机著:《陆机集》,中华书局1982年版,第1页。

构思是一回事,而最后用言语表达又是一回事。酝酿构思好,心象鲜明,但并不等于创作成功,困难还在于文辞的传达,修辞的成功。这样他就提出了“文不逮意”说。

稍后于陆机的刘勰也在著名的《文心雕龙·神思》篇中指出:

> 方其搦翰,气倍辞前,暨乎篇成,半折心始。何则?意翻空而易奇,言征实而难巧也。是以意授于思,言授于意,密则无际,疏则千里。或理在方寸,而求之域表;或义在咫尺,而思隔山河。是以秉心养术,无务苦虑;含章司契,不必劳情也。①

刘勰讲得无疑比陆机又进了一步。他的论述包含了三层意思:第一,肯定了“胸中之竹”不等同于“手中之竹”,不但不等同,而且有时距离很远,所谓“方其搦翰,气倍辞前,暨乎篇成,半折心始”,在下笔之前,气势高涨,以为一定能把心中酝酿的心象,充分地表现出来。等到把心中所想变成了言语文字,才发现表现出来的只有原来所想的一半。在魏晋六朝的玄学讨论的言意之辩中,有“言不尽意”与“言能尽意”的争论。很显然,在这争论中,刘勰站在了“言不尽意”的学术立场上。第二,刘勰认为在文学创作中,言不尽意乃是心象的不确定性、活跃性所引起的。通过“神思”活动所形成的心象,“意翻空而易奇,言征实而难巧”,意象(心象)凌空翻飞容易出奇,用言语的具体表达就难于精巧。心象来自构思,言语则要根据心象,结合得好,就能表现贴切,结合得不好,就差之千里。有时道理就在方寸(心中),而表现要求之于外域,有时意义就在咫尺,而言语表达起来,又像远隔山河。这就是说,由于心象的流动性和易变性,心象与语言表现之间有很大距离。第三,为了达到语言对心象表现的贴切、精巧,要“秉心养术,无务苦虑;含章司契,不必劳情”,意思是说,要平时加强修养,不靠写作时冥思苦想,掌握好艺术技巧,不靠写作时徒劳费神。

① 范文澜著:《文心雕龙注》下册,人民文学出版社 1958 年版,第 494 页。

实际上，这里仍是强调“虚静”精神状态的培养，平时静心凝神，勤学苦练，运用时精神放松，自然而然，那么就能像后来苏轼所说的“无意于佳乃佳”，“冲口而出”乃成好诗，达到语言表达与心象神情的一致与贴切。

2.文学修辞的效果：“语不惊人死不休”

尽管文学创作中常常是言不尽意，但是真正的文学家并没有在语言面前退却，相反他们对诗歌等的言语表达提出了很高的要求，并在实践中获得了成功，产生无数优秀的诗篇和其他伟大作品。反映到文学理论上面，也提出了解决语言表达困境的思路。比较早的说法如孔子的“言之不文，行之不远”，“辞达而已”，孟子的“言近而指远者，善言也”①，汉代王符提出“辞语者，以信顺为本，以诡丽为末”②，六朝时期陆机的《文赋》提出语言创新问题，刘勰《文心雕龙》专门列了《章句》篇，对文学创作中的言语问题作出不少有益的分析。司空图等的“言外之意”说十分重要，则将在下章作品论中详加讨论。唐宋后，文学创作中关于语言的推敲的论述更是不计其数，这里无法一一列举。

这里要特别提出杜甫的诗句“为人性僻耽佳句，语不惊人死不休”③，着重阐明其文学修辞意义。杜甫的这句诗历来都脍炙人口，但研究者一般都仅仅从杜甫作诗刻意求工、重视词语锤炼的角度来理解，很少有人去阐明这两句诗的理论意义。实际上，杜甫写下这两句诗，不仅是对他自己创作精神的描述，而且更重要的是提出了诗歌中言语表达及其追求的问题。所谓“语不惊人死不休”，就是讲诗歌的言语表达要有惊人的效果，而且要创新，不能陈陈相因，落入窠臼，而必须别出心裁，戛戛独造。

陆机在《文赋》中说：“谢朝华于已披，启夕秀于未振。”这里是以比喻说明古人反复用过的词语，如早晨的花朵一样凋谢了，古人未用的或少用的词语，犹如晚出之秀，未经他人振刷，则应予以启用。杜甫所说的“语不

---

① 孟轲著，焦循注：《孟子正义》，见《诸子集成》第1册，上海书店影印本1986年版，第594页。
② 王符著，汪继培笺：《潜夫论》，见《诸子集成》第8册，上海书店影印本1986年版，第7页。
③ 钱谦益笺注：《钱注杜诗》下册，上海古籍出版社1979年版，第390页。

惊人死不休"与陆机提出的文辞创新的观点一脉相承，不过杜甫作为一位伟大的诗人说得更动情，也更具效果。杜甫之后，呼唤文学语言创新最力者乃散文家、诗人韩愈。韩愈说：

体不备不可以为成人，辞不足不可以为成文。[①]

当其取于心而注于手也，惟陈言之务去，戛戛乎其难哉！[②]

气，水也；言，浮物也。水大而物之浮者大小毕浮。气之与言犹是也，气盛则言之短长与声之高下者皆宜。[③]

在这里，韩愈提出了四点：1.文辞对创作的重要，"辞不足不可以为成文"；2.陈言务去，因为陈言没有表现力；3.言语的创新是不容易的，是戛戛其难的；4.解决文学言语的表达和创新，主要是创作主体要"气盛"，"气盛言宜"。只要气盛，不论言语的长短、声音的高下，都必然合宜。韩愈的这些见解是很有价值的。其核心之点还是要创新，要去陈词滥调，与杜甫出语"惊人"的思想相呼应。语言创新一直是中华古代文论的重要命题，在韩愈之后，其门下李翱、皇甫湜、孙樵等更提出"趋奇走怪"的论点。苏轼、元好问、杨慎、袁枚等人对文辞出新也都有精辟深微的论述。

在文学创作中，文学语言如何才能适应内容的表达，如何才能出新，如何才能取得"惊人"的艺术效果？总结古人的论述，似可从以下三个方面努力：

第一，接收自然的馈赠。文辞的创新实乃出于文意的创新，而文意的创新，又离不开对自然的精细体察和生动描摹。因此诗人必须贴近自然，才能在描摹自然景物中创意造言，令文句"拔天倚地，句句欲活"。对此，皇甫湜说："夫意新则异于常，异于常则怪矣；词高则出于众，出于众则奇矣。虎豹之文，不得不炳于犬羊；鸾凤之音，不得不锵于乌鹊；金玉之光，

---

① 韩愈著，马其昶集注：《韩昌黎文集校注》，上海古籍出版社 1986 年版，第 145 页。
② 韩愈著，马其昶集注：《韩昌黎文集校注》，上海古籍出版社 1986 年版，第 170 页。
③ 韩愈著，马其昶集注：《韩昌黎文集校注》，上海古籍出版社 1986 年版，第 171 页。

不得不炫于瓦石：非有意先之也，乃自然也。”[1]孙樵在《与王霖秀才书》中也认为：“鸾凤之音必倾听，雷霆之声必骇心。龙章虎皮是何等物，日月五星是何等象？储思必深，摛辞必高。道人之所不道，到人之所不到，趋奇走怪，中病归正。”他们的意思是：事物不同，个性也不同。虎豹与犬羊不同，其毛皮的光泽也不同；鸾凤与鸟雀不同，其鸣叫的声音也不同；金玉与瓦石不同，其明暗亮度也不同。这都是自然本身的规定。所以意新语奇，并非文人故意造作，不过是接收自然的馈赠而已，按自然的本色行事。“趋奇走怪”之论未必妥当，但他们对诗文词意的创新的论述，还是很有见地的。的确是这样，一个诗人作家若能忠实于生活，精细入微地体察生活，听取自然的声音，那么从他笔端流出的言语自然是清新惊人的。例如，对杜甫《水槛遣心二首》中“细雨鱼儿出，微风燕子斜”诗句，金圣叹在《杜诗解》中评道：“‘鱼儿出’，‘出’字妙，所乐亦既无尽矣。‘微风斜’，‘斜’字妙，所苦亦复无多矣。”但“出”“斜”二字如何用得妙呢？金圣叹并未说明白。凡认真观察过大自然的人都会知道，在细雨中，平静的江河水面突然遭到小雨点的轻轻敲击，本在深水中的鱼儿，就会以为有食物从天而降，纷纷探出头来寻觅。在微风中，也只有在微风中，燕子才会在天空中倾斜着轻轻地抖动自己的翅膀。在无风或大风中，燕子都不会有这种动作形态。杜甫在诗中用“出”和“斜”二字，的确是新鲜而又传神的。杜甫之所以能恰到好处地用这两个字，乃是由于他对自然景物的细微变化都有过细致的考察。如“芹泥随燕嘴，花蕊上蜂须”（《徐步》），“风起春灯乱，江鸣夜雨悬”（《船下夔州郭宿，雨湿不得上岸，别王十二判官》），“星垂平野阔，月涌大江流”（《旅夜书怀》）等等，都可谓“一语天然万古新”（元好问语）。生活之树常青，执着于生活的诗人作家，其文意词意也能常新。

第二，自出机杼，诗中有我。“语”要“惊人”、创新，还必须敢于别出

---

① 皇甫湜著：《答李生第一书》，见叶幼明、贝远辰、黄钧编：《历代书信选》，湖南人民出版社1980年版，第278页。

心裁，大胆抒写自己的所见所闻所感。以俯仰随人为耻，以自出机杼为荣。如果诗文中的一切都从自己眼中见出，从自己胸中悟出，从自己手中化出，那么，自然就能闯前人未经之道，辟前人未历之境，造前人未造之言。清代学者袁枚说："为人，不可以有我，有我则自恃良用之病多，孔子所以'无固''无我'也。作诗，不可以无我，无我则剿袭敷衍之弊大，韩昌黎所以'惟古于词必己出'也。北魏祖莹云：'文章当自出机杼，成一家风骨，不可寄人篱下。'"[①]这是说得很对的。李白的诗歌"拔天倚地，句句欲活"，其重要原因就是诗中"有我"，极富个性色彩。如"花间一壶酒，独酌无相亲。举杯邀明月，对影成三人"(《月下独酌四首》)，"安能摧眉折腰事权贵，使我不得开心颜"(《梦游天姥吟留别》)，"弃我去者昨日之日不可留，乱我心者今日之日多烦忧"，"抽刀断水水更流，举杯消愁愁更愁"(《宣州谢朓楼饯别校书叔云》)，"长风破浪会有时，直挂云帆济沧海"(《行路难三首》)，"君不见黄河之水天上来，奔流到海不复回"(《将进酒》)等等，都渗透了李白自己的个性倾向、感情色彩和主观愿望，每一句都从自己心中化出，所以这些豪放、潇洒、奇崛、天真的语句，才能够"惊人"传世而万古常新。

第三，熔古今于一炉，自成面貌。"语"要"惊人"、创新，并不是要割断传统，把前人说过的话全部丢弃，自造一些"怪怪奇奇"的语句。唐代裴度针对韩愈门下一些诗人一味追求奇诡的弊病，提出了批评。他主张继承传统，认为古代经典之作，"虽大弥天地，细入无间，而奇怪之语，未之或有。意随文而可见，事随意可行。此所谓文可文，非常文也。"与传统完全对立是不行的，他在《寄李翱书》中说："昔人有见小人之违道者，耻与之同形貌，共衣服，遂思倒置眉目，反易冠带以为异也，不知其倒之反之之非也。虽非于小人，亦异于君子矣。故文之异，在气格之高下，思考之深浅，不在磔裂章句、隳废声韵也。"裴度的批评无疑是有道理的。但对传统也不能亦步亦趋。食古不化也是没有前途的。实际上如何在继承传统中

① 袁枚著：《随园诗话》上册，人民文学出版社1962年版，第216页。

又能有所创新，这里有一个变旧为新的“度”的问题。这可能是熔古今于一炉中最难以解决的问题。在这个问题上，比较有价值的论述，可以举出清代李渔和顾炎武两人的论点。李渔说：

> 世道迁移，人心非旧，当日有当日之情态，今日有今日之情态。传奇妙在入情，即使作者至今未死，亦当与世迁移，自啭其舌，必不为胶柱鼓瑟之谈，以拂听者之耳。况古人脱稿之初，便觉其新，一经传播，演过数番，即觉听熟之言，难于复听，即在当年，亦未必不自厌其繁而思陈言之务去也。我能易以新词，透入世情三昧，虽观旧剧，如入新篇，岂非作者功臣。……但须点铁成金，勿令画虎类狗；有须择其可增者增，当改者改。万勿故作知音，强为解事，令观者当场喷饭。①

李渔从世道人心变易的角度，要求对旧篇易以新词，透入世情三昧，以变旧为新的方法，来达到对文学内容与语言的更新。这是很有价值的见解。顾炎武则说：

> 《三百篇》之不能不降而《楚辞》，《楚辞》之不能不降而汉魏，汉魏之不能不降而六朝，六朝之不能不降而唐者，势也。用一代之体，则必似一代之文，而后为合格。诗文之所以代变，有不得不变者。一代之文沿袭已久，不容人人皆道此语，今且千数百年矣，而犹取古人之陈言，一一而摹仿之，以是为诗，可乎？故不似则失其所以为诗，似则失其所以为我。李杜之诗，所以独高于唐人者，以其未尝不似而未尝似也。知此者，可与言诗也已矣。②

顾炎武从历史变化的角度，说明文体代变的道理；并提出对于文学传

---

① 李渔著：《李渔随笔全集》，冉云飞校点，艾舒仁编次，巴蜀书社 1997 年版，第 57 页。

② 黄汝成集释：《日知录集释》下册，栾保群、吕宗力校点，花山文艺出版社 1990 年版，第 932—933 页。

统应取“未尝不似未尝似”的辩证态度,李杜的成功是既不抛弃古人又不一一摹仿古人,对于传统在似与不似之间。顾炎武的论述也有价值,他的“似”又“未尝似”,就把握住了一种合理的“度”,因此是有启发性的。当然,在继承传统和革新创造问题上面,最值得重视的,还是杜甫在《戏为六绝句》中提出的“不薄今人爱古人”“转益多师是汝师”的理论原则。杜甫强调要创新,提出了“语不惊人死不休”,同时又认为创新与以前人为师并不矛盾。但以前人为师又不是对某一个古代诗人的照搬照描,而是兼取众长,无所不师而无定师,即不论是谁之作,皆采取“清新丽句必为邻”的态度。这就是所谓“读书破万卷,下笔如有神”。能驱驾众家,才能卓然自成一家,而雄视百代。

3.文学修辞的创新:“惟陈言之务去”

杜甫的“语不惊人死不休”和韩愈的“惟陈言之务去”作为一种文学言语表达和创新理论,是符合现代心理学所揭示的知觉规律的。

杜甫所追求的语言的“惊人”效果,韩愈所说的“惟陈言之务去”,其文学语言观的相通之点是反对因袭、主张出新和对普通语言的某种疏离。因袭的、陈腐的、反复使用的语言不宜于诗,是因为这种使人的感觉“自动化”和“习惯化”。而一种语言若是自动化、习惯化了,那么就必然会退到近乎本能的领域,从而不再感觉到或强烈地意识到它。譬如,一个人学习一种外语,当你第一次用这种外语与一个外国人结结巴巴地对话时,每说一句都不规范,不是让自己脸红,就是让对方感到尴尬。多少年后,你仍能记住这次谈话,你仍能感到这种“新鲜”的体验。后来,你的外语学得非常好。你甚至在国外操着那种外语过着日常生活。这时候,你说外语的感觉完全退到近乎本能的领域,你不再感觉新鲜。试想,你能想起第一万次用外语与人对话的新鲜感吗?当然不会。因为这已经成为“自动化”“习惯化”行为。文学语言的表达也存在这种自动化、习惯化的问题。当某些诗人第一次运用某些词语,人们会感到很新鲜很动人,人们不能不细细地体味它。但当这个词语已被反复使用过，已变成了陈词滥调，那么，你再去使用它时，人们就仅仅把它作为一个记号不加感觉地从自己的眼前溜过去，这个词语的表现功能已在反复使用中磨损耗尽。例如最初用“阳关三叠”“一曲渭城”“折柳”等词语来表现送别，本来是很生动的，能够使人细细体味的。但如果人人都用这几个词语来表现送别，那么它就变成陈腐不堪的语言，不再能够引起我们的新鲜感觉了。像古诗中“飘零”“寒窗”“斜阳”“芳草”“春闺”“愁魂”“孤影”“残更”“雁字”“春山”“夕阳”等词语，由于反复使用，其表现功能已经耗损殆尽，再用这些套话作诗，就必然引起人们感觉的自动化、习惯化，而使诗篇失去起码的表现力。由此可见，杜甫要求出语“惊人”、韩愈要求“陈言务去”是有充分的心理学依据的。

更进一步说，杜甫和韩愈的文学语言创新理论，实际上是要求文学语言在某种程度上疏离与异化普通言语及用法。因为如果对普通言语及用法完全没有距离，没有丝毫的疏离与异化，那么也就必然是陈言累篇，达不到惊人的效果。“文学语言疏离或异化普通语言；然而，它在这样做的时候，却使我们能够更加充分和深入地占有经验。平时，我们呼吸于空气中却意识不到它的存在；像语言一样，它就是我们的活动环境。但是，如果空气突然变浓或受到污染，它就会迫使我们警惕自己的呼吸，结果可能是我们的生命体验的加强。”[①]对于这个心理学规律，韩愈、李渔都似乎认识到了。韩愈在《答刘正夫书》中谈到语言必须创新时说：“夫为物朝夕所见者，人皆不注视也；及睹其异者，则共观而言之，夫文岂异于是乎？”又说：“足下家中万物，皆赖而用也；然其所珍爱者，必非常物。夫君子之于文，岂异乎是乎？”这就是说，对视觉而言，一般地讲，寻常之物不能成为一种强烈刺激，不能引起我们的重视。诗人、作家创作中使用的词语也是这样，某些异态的、扭曲的、偏离普通言语的词语，就易于引起读者的重视，

① ［英］特雷·伊格尔顿著：《二十世纪西方文学理论》，伍晓明译，陕西师范大学出版社1986年版，第5页。

而且有惊人的艺术力量。

前面曾提到杜甫的《船下夔州郭宿，雨湿不得上岸，别王十二判官》一诗中的句子："风起春灯乱，江鸣夜雨悬。""乱""悬"两个字极好，特别富于表现力。究其原因，是杜甫对普通言语作了某种疏离与异化。灯在江风中晃来晃去，摇来摇去，因此，"春灯晃"或"春灯摇"似乎更贴切，但杜甫偏用与实际保持距离的"乱"字，把人的情感投入进去了。"乱"不仅仅形容灯在春风中摇晃，而且透露出诗人因"雨湿不得上岸"，与朋友在此种情景中告别的那种骚动不安的心情。"江鸣夜雨悬"中的"悬"字也用得新鲜而奇特，人们只说"下雨""降雨""落雨"，从来不说"悬雨"，"悬雨"完全是一种陌生化语言，是对普通的言语"下雨""降雨""落雨"的疏离与异化，但杜甫用此一"悬"字，就把那雨似是永久悬在空中的情景，把江鸣雨声无休无止、通宵不绝于耳的那种感觉，鲜明而强烈地表现出来了，这就使我们的生命体验大大加强。杜甫以他的创作实践提醒人们，他所说的"语不惊人死不休"有着深刻的理论内涵。如果作家们都有杜甫这样的文学修辞的自觉意识，那么就一定能把"胸中之竹"化为"手中之竹"，心象就一定能变成作品中栩栩如生的却又定型了的艺术形象。

中国古代诗话、词话、小说评点中都有丰富的文学修辞的精彩之论，限于篇幅，就不一一谈论了。

（三）西方20世纪文学修辞批评论简述

西方的文学修辞批评论也有长久的历史。古希腊、古罗马时期，出于当时学派论辩的需要，也很重视对话和演说中的文学修辞。20世纪以来，俄国形式主义文论，英美新批评文论，结构主义文论，都由于其文学观念转向语言，文学修辞批评问题就更加显示出它的重要性。这里我不打算全面系统地介绍他们的观点，而只是从文学修辞批评的角度做一点简述。

1.俄国形式主义文学批评流派的文学修辞批评

俄国形式主义批评是兴起于1915年到1930年的文学理论批评流派。“形式主义”并不是他们的自称，是批判他们的人给予的蔑称。其代表人物都是当年一些年轻的语言学家，如雅各布森、什克洛夫斯基等。这些年轻的语言学家感觉到在当时的俄国，文艺学都被哲学、社会学、心理学等学科所统治，没有自己独特的研究对象，成为别的学科的婢女，因此他们要从语言的角度切入，寻找文学区别于非文学的特性，让文学理论回到科学的道路上来。

他们首次提出了“文学性”这个概念，雅各布森说：“文学研究的对象不是文学，而是文学性，即那个使特定的作品成为文学作品的东西。”意思是说，文学的特性不要到语言的内容、作品的信息、来源、历史、社会、传记、心理学等方面去寻找，文学性就是语言形式本身，就是文学作品中语言的技巧运用和文学修辞。什克洛夫斯基和雅各布森各举了一个例子，来说明文学性。什克洛夫斯基说：“我的文学理论是研究文学的内部规律，如果用工厂的情况作比喻，那么，我感兴趣的不是世界棉纱市场的行情，不是托拉斯的政策，而是棉纱的支数及其纺织方法。”可见文学性只能从语言文本中去找。雅各布森则举例说，文学性就好像烹调用的食油，人不可能单纯地去喝食油，当时可以把它当作调料，与其他食物一起加工处理，结果它改变了食物的味道，被食油加工过的食物与没有被加工过的食物是完全不同的，例如新鲜的沙丁鱼与用食物加工过的沙丁鱼不但颜色变了，更重要的是味道变了。所以文学性不是材料，是加工过程中食油的加工作用和取得的效果。简言之，文学性与社会生活材料、内容无涉，仅仅是语言形式的选择与运用。

那么如何才能让读者感受到文学性呢？他们就提出了言语“陌生化”。什克洛夫斯基认为：“那种被称为艺术的东西的存在，正是为了唤回人们对生活的感受，使人感受到事物，使石头更成其为石头。艺术的目的是使你对事物的感觉如同你所见的视象那样，而不是如同你所认知的那样；艺术的手法是事物的‘陌生化’手法，是复杂化形式的手法，它增加了感受的难度和时间长度，既然艺术中的领悟过程是以自身为目的的，它就理应延长；艺术是一种体验事物之创作的方式，而被创作物在艺术中已无足轻重。”①同时，他们还认为“陌生化”是与“自动化”相对立的。在日常的生活中，我们做一些事情，如骑自行车，日复一日年复一年地骑，那么骑自行车就成为“自动化”动作，我们不再能像第一次骑自行车那样去获得新鲜的感受。文学创作也是如此，如果我们老是用大家都熟悉的语汇、句式等，这样的作品就成为“自动化”，成为没有新鲜感的东西，甚至成为陈词滥调。因此所谓的“陌生化”就是要使言语扭曲，以奇特的、非常态的词语、句式呈现在读者面前，或者用一种非指称性的描写，即似乎第一次遇到一个不认识的事物，不得不按照自己看到的样子如实去加以描写，而不是按照通常所说的那样：这是山桃花，这是碧桃花之类。

既然写作就是言语的陌生化，那么文学修辞就成为写作的主要方面。俄国形式主义批评家对于诗句中的词语的表达方式特别重视，其追求就是疏离日常生活中习用的言语的表达方式。其一，让写出的言语具有阻拒性，让读者似乎第一次看到，感觉到似乎不可理解，不得不反复地感受它，以便延长感觉的时间，如“太阳甜甜的”，“他抬头一望，是一轮黑色的太阳”，太阳怎么会甜甜的，神奇！其二，是非指称的描写，而不是指称性的描写。作家描写的是私有制，偏偏不说这里实行私有制，而有意从一匹马的眼光来看，说我不理解你们说的话，老是说什么东西是“我的”，“这是我的土地”，“这是我的马”，“这是我的庄园”。总的说，俄国形式主义提倡偏离日常语言中常态的文学修辞，疏离规范，目的是唤起人的新鲜感觉，以免读者在阅读中陷入“套板反应”。

俄国形式主义注重文学特异性的寻求，而且在语言形式中来寻求，它

① ［苏］什克洛夫斯基著：《作为手法的艺术》，见［俄］扎娜·明茨、伊·切尔洛夫编：《俄国形式主义文论选》，王薇生译，郑州大学出版社2005年版，第216页。

是西方20世纪文学修辞批评最早的流派，他们的确为文学批评推开了一扇门，让一股新鲜空气吹进来。可他们的缺点也是致命的，那就是他们完全把“文学性”与社会历史文化切割开来。在1930年前后遭受到批评家批判后，这个文学批评流派很快也就结束了。但他们提出的文学修辞论则没有随风飘散，而是在几十年后又似乎复活了。

2.英美新批评流派的文学修辞批评

英美“新批评”开始于20世纪初，盛行于20世纪40、50年代的一种文学批评流派。代表人物有初期的艾略特和理查兹，此外还有威廉·燕卜荪、兰塞姆和艾伦·退特等人。这派批评家也是对流行于19世纪的社会历史批评、道德伦理批评、传记心理批评的不满，觉得这些批评围着文学的外部转，而没有进入作品的内部的阐释，而提出了文学的本体究竟在哪里的问题。他们通过对所谓的“意图谬误”和“感受谬误”的批评，认为文学的本体既不在作者的创作意图中，也不在读者的阅读感受中，而只能在文学作品本身。文学批评“不应着眼于诗人，而应着眼于诗篇”，作品本体论就是他们的第一个基本观点。从这一观点出发，从而主张作品“细读法”，他们把每一个词、每一句都放到放大镜下面加以考察，揭示词语和句子的本义、引申义、联想义、暗含义等，不仅如此，他们还进一步阐释词与词之间、句与句之间的微妙关系，直至揭示全篇的语言秩序的整体结构。

为了使细读获得确实的效果，他们还提出了一系列的具有文学修辞性质的概念和理论。如“含混”“张力”“反讽”“悖论”等。

燕卜荪提出了“含混”（ambiguity）概念。他认为文学作品中言语所表达的意义常常是多义的、不确定的。读者面对诗中的一段话，在追究意义时处于举棋不定的状态。这就是燕卜荪所理解的含混。燕卜荪写了《七种类型的含混》一书，把文学作品的含混分为七种，即参照系的含混、所指含混、意味含混、意图含混、过度式含混、矛盾式含混和意义含混。例如，所谓的“意味含混”，燕卜荪的说明是这样的：“当所说的内容有效地指涉好几种不同的话题、好几种话语体系、好几种判断模式或情感模式时，第三种含混就产生了。”燕卜荪举了弥尔顿如下的诗句：

那美丽而奸佞的妖怪，给我设下了高明的圈套。

这里所说的是一位陷害丈夫的妻子。英文 specious 一词，既有美丽的意思，又有奸佞的意思；accomplished 一词既指她对人阿谀奉承，又指她陷害丈夫的阴谋得逞。一个词却能把两种意思纳入其中，这不但没有让意思受到损害，而且还给人增添趣味。这就是“意味含混”。这种用语上的巧妙，明显具有文学修辞意味。

艾伦·退特提出了“张力”（tension）说，他在 1937 年发表了《论诗的张力》一文。他认为诗歌语言也像形式逻辑那样包含外延与内涵。内涵是指词的本义，也就是指称意义，外延则指词的引申义，包括众多的联想意义和暗示意义。在外延与内涵之间，在引申意义和指称意义之间，即在两个极端之间，保持着张力结构。退特的主张是诗歌既要依重外延，又要依重内涵，形成外延意义和内涵意义的统一体。比如，李商隐最有名的诗句“相见时难别亦难，东风无力百花残”，从内涵意义上说是很明确的，“相见时难”句指他与某人见时难别时亦难，“东风无力”句则是说春光消逝，百花凋零，难以挽回。但外延意义则可能很丰富。首先是他苦苦要见的人是谁呢？是一位女子？是一位朋友？还是一位官员？在这里都不确定，因此可以做许多种联想和暗示，解读出许多种联想意义和暗示意义，总之它的外延意义是十分丰富的。

布鲁克斯于 1947 年发表论文《悖论语言》，通过对华兹华斯的《西敏寺桥上作》一诗的分析来说明他的观点，他认为“科学家的真理要求其语言清除悖论的一切痕迹；很明显，诗人要表达的真理只能用悖论语言。”①

---

① 赵毅衡编：《“新批评”文集》，中国社会科学出版社 1988 年版，第 314 页。

悖论,按照一般的理解就是矛盾,如“道可道,非常道”,就是悖论。但布鲁克斯认为一切诗歌都要用悖论语言来修辞。他在文章中特别引用了华兹华斯在《抒情歌谣序言》(第二版)中的话,诗人通常“从普通的生活场景中选取事物和场景”,但是他的处理方式是使“普通事物,以其非常的状态呈现于头脑中”。他又引用柯尔律治的话:诗人“给日常的事物以新奇的魅力”[①]。布鲁克斯引用英国这两位诗人的理论,意在说明他所说的“悖论语言”,实际上也是指诗人所写的可能是日常的普通的事物,可艺术处理(包括文学修辞)则能给读者带来“惊奇”。例如,《诗经》的句子“昔我往矣,杨柳依依;今我来斯,雨雪霏霏”,在这里,用王夫之的话来分析“以乐景写哀,用哀景写乐,一倍增其哀乐”[②]。实际上,哀情用乐景并置,乐情用哀景并置,这就是诗的矛盾,引起读者的惊奇,也就是布鲁克斯的“悖论语言”了。

布鲁克斯在1949年又发表了《反讽——一种结构原则》一文,提出了新批评的“反讽”概念。“反讽”的概念是早就有的。在古希腊是指戏剧中某个角色“佯装无知者”。高明的对手说傻话,傻话却证明是真理。后来这个概念变成为“嘲讽”的意思。艾略特、瑞恰慈和燕卜荪都谈过“反讽”。布鲁克斯的“反讽”是指“语境对于一个陈述语的明显的歪曲”。他举例说:“我们说这是一个大好局面”,“这句话的意思恰巧与字面相反”,“语境使他颠倒,很可能还有说话的语调标出这一点”[③]。这类诗语在西方的诗中特别多,在中国诗中较少,但在现代中国小说里面则很多。所谓“正话反说”的修辞经常被使用。如王朔、王蒙的小说中“反讽”的修辞是常见的。

新批评流派所提出的“含混”“张力”“悖论”“反讽”等概念,广泛用于对文本的分析,可以说是典型的文学修辞批评理论。

结构主义、解构主义的批评中也含有丰富的文学修辞批评理论,限于

---

① 赵毅衡编:《“新批评”文集》,中国社会科学出版社1988年版,第314、318页。

② 王夫之著:《姜斋诗话》,见《〈四溟诗话〉〈姜斋诗话〉》,人民文学出版社1962年版,第140页。

③ 赵毅衡编:《“新批评”文集》,中国社会科学出版社1988年版,第335页。

篇幅，这里就不谈了。应该看到的是，俄国形式主义、英美新批评的文学修辞批评，被称为“本体批评”，在西方文学理论史上，还从来没有批评家像他们这样执着于文学修辞批评，走进文学文本的内部，把文学中的语言解读得如此细致，揭示得如此淋漓尽致，他们的贡献是不可抹杀的。但是他们走到了一个极端，认为文学就是与社会历史文化隔绝的单纯的文学修辞技巧，把社会历史文化置于文学之外，这又不能不说是很片面的理论，其局限性也是明显的。什克洛夫斯基所举的例子，认为文学仅仅是纺织厂里面棉纱的支数和纺织的方法，与世界棉纱市场的行情无关，与托拉斯的政策无关等等，这是难以令人同意的。纺织厂作为棉纺织业的一部分，当然要考虑订单和行情、数量与质量等等，你只顾你的纺织厂内部的棉纱的支数和纺织的方法，完全不理睬原材料、产品的样式、产品出售的情况、产品的行情……最终你经营的纺织厂岂不要倒闭吗？因此，我们应该辩证地看待。诚如北京大学专门从事结构主义叙事学研究的申丹教授所说的：“作为以文本为中心的形式主义的批评派别，叙事学也有其局限性，尤其是它在不同程度上隔断了作品与社会、历史、文化环境的关联。这种狭隘的批评立场无疑是不可取的，其研究叙事作品的建构规律、形式技巧的模式和方法却大有借鉴之处。”①

第二节　文学修辞与社会文化的相互关联

文学修辞就是一种文化存在，一方面它受特定民族、特定时代的文化传统和文化氛围的影响；另一方面文学修辞也集中折射了特定民族、特定时代的文化的精神品格。再一方面，文学修辞文化也是社会的产物，是在

---

① ［美］詹姆斯·费伦著：《作为修辞的叙事——技巧、读者、伦理、意识形态》“总序”，陈永国译，北京大学出版社2002年版，第1页。

社会的物质和精神的交汇中生成的。离开社会的现实文化存在来谈文学修辞,只能是单纯的修辞论,看不出作家为什么要采用这种修辞而不是那种修辞。所以,讨论文学修辞与社会文化的关联,揭示它们之间的互动和互构关系是文化诗学的基本要求。

一、文学修辞受社会文化的深刻影响

文学不是孤立的。作家的文学修辞意识不是孤立的。作品中文学修辞也不是孤立的。一定历史时期的文化作为语境,总是这样或那样影响着文学修辞。我们现在读着一些古代诗歌中的字词、句子、篇章,都似乎在诉说着产生它那个时代的社会历史,只有那个时代的社会历史才可能影响作家写出这样的字词、句子和篇章来。为什么会这样呢?从创作机制来说,作家的言语修辞,根源于他的体验,这种体验不是凭空产生的,而是作家在一定历史文化语境中,对于周围的事物有接触、有感受的结果,因此历史文化的种种状况不能不渗透到他笔下的言语修辞中。这就是说文学修辞,不单纯是技巧的变化,它不能不受社会历史文化的深刻影响。

刘勰在《文心雕龙》中就文学修辞写了十篇文章,这就是《情采》《熔裁》《声律》《章句》《丽辞》《比兴》《夸饰》《事类》《练字》《隐秀》。这里我仅就《声律》《丽辞》和《事类》三篇所论的文学的声律、对偶、用典三个最具汉民族特色的文学修辞,试论证其如何受社会历史文化的深刻影响。

(一)声律与社会文化

从声律上看,中国古代文学最重要的修辞现象就是诗文中"韵律"的运用。刘勰《文心雕龙》专列《声律》篇加以讨论。关于诗文的声律自古就有,按照启功先生的说法,汉语的声律与汉字有关:"中华民族文化的最中心部分——汉语(包括语音)和汉文字,自殷周至今有过许多变化,但其中一条是未变或变化不大的,就是:一个文字表示一个记录事务的'词',只用一个音节。无论其中有几个音素,当它代表一个词时,那些音素必是融合成为一个音节的。”[①]因此，在诗文中有韵律是自古就有的。但是，启功先生认为，注意到汉语有四声，大概是汉魏时期的事。他举出了《世说新语》中写王仲宣死了，因为王仲宣生前喜欢学驴叫，于是送葬的时候，大家就学驴叫。启功先生说，为什么大家都大声学驴叫呢？“我发现，驴有四声。驴叫有 ēng、ěng、èng，正好是平、上、去，还有一种叫是‘打鼻响’，就像是入声了。王仲宣活着的时候为什么爱听驴叫？大概就是那个时候发现了字有四声，驴的叫声也像人说话的声调。”[②]启功先生的这种说法并不是无根之谈，这种可能性是很大的。他还说：“诗、文，尤其是诗的和谐规律，在理论上作出初步归纳，实自南朝时始。”[③]一般的论述，特别是宋以后的论述，都认为汉语四声是南齐时期沈约发现的，沈约所撰写的《宋书·谢灵运传》中说：“夫五色相宣，八音协畅，由乎玄黄律吕，各适物宜。欲使宫羽相变，低昂舛节。若前有浮声，则后须切响。一简之内，音韵尽殊；两句之中，轻重悉异。妙达此旨，始可言文。”启功先生的《诗文声律论》一书，也曾引过此语。但他在后来发表的《“八病”“四声”的新探讨》一文中，认为最早发现“四声”的可能是写出了名句“池塘生春草，园柳变鸣禽”的谢灵运等，他说，如果把春读平声，那么这个句子是不合声律的平仄相对的。但他发现“春”，可读“蠢”，那么正句是“平平平仄仄”一个律句。因此，启功先生认为沈约的观点“其实也是为大谢（指谢灵运）议论作证的”。[④] 汉语的“平、上、去、入”四声的发现，使文人作诗文开始自觉地讲究平仄相对，并成为中国文学中最重要的文学修辞现象之一。齐梁时期谈论诗文声律问题的还有刘勰和钟嵘。

刘勰在《文心雕龙·声律》篇中说：“凡声有飞沉，响有双叠，双声隔字而每舛，叠韵杂句而必睽；沉则响发而断，飞则声扬不还，并辘轳交往，逆鳞相比，迂其际会，则往蹇来连，其为疾病，亦文家之吃也。夫吃文为

---

① 启功著：《诗文声律论稿》，中华书局 2002 年版，第 203 页。
② 启功著：《诗文声律论稿》，中华书局 2002 年版，第 205 页。
③ 启功著：《诗文声律论稿》，中华书局 2002 年版，第 107 页。
④ 启功著：《诗文声律论稿》，中华书局 2002 年版，第 194 页。

患，生于好诡，逐新趣异，故喉唇纠纷；将欲解结，务在刚断。左碍而寻右，末滞而讨前，则声转于吻，玲玲如振玉；辞靡于耳，累累如贯珠矣。是以声画妍蚩，寄在吟咏，滋味流于字句，气力穷于和韵。异音相从谓之和，同声相应谓之韵。韵气一定，故余声易遣；和体抑扬，故遗响难契。属笔易巧，选和至难，缀文难精，而作韵甚易，虽纤意曲变，非可缕言，然振其大纲，不出兹论。”刘勰在这里大体上说明了诗文声律修辞上的要求与原则，他认为声律要解决的主要问题是字音的和谐与押韵；并认为不同声音的搭配叫作和谐，收音相同的音前后呼应叫作押韵。而要达到这个目标的方法则是：第一，双生字和叠韵字，不能被别的字隔离开，不可分离在两处；第二，全句既不能都用低沉的字音，也不能用飞扬的字音，要把两者相互搭配。这一点就是后来人们说的平仄相对的做法。当然，刘勰认为这两者搭配能不能让人满意，要通过“吟咏”来检验。第三，要用标准音，不要用方言音。

钟嵘在《诗品·序》中说：“古曰诗颂，皆被之金竹，故非调五音，无以谐会。若‘置酒高堂上’‘明月照高楼’，为韵之首。……余谓文制本须讽读，不可蹇碍，但令清浊流通，口吻调利，斯为足矣。至平上去入，余病未能；蜂腰鹤膝，闾里已具。”钟嵘的观点比较通达，强调“清浊流通。口吻调利”就可以了。

但自“四声”和平仄规律的发现，诗人就都追求平仄相对，以求诗歌“声有飞沉，响有双叠”的音乐美修辞。到了唐代就形成了近体诗，诗歌创作的平仄相对的修辞艺术，发展到了巅峰状态。对此启功先生有所谓的“长竿”说：“我们知道，五、七言律诗以及一些词曲文章，句中的平仄大部是双叠的，因此试将平仄自相重叠，排列一行如下：

1	2	3	4	5	6	7	8	9	10	11	12	13	14……
平	平	仄	仄	平	平	仄	仄	平	平	仄	仄	平	平……

这好比一根长竿，可按句子的尺寸来截取它。五言的可以截出四种句式……七言句是五言的头上加两个字，在竿上也可以截出四种句式……”[1]启功先生的“长竿”说十分清楚地总结了声律的修辞法则，把它的基本形式和变化规则用很少的文字就说明白了，这是很难得的。

下面的问题就是：为什么古代汉语诗歌会生长出这样的“长竿”来呢？究竟受什么样的社会文化的影响而走上平仄双叠的道路呢？为什么恰恰是六朝时期发现了四声而让诗人自觉地追求声音的抑扬顿挫呢？我们知道，不论汉语还是别的语种，诗歌押韵都是有的，这是共同性的修辞规律。这不必说了。这里单说汉语声律的平仄双叠、抑扬变化的社会文化根由：

首先是汉字文化的特点，导致了平仄声律的产生。汉字是中华文化的中心部分。汉字本身是中华文化且承载了中华文化。在古代，在汉字中一般多一字一词，字词一致，字就是词，很难区分。例如“温故而知新”这个句子中，“温”“故”“而”“知”“新”，都是一字一词。当然，也有两个字一个词的。如“关关雎鸠，在河之洲”，“雎鸠”就是两个字一个词。可两个字一个词在古代汉语中比较少。一个字又一个音节，而不论这个字具有几个音素，当字是一个词的时候，那些音素融合成为一个音节。所以汉语是一字即一音，一音即一词。更重要的是，一个字的发音都有几个声调，形成不同的意义，如“书”“薯”“鼠”“树”，同一个字，因为声调不同，构成不同的意义。这种语言现象肯定在殷周时期就是如此了，但长期以来没有人去深究，没有总结出规律来。不过汉字和汉语文化已经为后来四声的发现和平仄相对的自觉运用准备了基础。试想，如果没有汉字、没有汉语的上述特点，中国古代汉语诗歌中平仄相对的声律是不可能形成的。

其次，六朝盛行佛教文化的影响。虽然最古老的诗歌中也有平仄相对的，但那是不自觉的，并没有引起注意。直到六朝时的齐梁时期，周颙、

---

① 启功著：《诗文声律论稿》，中华书局2002年版，第22页。

谢灵运、沈约等才发现四声，这又是怎么回事？原来这与佛教在六朝的大量传入密切相关。根据史料记载，南朝时期，佛教在魏晋的基础上继续上升，在佛寺方面，数目有很大增加。仅建康一地计数，东晋时约有佛寺三十所，梁武帝时累增到七百所。建康以外，各地佛寺增加的比例十分类似。梁代郭祖深上书说："都下佛寺，五百余所，穷极宏丽。僧尼十余万，资产丰沃，所在郡县，不可胜言。"在造像方面，多用金属铸造形象，宋文帝时，萧摹之请限制用铜造像，可见当时因造佛像用铜之多。此后，宋孝武帝造无量寿金像，宋明帝造丈四金像，梁武帝造金银铜像尤其多，他曾造丈八铜像置光宅寺，又敕僧祐造剡溪石像，坐躯高五丈，立形高十丈，建三层高的大堂来保护石像。其余王公贵族造像也不少。在佞佛方面，齐竟陵王萧子良设斋大会众僧，亲自给众僧送饭送水，也就是舍身为奴的意思。至梁武帝舍身同泰寺，表示为众僧作奴……①在这种佛教兴盛的氛围下，翻译佛教经书，诵读佛教经典，也成为很平常的事情。问题是印度的佛教如何在这个时候影响到汉语四声的发现呢？进而影响到诗文的骈体化和平仄化呢？这方面陈寅恪有重要的论证。他在1934年发表的《四声三问》一文中首先提问：

中国何以成立一四声之说？即何以适定为四声，而不定为五声，或七声，抑或其他数之声乎？答曰：所以适定为四声，而不定为其他数之声者，以除去本易分别，自为一类的入声，复分别其余声为平上去三声。综合统计之，适为四声也。但其所以分别其余之声为三声者，实依据及摹拟中国当日转读佛经之三声。而中国当日四声转读佛经之三声又出于印度古时声明论之三声也。据天竺围陀之声明论，其所谓声 Svara 者，适与中国四声之所谓声者相类似。即指声之高低言，英语所谓 Pitch accent 者是也。围陀声明论依其声之高低，分别为三：一曰 Udātta，二曰 Svarita，三曰 Azudatta。佛家输入中国，

① 范文澜著：《中国通史》第2卷，人民出版社2009年版，第546—547页。

> 其教徒转读经典时，此三声之分别当亦随之输入。至当日佛教徒转读其经典所分别之三声，是否即与中国之平上去三声切合，今日故难详知，然二者俱依声之高下分为三阶则相同无疑也。中国语之入声皆附有K、P、T等辅音之缀尾，可视为一特殊种类，而最易与其他声分别。平上去则其声响高低相互距离之间虽有分别，但应分为若干数之声，殊不易定。故中国文士依据及摹拟当日转读佛经之声，分别定为平上去三声。合入声共计之，适成四声。于是创为四声之说，并撰作声谱，借转读佛经之声调，应用于中国之美化文。……[①]

陈寅恪所说的当日佛经的“转读”，即用古代印度的语言梵文来读佛教经典，围陀声明论明确地把声音分为三调，与汉语平上去相似，这就影响到当时的文士用这种“转读”来分析汉语的声调。这种“转读”在当时是否发生，也有不同意见[②]，但根据陈寅恪文章中那么多高僧所列的“转读”的事实，应该是大体可信的。进一步的问题是，天竺经声流行中国，上起魏晋，下迄隋唐，在这六七百年时间，都有通晓天竺经声的人，为什么恰恰在南齐永明年间，由周颙、沈约等发现汉语四声呢？对此问题，陈寅恪的回答是：

> 南齐武帝永明七年二月二十日。竟陵王子良大集善声沙门于京邸，造经呗新声。实为当时考文审音之一大事。在此略前之时，建康之审音文士及善声沙门讨论研求必已甚众而且精。永明七年竟陵京邸之结集，不过此新学说研求成绩之发表耳。此四声说之成立所以适值南齐永明之世，而周颙、沈约之徒又适为此新学说代表人之故也。[③]

---

① 陈寅恪著：《金明馆丛稿初编》，生活·读书·新知三联书店2001年版，第367—368页。

② 饶宗颐和俞敏都不同意陈寅恪的看法。

③ 陈寅恪著：《金明馆丛稿初编》，生活·读书·新知三联书店2001年版，第368页。

陈寅恪所论以事实为依据，是可信的。这就说明了，古代汉语四声的发现与当时的输入中国的佛教经典的转读有密切关系，同时也与当时上层贵族的对佛教文化的大力提倡有关。中国古代原用宫商角徵羽标声调，这是用乐谱标声调。到南齐永明年间，才开始发现四声，用平上去入来标声调，这根源于佛学经典的转读，用陈寅恪的话说，是“中体西用”，与当时中印的文化交流相关，特别是与印度佛教经典的翻译、诵读相关。也有另一种解释，这就是朱光潜认为当时梵文的输入对中国学者的启发，他说：

> 梵音的输入，是促进中国学者研究字音的最大的原动力。中国人从知道梵文起，才第一次与拼音文字见面，才意识到一个字音原来是由声母（子音）和韵母（母音）拼合成的。这就产生合两音为一音的反切。梵音的研究给中国字音学者一个重大的刺激和一个系统的方法。从梵音输入起，中国学者才意识到子母复合的原则，才大规模地研究声音上种种问题。按反切，一字有两重功用，一是指示同韵（同母音收音），一是指示同调质（同为平声或其他声）。例如“公，古红反”，“古”与“公”同在“见”纽，同用一个字音，“红”与“公”不仅以同样的母音收声，而且这个母音上必属平声。四声的分别是中国字本有的，意识到这种分别而且加以条分缕析，大概起于反切；应用这种分别于诗的技巧，则始于晋宋而极盛于齐永明时代。当时因梵音输入的影响，研究声韵的风气盛行，永明诗人的音律运动就是在这种风气之下酝酿成的。①

朱光潜此论从中国字的特点和梵音输入的影响的角度，也说得合情合理，应受到重视。然而，不论是陈寅恪“转读”说，还是朱光潜的“反切”

① 朱光潜撰：《中国诗何以走上“律”的路》，见《朱光潜美学文学论文选集》，湖南人民出版社1980年版，第250—251页。

说,都可以归入到外来的佛教文化的影响的题目下。

最后,四声发现后,作为文学修辞迅速推广,与六朝时期文士追求文学形式的美化又密切相关。魏晋六朝强调“文以气为主”,主张“诗赋欲丽”,骈体文流行,所谓“文学自觉”的时代到来,新发现的汉语四声作为一种语言声律的文学修辞,纷纷被文士所采用,形成了一种风气,这个风气一直延续到唐代,终于导致近体诗律的兴起与成熟。

以上三点说明了,平仄相对的声律作为一种文学修辞,并非没有社会文化的根据。可以这样说,汉字文化是汉语声律的基础,佛教文化的输入是汉语声律规则被发现的条件,南齐时期所流行的华丽文风则是汉语平仄相对的文学修辞广被采用的文化气候。没有这基础、条件和气候,汉语的四声和平仄搭对的修辞,是不可能被发现的,即使发现了也不可能在文学创作上流行起来。

(二)对偶与社会文化

对偶是中国古代文学修辞中具有民族特色的一种。今天仍然在现代汉语中流传、使用,富有极强的生命力。对偶是一种具有对称美的修辞方法,它将字数相等、词性相同的两个词组或句子成对地排列起来,形成整齐的具有艺术性的句式。例如,杜甫的《绝句》:

两个黄鹂鸣翠柳,
一行白鹭上青天。
窗含西岭千秋雪,
门泊东吴万里船。

前两句和后两句,都形成对偶,“两个”对“一行”,“黄鹂”对“白鹭”,“鸣”对“上”,“翠柳”对“青天”等等。在严格的对偶句中,不但上下两句字数相同,对应位置的词性相同,而且声调平仄也要相对,如李白的《送友人》:

青山横北郭，

平平平仄仄

白水绕东城。

仄仄仄平平

对偶修辞具有悠久的历史。《文心雕龙·丽辞》篇讨论对偶修辞。他指出："唐虞之世，辞未极文，而皋陶赞云：'罪疑惟轻，功疑惟重。'益陈谟云：'满招损，谦受益。'岂营丽辞，率然对耳。《易》之《文》《系》，圣人之妙思也。序《干》四德，则句句相衔；龙虎类感，则字字相俪；乾坤易简，则宛转相承；日月往来，则隔行悬合；虽句字或殊，而偶意一也。至于诗人偶章，大夫联辞，奇偶适变；不劳经营。自扬马张蔡，崇盛丽辞，如宋画吴冶，刻形镂法，丽句与深采并流，偶意共逸韵俱发。至魏晋群才，析句弥密，联字合趣，剖毫析厘。然契机者入巧，浮假者無功。"刘勰在这短短的一段话中，描述了对偶修辞的历史演变。其意思是说，对偶句产生得很早，在《尚书》中就有"罪疑惟轻，功疑惟重"（罪行可疑虽重也要从轻判罚，功劳可疑虽轻也要从重赏赐）、"满招损，谦受益"的对偶句，至于《易传》中的《文言》《系辞》，《诗经》中的篇什，春秋时期列国大夫的外交辞令，骈偶之辞到处可见。到了汉代，扬雄、司马相如等著名赋家，崇向骈偶，作品中"丽句与深采并流，偶意共逸韵俱发"，就更具艺术性了。魏晋作家也十分讲究对偶的运用。由此可见，先秦时期是对偶修辞的发生阶段，两汉和魏晋是对偶的昌盛阶段。

刘勰总结了对偶的四个种类，即"言对""事对""反对""正对"。他认为"言对"容易，是词语相对而不用事例，如司马相如《上林赋》中所写的"修容乎礼园，翱翔乎书圃"；"事对"比较难，它需要对举前人的故实，如宋玉《神女赋》中"毛嫱鄣袂，不足程式，西施掩面，比之无色"；"反对"是事理相反但旨趣相同，如王粲《登楼赋》："钟仪幽而楚奏，庄舄显而越吟。""正对"是事情不同而意思一样，如张载《七哀诗》："汉祖想枌榆，光武思白水。”刘勰还认为：“言对”容易，因为只需要用言辞说出心中所想；“事对”较难，因为用典要验证一个人的学问；“反对”为优，因为用一囚禁一显达的事例来说明相同的志向，更具有艺术性；“正对”为劣，是以贵为天子的事情表达共同的心愿，较少艺术性。刘勰对于对偶句的总结，至今仍是比较合乎规律的。

在今天的现实生活中，对联、偶句仍随处可见。启功先生说就是在“文革”的“红卫兵”的“大字报”中也会出现“东风吹，战鼓擂”这样的对偶句，可见对偶修辞的生命力有多么强。

那么，对偶修辞与中华民族的文化有何联系呢？首先还是汉字文化的作用。汉字一字一词，或两字一词，加上它的形体是方形的，每个字所占的空间是一样的，排列起来是整齐的对称的，汉字一字一音，且有平仄区别，可以交错出现，如果没有汉字的这种形体的声音的特性，就不能形成对偶修辞。还有，汉字构形本身就特别重视对称，像以下这些字：“人”“天”“山”“美”“丽”“两”“林”“门”“开”“关”“问”“闻”“闪”“朋”“东”“西”“南”“北”“背”“辈”“口”“品”“景”“井”“乐”“幽”“哭”“笑”“幕”“暮”“答”“半”“小”“大”“甲”“余”等许多字，都是稳重的、方正的和基本对称的。这本身就启发了人们的对称感和秩序感。假如汉字也是长短不一的拼音文字，字与字之间的空间不整齐，那么对偶修辞就不可能存在了。因此，我们仍然要说，汉字的这种形、音、义的特性是对偶修辞能够存在的基础。

进一步的问题是，为什么中国人如此喜欢用对偶修辞呢？启功先生的解答是，与中国人在生活中的表达习惯有关，他说：“我们的口语里有时说一句不够，很自然地加一句，为的是表达周到。如‘你喝茶不喝？’‘这茶是凉是热？’‘你是喝红茶还是喝绿茶？’表示是多方面都想到了。还有是叮咛，说一句怕对方记不住，如说‘明天有工夫就来，要是没空儿我们就改日子’。这类内容很自然地就形成对偶。”[1]启功先生所说符合中国人

---

[1] 启功著：《诗文声律论稿》，中华书局2002年版，第209页。

的人情，是中国文化的“基因”，对我们很有启发。但问题似乎并没有完全解决，为什么中国人的人情是这样的呢？这里有没有更深层的原因？其实，刘勰在《文心雕龙·丽辞》篇篇首就指出：“造化赋形，支体必双；神理为用，事不孤立。夫心生文辞，运裁百虑，高下相须，自然成对。”这就是说，自然之道的哲学文化，才是中国人喜欢运用对偶的根据所在。大自然赋予人的肢体和万事万物，都是成双成对的，这是自然之理所起的作用，使得事物不会孤立存在。发自内心的文章，经过运思来表达各种想法，上下前后相互衔接配合，自然形成对偶的句式。虽然别的民族（例如西方的民族）也面对成对的自然，但中华民族自古以来以农为本的生活，尚农的思想使我们更亲近大自然，更能体会“造化赋形，肢体必双”的外界，农民对于天地相对、阴阳相对、春秋相对、冬夏相对、朝夕相对、阴晴相对、雨雪相对、风雷相对、人畜相对、父子相对、母子相对、夫妻相对、兄弟相对、姐妹相对、山水相对、花鸟相对、土石相对、忧乐相对、悲喜相对、穷达相对、生死相对等等，具有更深切的感受，因为这些事物“自然成对”就在他们的周围，他们时时接触它，时时感受它，并且要利用这“自然成对”来为他们的以耕作为中心的生活服务。

朱光潜也认为汉字的特点影响中国人的习惯，习惯又影响中国人的思想，对偶与此有关。他说：“文字的构造和习惯往往影响思想，用排偶文既久，心中就于无形中养成一种求排偶的习惯，以至观察事物都处处求对称，说到‘青山’便不由你不想到‘绿水’，说到‘才子’便不由你不想到‘佳人’。中国诗文的骈偶起初是自然现象和文字特性所酿成的，到后来加上文人的求排偶的心理习惯，于是便‘变本加厉’了。”①

李壮鹰教授在一篇文章中还把对偶与中国人的思维模式和对美的理解联系起来，他说：“化学家告诉我们：雪花之所以皆成六角，是由于水的分子结构使然。同样的，汉语多对偶，汉语多排骈，也应取决于中国人思

---

① 朱光潜撰：《中国诗何以走上“律”的道路》，见《朱光潜美学文学论文选集》，湖南人民出版社1980年版，第245页。

维的内在模式。自古以来,我们的先民们不但以两相对立的范畴来看待事物、分析事物,诸如天地、乾坤、阴阳、刚柔等等,而且也把他们的理想建筑在对立两端的平衡上。儒家所谓'中',道家所谓'两行',实际上都是这种追求平衡的倾向在哲学上的反映。古人眼中的秩序就是对称与均衡。现在我们所说的'美丽'的'丽',在古代是并列对偶的意思。'丽'字不但从字形还是音韵上看,它与表示双、偶的'两'字都是同源的。……在对动与静、变化与稳定的选择上,中国人向来是比较倾向于静态和稳定的。而对称则恰恰是最具稳定感的模式,古人炼句讲'稳',我理解这个'稳',就是从偶句的平衡、对称、不偏袒来的。"①这些看法很有见地,的确对偶与中国人的思维方式有密切的关系。

由此看来,汉字的音、形、义特性是对偶修辞的基础,崇尚自然的哲学文化和思维方式是对偶修辞的思想根基,农耕生活是对偶修辞的最后的文化根据。因此,我们不能不说,汉语对偶修辞的发达深受中国民族文化的影响。

(三)用典与社会文化

用典,也叫用事,是指人们在行文中引用(或借用)前人的言论和事迹等表达想要表达的意思。用典作为一种文学修辞,如刘勰所说的"据事以类义""援古以正今",其功能主要是使文辞更为含蓄和典雅。用典修辞古今中外都有,这就使每一个时代的文人创作,都不能不面对前人的言论与故事,这些言论与故事所包含的意义,又正好与自己想表达的意思相似,与其直说,不如用典,既显示自己的学问,又能委婉地表达,让人把前人的言论与故事,与今人的言论与故事加以联想,常常能收到雅致的效果。

用典可以有广义与狭义的区别。所谓广义的,就是指那些被引的言

---

① 李壮鹰撰:《对偶与中国文化》,见《汉语现象问题讨论文集》,文物出版社1996年版,第114—115页。

论与实际刚过去不久,或还在流行中,人们就可以把它加以引用,以说明自己的意思。如有些人的言论太粗暴,或做法太极端,人们就可以说:"这简直是'红卫兵'式的。""红卫兵"就是"文革"时期的事物,离我们不太远,当我们这样引用的时候,就是"用典"了。所谓狭义的,就是距离我们很久以前较有名的言论和事迹,被我们压缩成一个"符号",成为了成语,成为了俗语,成为了文学用语,如"一日三秋""一去不返""一叶知秋""七手八脚""九牛一毛""三令五申""完璧归赵""唇亡齿寒""黔驴之技""狐假虎威""良药苦口""玩火自焚""画龙点睛""画蛇添足""画饼充饥""画虎类犬""青出于蓝而胜于蓝""解铃还需系铃人""大有大的难处""树倒猢狲散""不是东风压倒西风,就是西风压倒东风"等等。这些作为话语的典故很多,可以写出一部书来,它们被人们用在文中,不但使文章获得委婉和雅致的效果,而且可以大大提高效率,本来要用很多话才能说清楚的问题,只用几个字就把话说明白了。

中国古代用典修辞早就有之。引用事类以援古证今,是古代写文章的一种传统。刘勰在《文心雕龙·事类》篇中说:"明理引乎成辞,证义举乎人事,圣贤之鸿谟,经籍之通矩。"意思是说,说明道理时引用前人的成辞,证明用意时举出过去的事例,便是圣贤宏大的用意,经典通用的法则。刘勰用周文王作《易经》引用了商高宗伐鬼方的故事,来说明古代圣贤知识渊博,常能引经据典。到了汉代扬雄、刘歆等人,开始多用故实;到了东汉,崔骃、班固、张衡、蔡邕等博取经史事类,文章写得华实并茂。

刘勰提出了用典的原则与方法:1."务在博见"。要广博地吸取知识。他说"狐腋非一皮能温,鸡蹠必数十而饱",意思是一张狐腋皮不能制成狐裘取暖,鸡掌也要吃数十只才能吃饱,知识只有丰富才能运用。2."取事贵约"。古代的事类情节复杂,要用很多话才能说明白,在运用的时候,压缩成几个字,如"毛遂自荐",就代表了一个符号,用事贵在简约。3."校练务精"。古代的事类很多,运用的时候要加以挑选,不要用得太多,罗列成文。用事贵在精当。4."捃理须核"。对于所用之事情,要加以核对,务使真实、正确，而不出错误。5.“自出其口”。引用别人言论和典故要如同己出，不使生硬，显露痕迹。6.放置得当。用刘勰的话说：“或微言美事，置于闲散，是缀金翠于足胫，靓粉黛于胸臆。”意思是有时精微的言辞和美妙的事例被安排在无关紧要的地方，那就好比金银翡翠被装饰在腿上，把粉黛涂抹在胸脯上了。刘勰以上所论，至今仍然是用典应当注意的原则与方法。

唐代以后，用典在诗词曲赋中用得越来越多，越来越自觉。杜甫、韩愈的诗中有不少典故。苏轼的诗词中也时见典故。特别是宋代以黄庭坚为代表的江西诗派，把用典的文学修辞技巧抬到了前所未有的地步。黄庭坚等人提出了“夺胎换骨”的作诗方法。所谓“夺胎”就是体会和借用前人诗意，改为自己的作品。如白居易有“百年夜分半，一岁春无多”的句子，黄庭坚改为“百年中去夜分半，一岁无多春再来”。所谓“换骨”是意同语异，用前人的诗意，用自己的语言。他们主张学习杜甫，却提出杜甫的诗“字字无来处”，专学习杜甫如何用典。用典用到了这种地步，是宋诗的一个特点，很值得注意。

更值得注意的是，在20世纪的西方文论中，出现了“互文性”（又译为“文本间性”）的说法，其实这个说法与中国古代的用典的意思是相似的。西方文论提出的“互文性”，大体的意思是：一个文本不可能完全是自己创造的，一定从别的文章中引用了、化用了一点什么。或是明写，或是化在自己的文章中。互文性理论的萌芽在俄国的什克洛夫斯基的《情节编构手法与一般风格手法的关系》（1929年）一书中，他说：“我还要补充一条普通规律：艺术作品是在其他作品联想的背景上，并通过这种联想而被感受到的。艺术作品的形式决定于它与该作品之前已存在过的形式之间的关系。不单是戏拟作品，而是任何一部艺术作品都是作为某一样品的类比和对立而创作的。”[①]其后巴赫金也有相似的说法。20世纪60年代法国朱莉娅·克里斯蒂娃曾提出互文性概念，认为：“任何文本的建

① ［苏］什克洛夫斯基著：《散文理论》，刘宗次译，百花洲文艺出版社1994年版，第31页。

构都是引言的镶嵌组合；任何文本都是对其他文本的吸收与转化。”[①]用典变成了“互文性”，传统的文学修辞法变为现代的文学修辞法。

进一步的问题是，用典与社会文化有何联系呢？难道黄庭坚的“夺胎换骨”的作诗方法与社会文化无关吗？现代的“互文性”的提出又是受什么样的社会文化的影响？

首先，用典这种文学修辞方法与社会精神文化的生成过程密切相关，换句话说，正是社会精神文化的不断生成导致了用典这种文学修辞。社会精神文化是怎样由无到有、由少到多的呢？社会精神文化的最初的生成可能是从民间到上层的，下层的百姓在劳动的实践中，由于有感受、有需要，形成了最初的歌谣。这一点正如《吕氏春秋·仲夏纪·古岳》记载：

> 昔葛天氏之乐，三人操牛尾，投足以歌八阕：一曰：“载民”；二曰：“玄鸟”；三曰：“遂草木”；四曰：“奋五谷”；五曰：“敬天常”；六曰：“建帝功”；七曰：“依地德”；八曰：“总禽兽之极”。[②]

又如《淮南子·应道训》在论劳动歌谣方面的记载：

> 今夫举大木者，前呼“邪许”，后亦应之，此举重劝力之歌也。[③]

这都说明最初的精神文化是由劳动实践创造的，后来如普列汉诺夫等对艺术起源于劳动，都有更深刻的论证。问题是下层劳动者创作的歌谣，必然会被上层的士人看中，于是拿过去加工，成为诗歌或其他作品。这种情况一代又一代持续下来。而士人从下层劳动者那里“拿过来”的过程，在一定程度上就是“用典”了，他们可能增加或减少一些字句，改变

---

① [法]克里斯蒂娃著：《词语、对话和小说》，见《符号学：符义分析探索集》，史忠义等译，复旦大学出版社2015年版，第87页。

② 《吕氏春秋》，见《诸子集成》第6册，中华书局1954年版，第51页。

③ 《淮南子》，见《诸子集成》第7册，中华书局1954年版，第190页。

一些字句,或者师其意而不是其辞……这个过程从广义上说,就是用典。中国士人加工、改造、整理过的最早的诗歌(如《诗三百》),不断被后人“引用”或“化用”,创作成新的诗歌作品,这就更是“用典”了。因此“用典”是精神文化生成过程中重要的一环,也可以说,社会精神文化的生成过程使“用典”成为一种文学修辞。“用典”是社会精神文化生成的产物。

其次,再从社会精神文化的发展看,一方面是一代有一代的文化,另一方面是后一代的文化总是从前一代和前几代的文化里面继承了一些成分。这继承中,必然要引用前代若干具体的资料,以说明新的文化意义,这就是典型的“用典”了。若用刘勰的话来说,文学的发展离不开“通变”两个字,“变”是根据现实状况提出新主张作出新篇章,这是对古之变;“通”就是要学习古典,熟悉古典,吸收古典,使“变”建立在“通”的基础上。那么在这“通变”中,“用典”也就自然成为创造中重要的环节了。还有一点也很重要,文学的创造需要才与学两点,刘勰说:“文章由学,能在天资。”文学的创造者,一是才,一是学。“学贫者迍邅于事义,气馁者劬劳于辞情”。才情不够的人,一般就常借用前人的比较精辟的话,这就是用典。

更重要的一点是,各个时代的社会文化情况不同,士人崇尚的风气不同,这又区别出“用典”的多少、好坏等。为什么到了宋代,会出现以黄庭坚为首的“江西诗派”,把“用典”推到极端,提出“夺胎换骨”和“字字有来处”的主张呢?文学史家刘大杰先生回答说:“诗作到宋朝,经过长期与无数诗人的创作,在那几种形式里,是什么话也说完了,什么景也写完了,想再造出惊人的言语来,实在是难而又难。在这种困难情况下,黄庭坚创出了‘换骨’与‘夺胎’两种方法。”[①]刘大杰的话可能说得过分了。生活在不断变化,新的话语新的景物随时都可能涌现出来,如果诗人沉潜于生活中,怎么会把话说完了,怎么会把景写完了?“换骨”与“夺胎”的路径是用典。“换骨”,就是看前人佳作中的诗意,用自己的话说出来,即

① 刘大杰著:《中国文学发展史》中册,上海古籍出版社1982年版,第681页。

意同语异；“夺胎”，则是就点窜前人的诗句和诗意，改为自己的作品。这种作诗法很大程度上就是依靠用典来拼凑成篇。用典成为主要的方法。在北宋时期，为什么会出现该情况呢？这就与北宋士人推崇的风气有关。他们更看重书本，而看轻了生活，或者说从现实逃向书本领域。如他们推重杜甫和韩愈，这当然是他们的自由。问题是推重杜甫和韩愈诗篇中的什么呢？是杜甫和韩愈那种博大的精深的精神和面对现实的勇气呢？还是别的什么？实际上，黄庭坚生活的时代，现实社会问题堆积如山，如北宋朝廷与北方的矛盾已经十分严重，内部纷争不断，为什么不可以从杜甫、韩愈那里来学习他们是如何面对现实的呢？问题是他们觉得他们面对的现实问题解决不了。他们逃向书本是他们与现实矛盾无法协调的产物。这样，黄庭坚把自己的观点“投射”到杜甫和韩愈身上，他看重的是杜甫和韩愈的诗“字字有来处”，他曾说：“自作语最难。老杜作诗，退之作文，无一字无来处。盖后人读书少，故谓韩杜自作此语耳。古之能为文章者，真能陶冶万物，虽取古人之陈言入于翰墨，如灵丹一粒，点铁成金也。”（《答洪驹父书》）看来北宋黄庭坚一派人提倡的风气就是读书，搜集陈言，而不主张面对生活、体验生活，从生活中去发现新的话语新的景物。

以上所述，说明了文学修辞中的声律、对偶和用典的种种情况，其最深根源仍然在社会文化中。我们不能离开社会文化的状况孤立地来理解文学修辞中的种种问题。

二、社会文化得益于文学修辞

文学修辞与社会文化之间是互动互构的。文学修辞根源于社会文化，社会文化反过来也得益于文学修辞。

在文学发展历史上，没有一种文学是纯粹地孤立地玩弄文学修辞的。文学修辞永远有它的对象性和目的性。

文学修辞属于艺术技巧的范围，它本身对于文学并没有意义和价值，例如汉语四声及其所构成的平仄本身，只是反映了汉语的部分特点，只有当文学家艺术地运用它的时候,它才会有意义和价值。所以文学修辞只有在雕塑对象的时候,积极地成为构成对象的力量的时候,在对象中实现出来的时候,文学修辞的功能才得以充分显现出来。文学修辞的根源在社会文化中,但它又反过来积极地参与对社会文化的构建。社会文化也因此得益于文学修辞。

文学修辞与社会文化之间的这种互动、互构关系在中西方都有很好的例证。在西方学者眼中,结构主义的叙事学就被认为是一种修辞。如美国叙事学家詹姆斯·费伦在他的论著中就指出:“认为叙事的目的是传达知识、情感、价值和信仰,就是把叙事看成修辞。隐喻有多种多样,而所有的隐喻似乎都不足以说明作者、文本和读者之间的如下关系:交互作用、交流、交换和交构。……我不想费心寻找另一个隐喻,而提议用修辞作为这个缩写。即是说,在本书中,当我谈论作为修辞的叙事时,或谈论作者、文本、读者之间的一种修辞关系时,我指的是写作和阅读这一复杂和多面的过程,要求我们的认知、情感、欲望、希望、价值和信仰全部参与的过程。”[①]从詹姆斯·费伦的论说中我们可以看出,在文本分析的建构中,叙事学作为一种修辞,显然是与社会文化相结合,共同传达着叙事文本中所蕴含的辽阔的文本旨趣。中国的情况也是一样。我们可以想象一下,如果不是在六朝时期发现了汉语的四声,如果不是汉字的对称均衡所形成的对偶,如果没有齐代的永明体?唐代的诗人能够运用这些文学修辞因素,而最终形成具有严格格律化的近体律诗吗?唐代近体律诗的形成,是中国文学史上的重大事件,也是中国社会文化的重大事件。因为唐代诗歌的许多名篇佳作,不是绝句,就是律诗。唐代以降,绝句、律诗成为中国诗歌的重要类别,成为中国社会文化的一道靓丽的景观。宋代的词,元代的曲,也是平仄相对,也是对偶工整,是律诗的变体,其中平仄声韵和对偶规则的文学修辞是“使情成体”的关键因素。不但如此,中国传统社

---

① [美]詹姆斯·费伦著:《作为修辞的叙事——技巧、读者、伦理、意识形态》,陈永国译,北京大学出版社2002年版,第23—24页。

会文化的许多瑰宝，都与平仄、押韵、对偶和用典的文学修辞密切相关。如章回小说中的开场诗，甚至章回中的内容，都由平仄、押韵、对偶构成。《红楼梦》第十七回，“大观园试才题对额”，就是贾政要试试贾宝玉的才情，要给大观园内各处题匾额，其中主要的内容，就是结合各处景致，题贴切的、雅致的对子。所以这一回若没有了题对子的文学修辞，也就失去了存在的理由。而贾宝玉所提的对子，无论“述古”，还是编新，都把大观园的美丽景致画龙点睛地凸显出来了。假如我们进一步深入到小说的对话中去，我们就会发现，连贾宝玉等人的思维方式，也是对偶式的、平仄式的。如贾宝玉不同意其父和众门客对“稻香村”的称赞，说：“……此处置一田庄，分明是人力造作而成：远无邻村，近不负郭，背山山无脉，临水水无源，高无隐寺之塔，下无通市之桥，峭然孤出，似非大观，怎似先处有自然之理，得自然之趣？虽种竹引泉，亦不伤穿凿。古人云‘天然图画’四字，正畏非其地而强为其地，非其山而强为其山，即百般精巧，终不相宜……”贾宝玉此时并不是在题对子，而是在说话。但所说的话中，处于古人思维方面的训练，也有许多信口而出的“对子”，如：“远无邻村，近不负郭”，“背山山无脉，临水水无源”，“高无隐寺之塔，下无通市之桥”，“有自然之理，得自然之趣”，“非其地强为其地，非其山强为其山”……如果我们仔细分析，就不难发现，在这些话语中，不但两两对称，而且平仄相间，对偶、平仄等文学修辞构成了文学人物的生活本身。由此可以体悟到我们的古人喜好对称、平衡的思维方式了。

散文中的排比句，更是对偶施展的天地。还有各种场合、场景中的联句，平仄、押韵、对偶、用典等成为必用的文学修辞。在中华大地上，没有一个喜庆节日不贴对联，没有一处景点不挂对联，没有一个书法家不写对联……正是对联给中国人的生活营造了一种特殊的氛围、气息、韵调和色泽。从一定意义上说，文学修辞构成了文学的基础，也构成了中国人的文化特征。由此可见，文学修辞的确是有对象性的，它雕刻了中华民族的文学，营造了具有浓郁的中华民族气息的独特文化。

第七章　中心、基本点、呼吁：文化诗学的开放结构

20 世纪 90 年代，中国的社会主义市场经济稳步发展。80 年代轰动一时的文学沉寂了下来。在这种历史语境中，80 年代活跃的文学理论话语也逐渐萎缩。但文学理论学人不甘寂寞，于是从国外引进了两种思潮：第一种是所谓的“语言论转向”，宣扬俄国形式主义文论和英美的“新批评”，最终成果比较显著的是文学叙事学的研究，企图在文学文本细读和叙事技巧中寻找到新的避风港，并展示了中国独特的文学叙事研究成果；第二种是欧洲文化批评（又称文化研究）理论的引进，对纯文学本身不再感兴趣，而着意提倡所谓的“日常生活审美化”探讨，实际上这种或推崇时尚趣味，或批评商业主义带来的弊端的话语，已经溢出了文学理论，而进入了文化社会学的范围。幸亏这期间带有“文学性”的影视文化、摄影文化等大众视觉文化得到了大发展，所以一些具有批判精神的理论家在大众文化问题上取得了有效的研究成果。那么，那些不愿左顾右盼的要在文学理论这块园地里耕耘的学人怎么办呢？他们受到美国新历史主义的启发，特别是受它的“历史的文本性，文本的历史性”这句话的启发，于 90 年代后期提出了根植于中国文学土壤上的研究

方法，这就是“文化诗学”。其中，北京师范大学文艺学研究中心和闽南师范大学文化诗学研究所，始终如一地坚持这一文学研究的理想。文化诗学的意义就是力图把所谓的“内部批评”和“外部批评”结合起来，把结构与历史结合起来，把文本与文化结合起来，加强文学理论和文学批评的历史深度和文化意味，走出一条文学理论的新路来。

我1998年在第一次“扬州会议”上首次提出中国的“文化诗学”。1999年连续发表了《中西比较文论视野中的文化诗学》《文化诗学的学术空间》和《文化诗学是可能的》三篇文章，之后，还相继发表了多篇论文。我对“文化诗学”的解释和理解不断有所发展。至今为止，我的“文化诗学”构想，大体上可以用体操的喊声“一、二、一”来概括，即“一个中心，两个基本点，一种呼唤”。

第一节 “一个中心”

所谓“一个中心”，是指文学审美特征而言的。文化诗学所研究的对象是文学，那么首先把文学特征大体确定下来，是顺乎情理的。新时期以来，我质疑别林斯基的文学形象特征，又用很大的力气去论证文学审美特征。我最近出版的一个专题论文集《文学审美论的自觉》，就是对文学审美特征论的一次总结。我从20世纪80年代初开始反复讲过:如果一部文学作品经不起审美的检验,那么就不值得我们去评价它了,因为它还没有进"艺术文学"这个门槛。"审美"作为20世纪80年代的美学热的"遗产",我认为是可以发展的,是不能丢弃的。不但不能丢弃,而且还要作为"中心"保留在"文化诗学"的审美结构中。为什么?历史经验不容忘记。"社会主义现实主义"理论对于文学特征有一个规定,那就是继承了别林斯基关于文学与科学特征的理解:"人们只看到,艺术和科学不是同一件东西,却不知道它们之间的差别根本不在内容,而在处理一定内容所用的方法。哲学家用三段论法,诗人则用形象和图画说话,而他们所说的是同一件事。"[①]如季莫菲耶夫在其《文学概论》中说:文学的特征是"以形象的形式反映生活"。这种文学形象特征论是与西方古老的摹仿论相搭配的。

实际上,我们应该从20世纪80年代的美学热中体会到,审美是大问题。审美的重要性在哪里?审美是与人的自由密切相联系的。80年代美学热,大谈审美,使人的思想感情得到一次解放和自由。大家也许还记得当时的北京美术馆举办裸体绘画展,引起了轰动,队伍排得很长,美术馆周围等待参观者真是人山人海,这是为什么?裸体绘画肯定是美的,不是邪恶的。我们搞文学研究也好,搞文学批评也好,审美的超越、审美的自由就成为我们的话语选择。我们选择审美的话语来抵制商业主义的意识形态。正是基于此,我把"审美"检验作为文化诗学结构的中心,道理就在这里。文学必须首先是文学。如果一篇文学作品被称为深刻的智慧的,却没有起码的艺术审美品质,那么文学不会在这里取得胜利。不要让那些没有意义或只具有负面意义的商业文化作品一再欺骗我们,我们需要的是真正具有审美价值和积极社会意义的文学艺术精神食粮。

那么,什么是审美?什么是文学中的审美?这是一个很复杂的问题。这里只能极简要地谈谈我的理解。审美是一种对象性活动,在这活动中,人们实现了情感的评价。对象物具有价值性,人以情感去观照它、评价

① [俄]别列金娜选辑:《别林斯基论文学》,梁真译,新文艺出版社1958年版,第20页。

它，形成所谓的“情以物兴”与“物以情观”（刘勰语）的双向交流活动。一方面是“物”触动了人的情感，使人的情感敏感起来，兴奋起来，甚至激动起来；另一方面，人以情感去观照物，使物罩上了情感的色彩，温暖的色彩，冷漠的色彩等。“情以物兴”是由外及内、由物及心，“物以情观”是由内及外、由心及物。就在这心与物的双向的交流和评价活动中，人的心理随所面对的对象物的不同，而产生了美感、厌恶感、崇高感、蔑视感、悲哀感、幽默感等等。唐代诗人柳宗元在《邕州马退山茅亭记》中说：“美不自美，因人而彰。兰亭也，不遭右军，则清湍修竹，芜没于空山矣。”①由于强调人对于物在观照中的彰显作用，我以为此言最能说明审美的实质。文学的美由于是社会美，因而它的美中必然溶化进政治的、道德的、伦理的、民族的、民俗的、地域的因素。但在审美评价活动的瞬间，人的心理则处于无障碍的自由状态。

第二节　“两个基本点”

所谓“两个基本点”，一点是分析文学作品要进入历史语境，另一点是要有过细的文本分析，并把这两点结合和关联起来。换句话说，我们在分析文学文本的时候，应把文本看成是历史的暂时的产物，它不是固定的、不变的，因此不能就文本论文本，像过去那样只是孤立地分析文本中的赋、比、兴，或孤立地分析文本中的隐喻、暗喻、悖论与陌生化，而要抓住文本的“症候”，放置于特定的历史语境中，以历史文化的视野去细细地分析、解读和评论。

文化诗学“两个基本点”中的第一点——历史语境的问题，在本书第

① 柳宗元著：《柳宗元集》第三册，中华书局1979年版，第730页。

五章第二节已有详细论述，此不赘述[①]。

这里，我想强调的是，所谓“历史背景”所指的一段历史的一般历史发展趋势和特点，最多是写某个历史时期的主要事件和人物，展示某段历史与某段文学发展的趋势和特点大体对应。“历史语境”则不同，它除了要把握某个历史时期的一般的历史发展趋势和特点之外，还必须揭示作家或作品所产生的具体的文化语境和情境语境。换言之，历史背景着力点在一般性，历史语境着力点是在具体性。文化诗学之所以强调历史语境，是因为只有揭示作家和作品所产生的具体的历史契机、文化变化、情境转换、遭遇突显、心理状态等，才能具体地深入地了解这个作家为何成为具有这种特色的作家，这部作品为何成为具有如此思想和艺术风貌的作品。这样的作家和作品分析才可以说是历史具体性和深刻性的。

其次，再来谈谈文化诗学的第二个基本点——过细“文本分析”问题。

“文本细读”不能仅仅是俄国形式主义文论和英美新批评的遗产，中国古代的诗文小说评点，也是一种文本细读。我们谈的文本细读不但可以吸收俄国形式主义文论和英美新批评的传统，更应该重视中国古代诗文小说评点的传统。文本细读是众所周知的，问题是如何进行文本细读，又如何把文本细读与历史语境结合起来。

我的大体看法是，无论是研究作家还是研究作品，都要抓住作家与作品的“症兆性”特点，然后把这“症兆”放置于历史语境中去分析，那么这种分析就必然会显示出深度来，甚至会分析出作家和作品的思想和艺术追求来。人们可能会问，你说的作家或作品的症兆又是什么？“症兆”是什么意思呢？法国学者阿尔都塞提出的“症候阅读”，最初属于哲学词语，后转为文学批评话语。此问题很艰涩，不是三言两语能说清楚的。这里只就文本话语的特征表现了作者思想变动或艺术追求的一种“症候”来理解的。

我这里想举一个文论研究为例子。清华大学罗钢教授花了十年时

---

① 参阅本书第 166—172 页。

间，重新研究了王国维的《人间词话》提出的“境界”说。他的研究就有抓“症候”的特点。由于王国维的《人间词话》有好几种不同文本，文本话语的增加、改动或删掉，都可能成为王国维的思想变化的“症候”。罗钢对此特别加以关注，并加以有效的利用。如他举例说，《人间词话》手定稿第三则原本中间有一个括号，写道：“此即主观诗与客观诗所由分也”，但在《人间词话》正式发表时，这句话被删掉了。为什么被删掉？罗钢解释说：“比较合乎情理的解释还是王国维在写作这则词话时思想发生了变化。”再一个例子也是罗钢论文中不断提到的，就是王国维的《人间词话》原稿中都有一则词话：“昔人论诗词，有景语、情语之别，不知一切情语，皆景语也。”他发现，这则“最富于理论性”的词话被删掉了，这又是怎么回事呢？罗钢告诉我们：“王国维此处‘一切景语皆情语’的说法，其实脱胎于海甫定，即他在《屈子文学之精神》中所说的‘其写景物也亦必以自己之深邃之感情为之素地’。但这种观点和他在《人间词话》中据以立论的叔本华的直观说产生了直接的冲突，如果把‘观’分为‘观我’和‘观物’两个环节，那么‘观物’必须做到‘胸中洞然无物’。只有在这种‘洞然无物’的条件下，才能做到‘观物也深，体物也切’。这种‘洞然无物’是以取消一切情感为前提的，所以王国维才说‘客观的知识与主观的情感成反比例’，这种‘观物’与‘观我’是相互联系的两个方面，它们统一于一种审美认识论，假如站在这一立场上，‘一切景语皆情语’就是大谬不然的。这就是王国维最后发生犹疑和动摇的原因，这也说明，王国维企图以叔本华的‘观我’来沟通西方认识论和表现论美学，最终是不能成功的。”①罗钢对于“症候阅读”法的运用，使他的论文常常能窥视到王国维等大家的思想变动的最深之处和最细微之处，从而作为有力的证据来说明他想说明的问题。但我对罗钢的分析，也不完全同意。实际上，“一切景语皆情语”，属于中华文论的“情景交融”说，是中华文化中天人合一的产物。王国维在发表他的《人间词话》之日，恰恰是他对德国美学入迷之时，他的

① 罗钢撰：《眼睛的符号学取向——王国维“境界说”探源之一》，载《中国文化研究》2006年第4期。

整个《人间词话》的基因属于德国美学，所以他觉得"一切景语皆情语"不符合他信仰的德国美学，特别不符合德国叔本华的认识论美学，所以王国维发表时把这句话删除了。

文化诗学的两个基本点，即历史语境与文本分析，从上面的解释中，可以看得很清楚，它们不是独立的两点，而是密切结合的。我们之所以强调历史语境的重要性，是因为它可以帮助我们深入细致地分析文本，我们强调文本分析，是置放于历史语境的文本分析，不是孤立的分析。所以，这两个基本点的关系应该是：我们面对分析的对象（作家、作品、文论），先要寻找出对象的症兆性，然后再把这症兆性放到历史语境中去分析，从而实现历史语境与文本细读的有效结合，使我们的研究具有整体性、具体性、深刻性和现实针对性。

第三节 "一种呼吁"

我在《文学评论》中发表过一篇论文，题目是《植根于现实土壤的文化诗学》，我提出的理由是"'文化诗学'的根由在现实的需要中"。我这样说过："一段时间以来，我们的文学批评囿于语言的向度和审美的向度，被看成是内部的批评，对于文化的向度则往往视而不见，这样的批评显然局限于文学自身，而对文本的丰富文化蕴涵置之不理，不能回应现实文化的变化。文学这种自外于现实的这种情况应该改变。文学是诗情画意的。诗情画意的文学本身包含了神话、宗教、历史、科学、伦理、道德、政治、哲学等文化意蕴。在优秀的文学作品中，诗情画意与文化意蕴是融为一体的，不能分离的。'文化诗学'应该而且可以放开视野，从文学的诗情画意和文化意蕴的结合部来开拓文学理论和批评的园地。当一个批评家从作家的作品的诗情画意中发掘出某种文化精神来，而这种文化精神又能弥补现实文化精神的缺失，或批判现实文化中丑恶的、堕落的、消极的和缺乏诗意的倾向，那么这种文学理论与批评不就实现了内部批评与外部批评的统一，不是凸显了时代精神了吗？"

我当时这样想，我今天仍然觉得是对的。这就是萨特在他的《什么是文学》中所说的写作的"介入"："不管你是以什么方式来到文学界的，不管你曾经宣扬过什么观点，文学把你投入战斗：写作，这是某种要求自由的方式；一旦你开始写作，不管你愿意不愿意，你已经介入了。"[①]作家要"介入"，为什么文学批评家不可以"介入"？文学理论应该摆脱自闭状态，去介入现实。

我一再说新时期以来的改革开放取得了巨大的成果，我们民族正在复兴，这是不容否认的事实。但同时，经济的发展也给我们带来了变化，我们的部分作家意识到了这些变化并写了下来……我们的理论家和文艺批评家为什么不可以通过对这些作品的评论而介入现实呢？文化诗学就是要从文本批评走向现实干预。因此关怀现实是文化诗学的一种精神。

但现在我又有了一种超越性的想法。那就是文化诗学内部批评与外部批评的结合，结构与历史的结合，文本批评与介入现实的结合，以这些结合所暗含的走向平衡的精神，对现实进行一种呼吁——走向平衡。

实际上，如果我们思考 20 世纪所出现的一系列的文学理论批评形态，其背后都暗示一种呼吁、一种文化。

英美新批评似乎是在文本的隐喻、悖论等词语上做文章，实际上其背后也是有深刻的社会原因的。有学者指出："特别在美国，新批评的普及对文学研究的平民化起到了至关重要的作用。在 20 世纪 40 至 50 年代，二战结束后大批复员军人面临再学习再就业的压力，而他们足够的知识背景又没有受到过足够的知识训练。他们无法分享学院派掌握的那些浩如烟海的档案资料。他们在文学上的立身之本只能是文学作品本身。通过对文本的分析，他们获得了一种非传统的、非学究式的接近文学的方法。

---

① ［法］萨特著：《萨特读本》，桂裕芳译，人民文学出版社 2005 年版，第 563 页。

另一种对新批评意识形态性的分析认为，新批评对结构与形式等文本秩序的追求代表了当时人们对于社会秩序的渴望以及对工业社会人异化的批判……”①

中国的文化诗学在20世纪90年代末和新世纪初被提出来，它是一个文学理论话语。我们似乎也可以从这样一个角度来看待文化诗学提出的问题意识和具有的现实意义。

① 周小仪著：《从形式回到历史——20世纪西方文论与学科体制探讨》，北京大学出版社2010年版，第42页。

第八章　人文与历史的张力:文化诗学的精神价值

关于文化诗学的精神价值取向,我在第三章简要地提到过,认为"文化诗学作为一种文艺学方法论,其精神诉求有三个维度:第一是审美精神,这是中心,文学作品首先要具备这种品质和精神;第二是人文意义,文学是语言的艺术,艺术文学必须要有人文意义,要关切人的生存的意义;第三是历史文化精神,文学是历史文化的产物,又构成了历史文化扇面的一部分,必须进入历史文化语境,才能揭示出文学作品的涵义。"但是没有展开来讲,特别是对作为精神诉求的审美精神、人文意义和历史文化这三者的关系没有展开来讲。在第三章中,我们从现实问题切入,但没有从总结文学史的角度切入,所以在这一章中,我们将转换一个角度,即从总结文学史上启蒙现代性与审美现代性两者的关系切入,来说明文化诗学的精神价值取向。

第一节　两种现代化的对峙及其在文学上的回响

现代性的确是一个非常复杂的概念,不同知识背景的人往往有不同的理解。我更愿意把现代性理解为价值追求。所以,在讨论“文化诗学”的精神价值取向的时候,我认为取这样一个“现代性”的概念切入,也许是比较符合实际的。

一、两种现代性的对峙及其意义

美学学者马泰·卡林内斯库(1934—　)在其《现代性的五副面孔》一书中曾经指出:在19世纪前半期,在西方出现了两种现代性。从此,这两种现代性就充满了敌意,它们相互斗争,又相互影响。第一种现代性常常被理解为西方文明史一个阶段的现代性。进步的学说,相信人类科学技术造福人类的可能性,对时间的关切,对理性的崇拜,在抽象的人文主义框架中得到界定的自由理想,还有对实用主义的推崇,对成功的预期,这一切成为了中产阶级的核心价值[①]。从这个意义上讲,现代性是一种

① [美]马泰·卡林内斯库著:《现代性的五副面孔》,顾爱彬、李端华译,商务印书馆2002年版,第47—48页。

时间顺序的观念，一种历史进步的意识，线性发展的时间观念与目的论的历史观。我们还可以补充说，张扬“历史理性”，肯定“知识就是力量”，赞赏工具主义，相信人可以唤醒世界，相信人可以通过科学与技术支配自然征服自然，相信人可以打破一切古典的神话。如西方马克思主义的学者霍克海默、阿多诺所描写的那样：“称得上伟大发明的印刷术，毫不起眼的火炮，人们早先多少有些了解的指南针，这三样东西给那个世界带来了怎样的变化啊！第一个发明引起了学识的变化，第二个发明引起了战争的变化，第三个发明引起了金融、商业和航海的变化！”他们并不相信这种现代性，他们说正是这种现代性使“被彻底启蒙的世界笼罩在一片因胜利而招致的灾难之中”①。这种现代性，被称为“启蒙现代性”“历史现代性”或“世俗现代性”。这种启蒙现代性得到了科学和技术进步和工业革命的支持，而长期为人们所崇奉。我们似乎可以把这种现代性的核心思想，归结为一点，那就是：相信时间和历史线性地向前发展的“社会理性”。

另一种是作为审美概念的现代性，即审美现代性或文化现代性。作为审美或文化概念的现代性，在19世纪上半叶就有许多社会科学和人文科学学者强烈反对资本主义与资产阶级，批判工业革命给人类带来的弊端，发出与启蒙现代性不同的各种各样的声音。这是对启蒙现代性的反抗。这种反抗来自于它对于社会理性与进步观念的巨大的幻灭感，因为启蒙现代性所主张的社会理性在其发展过程中变成了极度膨胀的工具理性与技术理性、资产阶级对无产阶级的残酷压迫，商业主义与虚伪和欺诈，市侩主义的流行，使用童工，以及对自然的破坏和环境的污染，等等。

从哲学理论上对“启蒙现代性”的深刻的批判，对工业文明最直接最深刻的批判来自德国的思想家和文学家席勒那里。席勒鲜明地提出人的“断片”论以指斥启蒙现代性和工业文明摧毁了人的完整。他完成于18世纪末的《美育书简》一书的思想，对当代人来说也许远未过时。席勒提

① [德]马克斯·霍克海默、泰奥多·阿道尔诺著：《启蒙的概念》，汪民安、陈永国、张云鹏译，见《现代性基本读本》上册，河南大学出版社2005年版，第168页。

出一种人的理想,这就是人的感性和理性的和谐全面的发展。他于是把古希腊时代的人性与现代人性加以比较。他说:

> 希腊人的本性把艺术的一切魅力和智慧的全部尊严结合在一起,不像我们的本性成了文化的牺牲品。希腊人不仅以我们时代所没有的单纯质朴使我们感到羞愧,而且在由此可以使我们习俗的违反自然(本性)而感到慰藉的那些优点方面也是我们的对手和楷模。他们既有丰满的形式,又有丰富的内容;既能从事哲学思考,又能创作艺术;既温柔又充满力量。在他们身上,我们看到了想象的青年性和理性的成年性结合成的一种完美的人性。①

那么历史前进了,我们来到现代,人类来到了工业的时代,获得了启蒙现代性,人的本性又怎样了呢?席勒说:

> 现在,国家与教会、法律与习俗都分裂开来,享受与劳动脱节、手段与目的脱节、努力与报酬脱节。永远束缚在整体中一个孤零零的断片上,人也就把自己变成了断片了。耳朵里所听到的永远是由他推动的机器轮盘的那种单调乏味的嘈杂声,人就无法发展他生存的和谐,他不是把人性印刻到他的自然(本性)中去,而是把自己仅仅变成他的职业和科学知识的一种标志。②

席勒笔下古希腊人与现代人关于人性的对比的意义,就在于这一对比从人性的完整的视角批判了现代工业文明和启蒙现代性。席勒认为现代工业生产的分工,等于把自己的身心交给了一个支配者——机器,人就永远束缚在看管的冷冰冰的机器上面,那温暖过我们的心灵的感情和想

---

① [德]席勒著:《美育书简》,徐恒醇译,中国文联出版公司 1984 年版,第 48—49 页。
② [德]席勒著:《美育书简》,徐恒醇译,中国文联出版公司 1984 年版,第 51 页。

象的火焰就这样被熄灭了，于是人的全面性丧失了，人“断片”化了。席勒为此喊了起来：人怎么可能把自己的自由托付给这样一种人为的、盲目的钟表机械呢？席勒毫不含糊地断定，正是启蒙现代性本身“给现代人性造成了这种创伤”。我认为整个西方思想界都听到了席勒的声音。马克思关于人的劳动“异化”的分析（后面要较详细谈到），克尔凯戈尔的“个体孤独感”的谈论，梯里希的“疏离状态”说，卢卡契的“物化”说，杜克海姆的“反常状态”说，海德格尔的“烦”说，雅斯贝斯的“苦恼”说，弗洛伊德的“焦虑”说，弗洛姆的“重生存”说，马尔库塞的“新感性”说，等等，都可以说是席勒的声音或早或晚或这样或那样的回响。可以断言的是，只要人类还要拥抱启蒙现代性，崇尚技术全能主义，崇尚物质主义，崇尚工具理性，那么席勒们的声音就不会消失。换言之，这些学者的学说也绝不是空论，都是基于人文主义或人道主义的理想对现实所作出的理论反应。

但是，我们不能不指出的是，席勒在批判现代工业文明和启蒙现代性时，他的眼睛是向后看的。席勒要人们回到古希腊时代的原始的丰富性上面去。他的历史观是倒退的。这种倒退的历史观有悖于社会的发展，与时代的潮流也是相悖的。

这里我们就不能不谈到马克思的思考。马克思一生的思想可以分为两个时期，这就是他写《1844年经济学—哲学手稿》的青年时期和他写《资本论》的中年时期。这两个时期的思想有它的连贯性，即都在论证和批判资本主义的不合理性，但又有其明显的区分。马克思前期的思想主要是从人道主义出发，从劳动异化的角度，批判资本主义，认为共产主义的理想基本上是建设完整的人的理想。马克思后期的思想主要是以剩余价值理论和阶级斗争理论来批判资本主义，呼唤消灭私有制，进而实现共产主义的理想。与本论题密切相关的是青年马克思的思想。

《1844年经济学—哲学手稿》是青年马克思对于当时处于工业文明和资本主义发展时期的一次不同凡响的观察与研究。他从费尔巴哈、黑格尔那里接过“异化”思想，从席勒那里接过“完整的人”这个思想，以人道主义关怀为出发点，加以改造，建立了他的“人论”，从而对资本主义的工业文明和启蒙现代性进行了深刻的批判。马克思说：

> 劳动者生产的财富越多，他的生产的能力和规模越大，他就越贫穷。劳动者创造的商品越多，他就变成廉价的商品。随着实物世界的涨价，人的世界也正比例地落价。①

劳动同自己的产品的关系就像同一个异己的对象的关系一样。因为在这个前提下，下面所说的是不言而喻的：劳动者耗费在劳动中的力量越多，他亲手创造的、与自身相对立的、异己的对象世界的力量便越强大，他本身、他的内部世界便越贫乏，归他所有的东西便越少。……劳动者把自己的生命贯注到对象里去，但因此这个生命已不再属于他，而是属于对象了。因此，劳动者的这个活动越大，劳动者就越空虚。他的劳动产品是什么，他就不再是什么。因此，这个产品越大，他本身就越小②。

对劳动者来说，劳动是外在的东西，也就是说，是不属于他的本质的东西；因此，劳动者在自己的劳动中并不肯定自己，而是否定自己，并不感到幸福，而是感到不幸，并不自由地发挥自己的肉体力量和精神力量，而使自己的肉体受到损伤、精神遭到摧残③。

这就是说，劳动者在这种雇佣劳动中，身心都被外在的东西所控制，劳动者的感觉被“异化”了。异化的一个重要原因是，劳动者使自己的生物个性适合于现代机器设备的需要。人成为工具的附属物；如果资产者不把人作为工具的附属物纳入其中，技术的联合就不能建立，生产也就无法进行。所以异化的结果是心理的畸形和生理的畸形。所谓心理的畸形

---

① ［德］马克思著：《1844 年经济学—哲学手稿》，见《马克思恩格斯全集》第 42 卷，人民出版社 1979 年版，第 44 页。

② ［德］马克思著：《1844 年经济学—哲学手稿》，见《马克思恩格斯全集》第 42 卷，人民出版社 1979 年版，第 45 页。

③ ［德］马克思著：《1844 年经济学—哲学手稿》，见《马克思恩格斯全集》第 42 卷，人民出版社 1979 年版，第 47 页。

是指工业所要求的技术理性的发展，直接导致人的感性与理性的分裂。人的感受力、情感力和想象力都受到压抑，人的灵性消失了，诗意衰退了，神秘感也隐遁了。充塞他们生活的是各种公式、图表、机器操作、生产线等等。所谓生理的畸形是指人被束缚在固定的生产的流水线上，导致人的某个感官片面地发展，相应地其他感官则逐渐萎缩。马克思早期的批判就是对启蒙现代性的批判，他呼喊的人性的回归，则是从理论上开启了审美现代性的建构。在整个20世纪，启蒙现代性给人类带来的危害并没有因为资本主义高度发展、高科技发展而有所改变。启蒙现代性与审美现代性的敌意并没有消失。诚如生活在20世纪的马尔库塞所说，在发达资本主义国家，虽然仍维持着剥削，但日臻完善的劳动机械化改变了被剥削者的态度和境况。在技术组合内部，由自动化和半自动化的反应占据了大部分（如果不是全部的话）劳动时间的机械化劳动，作为终生职业，仍然是耗费精力、愚弄头脑的非人的奴役——由于控制机器操作者（而不是产品）的速度加快和劳动者的彼此孤立，更使得精力消耗殆尽。除此之外，马尔库塞还认为社会通过对人的物质的需要来控制人们的“灵魂”。工人提高了的购买力和高科技产品，似乎使工人和他的老板享受同样的电视节目并游览同样的娱乐场所，如果打字员打扮得像她的雇主的女儿一样花枝招展，如果黑人挣到了一辆卡德拉牌汽车，如果他们都读同样的报纸，那么这种同化并不表明阶级的消失，而是表明那些用来维护现存制度的需要和满足在何种程度上被下层人民所分享。在当代社会最高度发达的地区，社会需求向个人需求的移植是非常有效的，以致他们的差别看起来纯粹是理论的。但异化仍然存在，只是形式有所改变而已。人们在他们购买的商品中识别自身，他们在他们的汽车、高保真音响设备、错层式房屋、厨房设备中找到自己的灵魂。那种使个人依附于他的社会机制已经变化了，社会控制锚定在它已产生的新的需求上。人还是被异化为物。由此可见，马克思的“异化”理论仍然适合于高度发展的资本主义的现实，一点也没有过时。马克思还认为，不但工人在异化劳动中变成了非人，就是那些资本家的一切感觉也被“拥有感”所代替，他们也异化为非人。整个人类都被与商业资本密切联系的工业生产所异化。

值得强调的是青年马克思没有停留在对商业资本和工业文明对人类异化的分析层面，马克思还提出了如何从“非人”恢复为“人”的道路，即建构审美现代性理论之路。为此马克思提出了“人性的复归”和建设“全面发展的人”的论点，这就要通过对“人的自我异化的积极的扬弃”。并且他把“人性的复归”过程与共产主义理想的实现联系起来。很明显，马克思当时是热衷于人道主义的，人道主义是他的这些理论的核心之点。在这一点上，他与席勒是相通的，并没有根本的区别。所不同的是，马克思的历史观与席勒不同。席勒在批判现代工业文明的同时，神往的是古希腊人的全面发展，频频向后看。这可以说是没有前途的。就像我们今天看到城市的污染，焦躁不堪，于是就神往陶渊明、王维、孟浩然、李白那时的荒凉却清新无比的自然环境，这是不现实的，或者说是完全没有前途的。马克思的历史观是前进的历史观，他急切要求人性的复归，完整的人的实现，但不希望历史倒退。解铃还需系铃人。人性的复归不是要消灭工业文明，而是要靠这种生产劳动实践。马克思说：

> 全面发展的个人……不是自然的产物，而是历史的产物。要使这种个性成为可能，能力的发展就要达到一定的程度和全面性，这正是以建立在交换价值基础上的生产为前提的，这种生产是生产出个人同自己和别人的普遍异化的同时，也生产出个人关系和个人能力的普遍性和全面性。……留恋那种原始的丰富，是可笑的，相信必须停留在那种完全空虚之中，也是可笑的。①

这里所说的“生产”主要还是指物质生产。由生产所造成的异化，人的感性与理性的分裂，还是要通过生产实践活动本身的发展与改造来解

---

① 《马克思恩格斯全集》第46卷，人民出版社1979年版，第104页。

决。马克思的意思是要在取消私有制的条件下，改造生产实践，使生产实践与审美活动结合在一起，使生产实践与人的本质的发展和谐一致起来。换言之，人可以借助于实践活动这一绝对中介，消除异化。就像今天我们治理环境污染，不是要返回原始，拒绝使用一切现代化的能源，而是要从改进能源的生产与使用的机制，来控制和治理环境的污染。生产中产生的问题，还是要靠生产本身来解决。工业文明所产生的问题仍然要通过发展和改造工业文明来解决。历史不是往回走，而是向前进。这一点正是马克思与席勒等许多西方思想家不同的地方。西方那么多理论家神往原始的丰富不但是可笑的，而且也是不切实际的、空想的。这样马克思就消除异化的道路给出两个维度：一是“人性的复归”，高扬人道主义的精神，这一点是核心，是不能忘记的。这是人文的维度，也可以说是审美现代性的维度。二是生产实践活动的发展，推动社会文明的发展，走社会必由之路。这是历史的维度，也可以说是启蒙现代性的维度。人文与历史，审美现代性与启蒙现代性，这两者不是“非此即彼”，也不是“非彼即此”，而是“亦此亦彼”。

青年马克思对待现代性问题的理解给我们深刻的启示。文学作为人的高级的精神活动，应该从“人的建设”的理想的视野来加以思考，其价值取向应该是审美现代性。但这又不是否定科学技术的发展，不是否定社会的全面发展，并不完全否定启蒙现代性。这两者在文学上的表现是可以“亦此亦彼”的。陶东风教授说：“与现代主义文学相关的各种运动都源自这种审美的现代性，它的姿态是颠覆19世纪历史现代性的两个主要的信条，即线性的时间观与目的论的历史观，它倾向于不把历史或人类生活看成一个连续体，不把历史视作发展的逻辑，宏观世界不像现实主义那样按历史时间的连续来结构作品。西方现代派作家（从波德莱尔开始）就坚持这样的一种批判传统。可以说这也构成了西方现代作家与现代文学的基本的文化立场与精神价值取向。由此，我们可以发现，西方的现代性是一个自我质疑、自我矛盾的复杂结构。一方面是现代化过程所带来的巨大的社会变迁,另一方面则是对于这个变迁及其所塑造的社会生活的文化与审美上的批判。这构成了现代性话语的内在张力与内在制衡。这种现代性的矛盾性与自我质疑、自我批判性使得西方社会保持了一种相对多元的文化环境,它对于精神文化生态的平衡乃至政治的运作都起到了积极的作用。"①

二、两种现代性的对峙在文学上的回响

审美现代性对于启蒙现代性的反抗,在文学上引起了强烈的反响。卡林内斯库更多地以法国的唯美主义诗人戈蒂耶、波德莱尔的思想为例来加以理解,这自然有他的道理,因为法国大革命后,的确如卡林内斯库所言,盛行各种与启蒙现代性或世俗现代性相反的趋势:各种形式的反抗资产阶级的政治激进主义,从"最左"的到"最右"的,或者"左""右"混合在一起的,都进行激烈地抗争。这些反对市侩主义的激进主义经历了一个"美学化的过程"。那些以极端审美主义为特征的运动,如松散的"为艺术而艺术"的团体,后来的颓废主义与象征主义,他们都反对正在扩散中的启蒙现代性,以及与启蒙现代性相关的庸俗世界观、功利主义、低俗趣味等等,在这里,审美现代性可以得到最好的理解②。但是,我们不能不指出,波德莱尔疏离官方的言行,对于启蒙现代性的反抗不是最早的。他的艺术自治理论似乎也与审美现代性有距离。我认为,欧洲对于启蒙现代性的反抗,应从 18 世纪末到 19 世纪初英国浪漫主义派那里开始。

英国是工业革命的发源地,阶级斗争十分紧张,特别是启蒙现代性或历史现代性所带来的对人和人性的摧残,对自然和环境的破坏最早也是从英国开始的。英国浪漫主义的文学背景就是社会黑暗,用雪莱的话来说,简直"一丝阳光也无法渗透过去"。在十八到十九世纪的英国,为了掠取别人,最严重的是压迫的倾向,英格兰、苏格兰、爱尔兰联合起来压迫

① 陶东风撰:《从现代性的视角看文艺的精神价值取向》,载《文艺报》1999 年 10 月 19 日。

② [美]卡林内斯库著:《现代性的五副面孔》,顾爱彬、李瑞华译,商务印书馆 2002 年版,第 51 页。

远方的殖民地；英格兰和苏格兰又压迫爱尔兰，特别是压迫爱尔兰的教会，阻挠爱尔兰工商业的发展；而英格兰又尽一切可能压制苏格兰；在英格兰内部，则是富人压迫穷人，资产阶级压迫无产阶级，统治阶级压迫其他一切阶级。当时在这个国家的三千万居民中，只有一百万人享有选举权①。英国的浪漫主义者最先感受到这一切。19 世纪初华兹华斯和柯尔律治在文学上进行反抗，提出了“回归大自然”的口号。这个口号的意思是城市与乡村的对立。在城市中，不但内部充满矛盾，而且人们忘记了他们以前曾经依赖过的土地，忘记了乡村生活的种种细节，忘记了牧场的牛羊与花卉，忘记了乡村纯朴的微笑与友情，忘记了乡村的静谧和清新……“对于大自然的热爱，在 19 世纪初期像巨大的波涛似的席卷欧洲”（勃兰兑斯）。这不是偶然的，这是抵制启蒙现代性所带来的结果。虽然华兹华斯等人的抵抗是无力的，根本不能解决实际问题，但他们对城市生活的厌倦，对乡村田园生活的向往，毕竟开启了文学上对于启蒙现代性或历史现代性的揭露与抗争。由于这种抗争是诗性的，是人文的，是审美化的，是通过他们的诗歌来表达的，同时又不是要回到中世纪回到古典主义，因此后来人们称他们的思想主张为“审美现代性”，也许是有道理的。

在中国现代思想文化与文学话语中，审美现代性一直处于未展开的状态。或者说启蒙现代性或历史现代性始终是具有压倒性优势的强势话语，审美现代性的话语也有，但一直处于比较微弱的状态。例如冰心、沈从文、梁实秋等，似乎也更多地从人的心灵的需要、乡村的风土人情的美、人性的美，自觉不自觉地去拥抱审美现代性，但这种文学话语的声音毕竟太微弱了。鲁迅的文学话语暴露了“国民性”的弱点，主要是揭示国民中普遍存在的无知、麻木、奴性、不敢面对现实的瞒和骗、自欺欺人等等，若从现代性的视角进行分析是比较复杂的。“五四”新文化运动之前，中国人民仍然受封建礼教思想的严重束缚，国民性的弱点就是封建主义思想

---

① 参见[丹]勃兰兑斯著：《十九世纪文学主流》第四分册，《英国的自然主义》，徐式谷等译，人民文学出版社 1984 年版，第 20 页。

强加在人民身上的枷锁。所以反对封建礼教的牢笼,吸取西方的思想,其中就包括作为历史现代性的启蒙主义改造中国的"国民性",是鲁迅思想的主要价值取向。但鲁迅的思想中,也有对人的深切的关怀,人道主义渗透在他的作品的深处。鲁迅毕竟受到过叔本华和尼采的影响,知道尼采喊"上帝死了"是什么意思,所以在他身上,仍然存在着启蒙现代性与审美现代性冲突的迹象。还有 1922 年创刊的《学衡》,团结一些人,反对文化上的"欧化",他们认为:"吾国数千年来,以地理关系,凡其邻近,皆文化程度远逊于我。故孤行创造,不求外助,以成灿烂伟大之文化。先民之才智魄力,乃吾文化史上千载一时之遭遇,国人所当欢舞庆幸者也。然吾之文化既如此,必有再发扬光大,久远不可磨灭者在……其事至简也。"[①]学衡派诸人也是了解西方文明的,他们从美国学者白璧德那里吸取了所谓"新人文主义",权衡再三,才提出他们的具有民族保守主义性质的主张,他们的看法,可能是中国最早的"审美现代性"之论了。但总的看,"学衡"派诸人的理论没有成为主流,影响很有限。中国的现代文学的建立,是在中国现代文明刚刚起始的时候,如何来解决人民的吃喝住穿,如何来反抗帝国主义的入侵,如何摆脱中国陷入亡国灭种的危险,仍然是我们面对的主要问题。我们的思想与我们所面临的主要问题相联系。西方在工业文明发展起来以后,启蒙现代性所带来的种种问题,我们并没有深切的体会。除少数了解西方的人之外,走启蒙主义的路,讲启蒙现代性的道理,是多数人的选择。当时还很少有人真正理解西方的"回归大自然"的口号,也是很自然的。

中华人民共和国成立后,民族独立了,新的国家建立起来了,我们所倾心的也是发展壮大国家的实力,"向科学进军","知识就是力量"是那时的主要口号,这是具有中国特点的启蒙现代性。新中国成立后"十七年"的反映现实斗争的小说,虽然观点和具体内容都不同,但基本范式则十分相似。一般情况下,它产生的要么是颂歌式的作品,要么是诅咒式的

① 梅光迪撰:《评提倡新文化者》,载《学衡》1922 年第 1 期。

作品。在这种范式中，作品中被作家从历史现代性的视角赋予肯定性（或否定性）的人物或事件，同时也是作家从人文道德角度加以赞美（或否定）的人物或事件。由于这类作品在人文道德评价与历史评价上没有出现分裂或悖反，因而风格上具有单纯、明朗的特点。平心而论，这一范式也产生过一些优秀作品，这是不应否定的。但是，毋庸讳言，在更多的情况下，这种单纯与明朗常常是建立在对于现代性简单化理解的基础上的。

新时期以来，我们是从改革开放、实事求是起步的，因此文学的价值取向倾向于启蒙现代性是顺理成章的，是可以理解的。改革文学就是启蒙现代性的代表之作。蒋子龙的《乔厂长上任记》可以说是最早的最具代表性的正面反映改革的作品，其艺术范式可以概括为“改革/反改革”。“铁腕人物”乔光朴靠着自己的领导才能、专业知识和果断作风，大胆改革，击败了反改革势力的代表人物原厂长冀申，硬是使一个亏损的大企业电机厂恢复了生机。这篇小说一出，其范式被许多作家采用。在我看来，连得奖作品《沉重的翅膀》和《人间正道》，都不过是这一范式的变体而已。作品中的代表改革势力的人物，不论是胜利的功臣，还是失败的英雄，都怀着高度的社会责任感，为改革事业奋斗不息。这个范式的价值观是高扬了启蒙主义的现代性，或者说高扬了历史理性精神，认为新的创造的现实取代旧的历史的惰性是必然的，社会就是这样在新陈代谢的时间中前进的。在高扬历史理性的同时，审美现代性还没有被人意识到。一个例子是乔光朴为了避免人家的闲言碎语，为了营造没有后顾之忧的工作环境，竟然未与他的情人童贞商量，便突然宣布他与童贞已经结婚了，从而损害了童贞的感情。但在乔厂长看来，最富人文的爱情婚姻也可以被并入到他的改革方案中。

当然，新时期的文学比之于“十七年”毕竟不同，其多样化得到了空前的表现。“知青”文学、“寻根”文学，都表现出某种历史现代性与审美现代性的冲突，表现出由于这种冲突所带来的无可奈何的情调、缅怀的情调等等，凸显出文学上两种现代性的某种紧张与张力，这是不可否认的。

更有一些作品,专写“现代矿井”与“葡萄园”的冲突,有一种自觉地拥抱审美现代性的意识,更应引起我们的关注。

这可以用发表于1981年的王润滋的中篇小说《鲁班的子孙》和发表于1994年的张炜的长篇小说《柏慧》为代表。在《鲁班的子孙》中,矛盾在一个家庭内部展开,老木匠黄志亮与其养子黄秀川分别代表了不同的思想路线。前者迷恋于恢复大队主办的“吃大锅饭”的木匠铺;后者则热衷于开办带有现代气息的私人的小企业。前者的信条是“天底下最金贵的不是钱,是良心”;后者推崇的则是“旧的不去,新的不来”,“能赚钱就行”。这是传统的良心与现代的金钱的对抗。《柏慧》的故事则是在象征素朴文明的葡萄园与象征现代文明的新的工业之间展开。作品中的主人公“我”从地质学院毕业来到〇三所,不能承受人际纷扰,再到一家杂志社,还是不能适应这城市的生活,转移到登州海角(一处穷乡僻壤)的一个葡萄园,终于远离城市的浩浩人流和拙劣的建筑,找到自己的“世外桃源”,并决心“守望”这片绿色的土地。但现代化的脚步还是来到这里,建立现代矿井的隆隆的炮声意味着“我”将失去美丽的赖以生存的家园。这是素朴文明与现代文明的对抗。这两部小说虽然不同,但似乎可以归结为同一范式:“改革/人文”。值得注意的是,在“改革”与“人文”两个维度中,作者情感的天平完全倾向于“人文”一边。在《鲁班的子孙》中,作者同情与赞美的是老木匠黄志亮。并非如有的评论家所说的那样作者是从抽象的道德良心出发的。作者通过其令人信服的艺术描写,证明了黄志亮的良心道义是世世代代劳动人民道德理想的凝聚,是他自己全部生活实践的凝结,这在任何时候都是最为宝贵的。在《柏慧》中,中心话语是“守望”:

> 这越来越像是一场守望,面向一片苍茫。葡萄园是一座孤岛般美丽的凸起,是大陆架上最后一片绿洲。

是的,在人们面对现代工业所带来的环境污染和其他种种社会弊端的时候，激起人们守望森林、山川、河流、果园等一切大自然的热情，是完全合理的。这一范式的价值观是人的价值与生存比什么都重要。改革也好，现代文明也好，一旦妨碍了人的善良之心或诗意地栖居，又有什么意义呢？然而这样一来，“人文”的维度也就压倒了“历史”的维度，甚至于只剩下“人文”这单一的维度了。那么请问，历史还要不要前进？科学文明还要不要加以提倡？物质文明还要不要发展？难道让人类退回到原始的丰富性是合理的吗？人文与工业化就真的是势不两立的吗？如果作者是在写一场保卫祖国的战争，难道也可以把战争的历史维度，即它的“正义”问题放在一边，而只关注人性、人道和人文关怀吗？

但是，我觉得还是可以寻找理由来替这一艺术范式辩护的。因为，文学家是专门在人文、人性、情感这块园地上耕耘的人。他们观察现实的角度可以与政治官员、经济学家、企业家保持一定的距离。中外文学史上都有这种对历史不恭而对人文道德理想倾注了热情的优秀之作。

这样，作为人文知识分子的作家，基于人文主义的立场对于工具理性、技术全能主义的启蒙现代性的警惕与批判是有益于人类精神环境的平衡、人的全面发展的。人文关怀的理想在他们的作品中占据重要的位置，就显示了自己的特殊意义。这种意义不仅在于上述精神文化环境的平衡以外，还在于因为评价角度的不同，作家更多地看到了历史发展过程中的复杂性和种种负面的情境，特别是历史发展所付出的道德代价，这样他们就从另一个角度真实地揭示了历史的“本来面目”。在人类的历史上，历史与道德常常出现二元对立现象，在激烈的社会转型时期就尤其如此。这体现出历史发展的“悲剧性”，体现出历史现代性与审美现代性的严重“错位”。西方的伟大思想家都深刻地看到了以科学技术进步为指标的启蒙现代性在文化、精神、价值、信仰方面造成的巨大负面效应。例如西方马克思主义的代表人物赫伯特·马尔库塞说：

进步的加速似乎与不自由的加剧联系在一起。在整个工业文明

> 世界，人对人的统治，无论是在规模上还是在效率上，都日益加强。这种现象不仅是进步道路上偶然的、暂时的倒退。①

马尔库塞并没有夸大事实，他只是揭露事实而已。20世纪的科学技术突飞猛进，人类文明似乎进入一个新时代，历史现代性高歌猛进，可正是在这个看起来是历史进步的时代，人类也遭到了战争灾难和其他种种威胁。与这种情况相对应，站在新的文明之外的以拥抱审美现代性为标志的西方现代派作品往往是反现代文明的（反科技理性、反物质主义、反工具理性、反工业化、反城市化等），现代派的作家也基本上都对启蒙现代性采取了这样或那样的批判。然而这种批判在很大程度上弥补了现代文明（自从人类社会进入现代以来，经济发展、物质进步、征服自然、个人自由等一直是主导的思想意识）的盲点，客观上有助于使人认识和警惕启蒙现代性所付出的沉重的代价。福克纳的作品则走得更远，竟然反对南北战争，为南方的庄园主制度辩护。但历史理性的缺乏似乎并不妨碍他们的作品的思想与艺术价值。如果福克纳为南方的工业化进程唱赞歌而不是唱挽歌，很难想象他的作品还有如此强大的艺术力量。然而，我并不认为这种"唯人文主义"的作品就全然好。历史的进步包括物质的发展是人类必经之路，也是符合人类的利益的，人文和人性的东西也要有物质的基础，离开这种物质文明的基础，人的生存质量也不可能改善。因此，离开启蒙现代性所追求的一定的物质条件来讲人性、人情和人道，也是有困难的。

---

① ［美］赫伯特·马尔库塞著：《爱欲与文明——对弗洛伊德思想的哲学批判》，黄勇、薛民译，上海译文出版社1987年版，第18—19页。

第二节 历史、人文、审美三者的关系

“文化诗学”提出的现实文化背景是改革开放了三十年的中国。我们已经在第二章作了详细的阐述。这里想特别说明一点的是:我们所面临的事业是神圣的。我们仍然要发展经济,发展科学技术,更好地解决人民的吃喝住穿的问题,更快地增加国家的综合实力,向着更文明更先进的方向发展,实现几代人梦想的四个现代化。简言之,这就是启蒙现代性所要开的花,所要结的果,是历史理性的核心价值;但发展经济,发展科学技术,追求更文明更先进的路途又是艰险的。因此,又要以人为本,以人的感性与理性的全面发展为本,全面提高人的文化素养,建设一个最适合人生活的环境,保护大自然,让大自然与人和谐相处;实现人与人之间真正意义上的平等、正义,像马克思所说的那样实现人性的复归。简言之,这就是中国条件下审美现代性或文化现代性的基本要求,人文关怀就不能不是核心价值。这两种现代性、两种要求、两种价值,都是我们的需要,我们要“兼得”。

一、文学价值的理想:历史与人文的张力

然而现实的状况却有上述两种价值的悖立。面对这种价值悖立的现实,文学家应该怎么办呢?

也许我们可以先来看一看恩格斯的如下分析:

在研究善恶对立的地方,费尔巴哈同黑格尔比较是很肤浅的。黑格尔指出:“有些人以为他们说人性是善的这句话时,就算是自己说出了非常深刻的思想;但是他们忘记了,人性是恶这句话,意

> 思要深刻得多。”黑格尔所说的恶是历史发展的动力借以表现出来的形式。这里有双重的意思：一方面，每一个新的进步都必然是对于某一种神圣事物的亵渎，是对于一种陈旧、衰亡但为习惯所崇奉的秩序的叛乱；另一方面，自从各种社会阶级的对立发生以来，正是人的恶劣的情欲——贪欲和权势成了历史发展的杠杆。例如，封建制度和资产阶级的历史，就可以作为这方面的源源不绝的证据。①

在我们这里是社会实现转型。文学家该怎么办？文学家不是厂长，不是企业家，不是产品推销商，他们不能只顾经济学定义的“历史发展”（实际上是物质主义、科学主义、技术全能主义、唯生产力主义），而不管什么“情欲”“贪欲”和“权势”的危害。作家是人文知识分子，他们既要顺应历史潮流，促进历史进步，同时他们又是一个特别关注人的情感状态的群体，他们更重视人的良知、道德和尊严，并在他们的作品中艺术地体现出来。如果说历史理性是“熊掌”，人文关怀是“鱼”的话，那么在作家这里这两者都要。作家看世界有自己的独特视角。在作家看来，人的生命是最宝贵的，人的生存高于一切，自然是最宝贵的，环境的纯净是人生活所必需的。“熊掌”，要！“鱼”，也要！二者应“得兼”。这就是真正作家面对现实的独特视角。因为他们认为任何为了历史进步的社会改革都必须以人的良知、道义为基础，同时又认为任何人的良知、道义也要符合历史潮流的运动。

因此，真正的作家总是面临一个“困境”：历史理性与人文关怀的悖反。在这两者之间，不是非此即彼或非彼即此，而应是亦此亦彼。他坚持历史进步的价值理想，他又守望着人文关怀这母亲般的绿洲。新的不一定都好，旧的不一定都不好。他的“困境”是无法在“历史理性”与“人文关怀”之间进行选择，而只能在这两者之间徘徊。而且这种“困境”是他所情愿的，是作家的一种特性。于是他对一切非历史和非人文的东西都

① [德]恩格斯著：《费尔巴哈与德国古典哲学的终结》，人民出版社1960年版，第27页。

要批判，于是他悲天悯人，于是他愤怒喊叫，于是他孤独感伤……可惜的是中国当代作品正面反映改革现实的三种范式，要么缺失人文关怀（第一种），要么缺失历史理性（第二种），要么人文关怀与历史理性双缺失（第三种），这不能不引起作家们的深思。这样，我认为呼唤第四种艺术范式，提出“历史—人文”辩证矛盾的精神价值取向，就变得十分必要了。我们提出的这一范式的特点在于困境的“还原”，既不放弃历史理性，又呼唤人文精神，以历史理性和人文精神的双重光束烛照现实，批判现实，使现实在这双重光束中还原为本真的状态。在价值取向上则是历史理性中要有人文精神的维度，人文精神中则要有历史理性的维度。

这第四种范式并非凭空提出来的。我们觉得苏联时期一些优秀作家的创作实践，是值得我们借鉴的。

人与自然的斗争，是历史与人文展开的重要方面。人当然不能屈服于自然的淫威之下，改造自然是改善人的生存状况所必需的，属于历史理性的必然选择。作家不应站在这一历史维度之外，单纯地指斥人们征服自然给人类带来的坏处，这是一方面。但另一方面作家又必然要关注在改造自然中是不是破坏了人与自然的和谐，是不是伤害了人的感情和生存方式。两个方面处于辩证矛盾中。苏联著名作家拉斯普京发表过一部题为《告别马焦拉》的小说。马焦拉是安加拉河上的一个小岛。春天来了，马焦拉岛上的人们怀着不同的心情等待一件事情的发生：这里要修建水电站，水位要提高几十米，全岛都将被淹没。年轻人站在历史理性一边，他们渴望现代化的新的生活，离开这个小岛出去见世面，去过更富有的日子，是他们求之不得的事情。作家肯定了他们的弃旧迎新的生活态度。但是老年人差不多都站在“人文关怀”这一边，他们世世代代在这里生活，岛上的一草一木都是亲切的、温暖的，不可或缺的；这里有他们绿色的森林，有他们宁静的家园，有他们的祖宗的陵园，有他们的初恋之地，有他们所习惯的一切。达丽亚大婶对她的孙子安德烈说：“你们的工业文明不如旧生活安定，机器不是为你们劳动，而是你们为机器劳动，你们跟在机器后面奔跑,你们图什么呢?”作者同情、理解他们,认为他们的怀旧情绪是美好的,有着丰富的人文内涵。作者在“历史理性”与“人文关怀”中徘徊,在“新”与“旧”中徘徊。新生活必然要取代旧生活,然而旧生活就没有价值吗?现代工业文明会使人变成机器,而素朴的母亲般的田园和传统的良知、道义的绿洲则会使物变成人。这种范式是在乔光朴与黄志亮之间保持张力,在“葡萄园”与现代工业之间保持张力。

在人与战争的关系中,是历史与人文展开的另一个重要方面。战争当然有历史的维度,这就是战争的正义性问题。在保卫祖国的战争中,人人都要有敢于牺牲和敢于胜利的精神,要有坚强不屈的精神。这是一方面。但另一方面作家又不能不体察到,不论是什么战争,都是要死人的,都是要破坏人们的正常生活的。战争给人类带来的精神创伤是难于磨灭的。这里我首先想到的是肖洛霍夫的著名的小说《一个人的遭遇》,但这篇小说已有许多评论。我们还是来看一看写了《告别马焦拉》的拉斯普京,如何运用同样的范式来写战争。小说《活着,可要记住》(1974 年)是他的又一成功之作。小说的故事并不复杂,却别开生面。故事发生在苏联的卫国战争接近胜利的最后几个月。在安加拉河旁的一个村子中,集体农庄庄员老古塔科夫家突然丢失了一把老式斧子,这虽然是一件小事,但是引起了他们一家人的注意,是不祥的预兆。果然老古塔科夫的儿子古塔科夫·安德烈在前线受伤,他在一个医院治愈了他的伤后,本应重返前线效力,他却潜回故乡,当了可耻的逃兵。斧子就是他拿走的。安德烈深知逃兵是要受到惩罚的,所以不敢公开露面,而是躲到安加拉河对岸暂时无人住的过冬的房子里。他的妻子纳斯焦娜猜到是她的丈夫回来了,但没有想到他是如此回来的。可她还是与她的丈夫偷偷幽会,过着苟且偷生的日子。安德烈不许她告诉任何人,包括他的父母。小说的主要人物是纳斯焦娜。作家展开了对这位心地善良的、感情丰富的妇女的内心斗争的细致描写。自她的丈夫逃回来之后,她的生活乱了。她希望她的丈夫能活着回来,但她所期待的见面不是这样的胆战心惊的幽会。她感到不安、羞愧、有罪，但她不想揭发她的丈夫，甚至可怜他。尤其在她多年不育现在却怀孕之后，她更感到愧对那些丈夫已经在前线牺牲或仍然没有回来的同村的姐妹。她开始疏远大家。她处处怀疑人们知道她的秘密。她的内心斗争更激烈：

喏，纳斯焦娜，拿去吧，别给任何人看见。在人们之间，你只能保持孤独，完全保持孤独，不能跟任何人说话，不能哭泣，凡事都只能藏在心里。往后，那往后怎么办呢？

她点头责备自己：瞧，你到了什么地步啦，以前要心里痛快，就到人群里去；如今，正相反，却逃出人群。她心头的痛感已感到麻木了，可是不知为什么她的呼吸中夹杂了哀怨而痛苦的呻吟。

在战争结束那天，村里开会庆祝胜利，她的感情更复杂，她为反法西斯的胜利而高兴，但同时她更感到无地自容：

纳斯焦娜走进她住的边屋，换了衣服。她的心早就在田间飞腾狂欢起来了，此刻仍在激动不已，渴望着到大庭广众中间去。但是有个声音喊她别去，一口咬定这并非她的节日，并非她的胜利，她跟胜利毫无关系，最下贱的人都有份，就是她没有。

她听到了歌唱胜利的歌声，她更为激动，内心的矛盾也更加激烈：

纳斯焦娜愈加心如刀割，心弦欲断。她虽然痛苦不堪，但是又一阵阵欲有所为，有所向往，有所追求。她从屋里走到院中，朝板墙外一探身，发现了村街尽头的游行人群。但为了避免看清楚里面都有谁，她没有去细看，就转身回屋了。她转念间想起了安德烈，不过这想念伴随着一股意外的怨气；是安德烈，是安德烈连累了她，使她无权跟大伙一样欢庆胜利。继而她又想，等安德烈听到战争结束的消息时，一定会更加难受、自怜自悯的。想到这里，她立刻冷静下来，心软起来，可怜起安德烈来，尽管依然夹带着一些恼恨情绪。她突然想去找他，跟他待在一起。人们在普天同庆，唯有他们俩该靠边站。

“一点也不该靠边站。”她委屈地抗议道，为自己辩护着，要争取重返人间。“怎么，战争期间我没有干事，没卖力气？为换来这一天出力比别人少吗？不，现在就出去，现在就出去。”纳斯焦娜一个劲地催促自己，可又原地不动……

纳斯焦娜这种内心的极度矛盾得不到解脱，终于在绝望中投河自尽，安德烈闻讯后则逃往深山。村子里的人在埋葬了纳斯焦娜后，开了一个简单的追悼会，妇女们哭了几声，觉得纳斯焦娜怪可怜。不难看出，小说向历史和人文两个维度展开艺术的思考。卫国战争是保家卫国的战争，是反对德国法西斯的进步的、正义的战争，任何人对祖国都负有不可推卸的神圣的历史责任，临阵脱逃就是背叛，就沦为历史的罪人，最终都会受到谴责和惩罚的。逃兵安德烈最后逃往深山，与野兽同群，不能见人，就是应得的“惩罚”。纳斯焦娜感到自己欺骗大家，感到压力，感到羞愧，最终感到绝望，感到生活不下去，也是历史的铁一般的原则给予教训的结果。但是，很明显，作品在充分展开这个原则的同时，另一个原则，即人文的原则也在作品的人物身上展开。特别是在纳斯焦娜的身上，展开了“历史原则”与“人文原则”的激烈冲突。作家并没有把同情、保护作为逃兵的丈夫的纳斯焦娜当作“反面人物”来写。作家以他的生花妙笔细致地揭示了她的内心矛盾。她的善良，她的勤劳，她的富于人性和牺牲自己的品质等，作家都给予了充分的抒情性的笔墨，而不是一味谴责她。作者拉普斯京说：

我不完全同意批评家认为中篇小说《活着，可要记住》的主要人物是个逃兵的看法。小说的主要人物是纳斯焦娜。我一动笔就一心要表现这样一个妇女，她富有忘我的和自我牺牲的精神、心地善良……为了更充分地表现她的性格，必须把这个妇女置于一个特殊的环境，让她内心的一切显示出来。我决定把她置于战争的环境，就像小说所发生的环境那样。[1]

的确，作家是把纳斯焦娜作为主要人物来写，而且不仅如此，还把她作为一个富有人性和人性光彩的人物来写，把她作为一个真正的人来写。作家自觉不自觉地通过纳斯焦娜的内心冲突，展示历史责任的呼声与人文关怀的理想的对立和斗争。纳斯焦娜在安德烈作为逃兵出现后，始终面临“困境”：一方面，她作为一个公民，祖国的责任始终在她心中跃动，使她不安，使她羞愧，使她感到自外于人民，这是历史的呼声一再在她心中像号角般响起；可另一方面，她作为一个妻子，对安德烈的爱情以及怜悯之情，她无法割断与丈夫的联系，特别是丈夫处在“困难”之中，需要她的帮助，她不能不理睬，不能不对他倾注情感，她善良的心不能不这样做，这是人文的力量促使她如此去行动。这样，历史和人文两个向度在她内心分裂为两种不同的力量，进行着殊死的“较量”。或许有人认为纳斯焦娜还有别的选择，为什么非把自己置身于这种困境之中呢？让我们看看作者自己的解释：

现在谈谈纳斯焦娜。读者准备好出现这种情况，或者她本人告发自己的丈夫，或者她迫使他出面认罪。可是纳斯焦娜既没有这样做，也没有那样做。而我应当加以证明，通过证明，让读者有充分的理由相信她的行为的必然性和合理性。如果照她的另一种方式行事，这已经是另一篇中篇小说了，小说也应当由另外的作者来写。我

---

① 北京师范大学苏联文学研究所编译：《苏联当代作家谈创作》，北京师范大学出版社 1984 年版，第 118 页。

觉得,我能够证明纳斯焦娜行为的必然性。①

事实上,作家已证明了纳斯焦娜的行为的必然性。作家通过纳斯焦娜内心活动的真实描写,特别是对她的为人处事的真实描写,证明了纳斯焦娜只能有这样一种选择,而没有其他的选择。这里特别要注意的一点是,作者说,如果小说照她的另一种方式行事,那么"应当由另外的作者来写",这就清楚地说明纳斯焦娜的内心冲突,在很大程度上反映了作者的社会人格结构中历史力量与人文关怀这两个维度的冲突。我们甚至可以说,"纳斯焦娜"不过是作家的另外一个"自我"。作者不能不选择这种"困境"范式。

如果说,上面我所分析的这部作品,作家有很强的自觉性,作家是"自觉地"进入这种"战争—人"的"困境"范式的,或者说"困境"范式是他们的审美意识的自觉的追求。但有的作家也可能不自觉地"陷入"这种"困境"的范式。这样一来,作品的"困境"范式就是一种不自觉的甚至是无意识的选择。这类作品范式重要的是要有"真实性"的品格,只要真实,那么即使是"不自觉",也能达到同样的艺术效果。

这里我们来分析一下美国作家玛格丽特·米切尔(1900—1949)的著名小说《飘》。《飘》取材于美国著名的南北战争。发生于1861—1865年的那场战争,实际上是北方的"自由劳动制度"与南方的"奴隶制度"之间的两种制度的斗争。农奴制度是美国南部农业社会的基础,妨碍了正在兴起的资本主义的发展。因此,南北战争对南方联军来说,是阻碍社会发展和进步的。这在历史上已是确定不移的。《飘》的作者本意是站在南方农奴主的立场,反映那场战争和战后南方重建的现实。这样作品的历史观就成为了问题,甚至可以说,它是逆历史潮流而动的。这样一部鼓吹历史倒退的作品,在1936年问世后竟立即风靡全国,六个月内发行量达到100万册,到1949年作者逝世时,此书已在40多个国家销售800万

① 北京师范大学苏联文学研究所编译:《苏联当代作家谈创作》,北京师范大学出版社1984年版,第118页。

册，到八十年代，已增加到 2500 万册，这看起来不是有点奇怪吗？当然，这与后来小说被成功地改编为电影并获奥斯卡奖有一定关系，与小说的言情性质有一定关系，但我认为这都还不足以使小说如此被大家所欣赏。根据我的考察，我认为小说的成功还与它的历史维度与人文维度的悖论所形成的艺术张力有关。作者从主观上虽然是站在南方农奴主的立场美化南方庄园的主人与奴隶的关系，但在作品中实际表现出来的比这要复杂和丰富得多。作品实际上是不自觉地却真实地表现了“多重”的“历史呼声”与“人文关怀”的冲突，从而使小说获得了丰厚的思想和艺术内涵。作品通过塑造一系列的人物形象，特别是思嘉和瑞德·巴特勒这两个复杂的人物形象，起码展现出三重的“历史”与“人文”的悖论：

第一，在南北战争中，北方虽然站在“历史进步”这一面，解放农奴的确是解放发展生产力的进步之举，但北方人在战争中对南方人的极为残酷的屠杀，和战后的血腥统治，是“非人文”的；反过来，南方人虽然想坚持农奴制，但是很有人情味。作品充分展现南方的黑奴与主人之间的和谐、互助关系，这只需看看作者对思嘉的庄园内部那些黑奴如何与主人“共命运”，就给人以深刻的印象了。这样“历史进步”却非“人文”，而“人文关怀”却非“历史”，这个悖论给人以深刻的反思。因为，自小说发表以来的半个多世纪中，人们就生活在这样荒谬的充满悖论的世界里，这不能不引起人们的共鸣。

第二，作品在客观上又反映出“历史进步”的必然，但这“历史进步”必然又不能不伴随“占有”“掠夺”“罪恶”等，即反“人文”的东西。作者着力刻画的思嘉和瑞德这两个主要人物的性格的复杂性，就充分地揭示了这一点。这两个人物身上有许多共同的东西，与作为没落的农奴主的艾希礼不同，他们是南方社会中最具有历史感的人物，他们看到北方的胜利、南方的失败是必然的。因为北方有着先进的生产力。在威尔克斯庄园的野餐会上，男人们争论着战争，大家都觉得南方必胜，唯有到过北方的瑞德不这样看：

先生们,你们有没有人想过,在梅森—狄克森线以南,没有一家大炮工厂?有没有想过,在南方,铸铁厂那么少?或者木材厂、棉纺厂和制革厂那么少?你们是否想过,我们连一艘战舰也没有,而北方佬能够在一星期之内把我们的港口封锁起来,使我们无法把棉花运销到国外去。……我们有的只是棉花、奴隶和傲慢。他们会在一个月内把我们干掉。

而在那么多人反对瑞德的论调的时候,只有在一旁偷听的思嘉"却有某种无名的意识引起她思索,她觉得这个人所说的话毕竟是对的,听起来就像常识那样"。唯有一个女性认真思索并同意德瑞的看法。他们是南方具有"资本主义进步"意识的"精英"。这还表现在战后重建经济的活动中,他们都是最会运用资本主义的机制,以最艰苦的精神最快富裕起来的人。但这样的一对虽然走到了一起,组成了家庭,却享受不到幸福。其原因就是他们身上的"人文"太少。以思嘉来说,她一生的生活大致可以分为三个阶段,支持她的精神的是三样东西:爱情、土地和金钱。然而她对这三种东西的态度,并不是"生存式"的需要,而是"占有式"的"掠夺",她对艾希礼的爱情始终是一种盲目的"占有"的欲望,就是想尽一切手段(甚至可耻的手段)把他弄到手,越是难以实现,就越要实现,但艾希礼是不是真爱她,或者艾希礼真的爱她了,又会不会有真正的幸福,则并非她所关心的事情。对土地和金钱的态度也是如此。她完全被自己的欲望所"异化",成为欲望的机器。这样,在必要的时候,她甚至可以像出卖"物品"一样地出卖自己。如为了弄到庄园所必须缴纳的税款,她竟在一夜之间,不同任何人商量,不惜损害自己的妹妹,就同其妹妹的未婚夫、自己所不爱的人弗兰克结婚,连一点人性也没有。瑞德的具体情况与思嘉有所不同。但投机取巧、诡诈狡猾、损人利己、乘人之危等,与思嘉相比,则有过之而无不及。他们的历史感超过了书中所有的人物,可他们对"人文品格"的丧失也超过了书中所有的人。这样,他们的性格的多重性就表露无遗。通过他们的性格的多重性所反映的现实就获得了真实而丰厚的内涵。艺术的创造性也就隐含其中。

第三,“历史”与“人文”的悖立还反映在思嘉、瑞德这两个人物与媚兰等人物的对比上面。作为缺乏历史感的艾希礼的妻子在作者的笔下是“仁慈”的化身。她心胸的博大,性格的善良,感情的纯洁,待人的宽容,处事的诚挚,爱情的忠贞等,无处不显示出她是一位“贤妻良母”,她的“人文品格”是显而易见的;但是在历史变动时期,在遇到困难或机会的时候,她彷徨等待、无所作为、没有活力、没有力量,又是一位最软弱、苍白的人物。作者情不自禁地赞扬她的美德,她简直是思嘉和瑞德的一面镜子,让思嘉和瑞德在这面镜子面前,感到羞愧。但在他们的“历史”(生活)的重要关头,作者却又把赞美之词给予思嘉和瑞德,他们虽然“不道德”,甚至投机取巧,不择手段,但他们无论在如何艰难困苦的情况下,他们都有足够的智慧和勇气,有豁得出去的冒险和牺牲精神,有那种不达目的绝不罢休的决心和能力。例如,在北军占领了亚特兰大之后,他们偷来了马车,在战火纷飞中,在尸横遍野中,冒着重重的危险,拉着在马车中呻吟的媚兰和她刚出生的孩子,返回庄园。回到庄园后,面对被战争摧残得面目全非的家境,思嘉又以极大的魄力和不怕吃苦以及战胜困难的精神,在绝境中重整家业,并适应资本主义在南部发展的机遇,独立地创出了一个“天下”,从这点上看,他们更像一个新时代的“新人”。因此,反过来,思嘉和瑞德简直又是媚兰和艾希礼的一面镜子,让媚兰和艾希礼在这面镜子面前自叹无能,并映照出他们作为农奴主的代表的不可逆转的没落的必然性。作品客观上通过人物性格的对比,艺术地表现了“历史精神”与“人文关怀”这两者的悖立,这就使作品既非对历史进步的简单歌颂,又非对人文精神的一味赞美。

在有了上面这几点分析之后,我们就不能简单地断定作者米切尔只是站在南方农奴主的立场,来理解和描绘南北战争和南方的战后重建情况。实际上米切尔的艺术视野和价值取向是双重的。她对北方资本主义向南方推进的历史,特别是对推进中的屠杀、破坏,确有严厉的批判,对南方庄园生活的美化和怀念,对媚兰的"仁慈"的赞美,在显示了她历史观的落后的同时,又表现了她对人文精神的神往。但客观上她又通过思嘉、瑞德这两个具有资本主义智慧人物的描写,以及在这两个人物身上所投入的激情,对南方贵族的无可挽回的败落的预示,又显示出作者的人文精神已获得了某种历史的维度。正是她的"历史—人文"双重精神价值的取向暗中在起作用,使她的作品不自觉地"陷入"了"困境"范式:历史进步的背后是人文精神的泯灭,可人文理想光环的闪烁中又拒斥历史的进步。

"历史—人文"双重精神价值取向的本质是,它既要历史的深度,肯定历史发展(包括科技进步)是不以人的意志为转移的,而且对人类的生存是有益的,物质的发展可以而且应该成为发扬人文精神的基础与依托;它同时又要人文深度,肯定人性、人情和人道以及人的感性、灵性、诗性对人的生存的极端重要性。不是在这"两个深度"中进行非此即彼或非彼即此的选择。它假设"历史"与"人文"为对立的两极,并充分肯定这两极紧张关系对文学的诗意表达的重要性和精神价值追求的重要性。

二、历史—人文张力关系的美学化

文学作品历史—人文关系的张力,必须美学化。如果不经过美学化,只是作品的一些思想价值,生硬地呈现在读者面前,甚至以理论的形态呈现在读者面前,那不是审美的文学,也决不能从感情上攫取人心。

恩格斯就说过:"我认为倾向应当从场面和情节中自然而然地流露出来,而不应当特别指点出来;同时我认为作家不必要把他所写的社会冲突的历史的未来的解决办法硬塞给读者。"[①]恩格斯这句话,不仅仅是在一般的劳动中"人是按照美的规律进行创造"(马克思语)的意义上说的,而

---

① [德]恩格斯著:《致敏·考茨基》,《马克思恩格斯论文学艺术》(一),人民文学出版社 1982 年版,第 186 页。

且是专门就文学创作来说的。就是说，文学首先必须是文学，必须具有审美的特征。因此"历史—人文"张力作为文学作品的思想价值，必须溶解于审美的情感与形象中，文学的思想是不能孤立的存在的，它只有借助于作品中的情感和形象才能存在。离开审美的情感和形象来宣讲主题与思想，这与文学无关。俄国批评家别林斯基说："无疑地，艺术首先是艺术，然后才能是一定时期的社会精神和倾向的表现。不管一首诗充满着怎样美好的思想，不管他是多么强烈地反映着当代问题，可是如果里面没有诗，那么，它就不能表现美好的思想和任何问题，我们所能看到的，不过是体现得很坏的美好的企图而已。"[①]别林斯基说得很好。

那么我们如何才能把思想变成诗性的呢？

首先，对于文学作品中的思想必须把它理解为"情致"或"热情"，而不能理解为论文中的观点或日常生活中的议论。这一点黑格尔把作品中的思想理解为"情致"。他的"情致"就是指渗透了人的全部心情的理性的内容。它带有理性的品格，但这一切都与情感粘连在一切。后来别林斯基发展了黑格尔的"情致"说，他说：每篇作品都应该是热情的果实。他认为我们平时说的"这篇作品有思想""那篇作品没有思想"是不准确的。我们应该说："这篇作品有热情"，"这篇作品的热情是什么"。许多人错误地理解作品以外的到处看到的思想，这是不对的。作品的思想就是热情[②]。别林斯基所说的"热情"，就是黑格尔所说的"情致"（朱光潜翻译用词）。这样来理解文学作品中的思想，是正确的。记得，歌德说过，谁要是要求我把《浮士德》的主题思想说出来，那就等于要求我把我的作品重新写一遍。列夫·托尔斯泰也说过相似的话。他们的意思是，文学作品的思想往往是不可意释的。例如一部《红楼梦》的见解和倾向，不是一篇或几篇论文、一部或几部书就能把它说得尽的，《红楼梦》的主旨是什么，作者所表达的见解是什么，它的思想倾向如何，人们已经发表了很

① ［俄］别列金娜选辑：《别林斯基论文学》，梁真译，上海新文艺出版社1958年版，第16页。
② ［俄］别列金娜选辑：《别林斯基论文学》，梁真译，上海新文艺出版社1958年版，第55页。

多意见，争论不休，众说纷纭，为什么？因为《红楼梦》的情致是说不尽道不完的。就是极为简短的作品，如李白的《静夜思》，不过20个字，用“月夜思乡”这样的话来概括，不能说不正确，但也无法把作品的那种思想情感完全说出来。

其次，“历史—人文”的张力作为文学的价值取向，是不能喊出来的，不能直白地说出来的，是要通过情节、情景的描写自然而然地流露出来的。诚如恩格斯所说：“作者的见解越隐蔽，对艺术作品来说就越好。”①所谓作品的见解越隐蔽就越好，就是说要通过场面和情节的描写自然地流露出来。那么怎样才能通过情节和场面的描写而自然地流露出来呢？关键之点在哪里呢？关键之点就是要依靠审美性的艺术描写，作品的思想与倾向融化在艺术描写中，这种艺术描写必然渗透了作家的情感评价，所以历史—人文的价值意义，不是在艺术描写之外，只能在艺术描写之内，读者只要读了那艺术描写，就自然会慢慢地悟到作家所力图表现的历史—人文的价值的张力。

这里我们先举范仲淹的一首词为例。范仲淹（989—1052），江苏吴县（今苏州）人。他出身贫寒，两岁时候父亲就死了，穷困苦学，经过不懈奋斗考中进士，宋仁宗时官至参知政事。他在陕西带兵守卫边塞多年，英勇无畏，西边的西夏不敢来进犯。当时的议论，说他“胸中有数万甲兵”。他在《岳阳楼记》中提出“先天下之忧而忧，后天下之乐而乐”，并且亲自实践。关心国家大事，“每感论天下事，时至泣下”。他的人格为一代乃至几代人所敬仰。他的词作现存五首。在《渔家傲》这首词中，写了守边将士的家国情怀，表现了他的爱国思想之强和思乡之情之浓。《渔家傲·塞下秋来风景异》全文如下：

塞下秋来风景异，衡阳雁去无留意。四面边声连角起。千嶂里，长烟落日孤城闭。　浊酒一杯家万里，燕然未勒归无计。羌管悠

① 陆梅林辑注：《马克思恩格斯论文学艺术》（一），人民文学出版社1982年版，第189页。

悠霜满地。人不寐，将军白发征夫泪。

这首词的大概意思是：秋天来到的时候，边塞的风景格外凄异。连南飞湖南衡阳的雁也没有丝毫留恋的意思。军营的号角响起来了，连同四周的风声、马嘶声，构成了一种特殊的气氛。在高山的屏障的怀抱中，在一抹云烟的笼罩中，夕阳西下，孤独的城楼也紧紧地关闭了。那么，将士们在这孤城中又如何来度过这漫长的夜呢？喝一杯边塞的浊酒，思念起在万里之外的故乡。思念故乡为什么不回去呢？原来还没有把西夏制服，国家的安危还没有保证，还没有为国建立战功，如何能像逃兵那样回去呢？呵，当地的羌人又吹响了他们的羌笛，声音哀怨悠长，此时已是白霜满地了。大家都睡不着，将军的头发白了，战士的泪水又流了下来。

宋仁宗康定、庆历年间，范仲淹节镇西北边塞，在今天的甘肃写下了这首词。1038 年西北李元昊称帝，正式建立政权“夏”，史称“西夏”，在西北边境上，与北宋展开争夺战，给宋朝以严重威胁。康定元年（1040）李元昊攻占延州，宋兵败。在这种情况下，范仲淹被韩琦保荐为龙图阁大学士、陕西经略安抚使，担任延州知州。从此，范仲淹用了三年时间在甘肃庆阳开始了他的抵御西夏的保卫战。他到庆州后，犒赏诸羌，和解仇杀，曾经暗中勾结李元昊的部下 600 余人，受其感召，归顺宋朝。并在通往西夏的要塞大量修建城堡，建立起立体的防御体系。宋仁宗庆历三年（1043），范仲淹到大顺城视察，觉得经过艰苦的备战，抵御西夏的要塞已很坚固，于是吟道：“三月二十七，羌山始见花，将军了边事，春老未还家。”第二年，范仲淹再次到边塞要冲大顺城，写下了《渔家傲》这首词。

范仲淹这首以描写边塞萧条的秋景做衬托，以抒发守边将士爱国和思乡为宗旨的词，正是开了以词抒写比较阔大的情感的先河。后来，苏轼和辛弃疾的豪放派，把范仲淹的这一尝试扩大为词的一大流派。范仲淹的这种在艺术创造上的贡献是值得肯定的。

从思想价值上说，范仲淹这首词最大的特点是表现了历史与人文的张力。将士守卫边疆，坚守"孤城"，深知"燕然未勒归无计"，是不能离开阵地的，即使再思乡，再苦闷，再艰难，也要为保卫国家坚守到底。这样，词就肯定了一种"历史"的要求。联系到宋朝当时西北部的西夏之患，那么这种历史精神、爱国精神就更在这首词中凸显出来。但是肯定了历史精神之后，还要不要一种人文关怀呢？当然要，这样，词中又充分地表现了将士们思乡思念亲人的合理性。"浊酒一杯家万里"，家、亲人在千里万里之外，一杯浊酒怎能消解思乡思亲的苦恼呢？"一杯"与"万里"的对照。另外，词中以环境描写衬托感情。上片写环境，由一个"异"字引起，说明边塞秋天风光的独特性，然后用雁的形象来衬托人的心理。雁况且要南飞，不留念这荒凉之地，那么人怎能耐得住这种凄凉呢？可是为了国家，守卫疆土，还是要忍受这大雁都无法忍受的地方啊！这样词人在肯定了守边的历史精神的同时，又肯定了思乡的必然性和合理性。"燕然未勒"与"家万里"之间形成了一种"张力"。不是要这个，就不要那个，是两个都要。"熊掌"要，"鱼"也要。在这种两者都不能放弃的矛盾中，把将士们的复杂的内心世界通过秋景与人物以及周边的氛围的生动描写展现得很有诗意。"历史—人文"张力的价值经过了具有诗意的艺术描写，而完全美学化了，这是这首词最成功之处。

我一直认为文学的思想价值，是不能直接呈现出来的。它必须而且也可能"隐藏"于审美的艺术描写中，表面看是情节，是情景，是场面，是人物形象，是具体的细节等，但历史的、人文的深厚的思想就隐含在这描写里面。列夫·托尔斯泰对青年作家说：在作品中不要"大谈学问""不要训诫""不要按照自己的意志随便打断和歪曲小说的情节，自己反要跟在它后头，不管它把您引向何方"①。也许托尔斯泰说的话有点片面，但他的意思是，作品的思想价值应该隐含在作为艺术描写的情节中，让情节自然流露出来。这是经验之谈。我们可以进一步补充说，所谓艺术描写、如情节描写，情景描写，都不是枯燥的叙述，而是充满情感评价的描绘，它

---

① ［俄］列夫·托尔斯泰著：《论文学》，戴启篁译，漓江出版社1982年版，第178页。

的具体性和诗性完全融合在一起，这就形成了艺术中的审美。如果对情节和情景进行枯燥地叙述，那么艺术就还是灰色的，只有艺术中的审美形态完成了，那么就像灿烂的阳光照临艺术的大地，作品中的情节和情景都沐浴在辉光中，它鲜蹦活跳，它晶莹剔透，它耀人眼目，它温暖人心，由不得你不感动、不欣喜、不神往。

我以前讲过“审美溶化”论，认为在艺术的审美中，社会、道德、伦理、历史、人文等因素都“溶化”于审美中，如盐溶解于水，“体匿性存，无痕有味”。有人质疑我的说法，说我这是什么不顾作品内容的“审美主义”。我的说法怎么是“审美主义”呢？我强调的是，在艺术作品中，社会的、道德的、伦理的、历史的、人文的价值思想，都有它们的重要地位，只是这些价值思想不是直接呈现于作品的外表，而是溶化于审美形态中，在作品的诗情画意中，在作品的语言、情感和形象中。尽管“溶化”了，盐之“体”似乎藏匿起来了，但盐之“性”仍然存在，即社会的、道德的、伦理的、历史的、人文的价值思想在美学化后仍然存在。所以我至今仍坚持我的这个比喻。

第九章　审美文化：文化诗学建构的支点与方向

1999年，我在《江海学刊》上发表了《文化诗学是可能的》一文，曾认为："从文化视角中来考察和研究文学，这是一个独特的视角。这个视角的意义在于，它不是从文学的微观视角来考察研究文学，而是从宏观的文化视角来考察研究文学。不是从单一的学科来考察文学，而是从跨学科的视角来考察文学。"[①]我至今仍坚持认为，要摆脱文学理论的危机，其路径就在于走"文学的综合性研究"[②]道路。作为一种方法论的变革与更新，我多年来一直倡导的"文化诗学"，则正为文艺理论的蓬勃生机提供了可能。文化诗学不同于过去文艺理论单纯的概念玄辩、逻辑推演，而试图彻底摆脱这种认识论、本质论的陈旧模式，通过深入文学作品的内部研究其文化意义的载体，通过文学的文化样式与异文化之间的影响研究文学与语言、神话、政治、历史、哲学、伦理等文化形态间的互动关系。可以说，通过"文化"的中介或纽带，"文化—诗学"的互动互构，不仅超越了单一的学科视角，还从传统的"内部研究"与"外部研究"的割裂中跳出，为文学研究提供了一条更加

---

① 童庆炳撰：《文化诗学是可能的》，载《江海学刊》1999年第5期。

② 童庆炳撰：《走向文学的综合性研究》，载《中国社会科学报》2014年1月3日。

宽广、更具学理、也更为有机系统的阐释学方法。

当然,正如我在另一篇探讨《"文化诗学"作为文学理论的新构想》一文中所提出的"文化诗学的旨趣首先在它是诗学的,也即它是审美的,是主张诗情画意的,不是反诗意的,非诗意"①的一样,"文化诗学"要坚持文化视野走多学科综合研究之路,其"文化"首先在于它的"诗学"前提与"审美"旨趣,即"审美文化属性"。也就是说,"文化诗学"的基本视点与理论诉求就在于重视和强调文学的审美文化属性。那么,为什么要强调文学的审美文化属性?坚持文学研究的审美文化属性其目的与特色何在?作为"文化诗学"的理论支撑点,"审美文化"与历史语境与文学研究之间又该如何建立互动、互构的关系呢?这就是我们这一章所要重点阐明的问题。

第一节 "诗意的裁判":文学的审美品格与价值诉求

关于文学的"审美文化属性"的重要性,且以刘再复先生的《双典批判》为例谈起。正如该书导言所说,刘先生试图"悬隔审美形式",不作文

---

① 童庆炳撰:《"文化诗学"作为文学理论的新构想》,载《陕西师范大学学报(哲学社会科学版)》2006年第1期。

学批评,而是“直接面对文学作品的精神取向”进行文化批判。依此逻辑,他对这两部历来被视为国人必读的经典名著得出研究结论,认为:“五百年来,危害中国世道人心最大最广泛的文学作品,就是这两部经典。可怕的是,不仅过去,而且现在仍然在影响和破坏中国的人心,并化作中国人的潜意识继续塑造着中国的民族性格”,“这两部小说,正是中国人的地狱之门”①。刘再复得出这一结论的理据在于:“《水浒传》文化,从根本上,是暴力造反文化。造反文化,包括造反环境、造反理由、造反目标、造反主体、造反对象、造反方式等等,这一切全都在《水浒传》中得到呈现”,小说文本蕴含的两大基本命题就是“造反有理”“欲望有罪”;而相较于此,《三国演义》则是“更深刻、更险恶的地狱之门”,因为“《三国演义》是一部心术、心计、权术、权谋、阴谋的大全。三国中,除了关羽、张飞、鲁肃等少数人之外,其他人,特别是主要人物刘备、诸葛亮、孙权、曹操、司马懿等,全戴面具。相比之下,曹操的面具少一些,但其心也黑到极点。这个时代,几乎找不到人格完整的人”②。

毫无疑问,将《水浒传》《三国演义》这样两部历久弥新的“文学经典”视为“灾难之书”,一部搞“暴力崇拜”,一部搞“权术崇拜”,进而“影响和破坏中国的人心”,可谓标新立异,却也耸人听闻。

而刘再复先生之所以得出这一匪夷所思的结论,违反的正是“文学作为一种审美文化”这一根本原则。他所用的不是“文学批评”,而是用“价值观批判”的方法对“文学经典”的重新“解读”,在违背“诗意”的前提下,不仅用“政治批判”肢解和取消了“文学作为文学”的持久永恒的美学魅力,还几乎彻底否定了代表中国古典小说制高点的一大批经典名著,将《三国演义》《水浒传》视为中华民族原形文化的伪形产物,打入了“祸害人心”的“政治冷宫”中。

---

① 刘再复著:《双典批判——对〈水浒传〉和〈三国演义〉的文化批判》,生活·读书·新知三联书店 2010 年版,第 5 页。

② 刘再复著:《双典批判——对〈水浒传〉和〈三国演义〉的文化批判》,生活·读书·新知三联书店 2010 年版,第 27、99 页。

且以《水浒传》中观众喜闻乐见的武松“血洗鸳鸯楼”的片断为例，我们从刘再复的《双典批判》及其对金圣叹评点的评价中便可看出其研究的尺度与偏颇：

> 武松如此滥杀又如此理直气壮，已让我们目瞪口呆了。可是，竟有后人金圣叹对武松的这一行为赞不绝口，和武松一起沉浸于杀人的快乐与兴奋中。武松一路杀过去，金圣叹一路品赏过去。他在评点这段血腥杀戮的文字时，在旁作出欢呼似的批语，像球场上的啦啦队喊叫着：“杀第一个！”“杀第二个！”“杀第三个！”“杀第七个！”“杀第八个！”“杀第十一个、十二个！”“杀第十三个、十四个、十五个”，批语中洋溢着观赏血腥游戏的大快感。当武松把一楼男女斩尽杀绝后自语道：“方才心满意足”，而金圣叹则批上：“六字绝妙好辞。”观赏到武松在壁上书写“杀人者，打虎武松也”时，他更是献给最高级的评语：“奇文、奇笔、奇墨、奇纸。”说“只八个字，亦有打虎之力。文只八字，却有两番异样奇彩在内，真是天地间有数大文也”。一个一路砍杀，一个一路叫好；一个感到心满意足，一个感到心足意满。武松杀人杀得痛快，施耐庵写杀人写得痛快，金圣叹观赏杀人更加痛快，《水浒》的一代又一代读者也感到痛快。……金圣叹和读者这种英雄崇拜，是怎样的一种文化心理？是正常的，还是变态的？是属于人的，还是属于兽的？是属于中国的原形文化心理，还是伪形的中国文化心理？①

从刘先生对《水浒传》以及对金圣叹评点的批判中可以看出，其单一的政治性批判视角是显而易见的。刘再复与金圣叹，前者是“悬隔审美意识”的政治文化批判，而后者则正是基于“审美文化”基础上的审美评价。

---

① 刘再复著：《双典批判——对〈水浒传〉和〈三国演义〉的文化批判》，生活·读书·新知三联书店 2010 年版，第 27 页，第 44—45 页。

这是两人对《水浒传》进行评点的逻辑前提，也是学术立场上的分水岭。刘氏对文本解读的问题在于：他一边要搁置文学批评进行文化批判，而另一边却要反过来对诸如金圣叹的“文学评点”进行大加否定，实可谓前后矛盾，毫无统一的批评“标准”或“原则”可言。

对待同一部文学经典，刘再复之所以得出与金圣叹截然对立的观点，其症结就在于他们“裁判”文学的视角或价值标准在“文学性”与“政治性”的逻辑起点上便发生了分离。金圣叹在评点“血溅鸳鸯楼”时曾明确地指出：“此文妙处，不在写武松心粗手辣，逢人便斫，须要细细看他笔致闲处，笔尖细处，笔法严处，笔力大处，笔路别处。”①非常明显，金圣叹的评点紧扣文学文本，在作品言语的细读品味中，体验人物的形象、动作、心理乃至于文本的表现技法。其意在于“文”，而非“文本”之外的政治伦理的道德谴责。强调“因文生事”，也即是重视从艺术作品的审美形式、叙事结构等文学内部审美规律出发去刻画人物性格，塑造人物典型，从而揭示小说的叙事特点及其艺术价值。金圣叹在《水浒传·序三》中曾言明：

> 《水浒传》所叙，叙一百八人，其人不出绿林，其事不出劫杀，失教丧心，诚不可训。然而吾独欲略其形迹，伸其神理者，盖此书七十回、数十万言，可谓多矣，而举其神理，正如《论语》之一节两节，浏然以清，湛然以明，轩然以新，彼岂非《庄子》《史记》之流哉！②

在此，金圣叹“独略其形迹，伸其神理”也正是注重一种文学的“审美阅读”，而非对“绿林”好汉们“劫杀”“丧心”的政治伦理的社会学批判。《水浒传》如此，《三国演义》亦然。如果我们总如刘再复一样，搁置“审美”的眼光，而从单一的道德伦理的角度去解构文本，那么且不说貂蝉、孙夫人（孙权妹妹）等人物形象仅是一个个“政治马戏团里的动物”，

---

① 金圣叹，李卓吾点评：《水浒传》，中华书局2009年版，第261—262页。
② 金圣叹著：《金圣叹批评本水浒传》“序三”，凤凰出版社2010年版，第6页。

即便如刘备、曹操、诸葛亮、司马懿等家喻户晓、喜闻乐见的人物典型也仅是一批好用儒术、法术、道术、阴阳术的“伪君子”了。如此丰满多姿、栩栩如生、形态各异的人物典型，一旦被纳入到刘再复“悬隔审美形式”的政治视野的“文化批判”中，便个个成了同一模式中机械复制的充满“匪气”“暴力”的“无法无天”的一串“政治符号”了。

从刘再复与金圣叹的分歧中，我们可以清楚地意识到：如果忽视文学自身独特的审美规律，仅从单一的道德伦理的政治性角度去解读文本，进行文化批判，是不可能从中体验到“文学之所以为文学”的美学意涵及其审美快感的。问题的症结在于：用单一的政治性的视角取代了“审美标准”，而非以一种“美学的”眼光，从文学的审美规律出发去分析作品，从中体验文学蕴涵的审美价值。对于类似刘先生《双典批判》中的“批评偏执”，恩格斯早有批评：“我们绝不是从道德的、党派的观点来责备歌德，而是从美学的历史的观点来责备他；我们并不是用道德的、政治的、或‘人的’尺度来衡量他。”[①]正如恩格斯“美学的观点和历史观点，以非常高的，即最高的标准来衡量您的作品”[②]所指出的一样，文学艺术作品的价值，关键在于它具有一种特殊的审美感染力量。而这种艺术的感染力则源自于人们特有的“裁判”——“诗意的裁判”，即是从“美学的历史的观点”进行文学的审美评价，而非道德的、政治的、非审美属性的评判标准。其原因在于：文学所表现的东西并不仅仅只是生活本身，而是作家对社会生活的体验，是作家情感的物化与加工。也正是这种艺术剪裁与加工后形成的情感世界，才铸就了文学经久永恒的魅力与价值。苏珊·朗格在分析长篇小说时也曾批评说：

> 但是它是小说，是诗，它的意义在于详细描绘的情感，而不在于社会学或心理学的理论。正像D·戴克斯教授所说，它的目的简直就

---

① 《马克思恩格斯全集》第4卷，人民出版社1958年版，第257页。
② 《马克思恩格斯选集》第4卷，人民出版社1975年版，第347页。

> 是全部文学的目标,就是完成全部艺术的职能。……今天的多数文学批评家,往往把当代小说当作纪实,而不是当作要取得某种诗的目标的虚构作品来加以赞扬或指责。①

应该承认,“文学是满足人的审美需要的活动,其本质是审美”②。因此,如果我们忽视了《三国演义》《水浒传》作为文学本体的艺术魅力,忽视了作品本身无法替代的独特的美学韵味,而一味地从后现代的政治性视角切入加以社会性的批判,就必然在审美的流失与取代中破坏或肢解文学艺术的文化品位及其诗意内涵,造成“文学经典”解读的庸俗化、浅薄化。

可见,如果放弃文学作为一种“审美文化”这一特质,而采取某种单一学科性质的批评视角,就有可能导致对“经典”诠释的偏颇。正据于此,文化诗学的理论建设,才要坚持文学的审美文化属性,破除单一学科性质的研究视角。只有将理论的基点率先牢牢建立在“审美文化”的土壤上,再对文学加以整体性研究,“文化诗学”才可能摆脱当下理论的困局,肩负起文学理论未来发展的使命。

第二节　认识论—泛文化—审美文化:范式的变革与更新

作为一种摆脱现实危机以适应当下文化生态的理论选择,“文化诗学”要走一条综合多元的整体性革新之路,是由长期以来文学理论自身发展格局以及所遭遇的种种问题所决定的。

自 1949 年以来,文学理论大体存在着三种不同的研究范式:一是受“苏化模式”的话语渗透,在“革命式”的政治性话语传统中秉承马克思唯

---

① [美]苏珊·朗格著:《情感与形式》,刘大基等译,中国社会科学出版社 1986 年版,第 333 页。

② 童庆炳著:《文学活动的美学阐释》,陕西人民出版社 1989 年版,第 78—79 页。

物主义的认识论思维方法；二是受西方文化研究的影响，试图从前一阶段的认识论、本质论的模式中跳出，而转换到日常生活的“泛文化”研究方法上；三是受西方“新历史主义”的话语启发，试图摆脱第一阶段认识论的模式阈限，也反对第二阶段中脱离文学文本的“泛文化研究”模式，但同时又希望将“文化研究”视野纳入到文学研究中，因此，我们提出了“走向文化诗学”的研究方法。在这三种范式中，只有坚持“审美文化”路径，走多学科综合性研究的“文化诗学”之路，才是文艺理论未来发展的必然选择。

一、哲学认识论思维模式

文学理论研究的第一种范式，是很长一段时期内起着支配性作用的哲学认识论思维模式。在美学领域，如蔡仪 1942 年出版的《新艺术论》在讨论艺术与现实的关系时，开宗明义地指出“艺术是认识现实并表现现实的”①，而其学理逻辑则在于是否“正确地反映现实”，是否“符合于客观真理”②。这种哲学认识论思维不仅使得随后出版的《新美学》得出诸如“美在于客观事物，那么由客观事物入手便是美学的唯一正确的途径”③等逻辑结论，还直接导致 1949 年后的“美学大讨论”长期陷于思维对存在的哲学框架中。受限于“主客模式”的认识论阈限，五六十年代关于“美的本质”的论辩其实就是将“唯物—唯心”“主观—客观”的哲学本体论的探求方式简单地移植到美学问题上，进而将美学纳入认识论的框架，并在“思维—存在”的推演中影响了美学的现代性主体意涵。

在文学理论领域，从哲学认识论出发将文学看成是现实真理的认识、反映，同样成为了不容置疑的“金科玉律”而不断沿袭。我们先来看 1953 年由平明出版社推出的盛极一时的季莫菲耶夫的《文学概论》。这套教材不仅将文学“鲜明凸出的特质”确定为它的“形象性”，还认为文学的本

---

① 蔡仪著：《新艺术论》，见《美学论著初编》上册，上海文艺出版社 1982 年版，第 4 页。

② 蔡仪著：《新艺术论》，见《美学论著初编》上册，上海文艺出版社 1982 年版，第 23 页。

③ 蔡仪著：《新美学》，群益出版社 1951 年版，第 17、20 页。

质在于"形象的生活的反映"[①];随后出版的谢皮洛娃的《文艺学概论》依旧如故,认为文学的意义就在于"反映生活并特别积极地促进对社会生活的理解"[②]。同样的问题还反映在本土理论教材的编写中。如由蔡仪主编的《文学概论》即指出"文学是社会生活的反映,社会生活是文学的唯一源泉,只不过文学不同于科学对社会生活的反映,它的基本特征在于'通过形象反映社会生活"[③]。这种思想在以群主编的《文学的基本原理》中同样沿袭,认为"文学艺术的基本特点,在于它用形象反映社会生活",哲学、社会科学和文学、艺术的共同点就其来源和作用看都是"来源于客观世界,是客观存在在人们头脑中反映的产物"[④]。

可以说,这种哲学认识论的思维模式很长一段时期内在中国文艺理论与美学研究中均起着支配性作用,不仅造成文学创作上的公式化、概念化、脸谱化,还对中国文艺理论与美学的学科建设造成了消极的影响。

二、"泛文化研究"模式

文学理论研究的第二种范式,是当下仍较为"火热"的"泛文化研究"模式。这种研究模式率先起于对本土学术语境中长期占据支配地位的认识论、本质论、工具论文艺学模式的反驳,并在西方"文化研究"的译介影响下于八十年代末至九十年代初登场,而后在文学理论与美学的"文化转向"中扮演主角,直至延续到世纪初关于"日常生活审美化"及美学的"生活论转向"中。"泛文化研究"在理论的缘起上深受西方"文化研究"的启发,并希望通过这种话语机制的转换超越传统的局限于经典作家作品的研究,而换以对"文艺的自主性进行历史的、社会学的分析",并在知识社会性的考察与历史自省中超越过去的"认识论文艺学""工具论文艺学"

① [苏]季莫菲耶夫著:《文学概论》,查良铮译,平明出版社1954年版,第127页。
② [苏]谢皮洛娃著:《文艺学概论》,罗叶等译,人民文学出版社1959年版,第13—14页。
③ 蔡仪主编:《文学概论》,人民文学出版社1984年版,第4页,第17—18页。
④ 以群主编:《文学的基本原理》,上海文艺出版社1983年版,第34—35页。

及“本质化文艺学”模式[①]。众所周知，西方“文化研究”主要是指英国伯明翰大学的“当代文化研究中心”（CCCS），如威廉斯与霍尔等人。但他们对文化研究的定义也莫衷一是：或是“日常生活的文化形式和实践”；或是“文化与空间的关系”；或是“探究权利的形形色色，各不相同，包括性别、种族、阶级、殖民主义等等”；或是认为“文化研究是一个人们用来将他们对大众文化的迷恋合法化的技术性词汇”……[②]但在“伯明翰学派”的推动下，文化研究成为了20世纪80年代后最为活跃的一个理论领域，并且这种研究还将注意力从过去以“精英文化”为主体的文化现象推衍到了边缘领域，如大众文化以及与大众密切相关的日常生活领域中。于是，对广告、时装、流行歌曲、摔跤节目等“日常生活现象”的关注与批判成为了文化研究学者“介入社会”的一种方式[③]。

受西方思潮的影响，加上经济的发展以及全球化进程，这种“文化研究”的思路与方法不仅契合了消费之风，还与当代中国知识分子参与并介入社会的热情一拍即合。因此文化市场的兴盛、大众文化的蔓延，文化工业的崛起急需人文知识分子做出应对。而包含现实性批判意识并强调跨学科研究的“文化研究”模式恰好提供了理论的范式。因此，在中国的“文化研究”中，其指向的也仍是日常生活文化、大众文化，它关注大众传媒、关注全球化、关注人的身份认同，展现的是质疑、消解和批判的立场。正如文化研究者所言：“文化研究从它的诞生之日起，就在倡导‘穿越学科边界’的‘跨学科方法’（transdisciplinary approach），也在积极地把文化研究打磨成一种进行社会斗争、从事社会批判的武器。”[④]可见，“文化研究作为一门学科或领域，其开放性的批判是次要的，更为重要的是，文化研究是一种政治层面的强烈介入，是一种文化与权力关系的探讨，是一种

---

① 陶东风、徐艳蕊著：《当代中国的文化批评》，北京大学出版社2006年版，第12—14页。

② 朱立元著：《当代西方文艺理论》，华东师范大学出版社2005年版，第452页。

③ [美]约翰·费斯克著：《理解大众文化》，王晓珏、宋伟杰译，中央编译出版社2001年版。

④ 赵勇著：《透视大众文化》，中国文史出版社2004年版，第15页。

对社会不良政治经济制度和操控舆论的坚决反击和批判”①。因文化研究注重和强调的仍是一种知识社会学的政治性批判，是人文知识分子在社会转型中凸显自己的社会责任意识与参与意识的回应与表达。所以，“文化研究”范式关注的重心已非传统的作家作品，而是“已经完全离开文学研究的传统对象，转而研究一些像城市的空间建构（广场、酒吧、咖啡馆、民俗村、购物中心）、广告、时装、电视现场直播、校庆，等等”②。这种研究倾向与西方文化研究关注“当代文化”“影视大众文化”“边缘文化和亚文化”“权力关系及其运作机制”③等如出一辙。

那么，相较于“自闭性”的哲学认识论范式，这种无限“敞开性”的“超学科甚至是反学科”的“泛文化研究”范式又能否解决文学理论的根本性问题呢？我们的答案是：可以提倡，但需改造。对此，我们认为：“文化研究对于文学理论来说，既是挑战，也是机遇。说它是挑战，就是文化批评对象的转移，解读文本的转移，文学文本可能会在文化批评的视野中消失。说它是机遇，主要是文化批评给文学理论重新迎回来文化的视角，文化的视角将看到一个极为辽阔的天地。”④因“文化研究”引入了跨学科的知识，强调文学与政治、社会、历史、哲学等学科的互动关系，改变了传统的“认识论”模式以及单一性的学科视角，能够极大地拓宽我们文学研究的理论格局，这是它的可取之处；但与此同时，这种脱离文学文本自身而一味与政治社会勾连的“泛文化研究”模式，不仅远离了文学文本，丧失了“文学理论起码的学科品格”，更在“越权”式的承担文化批判、政治学批判、社会学批判的任务中将文学拉向远离文学的疆场⑤。

据上考虑，从学科发展的长远角度看，“泛文化研究”范式因其偏离

① 李圣传撰：《文化与诗学的互构——“文化诗学”与“文化研究”之辨》，载《浙江师范大学学报（社会科学版）》2012年第1期。

② 陶东风、徐艳蕊著：《当代中国的文化批评》，北京大学出版社2006年版，第12—14页。

③ 罗纲、刘象愚主编：《文化研究读本》，中国社会科学出版社2000年版，第1页。

④ 童庆炳撰：《植根于现实土壤的“文化诗学”》，载《文学评论》2001年第6期。

⑤ 李圣传：《文化诗学的理论困境与突围对策》，《福建师范大学学报（哲学社会科学版）》2012年第5期。

文学本体的路向，因而在学科品格的流失中同样不能解决文学理论自身存在的问题。

三、“文化诗学”的研究方法

文学理论研究的第三种范式，即“文化诗学”的研究方法，是对以上两种模式的变革、更新与发展。“文化诗学”始于20世纪90年代初中期而兴于世纪之初，是基于以上两种研究范式均无法或无力解决文学理论存在的问题这一逻辑基础上提出的。它不仅在反思“认识论”范式中重视文学的“他律性”及“文化视野”，也在反思“泛文化研究”范式中强调文学的“自律性”及“审美性品格”。因此，作为一种方法论的变革，通往一条既重视文学的“富于诗意”的“审美性品格”，又关注文本之外的更为广阔的“文化视野”的“文化诗学”之路，成为了文艺理论未来发展的必然选择。其原因在于：

其一，文化诗学采取了多学科综合整体性的研究视野，强调文学与其他学科之间的互动互构关系，这有效防止了哲学认识论思维模式中的思维阈限以及单一性的学科视角，将文学研究引向更深、更广的学理层次提供了理论可能；其二，文化诗学重视“文化研究的视野”，但又坚持“诗学”的落脚点，坚守文学研究的诗意品格，强调文学的“审美文化”属性，因而既更新了文学研究的思维方法，又有效地防止了“泛文化研究”模式中学科品格的流失；其三，文化诗学作为一种方法论的革新，提供了一套既切合文学本体又更加贴近实际的知识话语体系。

纵观当代文艺理论的发展格局，在以上三种历史时空的研究范式中，只有变革更新后的“文化诗学”研究范式，才能在文学与其他学科的互文参照中满足文学与人类社会相互交织而可能出现的话语复杂性这一“现实性实际”，也才能满足多元媒介融合时代下文学不断面临新问题、新对象而传统研究范式又无法涵盖与无力言说这一“理论性实际”。正是在跨学科的广阔文化视野中，我们将文学理论建立在“审美文化属性”这一基础前提下,才有可能提供一套更加全面合理、更加有机系统的“文化诗学”的阐释路径,有效地化解文学研究的方法论危机,肩负起“理论之后”的文艺理论职责。

第三节 “审美文化”作为“文化诗学”场域的原点与支点

“文化诗学”因坚持文学的“审美文化”属性,重视文学艺术与其他文化形态间的互涵互动关系,因而相较于过去的哲学认识论思维模式以及“泛文化研究”范式,它能更加合理有效地化解文艺理论存在的问题。在传统文论研究范式的反思与改进中,也能够将文学研究的理论格局提升到一个更深、更广的高度。正是在这一层面上,才将“审美文化”视为文化诗学建构的原点与支点。

关于“审美文化”,叶朗先生在《现代美学体系》中有着很好的诠释,包括“审美活动的物化产品”“审美活动的观念体系”以及“人的审美行为方式”①。因审美文化与美学及文化学紧密关联,因此,文化诗学强调文学的审美文化特性,这就与一般的非审美文化以及现实中一般的日常生活划开了界限。此外,将文学视为一种审美文化,也即意味着文学中的各种社会的、政治的、经济的、道德的、伦理的思想只有呈现在这一特殊的文学文本之内,这种复杂的审美意蕴及其所包孕的社会学层面的生活内容才具有现实性意义。文化→审美文化→文学,作为渐次深入的领域,文化诗学话语空间产生的知识意义就在于三者合力状态所形成的多元互渗与沟通的整体性场域中。

首先,文学作为一种审美话语,其本身就是一种“审美文化”的表现,正因审美话语的组织结构与表现,才形成了文学语言、文学话语、文学叙

① 叶朗主编:《现代美学体系》,北京大学出版社1999年版,第242—243页。

事与文学修辞等一系列话语组织形式，形成了文学自身独特的审美规律与文化特征。韦勒克、沃伦曾认为“每一件文学作品都只是一种特定语言中文字语汇的选择”，“文学是与语言的各个方面相关联的”①。文学作为一种语言的艺术，一种人的审美创作活动，它必然是一种审美的对象。卡勒也指出：“一部文学作品就是一个审美对象，这是因为在暂时排除或搁置了其他交流功能之后，文学促使读者去思考形式与内容相互间的关系。”②可见，对文学的研究，首先需要高度重视从语言分析入手的文本细读，只有将文本语言作为研究的基础，进而抓住作品中的人物、性格、心理、神态及其社会历史场景，才能完成对文本的“症候性”解读。文化诗学也就是要在语言分析与审美批评的基础上，加入文化的视野，这样也才能在双向拓展中真正揭示文学作品的深层意蕴及其美学寓涵。

其次，“审美文化”为文学艺术确立了一种诗意特性的“格式塔质”，并搭建了“历史理性”与“人文关怀”的价值坐标，还为文学艺术与别的文化形态间的互动互构提供了一套开放的文化系统。学者周宪指出：审美文化的某些领域正被“商业目的和交换价值所取代，‘诗意的’表现转化为‘散文的’工具价值，最终为了实现某种审美之外的商业目标。……文化从诗意状态向散文状态转变的一个重要标志，是艺术越来越放弃它所固有的诗的视野和胸襟，把艺术和日常生活混杂起来，并以一种日常生活的方式来看待艺术，而不是以审美的方式来看待生活”③。这种从“雅趣”向“畸趣”的趣味转变，不仅背离了传统的诗意追求，还消解了文学艺术的审美韵味。而“文化诗学”因强调审美文化，并主张一种“诗意化”的价值旨趣与人文精神，因而恰能对此进行鞭笞与修正，维护文学艺术的精神本色。在此，“历史理性”与“人文关怀”是文化诗学场域中的重要两极，也是评判艺术的重要尺度。“历史—人文”的双重价值尺度不仅体现了作家的情感立场与文学艺术的价值导向，更有效地取代了“过去的那种僵

① ［美］韦勒克、沃伦著：《文学理论》，刘象愚等译，江苏教育出版社2009年版，第195—198页。
② ［美］乔纳森·卡勒著：《文学理论入门》，李平译，译林出版社2008年版，第35页。
③ 周宪著：《中国当代审美文化研究》，北京大学出版社1997年版，第322页。

硬的律条作为批评标准”[1]。此外,因审美文化作为文化系统的一部分,它本身就具有表层文化所具备的属性功能,这就恰好能够为审美文化内层的文学提供一种与母系统——文化之间互涵互动的视野。而人类文化的“‘人性’的圆周”上又是由“语言、神话、艺术、宗教”等形态功能的扇面有机组织而成[2],所以,从文化系统出发审视文学,也就为文学与各个文化扇面之间的相互关系提供一种跨学科研究的可能。因此,文化诗学坚持以“审美文化”作为基点,也正因为它为文学艺术摆脱了过去孤立封闭的文学研究以及单一化学科的批评视角,在开放的文化系统中实现了“文化—审美—文学”的视域融合,为文学的文化研究提供了一条更加广阔而有机的新的方法论范式。

最后,以“审美文化”为中介和辐射,文学、文化与历史之间的张力关系形成了一个循环流动的“力场”,在这相互协同与有机联系的网络关系中,为文学研究深入历史文化语境、深入文学的文化意义载体、深入文本中隐含的意识形态及其人类生产方式提供了多向度的阐释视界。弗雷德里克·杰姆逊曾指出“真正的解释使注意力回到历史本身,既回到作品的历史环境,也回到评论家的历史环境”[3],由此,他认为:“一定文本板结的既定东西和材料在语义上的丰富性与拓展必须发生在三个同心的构架之内:这是一个文本从社会基础意义展开的标志,这些意义的概念首先是‘政治历史’的,狭义地以按时间的事件以其发生时序编年地扩展开来;继之是‘社会的’,现时在构成上的紧张与社会阶级之间斗争在较少历时性和拘于时间意义上的概念;最终,历史在其最宽泛的意义上被构想,即生产方式的顺序和种种人类社会形态的命运和演进之中,从史前期生命到等待我们的无论多么久远的未来史的意义。”[4]根据杰姆逊的理解,一

① 童庆炳著:《美学与当代文化讲演录》,广西师范大学出版社 2007 年版,第 227 页。
② [德]恩斯特·卡西尔著:《人论》,甘阳译,上海译文出版社 1986 年版,第 87 页。
③ [美]弗雷德里克·杰姆逊著:《快感:文化与政治》,王逢振等译,中国社会科学出版社 1998 年版,第 4 页。
④ [美]弗雷德里克·杰姆逊著:《快感:文化与政治》,王逢振等译,中国社会科学出版社 1998 年版,第 67 页。

部作品是在三个渐次展开的阐释视界内呈现:第一层是狭义的个别文本;第二层是扩展到社会秩序的文化现象中的文本,它在宏大的集体和阶级话语形态中被重构;第三层是处于一个新的作为整体人类历史的最终视界。杰姆逊这种"新历史主义"的思维与我们主张的"文化诗学"在方法上具有相似处。这就是说,文学艺术应该走出文本自身的封闭系统,通过"文化系统"的中介,揭示"文学作品、文学作品的社会——文化语境以及二者之间的联系"[①],并在"语境化"(contextualization)与"互文性"(intertextuality)的视域内把握文学的文化内涵。当然,与美国新历史主义文化诗学代表格林布拉特、海登·海特、杰姆逊等人热衷于关注"文本"外的政治社会性的权力意识形态这一路径指向不同的是:中国文化诗学的旨趣更体现在"审美文化"的精神品格中,即通过对文学艺术的批评,承担对社会大众审美文化趣味的培养,担负起社会伦理道德以及日常生活准则的价值引导这一责任。审美文化强调学术品格与文化品位,文艺作品肩负树立和弘扬社会主义核心价值观的使命。因此,文化诗学坚持审美文化的基点不动摇,坚持人文精神的内核不动摇,就必然在适应现实与时代需求的发展中迎来理论发展的蓬勃生机。

---

① [美]海登·怀特著:《评新历史主义》,见张京媛主编:《新历史主义与文学批评》,北京大学出版社1993年版,第96页。

第十章　中外个案:文化诗学理论的成功实践

文化诗学不是今天才有的,实际上无论中外文学理论批评历史上,成功的文学理论建构总是自觉不自觉地要走上文化诗学这条“内外结合”的道路。他们自觉不自觉地感到,文学不能仅仅是形式,也不能仅仅是内容,无论形式与内容都不能不处于一定的历史文化语境之中,最终对于文学本身的解释不能仅仅看文学本身,还要考察产生文学的带有历史文化印记的社会生活。这样一来,凡内外结合的理论批评模式都可以归入到文化诗学的范围里。当然,在中外历代的理论家和批评家那里,有偏重于文学作品的内容和偏重于文学作品形式之分,我们这里准备选择中外文学理论中内外结合得比较好的理论,看看前人与外国人对于文化诗学的成功实践。

第一节　中国文学理论中的“兴”说和“意境”说

中国是一个古老的文学大国,早在 2000 多年前的西周，我们的古人在文学上发现了“兴”，并成功地在诗歌创作中进行了实践，其后在长期的历史过程中形成了“兴”的理论。“意境”说提出得也很早，最晚是唐代提出的，但真正完成则到了晚清时期的王国维的《人间词话》。“兴”与“意境”都从语言进入，通过诗意的中介，形成了一种审美文化修辞，是比较典型的文化诗学。所以特别选择这两说来加以讨论。

一、中国古代文论中的“兴”说

这里说的“兴”，就是“赋比兴”中的“兴”。“赋比兴”的说法早在春秋时代就已经提出，不断积累，终于形成今天中国古代文论的重要学说。最早《周礼·春官·大师》总结：“教六诗，曰风，曰赋，曰比，曰兴，曰雅，曰颂。以六德为之本，以六律为之音。”①汉代《毛诗序》的作者，又根据《周礼》的说法提出了“诗之六义”说：“故诗有六义焉，一曰风，二曰赋，三曰比，四曰兴，五曰雅，六曰颂。”②很明显，风、雅、颂是属于《诗经》的文体分类，赋、比、兴是指什么，则没有说明。后人于是对这个问题展开了研究，获得了成果。

对于《诗经》和后来民歌中“兴”的研究，历来有不同理解。

第一种看法，认为“兴”是言语修辞。如朱熹在《诗集传》中说：“兴

① 《周礼·春官·大师》，见张少康等选注：《先秦两汉文论选》，人民文学出版社1996年版，第253页。

② 《毛诗序》，见张少康等选注：《先秦两汉文论选》，人民文学出版社1999年版，第344页。

者，先言他物以引起所言之辞。比者，以彼物比此物也。”“赋者，敷陈其事，而直言之者也。”①赞成此说的人最多。在朱熹的解说中，强调比兴是一种修辞手段，一种语言技巧。这种看法，得到了广泛的认同，特别是语言学家的赞同。如《王力古汉语字典》也是引朱熹的看法，并解释说兴是一种语言表现手法。从训诂的角度看，认为“兴”是语言表现手法，是有道理的。但作为一种语言解说，用之于非文学著作中是可以的，但用之于文学作品似乎就还隔着一层。因为诗歌的语言是情感的语言，离开情感，单纯从文字训诂的角度，很难把属于情感世界的诗歌解说清楚。实际上，对于这种解说，连朱熹本人有时也是怀疑的。

第二种看法，认为兴是托物兴情，是审美的一种机制。刘勰的“比显兴隐”说，钟嵘的“文已尽意有余”说，宋人李仲蒙的“叙物索物触物”说，近人徐复观新的解说。这四人都属于这一类。钟嵘在《诗品序》中说：“故诗有三义，一曰兴，二曰比，三曰赋，文有尽意有余，兴也；因物喻志，比也；直书其事，寓言写物，赋也。宏斯三义，酌而用之。干之以风力，润之以丹采，使味之者无极，闻之者动心，是诗之至也。”在钟嵘看来，三者都是文学的方法。因为运用赋比兴都要“干之以风力，润之者以采”，最终目的都是要使“味之者无极，闻之者动心”。钟嵘对比和赋的解说，与前人相比，没有提出更新的东西。但是他对兴的解说则很有新意。他说：“文有尽意有余，兴也。”这就把“兴”的含蓄蕴藉的审美功能说得比较清楚。这种看似“与训诂乖殊”（黄侃《〈文心雕龙〉札记》）的解说，“说得不明不白”（黎锦熙《修辞学 · 比兴》篇）的解说，恰恰揭示了“兴”的审美功能，是十分有意义的。因为钟嵘显然体会到用“兴”的作品具有无限绵延的情感，同时也体会到读者在品味用“兴”的作品时必须有情感的投入。既然是“文有尽意有余”，那么就有待于读者的参与，如果没有读者情感的投入，单用训诂的方法去读，是不可能体会出“文有尽意有余”的。钟嵘的这种理解与刘勰的《文心雕龙 · 比兴》篇的“比显兴隐”的观点密切

① 朱熹：《诗集传》卷一，上海古籍出版社1962年版，第1页。

相关。

刘勰在《文心雕龙·比兴》篇中把“比”与“兴”对比起来讲，他的“比显兴隐”的观点，从审美效果立论，特别值得我们重视：“比者，附也；兴者，起也。附理者切类以指事，起情者依微以拟议。起情故兴体以立，附理故比例以生。”[①]比显兴隐[②]。刘勰在这里提出“附理”和“起情”作为比与兴的区别，是很有道理的。

那么什么叫作“附理”，又什么叫作“起情”呢？我们认为在文学抒发的情感中，除了“赋”以外，还有两大类，一种是比较清晰的确定的情感，这种情感具有鲜明的强烈特征，如十分的爱慕，或万分的憎恨，或极端的愤怒，或极度的悲哀等，这种强烈的感情再经过“痛定思痛”“爱定思爱”“恨定思恨”“悲定思悲”之后，可以用词语说出来，往往积淀为一种“理性”，即情感中“附”着了“理”。徐复观说：“比是由感情反省中浮现出的理智所安排的，使主题与客观事物发生关联的自然结果。”这是不错的。例如，某个女人她所爱的丈夫死了，这在当时是十分悲痛的事情。但这件事情如果过了若干年后，那么她也就可以用理性来对待了。这类情感就可“切类以指事”，即根据不同情感的“类”的倾向来采用“比”，适宜于通过“比”的方式来抒发。或者可以这样说，由于这类情感的清晰性、确定性，被“比”的“此物”，与用来比喻的“彼物”之间，经过一番“理智”的安排，即经过“匠心独运”，通过一条“理路”，可以把“彼物”与“此物”联系起来。在这里抒情者是有选择性的，选择甲或乙作为“彼物”，可以有一个理智选择过程，最后产生“比”的“理象”。例如，《诗经·硕鼠》：“硕鼠硕鼠，无食我黍。三岁贯汝，莫我肯顾。逝将去汝，适彼乐土。乐土乐土，爰得我所。”这是普通下层民众对剥削者的极端的愤怒，这种愤怒已经积淀为理智，所以适合于运用“比”的方式。你看，在这首诗中，把剥削者比喻成贼头贼脑的贪得无厌的大老鼠，不是把剥削者的丑恶嘴脸描写得十

---

① 范文澜著：《文心雕龙注》下册，人民文学出版社1958年版，第601页。
② 范文澜著：《文心雕龙注》下册，人民文学出版社1958年版，第601页。

分生动吗？在这比喻的过程，作者虽怀着愤怒的情感，但情感清晰、明确，其中就含有“理智”的因素，本来可以把剥削者比喻成豺狼、虎豹等，但作者经过“匠心独运”的理智的选择，觉得把贪得无厌的剥削者比喻成硕鼠更确切，这就叫作“附理者切类以指事”。刘勰的“附理”二字，尤为精辟，“比”的形象或多或少都有“理”的因素在起作用。换言之，比的事物和被比的事物之间，有一个“理”的中介，通过这个中介，两者的相似点（如剥削者与硕鼠）才被关联起来。由于比要有“理”的中介，所以按照刘勰的说法，其审美效果是“比显”。

刘勰认为兴与比不同，他说：“兴者，起也”，“起情者依微以拟议”。这就是说，在文学抒情中，还有一类情感是比较朦胧的、深微的，不但摸不着，抓不着，而且说不清，道不明，处于所谓“可解不可解”的状况。在这种情况下，就往往自觉不自觉地运用“兴”的方式，即刘勰所说的“起情者依微以拟议”。

宋人李仲蒙的解说也很有意义，他说：“叙物以言情谓之赋，情物尽者也；索物以托情谓之比，情附物者也；触物以起情谓之兴，物动情者也。”① 李仲蒙分别从“叙物”“索物”“触物”的角度来解释“赋、比、兴”。在他看来，作为赋的“叙物”不仅仅是“铺陈其事”，还必须与“言情”相结合，就是说作者既要把情感表现得淋漓尽致，又要把客观的物象描写得真切生动。这就比传统的解释进了一大步，更加符合创作中对于“赋”的要求。唐代许多诗人用“赋”，的确都表现了这样的特点，如杜甫的《北征》《自京赴奉先咏怀五百字》、“三吏三别”，白居易的《长恨歌》与《琵琶行》，主要是用“赋”，却也十分尽情。作为“比”的“索物”，即索取和选择物象以寄托感情，不完全是一个运用比喻手法问题，作者还必须在比喻中表达作者真挚的感情。唐代许多诗歌中的比喻，如李白《春思》：“燕草如碧丝，秦桑低绿枝……”这里用“比”，却以情附物，而不像某些汉赋那样把各种比喻变成单纯词藻的堆砌。作为“兴”的“触物”，由外物的激发以兴情，反过来

① 引自胡寅著：《与李叔易书》，《斐然集》卷十八，《四库全书》本。

又把情感浸透于所描写的物象中。显然，李仲蒙对“赋、比、兴”的解说，最后都归结到一个“情”字上面，这就更符合文学的审美特征，这是很有见地的。

新儒家代表人物徐复观的看法也很有意义。徐复观说：“人类的心灵，仅就情这一面说，有如一个深密无限的磁场；兴所叙述的事物，恰如由磁场所发生的磁性，直接吸住了它所能吸住的事物。因此，兴的事物和诗的主题的关系，不是像比那样，系通过一条理路将两者联系起来，而是由感情所直接搭挂上，沾染上，有如所谓‘拈花惹草’一般；因此即此以来形成一首诗的气氛、情调、韵味、色泽的。”①这个说法是符合实际的，由于诗人的情感是朦胧的，不确定的，没有明确的方向性，他不能明确地比喻，诗人只就这种朦胧的、深微的情感，偶然触景而发，这种景可能是他眼前偶然遇见的，也可能是心中突然浮现的。当这种朦胧深微之情和偶然浮现之景，互相触发，互相吸引，于是朦胧的未定型的情，即刻凝结为一种形象，这种在情景相触而将情感定型的方式就是“兴”。徐复观认为兴的作用在于形成一首诗的“气氛、情调、韵味、色泽”，这“气氛、情调、韵味、色泽”八个字特别精到，很好地解决了前面长期讨论作为“先言他物”的兴句，与“引起的所咏之词”的关系问题：即前两句“兴”句与后面的“所咏之词”，究竟有没有关系？如果有关系，那又是什么关系？是不是仅仅有一种“协韵”的关系？按照徐复观的观点来理解，“兴句”与后面的“情句”是有关系的，但不是单纯的“协韵”的关系。兴句的作用不是标明诗歌主旨，也非概念性说明，兴句所关联的只是诗歌的“气氛、情调、韵味、色泽”，重在加强诗歌的诗情画意。

“气氛”“情调”“韵味”“色泽”对抒情诗歌来说，不是可有可无的，而是至关重要的，从某种意义上说，这虽然不是诗的全部，也是诗性的基本方面。这里可以举一首王昌龄的《从军行》为例：

---

① 徐复观著：《释诗的比兴——重新奠定中国诗的欣赏基础》，台湾学生书局1976年版，第100页。

琵琶起舞换新声，总是关山离别情。

缭乱边愁听不尽，高高秋月照长城。①

首先要说明的是，“兴”在后来的发展，“兴句”不一定放在前面，而可以放到全诗的任何一个位置上，当然也可以放置到后面。这首诗里，兴句是第四句“高高秋月照长城”。全诗写的是“边愁”，似乎前面三句已经把意思写尽，可是加上了“高高秋月照长城”以后，我们的感受有何变化呢？假如说前三句与第四句无关，那么为什么我们读了“高高秋月照长城”之后，如何会有一种无限苍凉、惆怅之感？并会激起对那些守边将士的崇敬之情呢？假如说，后面的“兴句”与前面的句子有关，那么又是什么关系呢？准确地说，又很难说出来。这只能说是后面的兴句，大大增强了守边将士的“边愁”的气氛和情调。如果我们再进一步追问，为什么后面的兴句，会增强边愁的气氛和情调呢？原来“高高秋月照长城”作为似乎是客观的景象，是从主观“边愁”的情感看出，情与景两者已经融合在一起，整个景象都被“边愁”融化了，因而秋月、长城都渗透了无边的“边愁”，而无边“边愁”也融化于秋月、长城中了。这种融合的确是朦胧的，看不出结合的痕迹。这种融合不是什么“匠心独运”，而是一种“神来之笔”。

刘勰、钟嵘、李仲蒙和徐复观这四人对“兴”的具体理解虽然不同，但是有相通之处，即他们都从“兴”与“情”的关系来说明“兴”的意义，都认为“兴”不仅仅是言语修辞手法，更重要的是人的情感的表达，是耐人寻味的审美效应。

但我们要说的是，“兴”不但是言语手法、情感表达和审美效应，同时也与历史文化相关。“兴”作为手法不是固定不变的，作为情感表达和审美效应也不是固定不变的，“兴”的运用总是带有时代的痕迹，不同时代的“兴”带有不同的历史文化内容。我的理解是作为古代文论中的重要的“兴”说，是语言的特殊表现手法，通过审美情感的中介，接通了社会历

① 霍松林主编：《万首唐人绝句校注集评》中册，山西人民出版社1991年版，第163页。

史内涵的一种文化修辞。就是说，朱熹所说的“先言他物，以引起所咏之词”的说法是对的，刘勰所说的“比显兴隐”、钟嵘所说的“文有尽意有余”、李仲蒙所说的“触物以起情”也是对的，但是这些还不够，还应该把“兴”的修辞技巧、审美效应与社会历史文化联系起来。我们的古人有时把“兴”又称为“兴寄”，在兴中要有所寄托。这寄托，当然是与文化精神相关的。我的理解是：首先，中国古代的“兴”是民族文化的产物，是中华民族的文化的产物，受中华民族文化影响深远的朝鲜族、大和民族、越南民族那里，是有“兴”这种文化修辞的。但在西方的民族那里我们就根本不可能在他们的抒情作品中看到这种“先言他物，以引起所咏之词”的文化修辞。他们的抒情作品，可以把景物描写作为抒发情感的背景或空间，或者作为一种纯粹的象征物出现，但不会出现这种与诗的感情若即若离的、亦即亦离的“兴句”或“兴象”。如果我们读一读西方各国的诗歌作品，我们会发现比喻、反讽、张力、象征、转喻、隐喻等修辞，但没有“兴”这种文化修辞，只有中华文化圈或汉字圈的诗歌作品才会有“兴”这种文化修辞。如《诗经》中的“兴”句用了“凤”“麒麟”都只是中华民族才有的。

其次，“兴”的出现与中国氏族社会时期的历史文化密切相关。2000多年前西周春秋时代的先人为什么在《诗三百篇》中总是要在言情句之前，先写描写动植物的兴句呢？这种兴句为何与言情句若即若离呢？你说这两者无关似乎也可以，但你说有关似乎同样可以。例如，在《关雎》中“关关雎鸠，在河之洲”为“兴”句，在《桃夭》里面用“桃之夭夭，灼灼其华”等为“兴”，其中是否附着了历史文化内涵呢？我们发现，《诗三百篇》中所有的“兴句”，所描写的差不多都是动植物。这不是偶然的。中华民族的摇篮在黄河与长江，早在五六千年前的氏族社会时期，我们的祖先就在这里从事耕作与狩猎，他们最为熟悉的就是动植物，对动植物产生了极为深厚的感情，动植物成为他们生活的内在的一部分，甚至成为他们内心的符号。唐代皎然在《诗式》中谈到“比兴”的时候说：“凡禽鱼草木人物名，数万象之中，义类同者，尽入比兴。”这个道理是显而易见的。

如桃花是每年都能看见的，十分熟悉的。红色的桃花，给你以喜气洋洋的感觉，给你以温暖无比的感觉，是春天的生机勃勃的符号，是美好的符号，是向上的符号。《诗经·周南·桃夭》：

> 桃之夭夭，灼灼其华。之子于归，宜其室家。
> 桃之夭夭，有蕡其实。之子于归，宜其家室。
> 桃之夭夭，其叶蓁蓁。之子于归，宜其家人。

这是一首祝福出嫁新娘的诗篇。在这三节诗的前两句都是“兴句”。第一节的兴句，是用以烘托出嫁的喜庆的气氛。第二节和第三节的兴句，所写的是桃花未来会枝繁叶茂，会结出饱满的果实，意味深长，也许就是祝福新娘将来多子多福，家庭热闹火爆，也许是祝愿新娘生活幸福，日子蒸蒸日上。在这里“兴”已经让人联想到了中华民族追求子女众多、绵延后代的文化意蕴。但这种文化意蕴不是现代的，是属于中华氏族社会的。(“孝”——孔子说：“不孝有三，无后为大。”)又如《诗经·小雅·鸿雁》：

> 鸿雁于飞，肃肃其羽。之子于征，劬老于野。爰及矜人，哀此鳏寡。
>
> 鸿雁于飞，集于中泽。之子于垣，百堵皆作。虽则劬劳，其究安宅。
>
> 鸿雁于飞，哀鸣嗷嗷。维此哲人，谓我劬劳。维彼愚人，谓我宣骄。

这首诗写了什么呢？《毛诗序》有解释，其中说：“《鸿雁》，美宣王也。万民离散，不安其居，而能劳来、还定、安集之，至于矜寡，无不得其所焉。”多家解释《诗经》的都对此无异议。都同意这首诗所写的是周宣王时，有过一次自然灾害，同时又遭遇外族入侵。人民流离失所，难民很多，四处流浪，失去了家园。这时候，周宣王派他下面的臣子诸侯、卿、大夫去做安置的工作，使流民返回家园、重建家园。这里“之子”指谁，历来有两种不同的解释，《毛诗》《郑诗》等解释为“诸侯、卿、大夫”，朱熹则解释为流民。实际上，《毛诗》《郑诗》的解释可能比较好。因为诗中说有“爰及”“虽则”的词语，如果把“之子”解释为流民，这些词语就没有着落。最重要的是第三节，“哲人”“愚人”，如果要得到解释，则《毛诗》《郑诗》的解释就比较通畅。意思是说，这些臣子在做安置工作中，有做得好的，有做得不周到的，引起了议论。作者则把肯定他们工作的人称为“哲人”，把否定他们工作的人称为“愚人”。诗的意思弄清楚了，那么我们就要来考察这里的“兴句”：“鸿雁于飞，肃肃其羽”“鸿雁于飞，集于中泽”“鸿雁于飞，哀鸣嗷嗷”。“鸿雁”与流民没有关系，但似乎又有关系。鸿雁在天空翱翔，南来北往，自由自在，可以四处为家。于是联想到在灾难中的流民，特别是那些孤寡可怜的人，四处流浪，饥寒交迫，找不到自己的家园。触物起情，鸿雁成为“哀鸿”，不但那叫声让人感到凄凉，而且满天的鸿雁飞来飞去，烘托了流民四处奔走的艰难困苦景象。“哀鸿遍野”成为后来对流民流离失所的指代。如果这样的分析合理的话，那么“兴”就有三个层面，第一是言语层面，即那三个兴句；第二是审美的层面，即兴句所烘托出流露出的流民四处奔走，找不到家园的鲜活的苦难景象；第三是历史文化的层面，即周宣王时期确有一次自然灾难，流民遍野，不得不派官员去做安置的工作。这首诗由于有《毛诗》的解释，我们得以知道这里的兴句与历史文化的联系。但有很多兴句则由于当时没有作出及时的解释，我们已经无法知道那些诗中的兴句与历史文化的联系了，或者只是触物起兴，表达感情，并无确切具体的历史文化所指。但总体上，可能是有历史文化联系的。如上面所说，在《诗经》的“兴”句中，用“麒麟”（《诗经·周南·麟之趾》）、“凤”（《诗经·大雅·卷阿》），这完全是先人的活跃着生命激情的图腾崇拜的反映，是最古老历史文化的产物。有学者指出，鱼类兴句与当时的生殖崇拜相关，鸟类兴句与当时的鸟类崇拜相关。另外，“兴”

的产生与当时士人委婉的表达的文化时尚有关,欲言情,先触物,情感不是直接说出,而是先宕开一笔,使抒情言说变得委婉含蓄,反映了西周的社会风气。正是在上述的意义上,我们认为,中国古代文论中的重要的“兴”说,是语言的特殊表现手法,通过审美情感的中介,接通了社会历史内涵的一种文化修辞。它开始并没有诗学方法的自觉,但现在我们应该视其为中国最古老的一种文化诗学理论的成功实践。

二、中国文论的“境界”说

境界说的最后完成者是王国维,但其诗学思想最初萌生于魏晋六朝时期,特别是刘勰的《文心雕龙·隐秀》篇的“文外之重旨”的说法为后来的意境理论作了准备。意境理论的正式提出是在唐代。

为什么会在唐代提出“意境”论呢?

唐代的诗歌特别是律诗发展到一个高峰,无论诗人之多,诗歌成就之高都是空前绝后的。这就为诗歌理论的发展准备了最好的条件。唐代有许多诗学成果。唐代诗论最重要的成果之一,就是提出意境说,发展了“象外”说,并把意境说与“象外”说联系起来思考。即认为意境的主要规定是“象外之象”“景外之景”“韵外之致”“言外之意”,反过来又用有没有意境来规定“象外”,两者互释。刘禹锡说:“境生于象外”(《董市武陵集记》),这可以说是以“象外”说解说意境最早最简洁的尝试。在刘禹锡看来,意境有三个层面,第一层次是言语,言语是描写景物和抒发情感的基本元素,没有言语就没有诗歌的形象,即所谓“语象”;第二个层次是“象”。有了象才会有诗情画意;第三个层次就是“境”,境是由语言描写的“象”所开拓的疆界。这三个层次的关系是:语生象,象生境。但“境”在何处呢?“境生于象外”,“境”在深层,人们不能见到,要通过语象的描写,在语象的浅层之外才能追寻到。司空图也是从实境与虚境的联系中来把握意境,“实境”是他的《诗品》中的一品:“清涧之曲,碧松之阴,一客荷樵,一客听琴。”真是“语语如在目前”。那么虚境是什么呢?就是他认为“岂容易可谭哉”的“诗家之景”，即“如蓝田日暖，良玉生烟，可望而不可置于眉睫之前”的“象外之象、景外之景”（《与极浦书》）。他认为意境就在实境与虚境的联系中，特别要于“象外”去寻找。

现当代学人利用唐代的“象外”说来解释艺术意境，成为一种学术时尚，到处可见。如较有代表性的是叶朗教授的解说：“到了唐代，在禅宗思想的推动下，‘意境’的理论就诞生了。什么是‘意境’呢？刘禹锡有句话：‘境生于象外。’这可以看作是对于‘意境’这个范畴最简明的规定。‘境’是对于在时间和空间上有限的‘象’的突破。‘境’当然也是‘象’，但它是在时间和空间上都趋向于无限的‘象’，也就是中国古代艺术家常说的‘象外之象’‘景外之景’。‘境’是‘象’和‘象’外虚空的统一。中国古典美学认为，只有这种‘象外之象’——‘境’，才能体现那个作为宇宙的本体和生命的‘道’（‘气’）。”①意境诞生于唐代，运用唐代的主要诗学观点“象外”说，来解说意境，可能是诸说中理由最充分的。但是用“象外”说来解释“意境”也不是没有问题。关键之点是，“象外之象”，这并非抒情诗本身的某个成分，是一种艺术效应。既然是一种艺术效应，那么离开读者的阅读和接受，所谓的“象外之象”就无从谈起。我们只能说“象外之象”是读者与作者对话的产物，所以如果要以“象外”说解说意境，就还需要读者接受的角度的配合。

我们究竟应怎样来把握意境的丰富的文论内涵呢？这里我们根据古人的论述和今人的研究，加以吸收融合，认为由王国维最后完成的境界是人的生命力活跃所开辟的、寓含人生哲学意味的、情景交融的、具有张力的诗意空间。这种诗意空间是在有读者参与下创造出来的。它是抒情型文学作品的审美理想。在对意境的这一界说中，“情景交融”“哲学意味”“诗意空间”“读者参与”这几点都容易理解，就不多说了。

我认为“生命力的活跃”是意境的最核心的美学内涵，这一点目前的研究论述得十分不够，这里应加以申说。

---

① 叶朗著：《胸中之竹——走向现代之中国美学》，安徽教育出版社 1998 年版，第 54—55 页。

现在学界都承认中国古代意境说的最后总结者是王国维。王国维本人也很自信,他在《人间词话》中说:“言气质,言神韵,不如言境界。有境界,本也,气质、神韵,末也。有境界而二者随之矣。”又说:“沧浪所谓‘兴趣’,阮亭所谓‘神韵’,犹不过道其面目,不若鄙人拈出‘境界’二字为探其本也。”王国维认为他是境界说的提出者,是否有根据呢?因为无论“意境”还是“境界”,前人早有提及,王国维有何理由说意境说是他提出的呢?当然我不认为意境说是王国维最早提出来的。但是我们不能不承认王国维意义上的境界说,王国维做出了突出的贡献。因为王国维的确在前人的基础上,加入了新见。根据我的考察,王国维《人间词话》中以下几条最为重要:

词以境界为最上。有境界则自成高格,自有名句。五代、北宋之词所以独绝者在此。

境非独谓景物也,喜怒哀乐,亦人心中之一境界。故能写真景物、真感情者,谓之有境界,否则谓之无境界。

“红杏枝头春意闹”,著一“闹”字,而境界全出。“云破月来花弄影”,著一“弄”字,而境界全出矣。

尼采谓:“一切文学,余爱以血书者也。”后主之词,真所谓“以血书者”也。

诗人对宇宙人生,须入乎其内,又须出乎其外。入乎其内,故能写之。出乎其外,故能观之。入乎其内,故有生气。出乎其外,故有高致。

> 诗人必有轻视外物之意，故能以奴仆命风月。又必有重视外物之意，故能与花鸟共忧乐。

> “昔为娼家女，今为荡子妇。荡子行不归，空床难独守。”“何不策高足，先据要路津，无为久贫贱，轗轲长苦辛。”可为淫鄙之尤。然无视为淫词、鄙词者，以其真也。五代、北宋之大词人亦然。非无淫词，读之者但觉其亲切动人。非无鄙词，但觉其精力弥满。可知淫词与鄙词之病，非淫与鄙之病，而游词之病也。

以上七条，我们认为是王国维正面论“意境—境界”说最重要的言论。这些论述表达的意义有：(1)诗词以“意境—境界”为上，可以理解为意境是抒情诗的理想；(2)无论是写景的还是写情的，只要是“真”的，都是有境界的；(3)所谓“真”，不仅仅是真实的“真”，同时是真切的感受，生命力的高扬，因为他相信尼采的“一切文学，余爱以血书者也”，这可以看作是德国生命哲学在文学上的体现；(4)对诗人来说，只有有生命力的人，才能在写诗之时既能入乎其内又能出乎其外，才能与花鸟共忧乐，才能有生气；(5)就是淫、鄙之词，只要不“游”，仍觉其亲切动人、精力弥满，因为这淫与鄙，正是人的生命力的表现。如果我们理解不错的话，那么王国维作为意境说的最后总结者，是把生命力的“弥满”，看作是“意境—境界”说的核心。他所讲的生命力观念不但来自古代的“气韵生动”“生气远出”的理想，更重要的是吸收了德国生命哲学的精神。王国维十分熟悉德国的生命哲学，还曾写过《叔本华与尼采》等论文。对于叔本华、尼采的意志理论、欲望理论等十分推崇。不难看出，他正是把中外关于“生命力”的思想汇于一炉，并熔铸于意境理论中。王国维强调的是，只有鲜活的、充溢着生命活力的情景世界，才可能具有意境，否则就没有意境。

也正是基于对“生命力”的赞美，王国维在《人间词话》中认为李煜的词是有意境的，李煜的后期的词是“血书”者也，就是以自己的生命来书写的,不是无病呻吟,也不是玩儿,是生命的节律的颤动。李煜是南唐后主,他在亡国后,过了三年的“此中日夕只以泪洗面”的俘虏生活,尝尽人间苦难,生活的转变,激发了他的生命力,写出了一些颤动着生命律动的词,如他的一首《浪淘沙》:

> 帘外雨潺潺,春意阑珊。罗衾不耐五更寒。梦里不知身是客,一晌贪欢。　独自莫凭栏,无限江山,别时容易见时难。流水落花春去也,天上人间。

上片倒叙,说只有梦里忘记是“客”(俘虏),还能贪恋片刻的欢愉。当梦醒后听到雨声,知道春光即将消尽,五更的寒冷,心头的凄凉,分外使人无法忍受。下片说千万不要去凭栏眺望,隔着无限的江山已不能再看到自己的故园,回想亡国以前的生活与现在的俘虏生活相比,真是有天上人间的区别啊！这首词之所以有意境,最重要的是李煜对自己的前后完全不同的生活有着刻骨铭心的体验,这是他用生命的代价换取来的。王国维在《人间词话》中还举过这样的例子:

> “红杏枝头春意闹”,著一“闹”字,而境界全出。“云破月来花弄影”,著一“弄”字,而境界全出矣。

为什么著一“闹”字而境界全出呢？这不仅因为这个“闹”字使“红杏枝头”与“春意”连为一个整体,而且传达出诗人心灵的情绪、意趣在春天这蓬勃生机之中特有的惬意与舒展,就像春光中的红杏那样活泼热烈和无拘无束,这是生命力活跃的结果。

还有王国维的“隔与不隔”的问题,也应从“生命力的活跃”的角度来理解。王国维在《人间词话》中说:

问隔与不隔之别，曰：陶、谢之诗不隔，延年则稍隔矣；东坡之诗不隔，山谷则稍隔矣。“池塘生春草”，“空梁落燕泥”等二句，妙处唯在不隔。词亦如是。即以一人一词论，如欧阳公《少年游》咏春草上半阕云：“阑干十二独凭春，晴碧远连云。二月三月，千里万里，（此两句倒置）行色苦愁人。”语语都在目前，便是不隔。至云：“谢家池上，江淹浦畔，则隔矣。……”

过去许多研究者总是以用典不用典来加以说明，不用典，所描写的事物显得显豁生动，这便是不隔；用典则似乎隔了一层而不够显豁，这就是隔。这种流行的解释不能说错，但显得肤浅。更深入的解释应该是，所谓“隔”是因为用典过多或过于晦涩，不能生动鲜活地表现事物，不能使所描写的事物灌注诗人的真切的生命体验，从而不能引起读者的想象和共鸣；所谓“不隔”不但是因为“语语如在目前”，更重要的是因为灌注了诗人的真切的感受和生命情感，而使读者的感受、情感也被激发起来了。隔是死的，无生命的；不隔是活的，有生命的，隔与不隔的区别正在这里。意境的灵魂是所描写的对象的生命活跃与高扬，使读者不能不为之动情而进入那特定的诗意时空中去。

如果说王国维对“意境”说有贡献的话，那么我们认为他主要是给“意境—境界”说注入了“生命力”这个重要的观念，强调写词要有真情实感。这一点正是前人未能达到的地方。

那么我们为什么说“境界”说也是文化诗学的成功实践呢？这主要是从司空图到王国维都坚持“境界”有相互联系的三层面：

第一是语言层面，“言外之意”，“其词脱口而出，无矫揉装束之态”，“语语如在目前”，“著一‘闹’字而境界全出”……这些都是言语方面的要求，平易近人，鲜活生动，能真挚传达感情的言语，就是最好的言语。

第二是情感层面，所谓“以血书者也”，所谓“亲切动人”所谓“其言情也必沁人心脾”，所谓“真力弥满”，都是就情感的真切来说的。

第三是文化层面，这个层面正是历来的研究注意得不够的地方。实际上，境界说的真正完成是在王国维这里，王国维为什么要重新建构“境界”说呢？它是针对什么问题而发的？这就不能不让我们来考察王国维的“境界”所产生的历史文化语境。王国维的《人间词话》脱稿于 1910 年 9 月，他当时三十四岁。如果我们考察他的《人间词话》全篇的话，就会发现他针对的是清代的词坛的弊病而发的。按照一般的理解，中国的词作，从唐代末年到南宋可以分为三个时期，第一个时期，是唐末到五代，这个时期的词，多数词在民间，属于“歌者的词”，“伶工之词”，是供演唱的，内容虽然简单，但相思、离别的感情都表现得很真挚，可以说第一个时期的词属于民间文化和歌唱文化，民间的歌唱是必须有真实感情的投入的，否则唱者、听者都会觉得索然无味。第二个时期，就是北宋时期，欧阳修、王安石、苏轼、柳永、秦观、辛弃疾等词家都产生在这个时期。这个时期的特点是民间词转变为文人词，作者是天才的诗人，虽然有些词并不能歌唱，但都来自生活体验，有亲切的感受，有真情实感，意境深邃，犹如唐诗中的盛唐诗歌。这是文人介入了词的创作，把自己的真切的感受渗入词中，词的内容因而丰富阔大起来。词从平民转向文人，属于诗人文化。第三个时期，是南宋时期，讲究词的音律技巧，不重视词的内容，往往缺乏真情实感。用胡适的话来说：“这个时代的词也有几种特征：第一，是重音律而不重内容……这种单有音律而没有意境与情感的词，全没有文学上的价值。第二，这个时代的词侧重咏物又多用古典。他们没有情感，没有意境，却要作词，所以只好作咏物的词。这种词等于文中的八股，诗中的试帖，这是一般词匠的笨把戏，算不得文学。”[①]胡适还举过生动的例子，指出张炎在《词源》里面说，他的父亲作了一首词，其中有“琐窗幽”一句，觉得不协律，就改为“琐窗深”，还是觉得不协律，就再改为“琐窗明”。胡适说，“琐窗幽”改为“琐窗深”还说得过去，改为“琐窗明”，意思与原意完全相反，那么那个窗户是“幽暗”呢还是“明敞”呢？在内容上面全不计较，只求音

① 胡适著：《胡适古典文学研究论集》上册，上海古籍出版社 1988 年版，第 555 页。

律上的和谐，这完全不是词人、诗人，而是“词匠”了①。所以第三个时期的词只能说是模仿性的，是一种“匠人”文化。王国维的境界说所针对的是清代的词的创作多数以南宋的词为宗，以匠人文化为宗，对清代词创作中只重视工巧堆垛风气不满，所以意境说可以说是一种反对清代“匠人文化”的补偏救弊的理论，是一种推崇真切的感受、生命力活跃的创作理论。当然，他的意境论吸收和融合了西方叔本华、尼采的理论，又是中西文化交流的产物。可见，王国维的境界说，一方面是诗学，强调创作要语语如在目前，要有真切感受，真情实感，另一方面它根源于对文化的追求，这就是对北宋词人的文化追求，鼓吹文人的基于生活体验的不拘一格的创造精神；同时又重视对外来文化的吸收，是中西文化结合的产物。正是在这个意义上，我们才说王国维最后完成“意境”说是文化诗学的成功实践。

第二节　俄国文学理论的“复调”说和“狂欢化”说

国外的把“内部研究”与“外部研究”联系起来的理论与批评也不少。这里仅就俄国的巴赫金的“文化诗学”思想做粗浅的介绍。

巴赫金（1895—1975），俄罗斯 20 世纪重要思想家。目前他的著作引起了世界性的影响。巴赫金一生坎坷，他在 20 世纪 20 年代开始学术活动，于 1929 年出版了重要著作《陀思妥耶夫斯基创作问题》，但被埋没。同年因故被判刑五年，被关在北方监狱，后又被流放南方。到 50 年代末 60 年代初，他的名字重新出现在一些会议上面，他的著作也重新出版。1963 年他的《陀思妥耶夫斯基创作问题》更名为《陀思妥耶夫斯基诗学问题》重新出版。1965 年他的学位论文《拉伯雷在现实主义历史中的地位》更名为《拉伯雷的创作与中世纪和文艺复兴时期的民间文化》出版。这

① 胡适著：《胡适古典文学研究论集》上册，上海古籍出版社 1988 年版，第 555 页。

两部著作奠定了他在当时苏联文艺学界的地位。他的成名却在西方。根据统计，从 20 世纪 60 年代末到 80 年代初，西方各国研究巴赫金的著作约 120 多种。80 年代初中国开始关注巴赫金，1998 年出版了 6 卷本《巴赫金全集》。

一、巴赫金的“复调”理论

巴赫金在研究俄国伟大作家陀思妥耶夫斯基的小说的时候，提出了“复调”理论。西方的小说有两个传统，一种是独白型的小说，一种就是所谓复调型小说。

我们首先来了解一下独白型小说。这种小说的主要特点是作者的统一意识贯穿全书，书中的人物都是按照作者的设计构思的。主人公虽然也有独立的思想，但这是作者赋予他的，是作者按照人物的性格逻辑呈现出来的。因此，独白式的小说尽管人物的思想感情各异，但都离不开作者的统一的意识。在独白型小说中，作者对主人公有什么看法，并需要主人公知道，主人公也不会提出异议，因此作者也无需回答。在独白型小说中，作者对主人公最终的评价，本质上是背靠背的评价，作者从来不会考虑主人公的权力，不会与主人公对话，征询他的意见，主人公也无法改变作者对他的评价。因为小说中的所有的一切都在作者的统一意识中。独白型的小说，是作者的世界，对于所有人物的意识来说，它只是作者的对象化，是作者的客体，“其中的一切，都是在作者的包罗万象的、全知全能的视野中观察到的，描绘出来的。”[①]巴赫金举例说，托尔斯泰的小说都是独白型的，托尔斯泰有一篇题为《三死》的小说：故事写了三个人的死，有钱的地主太太、马车夫和树的死。马车夫阿辽沙给一个生病的地主太太赶马车，他在驿站的小茅屋里，从另一个快死的马车夫那里，拿走了一双靴子，因为他快用不着了。这位马车夫死后，活着的马车夫在林子里面砍

① ［苏］巴赫金著：《陀思妥耶夫斯基诗学问题》，白春仁、顾亚铃译，生活·读书·新知三联书店 1988 年版，第 113 页。

了一棵树，用它在坟前做了一个十字架。就这样三个生命和三个死亡在表面上联系起来，实际上托尔斯泰的故事的内在都是封闭的，相互间无关的。巴赫金说："这里没有内在联系，没有不同意识之间的联系，快要死的地主太太，对马车夫和大树的生和死一无所知，它们没有进入她的视野和意识。马车夫的意识里，也没有摄入地主太太和树木。所有这三个角色的生死以及他们的世界，相邻共处于一个客观的世界里，甚至表面上还相互联系着，但相互却一无所知，也没有反映。"①小说中的一切都只是包容在作者的统一的视野和意识里。

其次，我们来谈谈巴赫金的"复调"小说的理论。

那么什么是"复调"小说呢？这是巴赫金在阅读和分析陀思妥耶夫斯基的一系列的作品中，在和别的学者的争论中，提出来的理论。"复调"是一个音乐用语，意思是指各个音调或声部组成的乐曲。巴赫金用"复调"来比喻陀思妥耶夫斯基的小说的特点。巴赫金的"复调"小说理论的要点是什么呢？我们先来看看巴赫金自己是怎样说的：

> 有着众多的各自独立的而不相融和的声音和意识，由具有充分价值的不同声音组成真正的复调——这确是陀思妥耶夫斯基长篇小说的基本特点。在他的作品里，不是众多性格和命运构成一个统一的世界，在作者统一的意识支配下层层展开；这里恰是众多的地位平等的意识连同他们各自的世界，结合在某个统一的世界之中，而相互间不发生融合。陀思妥耶夫斯基笔下的主要人物，在艺术家的艺术构思中，便的确不仅仅是作者议论所表现的客体，而且也是直抒己见的主体。因此，主人公的议论，在这里绝不只局限于普通的刻画性格和展开情节的实际功能（即为描写实际生活所需要）；与此同时，主人公的议论在这里也不是作者本人的思想立场的表现（例如像拜伦

---

① ［苏］巴赫金著：《陀思妥耶夫斯基诗学问题》，白春仁、顾亚铃译，生活·读书·新知三联书店1988年版，第111—112页。

那样)，主人公的意识，在这里被当作另一个人的意识，即他人的意识；可同时并不对象化，不囿于自身，不变成作者意识的单纯客体。①

事实上，陀思妥耶夫斯基的材料中相互极难调合的成分，是分成为几个世界的，分属于几个充分平等的意识。这些成分不是安排在一个人的视野之中，而是分置于几个完整的同等重要的视野之中；不是材料直接结合成为高层次的统一体，而是上述这些世界，这些意识，连同他们的视野，结合成为高层次的统一体，不妨说是第二层次的，亦即复调小说的统一体。②

对陀思妥耶夫斯基来说，生活中一切全是对话，也就是对话性的对立。③

从以上巴赫金对陀思妥耶夫斯基的小说的论述中，我们可以从这样几个方面来理解“复调”小说理论：

第一，小说中人物的独立思想。与独白型小说不同，陀思妥耶夫斯基小说中的主人公具有独立的不受作者控制的思想。每一个人物，都不受作者统一意识和视野的控制，他是独立的自由的，他想他所想，做他所做，不是作者的传声筒，也不是作者的批判对象。主人公的议论不是作者的议论，完全表现主人公的思想立场。这样一来，作者的权力就大大减弱，作者不能背后议论，作者自己也要受到质疑，人物不必理睬作者对自己的干预，作者在小说中失去了全知全能的作用。但这不能说，作者的立场不重要，巴赫金说：“复调小说中作者新的立场具有正面积极的意义。如果认为陀思妥耶夫斯基小说中，作者意识完全没有得到表现，那是荒谬的。复调小说中作者的意识，随时随地都存在于小说中，并且具有高度的积极

① [苏]巴赫金著:《陀思妥耶夫斯基诗学问题》，白春仁、顾亚铃译，生活·读书·新知三联书店1988年版，第29页。

② [苏]巴赫金著:《陀思妥耶夫斯基诗学问题》，白春仁、顾亚铃译，生活·读书·新知三联书店1988年版，第42页。

③ [苏]巴赫金著:《陀思妥耶夫斯基诗学问题》，白春仁、顾亚铃译，生活·读书·新知三联书店1988年版，第79页。

性。”“作者的意识,感到在自己的旁边或自己的面前,存在着平等的他人意识,这些他人意识同作者意识一样,是没有终结、也不可能完成的。”①

第二,小说中人物的思想的充分的平等的价值。每个人物的思想都受到尊重,因为他们之间的思想是平等的,是“地位平等的意识连同他们各自的世界”,作者只是“人类心灵的全部秘密”,作者所写的是“人身上的人”,即不依附于他人的人。无论是大人物,还是小人物,就思想而言,都是地位平等的,都是具有价值的。因此,在陀思妥耶夫斯基的小说中,没有独白型小说中那种“正面人物”和“反面人物”。用巴赫金的话来说:“不管是‘反面人物’还是‘正面人物’,他们的思想都不构成作者描绘的指导原则,因而也起不了组织小说整个世界的作用。”②所以巴赫金认为,尽管有法庭,但审讯者和被审讯者的思想地位是充分平等的。

第三,小说人物的不同思想之间的对话构成了“复调”。巴赫金认为复调小说的核心是不同人物思想之间的平等对话。陀思妥耶夫斯基认为生活的本质是对话,人与人之间的关系是对话。他的小说中的人物的思想交锋也是对话。小说中有多重对话,作者与人物的对话,人物与人物之间的对话,这个人物与那个人物之间的对话,这多重具有不同思想的对话就构成了小说的复调。巴赫金在谈到陀思妥耶夫斯基的小说《罪与罚》的时候,说侦察员波尔菲利与被侦查者拉斯科尔尼科夫之间的三次会见,并不是“侦察审讯”,而是“极为出色的真正的复调对话”③。同时,巴赫金又说明,陀思妥耶夫斯基小说中的对话,既有“大型对话”,又有“微型对话”。“大型对话”是指小说内部与外部的对话,或就整个作品的结构而言,是对话式的,即当作一个“大型对话”来结构。“微型对话”则指“对

---

① [苏]巴赫金著:《陀思妥耶夫斯基诗学问题》,白春仁、顾亚铃译,生活·读书·新知三联书店1988年版,第109页。

② [苏]巴赫金著:《陀思妥耶夫斯基诗学问题》,白春仁、顾亚铃译,生活·读书·新知三联书店1988年版,第55页。

③ [苏]巴赫金著:《陀思妥耶夫斯基诗学问题》,白春仁、顾亚铃译,生活·读书·新知三联书店1988年版,第101页。

话”深入内部，渗入小说的每种语言中，把小说变成了“双声语”，渗入到人物的每一种手势中，每一个面部表情的变化中，这就决定了陀思妥耶夫斯基的小说的基本语言特色就是“微型对话”。什么是“双声语”？什么是“微型对话”呢？巴赫金举了小说《穷人》中的一个例子。他以《穷人》中的杰符什金的语言为例，来加以说明。下面是小说中的一段话：

前两天在私人的谈话中，叶夫斯塔非·依万诺维奇发表意见说，公民最重要的美德就是会赚钱。他开玩笑说(我知道他是开玩笑)，一个人不应该成为任何人的累赘——这就是道德。我没有成为任何人的累赘！我这口面包是我自己的，它虽然只是块普通的面包，有时候甚至又干又硬，但总还有吃的，它是我劳动挣来的，是合法的，我吃它无可指摘。是啊，这也是出于无奈嘛！我自己也知道，我不得不干点抄抄写写的事，可我还是以此自豪，因为我在工作，我在流汗嘛。我抄抄写写到底有什么不对呢！怎么，难道抄写有罪，还是怎么的！他们说：“他在抄写！”可这有什么不对呢？[1]

从这一段看，杰符什金的意识似乎出在别人对他的议论中，他对此很不以为然，因此他的话似乎是在跟人辩论。这里暗含了双声，似乎有两张嘴在说话，而不是一个人在独语。就是说在主人公的自我意识中，渗入了他人对他的看法，在主人公的自我表述中，嵌入了他人议论他的话。他再进行反驳。这就形成了双声话语。巴赫金改用对话的形式对这段话作了改编：

他人：应该会挣钱，不应成为任何人的累赘。可是你成为任何人的累赘。

① [苏]巴赫金著：《陀思妥耶夫斯基诗学问题》，白春仁、顾亚铃译，生活·读书·新知三联书店1988年版，第284—285页。

杰符什金：我没有成为任何人的累赘！我这口面包是我自己的。

他人：这算什么有饭吃啊?！今天有面包，明天就会没有面包。再说是块又干又硬的面包。

杰符什金：它虽然只是块普通的面包，有时候甚至又干又硬，但总还是有吃的，它是我劳动挣来的，是合法的，我吃它无可指摘。

他人：那算什么劳动！不就是抄抄写写吗，你还有什么别的本事。

杰符什金：这也是出于无奈嘛！我自己也知道，我不得不干点抄抄写写的事，可我还是以此自豪。

他人：有什么值得骄傲的。抄抄写写，这可是丢人的事。

杰符什金：我抄抄写写到底有什么不好呢！①

巴赫金认为，在陀思妥耶夫斯基的小说中，这样的例子很多，甚至说：在陀思妥耶夫斯基的后期的小说中，主人公所有重要的自我表述，也都可以拓展为对话，因为它们好像是两种对话融合的产物。但是不同的声音的交锋隐藏得很深，渗透到语言和思想的精微之处。

第四，人物思想不再是作家主体的对象化。在独白型的小说中，人物及其思想不过是作者主体描写的对象、客观，但在复调小说中，这种情况发生了变化。主人公不仅是作者的对象、客体，而且还是主体自身。主人公的意识，被当作另一个人的意识，即他人的意识，不会变成作者意识的单纯的客体。

第五，作品面貌的变化。在独白型小说中，小说主要是通过作者的统一意识，描写人物的性格与命运。但在复调小说中，思想成为了作者表现的主要对象，而环境描写、人物肖像描写、人物性格描写等都大大减弱，思想形象凸显出来。

---

① ［苏］巴赫金著：《陀思妥耶夫斯基诗学问题》，白春仁、顾亚铃译，生活·读书·新知三联书店 1988 年版，第 287—288 页。

第六,复调小说的历史来源。任何一种新的东西都不会绝对的新,它总是有着这样或那样的历史根源。对于欧洲的叙事文学来说,巴赫金说,可以有三个基本的来源:史诗、雄辩术、狂欢节。陀思妥耶夫斯基的复调小说是狂欢节变体形式的发展。欧洲古老的狂欢文化基本上是对话式的。第一个变体是"苏格拉底对话",它是在民间狂欢节的基础上形成的,深刻地渗透着狂欢节的世界感受。苏格拉底关于真理的思考都具有对话的本质,对话的主人公则是一些思想家,对话中也有情节场景,最后实现了思想与形象的结合。随后苏格拉底的对话体解体,又产生了多种对话体,其中最为重要的是以公元前 3 世纪加达拉哲学家梅尼普命名的所谓"梅尼普体"。与"苏格拉底对话"相比,"梅尼普体"增加了笑的比重,有最大胆最不着边际的幻想、惊险故事,有神秘的宗教因素与"粗俗的贫民窟自然主义"的结合,有广博的哲理,出现了所谓三点式结构:情节和对照法的对话,从人间转到奥林普山,再转到地狱,还有闹剧、古怪行径、不得体的演说,还有各种文体的插入,如故事、书信、演说、筵席交谈,此外还有政论文等等。这个文学体裁反映了古希腊古罗马的理想优雅的风度和伦理规范遭受破坏,是一种文化时尚的产物。陀思妥耶夫斯基的复调小说,几乎可以找到"梅尼普体"的全部特征,是古老的梅尼普体的又一次发展,也是当时俄罗斯现实特点的曲折的反映,文化内涵十分丰富。

我们北京师范大学文艺学研究中心的俄罗斯文论专家程正民教授在《巴赫金的文化诗学》一书中也指出"以对话为基础的复调小说的基本特征可以归纳为主体性、对话性和未完成性三个方面"①。他认为:"陀思妥耶夫斯基作品中的主人公是同作者处于平等地位的独立人物,他们之所以能同作者平起平坐,关键在于他们是思想式的人物,有自己的独立价值,有强烈的自我意识,也就是有很强的主体性";而复调小说中人物的思想和意识"是通过对话展开的,这就使得复调小说具有对话性的重要特征";与此同时,由于"对话是开放的,未完成的",因此复调小说的另一个

① 程正民著:《巴赫金的文化诗学》,北京师范大学出版社 2001 年版,第 54—56 页。

重要特征就是它的“未完成性”。

钱中文先生对巴赫金“复调小说”理论的关注也比较早。他在1983年8月31日至9月1日召开的第一届中美双边比较文学研讨会上就做了《“复调小说”及其理论问题》的发言，并发表在1983年第4期的《文艺理论研究》上。钱中文先生详细梳理了巴赫金“复调小说”理论的由来及其存在的问题。他认为由于巴赫金在研究陀思妥耶夫斯基小说时发现了一种与过去“由作者统领全局，虽然其中不同人物相互交织，但不过是一种‘同音齐唱’，是一种‘独白小说’”不同的新的“全面对话的小说”，因此巴赫金称之为“复调小说”，其中“对话”是“复调”的理论基础。钱中文先生认为：“巴赫金的‘复调’理论的独特之处，在于通过它来分析陀思妥耶夫斯基的作品，确实能够引导人们深入到这位俄国作家的艺术世界中去，发现与了解他的别具一格的艺术特征。”①文中，钱中文先生还就人物关系结构、小说结构等的“微型对话”“大型对话”作了具体生动的分析，还进一步就巴赫金“复调小说”理论中“复调”的界限作用提出了自己不同的看法，颇具慧眼。

以“对话”为基础的“复调”理论渗透到陀思妥耶夫斯基小说创作的各个方面，在巴赫金看来，陀思妥耶夫斯基小说中不仅人物是对话的（其中又包含着人物与人物之间的对话，人物内心的对话、人物与作者之间的对话），情节结构是对话的，语言也是对话的（巴赫金认为对话关系是“超语言学的研究对象”，“正是这种关系，这种决定了陀思妥耶夫斯基作品中的语言结构特点的对话关系，在这里引起了我们的注意”②）。这种建立在以“对话”为基础的“复调”小说表现在作品的艺术层面上，不仅使小说的艺术视角、叙事模式较之传统的独白型小说更加富于变化，同时因“对话”带来的艺术视察也由“历史性”向“共时性”发生位移。巴赫金指

---

① 钱中文著：《“复调小说”及其理论问题》，见《钱中文文集》，上海辞书出版社2005年版，第74、82页。

② ［苏］巴赫金著：《陀思妥耶夫斯基诗学问题》，白春仁、顾亚铃译，生活·读书·新知三联书店1988年版，第251页。

出:“陀思妥耶夫斯基艺术观察中的一个基本范畴,不是形成过程,而是同时共存和相互作用。他观察和思考自己的世界,主要是在空间的存在里,而不是在时间的流程中。”①这种共时性的艺术视察也注定了巴赫金在作品分析中夹杂着强烈的时代色彩,具有浓厚的现实问题意识和人文关怀。

巴赫金的复调小说理论之所以是“文化诗学”的成功实践,首先在于巴赫金由内及外,从体裁、语言看出思想文化,又回过来从思想文化考察体裁与语言——即由外而内的分析视角。这种内外结合、双向贯通,“打通”文本内外关联的研究策略正是我们当下学人一直提倡的“文化诗学”研究的基本路径。姚爱斌博士就曾在一篇文章中指出:“文化诗学旨在超越文学理论史上内部研究和外部研究的区分甚至对立,实现内部批评与外部批评的融合与贯通,在此基础上辩证地确立文艺学在新的社会语境和学术语境中所必需的学科品格。文化诗学不仅重视研究语言、形式结构、符号等形式因素,而且重视研究文学作品中所包含的人物、生活、社会、形象、历史、情感、哲理等内容形式;不仅重视文学中的审美性、文学性和诗意等超越性的审美价值,而且重视文学作为文化符号所负载的意识形态、权力争斗、性别差异、族群矛盾等现实内涵。”②林继中教授在实践“文化诗学”时,主张“双向建构”的理念,并将其作为“文化诗学”研究的方法论内核,而他的双向建构理论关键就在于“打通”(打通内外、中西、古今)。李春青教授讲“中国文化诗学”喜欢经常强调“文化诗学的入手处就是重建历史文化语境,只有重建历史语境才能完成从文本的意义世界到文化语境,再从文化语境反过来看文本意义世界这一循环阅读的过程,完成文本意义世界的增殖”。在我看来,无论是林继中教授的“双向建构”还是李春青教授这种“文本—历史文化语境—文本意义世界”三者间循环往复的阐释策略,其实与巴赫金这里所讲的内外结合,打通文本内

---

① [苏]巴赫金著:《陀思妥耶夫斯基诗学问题》,白春仁、顾亚铃译,生活·读书·新知三联书店1988年版,第59页。

② 姚爱斌撰:《移植西方与植根现实——20世纪90年代以来文化诗学研究的两种理论取向》,《黑龙江社会科学》2008年第4期。

外关联都是同一个道理。因此,巴赫金的“复调”理论可以看成是“文化诗学”成功实践的典范。

二、巴赫金的“狂欢化”理论

我们上面所讲的以“对话”为基础的“复调小说”可以追溯到民间底层传统的狂欢节。而在狂欢节仪式中逐渐形成的以平等对话和更替精神为内核的狂欢式的世界感受又通过文学语言成为一种“狂欢化”的诗学理论模式。“狂欢化”这个观点也属于苏联学者巴赫金。巴赫金在研究法国文艺复兴时期的伟大作家拉伯雷的时候,从民俗文化的视野,提出了文学理论“狂欢化”这个理论。主要的著作是出版于1965年的《拉伯雷的创作与中世纪和文艺复兴时期的民间文化》。这个理论引起了世界各国学者的广泛兴趣。认为它也是一种解构主义。实际上这样的解释是不够的。“狂欢化”理论是一种典型的文化诗学,是由于巴赫金丰富的西方中世纪民俗知识积累所形成的理论。拉伯雷是可以与莎士比亚比肩的文艺复兴时期的伟大作家,他的小说《巨人传》具有极高的艺术魅力。但是过去的拉伯雷及其作品总是不能充分被人所理解,这是怎么回事呢?这是由于人们总是用文艺复兴时期建立起来的理性、理想、典雅、规范、标准语言等观念去套拉伯雷的作品,也就是巴赫金所说的“现代文艺学的一个主要不足在于它企图把包括文艺复兴时期在内的整个文学纳入到官方文化的框架内”。巴赫金认为要了解拉伯雷的创作,就必须了解中世纪和文艺复兴时期的民间笑文化。欧洲中世纪的狂欢节一般一年有三个月。在狂欢节的各种活动中,如游行、演出、祭祀等活动中,有扮演小丑、傻瓜、巨人、侏儒和畸形人的极为热闹场面,充满了笑。狂欢节是人们的“第二生活”,在这第二生活中,人们摒弃官方的一套,而达到不受束缚的自由自在的境界,与平时的生活形成鲜明的对比。狂欢节的特征是:

第一,人们摆脱中世纪时期平日生活中的等级关系。狂欢节是无拘无束的,全民性的,统治者和平民在节日中,不能不处于平等的甚至颠倒的地位。这样就使人摆脱一切等级关系、特权、禁令,并从非教会非官方的观点来看世界,置身于原有的制度之外。

第二,人们产生"狂欢节的世界感受"和乌托邦式的思维。由于上面所说的情况,人们在狂欢节中的感受发生了变化。平时要讲究身份、角色、职业等,可在狂欢节时刻,人们不拘形迹,在摆脱上述束缚后,人们回到自身,异化感消失,摆脱神学严肃性,开开僧侣的玩笑。

第三,人们动态的发展的观念的强化。狂欢节的节目和活动,都包含了生死相依,更新与衰落相伴,有盛筵的欢乐,但没有不散的筵席。总是面向未来和发展。这与官方的节日不同。官方的节日无非是庆祝他们的统治的万世永恒、万古长青。总是面向过去。

拉伯雷的小说的诙谐和嘲笑完全是"狂欢化"。他写奇怪的身体,写饮食,写排泄,写性,写骂人的脏话,写广场的欢笑等,巴赫金称为"怪诞现实主义"。如拉伯雷小说中有浇尿和用尿水淹军队的情节。如《巨人传》中高大康把尿浇到巴黎人身上的故事。高大康骑的马在一个浅滩上撒尿,淹没了毕克罗寿的部分军队。还有朝圣者陷入高大康的尿河中的故事。巴赫金分析说:"尿和粪便的形象……是正反同体的。它们既贬低、扼杀又复兴、更生,它们既美好又卑下,在它们身上死与生,分娩的阵痛与临死的挣扎牢不可破地联结在一起。"作品中有许多所谓"广场语言"。如有的章节是这样开始的:"著名的酒友,还有你们,尊敬的花柳病患者……"巴赫金分析说:"在这些称呼中辱骂和赞美混为一体。肯定的最高级与半是骂人的词语'酒友'和'花柳病患者'合而为一。"这是辱骂似的赞美,赞美似的辱骂,对于不拘形迹的广场语言是颇有代表性的。

巴赫金的"狂欢化"理论,从民俗文化的视野来分析作品。这在思想上是很有意义的。最重要之点是:第一,颠覆等级制,主张平等的对话精神;第二,坚持开放性,强调未完成性、变易性、双重性,崇尚交替与变更的精神。在方法论上,则启发我们,研究文学不能仅仅满足于流行的、规范的、教条式的观点,完全可以从民间笑文化的视野吸收营养,另开一扇窗户,来看文学世界。这个方法论具有普遍的意义。

如中国的几部古典长篇小说,都可以从这个新的文化视野进行分析。如《红楼梦》中“玩童闹学”(第九回),就是一次非儒教的狂欢。义学本是读圣贤书的地方,最讲究礼节的地方,如今却发生了带有狂欢性的闹学事件。当这个事件达到顶点时,确有过节般的气氛。“贾瑞急得拦了一回这个,劝一回那个,谁听他的话?肆行大乱。众顽童也有帮着打太平拳助乐的,也有胆小躲过一边的,也有立在桌子上拍着手乱笑的、喝着声叫打的,登时鼎沸起来。”对于整体要枯燥地背诵陈旧的“四书五经”的儿童来说,这次活动,的确是他们的一次狂欢。在狂欢中,他们把儒教的伦理消解了,这只要考察这件事情的起因,以及当时那些污秽的话语,如金荣说秦钟与香怜两人在后院“亲嘴摸屁股”,与“子曰诗云”的儒家道德教条作对比,就可以作出有意味的分析。又如“群芳开夜宴”(第六十三回),怡红院的丫鬟给贾宝玉作生日,把十二钗都请到。吃、喝、玩、游戏,特别是其中作占花名的游戏,差不多玩了个通宵。胡乱歇一歇。芳官竟不知道和贾宝玉同榻。第二天醒来,芳官知道后害羞了,贾宝玉却说:“我竟也不知道了。若知道,给你脸上抹上墨。”不同阶级的人平等对话。阶级在狂欢中消解了。人与人之间都是兄弟姐妹。但这只有在狂欢这一刻才能做到。

巴赫金的“狂欢化”理论也是“由外而内”,再“由内及外”,宣扬了一种消解性的文化心态,也是成功的“文化诗学”的实践。

程正民教授指出,巴赫金的“文化诗学”理论蕴涵是丰富的和多层次的,从哲学层面去看,巴赫金的文化诗学体现了“几千年来全体民众的一种伟大的世界感受”“这种感受张扬平等对话的精神,更替和更新的精神,同时体现了全体民众的一种乌托邦,洋溢着一种快乐的哲学”;从文化层面去看,“巴赫金的诗学体现了一种整体的文化观,一种多元和互动的文化观……它不是一元的而是多元的,同时官方文化和民间文化、上层文化和下层文化、雅文化和俗文化之间的影响不是单方面的,它们之间的关系是一种相互对话、相互渗透和相互作用的互动关系”；从文学层面去看，“巴赫金认为民间狂欢文化对文学的发展有重大影响，而这种影响又是多方面了，既有内容方面，又有形式方面。其中最有理论价值的是他论及狂欢化对作家艺术思维形式的影响和狂欢化对文学体裁形成的影响，他认为小说体裁固有的未完成性、易变性、反规范性、多样性和杂语性，都是同民间狂欢文化所体现的对话精神和更新精神有着深刻的内在联系”；从理论蕴涵来看，巴赫金的文化诗学“在更加广阔的文化背景上，特别是注重在民间文化背景上来理解文学和研究文学”①。

刘庆璋教授也指出，巴赫金独创的“‘复调小说’和‘狂欢化’这两个理论观念从艺术思维这个文学理论基本问题的高度”提出了一个崭新的“作为一种‘全新的艺术思维类型’的‘复调艺术思维’的问题”，巴赫金“从狂欢节及西方古代一切类型的民间节庆、仪式和游艺形式中，概括出一种观察世界的特殊角度，一种特殊的人生体验（他称之为‘狂欢节式的世界感受’），并探讨和阐明狂欢化思维和文学的艺术思维，特别是复调艺术思维的关系。这样，他就不仅建构了独创的小说理论，而且在艺术思维和观察世界、体验人生的哲理方法方面也提出了独树一帜的理论见解。巴赫金的确为我们树立了一个实践与理论结合从而取得伟大成就的榜样。”②

简而言之，巴赫金的“文化诗学”观给我们的启发主要体现在三个方面：其一，在研究方法上，巴赫金提倡一种多元互动的整体性研究。在《答〈新世界〉编辑部问》中，巴赫金首先就指出“文艺学应与文化史建立更紧密的联系，文学是文化不可分割的一部分，脱离了那个时代整个文化的完整语境，是无法理解的”③。其二，在研究立场上，巴赫金主张“对话”，提倡自我的“外位性”研究。他还指出：“创造性的理解不排斥自身，不排斥自己在时间中所占的位置，不摒弃自己的文化，也不忘记任何东西。理解

① 程正民著：《巴赫金的文化诗学》，北京师范大学出版社2001年版，第135—136页。

② 刘庆璋撰：《文化诗学：富于创意的理论工程》，载《漳州师范学院学报》2004年第2期。

③ ［苏］巴赫金撰：《答〈新世界〉编辑部问》，载《新世界》杂志1970年第11期。

者针对他想创造性地加以理解的东西而保持外位性，时间上、空间上、文化上的外位性，对理解来说是件了不起的事……在文化领域内外位性是理解的最强大的推动力。别人的文化只有在他人文化的眼中才能较为充分和深刻地揭示自己（但也不是全部，因为还会有另外的他人文化到来，他们会见得更多，理解得更多）。”①其三，在研究对象上，巴赫金注意到官方严肃文化与滑稽文化之间的对立，他尤其重视民间底层的“狂欢化”文化对文学的影响。法国结构主义大师托多罗夫就曾指出“巴赫金的研究正好填补了一项空白”，因为他揭示了“异端的民众传统广泛地受到歧视”的原因。

需要说明的是，对于巴赫金而言，他的“文化诗学”观的形成，又有其产生的现实语境和历史文化根源，与俄罗斯民族自身深厚的诗学传统紧密相关，在此不想展开。但是，需要特别补充的一点是，巴赫金的“文化诗学”思想，不仅在时间上要早于美国的“新历史主义”学派，而且还对中国当下的文艺理论建设（当然包括文化诗学的建构）形成重大影响，更被新历史主义文化诗学所借鉴和吸收。对“新历史主义”而言，就单拿其主帅格林布拉特来说，他就撷取了巴赫金关于“独白话语”“对话语言学”及“群众欢会”（carnival）等思想，运用于他文艺复兴时期的主题研究中。西方 20 世纪 80 年代初期提倡的“新历史主义文化诗学”，很大的原因之一就是对形式主义、新批评、结构主义强调文本内部研究的反抗，而这一模式早在 20 世纪 40 年代在俄国巴赫金的诗学研究中就已宣告完成。而对中国而言，巴赫金的影子更是处处可见。除了巴赫金关于“复调”“狂欢化”等理论的影响外，他所倡导的那种多元、对话、互动、整体的文化诗学观，对我国文化诗学话语的建构也形成了一定的不可忽视的影响。

巴赫金的诗学思想是较为复杂的，需要大家在读书中慢慢地去体会。他的学术思想，包括从俄罗斯到西方、到中国，都经历了一个逐渐被认识、被阐释的过程，巴赫金的第一批阐释者是法国解构主义者，他们发现了巴

① ［苏］巴赫金撰：《答〈新世界〉编辑部问》，载《新世界》杂志 1970 年第 11 期。

赫金能支持自己学说的观点，于是将它们介绍到西方，巴赫金的思想一经传至西方，由于其理论的研究旨向具有很好的契合度，一时引起了西方学者的高度关注。因巴赫金研究文学的视角极具独特性，他的理论广泛地被女权主义、后殖民主义、解构主义、新历史主义以及文化研究学者所采用。总之，巴赫金的“复调小说”理论、“狂欢化诗学”思想等等，为我们提供了一种辩证互动的、整体性的、多元对话的方法论模式，更为我们研究“文化诗学”树立了一个实践与理论相结合从而取得伟大成就的榜样。

第三节　李白《独坐敬亭山》解读

一、宣城敬亭山的一块碑文

2012 年春天，我到皖南访问，四月四日清明节那天，来到了宣城。朋友们先带我去神往已久的敬亭山。敬亭山已被列为国家森林公园。

那天，宣城空气质量较差，灰蒙蒙的。当我们到达敬亭山脚下的时候，发现车来车往，人群拥挤，喧闹之极。这是一个假日，初春时节，大家都是来踏青的，车水马龙，高兴地大呼小叫，这也可以理解。可为什么会如此人头攒动，如此嘈杂喧嚣呢？在我心中，李白吟咏过的敬亭山，一定是一个风光秀丽而幽静之处。我不免大失所望，心想：这么一座“诗山”竟沦落到如此地步，岂不悲哀？

既然来了也只好跟随人流往山上爬。幸亏爬了不远，就有书法家书写的李白的《独坐敬亭山》诗碑。诗刻在一块大石头上：“众鸟高飞尽，孤云独去闲。相看两不厌，只有敬亭山。”草体字，绿色的，弯弯扭扭，写得怎么样，我还不能判断，反正我的字还没有练到这幅字的这个水平呢。再往上走，终于见到远离路边的一个宁静的小亭，亭子边上有一湖，湖面不宽，水是浑浊的，可亭子旁边的树开花了，红的红，绿的绿，也可以算一景吧。再往上走，就是路边的茶园，一垅一垅，整整齐齐，绿绿的，茶树发了嫩绿的芽，的确可以“养眼”，这可能是我在敬亭山看到的最美的景致了，因为一个从北京那样的大城市走出来的人需要的正是自然景物的这种亲切的“表情”。我漫步走过茶园，欣赏着这些绿色，我感觉到自己不由自主地露出了笑容。

我刚走过这座我喜欢的茶园，就遇到了一座看起来是新建立的白色塑像，一个古装的女子的塑像。她是哪位？走上前一看，底座上写着“玉真公主”四个字。玉真公主，我的记忆立刻被调动起来，我记得她似乎是不少诗人感兴趣的一个对象，这可拨动了我心中唐诗这根美好的琴弦了。在我的记忆中，玉真公主不就是唐玄宗的胞妹吗？她怎么会在这里？旁边有一个今人雕刻的碑文。碑文如下：

> 玉真公主（？—762）系唐朝睿宗皇帝李旦第十女，明皇李隆基胞妹。降世之初母窦氏被执掌皇权的祖母武则天害死。自幼由姑母太平公主扶养，受父皇和姑母敬奉道教影响，豆蔻年华便入道为女冠，号持盈法师，进号上清玄都大洞三景师，封崇昌县主食租赋。入道后云游天下名山，好结有识之士，尤垂青才华横溢的平民道友李白，力荐李白供奉翰林。为圣上潜草诏诰。李白傲视权贵遭谗言而赐金还。玉真公主郁郁寡欢，愤然上书去公主号子罢邑司。据传安史之乱后，她追寻李白隐居敬亭山，直至香消玉殒魂寄斯山，百姓称其安息之地为皇姑坟世代祭拜。“众鸟高飞尽，孤云独去闲。相看两不厌，只有敬亭山”，李白赞美敬亭山的这首诗蕴含着对玉真公主的深切怀念之情。公元二零零一年九月十日许锡照撰文。聂华军书。程家仁刻。安徽省宣城市敬亭山风景名胜区管理处立。安徽省宣城市敬亭山国家森林公园管理处。（原文有点古典味儿。标点为引者所加）

意思是说，李白在长安时，玉真公主力荐李白，入朝供奉为翰林，曾为当时皇帝唐玄宗草拟过诏书。后李白在京城得罪权贵，被令赐金还山，玉真公主郁郁寡欢，为寻李白，隐居敬亭山，后玉真公主死在这里，留下了墓冢，李白得知后多次来敬亭山，写下《独坐敬亭山》这首诗，认为这诗蕴含了对玉真公主深切的感情。她的雕像的周围都是茂密的高高的竹子，所形成的竹林很美。最值得注意的是，她的雕像的后面，有一个用石头圈起来的土堆，说那就是玉真公主的墓冢，可惜早就被人挖掘过，只是留下一个遗址而已。我听着竹林里的风声，似乎是在跟我耳语。当时我想到，假如这个碑文是真的，那么李白在长安时是玉真公主的朋友，是不是她后来流落到这里修道，李白知道了，感念旧情，就到这里来看望她？如果是这样的话，那么李白的《独坐敬亭山》就需要重新解释了。

我们一行勉强爬到一个元代留下的匾额前面，匾额上写着“古昭亭”这几个字。据说敬亭山在东晋司马昭时，为避讳，改敬亭山为古昭亭山，后又改回为敬亭山。这些说法是否真实，也无意追问，就没有再往上登山。实际上这是把美丽的景点错过了。《江南通志》卷十六宁国府：“敬亭山在府城北十里，府志云，古名昭亭，东临宛溪，南俯城闉，烟市风帆，极目如画。”①

我们乘坐的小车出了园门，朋友觉得我在敬亭山没有找到自己的欣赏点，就又领我在敬亭山脚下的右侧，过了一个宽阔的湖面，看了一座今人建筑的占地很宽的装饰得甚为华丽的“弘愿寺”，最后又参观了全国重点文物保护单位宋朝的古迹“双塔”。“双塔”就在敬亭山脚不远处，也属于敬亭山景点，这一景点古色古香，在春花的装扮下，显得生气勃勃，环境也保护得相当好，但这里的游人很少，也许是嫌这个双塔太孤独了。但我心里想的还是敬亭山、玉真公主和李白，特别是假如那碑文所写的是真或假的话，那么对李白的《独坐敬亭山》的意味应作何种解读呢？

---

① 詹锳主编：《李白全诗校注汇释集评》（六），百花文艺出版社 1996 年版，第 3337 页。

二、各家对《独坐敬亭山》的解读

回到北京不久，我就急忙找书，看看前人是如何解读李白的《独坐敬亭山》的。我找到了多种资料，仔细阅读起来。其中富寿荪选，刘拜山、富寿荪评的《千首唐人绝句》上下册，和詹瑛主编的《李白全集校注汇释集评》，都设“集评”专栏，收集了历代文人对唐代这些诗歌的评论，另外还有几种李白诗选中的解释，都给研究者提供了极大的方便。

纵观前人对《独坐敬亭山》的解读与评论，大体可以分为以下三种：

第一，从诗的文字的角度解读，着眼于“独坐”，认为所表达的是“遗世独立”的个性。

如沈德潜《唐诗别裁》：“传‘独坐’之神。”李锳《诗法易简录》：“首二句已绘出‘独坐’神理，三四句偏不从独处写，偏曰‘相看两不厌’，从不独处写出‘独’字，倍觉警妙异常。”由吴昌琪《删订唐诗解》：“鸟尽云去，正言‘独坐’也。”又，俞陛云《诗境浅说续编》：“后二句以山为喻，言世既与我相遗，唯敬亭山色，我不厌看，山亦爱我。夫青山漠漠无情，焉知憎爱，而言不厌我者，乃太白愤世之深，愿遗世独立，索知音于无情之物也。”①又当代著名学者刘永济的《唐人绝句精华》。作者解读《独坐》云：“首二句独坐所见，三四句独坐所感。曰：‘两不厌’，则有相看而厌者，曰‘只有’则有不如此山者。此二句既以见山之神秀，令人领略不尽，亦以见己之赏会，独坐此山。用一‘两’字，便觉山亦有情，而太白之风神，有非尘俗所得知者，知者其山灵乎！”②黄生《唐诗摘抄》：“贤者自表其节，不肯与世推移。”③王尧衢《唐诗合解》卷四：首句：“此为‘独’字写照，众鸟喻世间名利之辈，今皆得意而尽去。”次句：“此‘独’字与上‘尽’字应，非题中‘独’字也。‘孤云’喻世间高隐一流，虽与世相忘，尚有去来之迹。”末二

① 以上几条均见富寿荪选：《千首唐人绝句》下册，上海古籍出版社 1985 年版，第 153—154 页。
② 刘永济选注：《唐人绝句精华》，人民文学出版社 1981 年版，第 45 页。
③ 詹锳主编：《李白全集校注汇释集评》，百花文艺出版社 1996 年版，第 3339 页。

句:“此二句才是‘独’字,鸟飞云去,眼前并无别物,唯看着敬亭山;而敬亭山也似看着我,两相无厌,悠然清净,心目开朗,于敬亭山之外,尚有堪与晤对哉!深得独坐之神。”[1]这些评论都强调“独坐”为本诗关键,但“独坐”又是什么意思呢?评论家从“独坐”想到李白的“遗世独立”的个性,认为李白通过写“独坐”远离尘世,愤世嫉俗,不与名利之辈合流,也不如一般高隐者那样与世相忘,而有“睥睨一世之概”[2]。

第二,从诗的艺术症候去解读,着眼于“两不厌”,认为诗把人的情感灌注于山,山被人格化了。

严羽评点《李太白诗集》:“与寒山一片石语,唯山有耳;与敬亭山相看,唯山有目,不怕聋聩杀世上人。古人胸怀眼界,直如此孤旷。”[3]著名学者林庚说:“李白丰富天真的想象,好像把世界上一切事物都赋予了人的生命。他说:‘相看两不厌,只有敬亭山。’历来都只是人在看山,而李白却想象山也在看人。”[4]又,复旦大学古典文学教研组所编的《李白诗选》对《独坐敬亭山》这首诗只有一句解释:“‘相看句’指人和山彼此相看不厌,这里把山人格化了。”[5]这些解释抓住了此诗的具有症候性之点,体会出人与山相看而不厌,特别是山看人,把山注入了人的生命,人的情感移出于物,使诗意立刻浓郁起来,这都是不错的。

第三,从绝句贵含蓄来说诗,争论诗的高下。

胡应麟《诗薮》内编卷六:“绝句最贵含蓄。青莲‘相看两不厌,只有敬亭山’,亦太分晓。钱起‘始怜幽竹山窗下,不改青阴待我归’。面目犹觉可憎。宋人以为高作,何也?”[6]《唐宋诗醇》的作者不同意胡应麟的看法,说:“宛然‘独坐’神理。胡应麟谓‘绝句贵含蓄,此诗太分晓’,非善说

---

① 詹锳主编:《李白全集校注汇释集评》,百花文艺出版社1996年版,第3340页。
② 富寿荪选:《千首唐人绝句》上册,上海古籍出版社1985年版,第154页。
③ 詹锳主编:《李白全集校注汇释集评》,百花文艺出版社1996年版,第3337页。
④ 林庚著:《诗人李白》,古典文学出版社1957年版,第61页。
⑤ 复旦大学古典文学教研组选注:《李白诗选》,人民文学出版社1963年版,第167页。
⑥ 詹锳主编:《李白全集校注汇释集评》,百花文艺出版社1996年版,第3338页。

诗者。”[①]这种争论可能涉及对唐诗与宋诗的不同理解。实际上，唐诗佳品中，亦有“宋调”，宋诗佳品中也有“唐音”。这无涉于含蓄不含蓄的问题。

以上三种解读虽然不同，但是都有一定的道理。但总的来看，第一种看法从李白遗世独立和傲岸不羁的个性出发，来解读李白的《独坐敬亭山》，似有点牵强附会。因为李白此诗可能写于晚年（见后），李白的一生坎坷，遭遇不少打击，理想无法实现，晚年生活也窘迫，他有“我发已种种，所为竟无成”[②]的感叹，他的意气消失殆尽，再用他早年那种狂傲的飘然的个性来解释这首诗，似乎已经不合时宜了。第三种解读指出了此诗的艺术症候，无疑是对的，但是无法说明李白此时为什么要和敬亭山“相看两不厌”。总的说，上述几种解读，虽然不同，但是有一点是共同的，那就是从文本到文本，没有进入到此诗意脉和所产生的历史语境中，没有找到解读此诗的重要视点。

三、玉真公主与敬亭山、青城山、王屋山

我查到了一些资料，包括网络上的资料。的确，有些网民和报纸的记者，游了敬亭山，看到了敬亭山森林公园内玉真公主的雕像和坟冢之后，就相信了其旁边的碑文，认为玉真公主在安史之乱中来到了敬亭山。如《张家界日报》2008 年 11 月 23 日发表一篇游过敬亭山的作者的文章，其中说：“一心修道的玉真公主闻听李白在敬亭山，于是也追来了，还在山脚下修筑了翠云庵栖身，以待李白再次来到。玉真公主最后死在敬亭山，也葬在敬亭山。写到这里，终于明白了‘相看两不厌，只有敬亭山’的真正含义了！不可否认，玉真公主因为仰慕而爱上李白，虽然她比李白大了近十岁，但是真正的爱情，能以年龄为界限吗？”一家香港报纸也持这种看法。网民的类似的种种八卦式的猜测就更多了。这种看法，是建立在玉

① 詹锳主编：《李白全集校注汇释集评》，百花文艺出版社 1996 年版，第 3340 页。
② 李白著：《留别西河刘少府》，见《李太白全集》中册，中华书局 1977 年版，第 716 页。

真公主来过敬亭山、葬在敬亭山的基础上的。问题是玉真公主真的来过敬亭山吗？真的安葬在敬亭山吗？

我查了《旧唐书》《新唐书》和《资治通鉴》等，还有幸找到了两篇相关的重要文章，分别是郁贤皓发表在《文学遗产》1994 年第 1 期的《李白与玉真公主过从新探》和丁放、袁行霈发表于《北京大学学报》（社会科学版）2004 年第 2 期的《玉真公主考论》，资料翔实，推论合理，澄清了很多关于玉真公主的问题，其中也涉及公主与李白的真正关系问题。现在我们首先要落实玉真公主修炼的“观”有几个，都在何处，最后死于何处，葬于何处的问题，这就不能不涉及玉真公主与敬亭山、玉真公主与四川青城山以及玉真公主与河南的王屋山的关系。

首先来看玉真公主和敬亭山的关系。现在找不到玉真公主在敬亭山修道的直接记载。玉真公主与在宣城住得较久的李白有关系，却与敬亭山完全无关。“玉真公主是太平公主、安乐公主之外，政坛上最为活跃的公主；若论其在文坛的影响，可谓唐代公主第一人。”①玉真公主的确在盛唐时期，与张说、李白、王维、高适、储光羲这些大诗人有过来往，这些诗人都写有关于她的诗；不但如此，在玉真公主去世后，还有卢纶、司空曙、张籍、李群玉、刘禹锡诸诗人的诗中都涉及她。为什么会这样？这首先就是玉真公主与大诗人李白有过交往。李白进京，与玉真公主有关，魏颢的《李翰林集序》云：“白久居峨眉，与旦丘因持盈（玉真公主号）法师达。白亦因之入翰林，名动京师。《大鹏赋》家藏一本，故宾客贺公奇白风骨，呼为谪仙人。”②元丹丘为李白在四川时的好友，李白一生与丹丘来往密切，元丹丘因认识玉真公主，同时又介绍她认识比公主小十岁左右的李白，玉真公主发现了李白的才华，这才推荐和介绍他认识她的亲哥哥唐玄宗李隆基，唐玄宗见到李白后，也惊异于李白的才华，设宴款待他，并聘任他为“翰林”。但另有一种说法，认为李白与唐玄宗之间的推荐人和介绍人不

---

① 丁放、袁行霈撰：《玉真公主考论——以其与盛唐诗坛的关系为归结》，载《北京大学学报（社会科学版）》2004 年第 2 期。

② 詹锳主编：《李白全集校注汇释集评》，百花文艺出版社 1996 年版，第 3 页。

是玉真公主，而是贺知章，《新唐书·李白传》："天宝初，南入会稽，与吴筠善，筠被召，故白亦至长安。往见贺知章，知章见其文，叹曰：'子，谪仙人也！'言于玄宗，召见金銮殿，论当世事，奏颂一篇。帝赐食，亲为调羹，有诏供奉翰林。白犹与饮徒醉于市。帝坐沈香亭子，意有所感，欲得白为乐章，召入，而白已醉，左右以水靧面，稍解，授笔成文，婉丽精切，无留思。帝爱其才，数宴见。白尝侍帝，醉，使高力士脱靴。力士素贵，耻之，擿其诗以激杨贵妃，帝欲官白，妃辄沮止。白自知不为亲近所容，益骜放不自修，与知章、李适之、汝阳王琎、崔宗之、苏晋、张旭、焦遂为'酒八仙人'。恳求还山，帝赐金放还。"①这段文字描写了李白进长安与出长安的经过，整个过程与玉真公主无关。对于本文来说，是玉真公主还是贺知章推荐并介绍李白见唐玄宗，关系不大，可以存而不论。但应肯定的是，李白的确与玉真公主有过较密切的来往，这有李白的三首诗为证：

第一首就是李白写的《玉真仙人词》：

玉真之仙人，时往太华峰。清晨鸣天鼓，飙欻腾双龙。弄电不辍手，行云本无踪。几时入少室，王母应相逢。②

第二、三首是李白的《玉真公主别馆苦雨赠卫尉张卿二首》：

其一

秋坐金张馆，繁阴昼不开。空烟迷雨色，萧飒望中来。翳翳昏垫苦，沉沉忧恨催。清秋何以慰，白酒盈吾杯。吟咏思管乐，此人已成灰。独酌聊自勉，谁贵经纶才。弹剑谢公子，无鱼良可哀。

---

① 欧阳修、宋祁撰：《新唐书》，中华书局1975年版，第5762—5763页。

② 詹锳主编：《李白全集校注汇释集评》，百花文艺出版社1996年版，第1220页。

其二

苦雨思白日，浮云何由卷。稷契和天人，阴阳乃骄蹇。秋霖剧倒井，昏雾横绝巘。欲往咫尺途，遂成山川限。潀潀奔溜闻，浩浩惊波转。泥沙塞中途，牛马不可辨。饥从漂母食，闲缀羽陵简。园家逢秋蔬，藜藿不满眼。蟏蛸结思幽，蟋蟀伤褊浅。厨灶无青烟，刀机生绿藓。投箸解鹔鹴，换酒醉北堂。丹徒布衣者，慷慨未可量。何时黄金盘，一斛荐槟榔。功成拂衣去，摇曳沧洲傍。①

前一首诗，称玉真公主为仙人，说她的本事如何了得，过于夸大，带有逢迎的味道。所以明人批"近俗"②。后一首是发牢骚的诗，觉得自己是"经纶才"，但没有人赏识，只能在饮酒中度日。这首诗可能是李白在长安遭受挫折后写给他的朋友的。这个朋友姓张，官位为"卫尉"，具体是何人，还不可查。但从本诗看，李白表明是在玉真公主的"别馆"所写，所以李白与玉真公主有较深的关系，是可以肯定的。纵观以上材料，后来久住宣城的李白，在早年进长安之后与玉真公主有过来往：一是李白见到唐玄宗，并为唐玄宗所赏识，与作为唐玄宗的胞妹玉真公主的力荐有关；二是李白似到过玉真公主的一个住处，即"别馆"，在长安时期，与玉真公主过从较深。此外我们得不出别的结论。从目前所能找到的证据看，玉真公主一生从未到过安徽宣城敬亭山，更没有在敬亭山出家修道。目前敬亭山公园所刻的那个玉真公主追随李白到敬亭山，并在此建道观修行，并说玉真公主死后安葬于此，是毫无根据的，因此说《独坐敬亭山》"这首诗蕴含着对玉真公主的深切怀念之情"是不实之词，也是毫无根据的。

其次，玉真公主与青城山。说玉真公主在今四川都江堰青城山修道并最后安葬于此的根据，是南宋时期王象之编纂的地理总志《舆地纪

---

① 詹锳主编：《李白全集校注汇释集评》，百花文艺出版社 1996 年版，第 1305—1315 页。

② 詹锳主编：《李白全集校注汇释集评》，百花文艺出版社 1996 年版，第 1222 页。

胜》。其中有两条涉及玉真公主："轩辕台在延庆观后，有石龛，中有天尊像及（玄宗）移观手诏碑，并开元二年玉真、金仙二公主等像。"按这条记载只能说明南宋时期青城山的"石龛"中有玉真公主和金仙公主两人的雕像，并不能说明别的什么。《舆地纪胜》的另一条是："唐玉真公主，睿宗第八女也，与金仙公主皆隶道，入蜀居天仓山，其后羽化，葬于山侧。今储福观有铜铸明皇、公主二像。"这一条说青城山有玉真公主在天苍山修道，后羽化，安葬的墓地在山侧。但《旧唐书·李辅国传》云："上皇自蜀还京，居兴庆宫，肃宗自夹城中起居。上皇时召伶官奏乐，持盈公主往来宫中，辅国常阴候其隙而间之。上元元年，上皇尝登长庆楼，与公主语，剑南奏事官过朝谒，上皇令公主及如仙媛作主人。辅国起微贱，贵达日近，不为上皇左右所礼，虑恩顾或衰，乃潜画奇谋以自顾。因持盈待客，乃奏云：'南内有异谋。'矫诏移上皇居西内，送持盈于玉真观，高力士等皆坐流窜。"[①]又，《资治通鉴·唐纪三十七》记载："上皇（玄宗）爱兴庆宫，自蜀归，即居之。上时自夹城往起居，上皇亦间至大明宫。左龙武大将军陈玄礼、内侍监高力士久侍卫上皇。上又命玉真公主、如仙媛、内侍王承恩、魏悦及梨园子弟常娱侍左右。"[②]《旧唐书》《资治通鉴》与《舆地纪胜》相比，当然是前者更可靠。这就是说，唐玄宗李隆基在"安史之乱"起（天宝十四载，公元755年），平叛不利，远走蜀地，后其儿子肃宗接任，平叛成功，他当太上皇回到长安期间，玉真公主一直都在他胞兄李隆基身边侍候。玉真公主可能随李隆基入蜀时到过青城山，但李隆基在"安史之乱"平息后，玉真公主也随其胞兄一起回到长安，一直在太上皇左右。此后，玉真公主年近七十，再没有入蜀再到青城山修道之理，更不可能死在青城山，并安葬于彼。

最后，玉真公主与王屋山。玉真公主二十岁出家修道，在长安、洛阳和王屋山各有一个道观。其在长安的道观是其父亲唐睿宗李旦给盖的，

---

① 刘昫著：《旧唐书》，中华书局1975年版，第4759页。

② 司马光编著：《资治通鉴》，中华书局2007年版，第2729页。

十分奢华,花钱太多,引起朝野争议,这在《旧唐书》《新唐书》和《唐会要》中都有明确记载,因与本文关系不大,不赘。玉真公主在王屋山的道观名为“都灵观”。《全唐文》卷九二七蔡玮《唐东京道门威仪使圣真元元两观主清虚洞府灵都仙台贞元先生张尊师遗烈碑》云:“我唐玉真公主于台下构馆,为集灵先之都,元风嘉声,信万古之同德,其地即古奉仙观。”这里所说的“灵都仙台”即王屋山的仙人台下。玉真公主为什么要把自己的道观建在这里,因为她的修道老师是司马承祯,而司马承祯修行之地就在王屋山,这有《旧唐书·司马承祯传》为证。玉真公主最后的修炼之地不但在王屋山,最后也死在王屋山。《明一统志》卷二十八云:“灵都宫,在济源县西三十里尚书谷,唐玉真公主升仙处。”最后,玉真公主安葬在这里是自然之理。

以上三点,排除了玉真公主所谓追随李白,到安徽宣城敬亭山修道,并安葬于敬亭山的说法,也相应地排除了用假冒的“历史事实”来解读李白的《独坐敬亭山》的可能。李白的《独坐敬亭山》的意义应另作新解。

四、从李白晚年的处境来解读《独坐敬亭山》

我们要想解读李白的《独坐敬亭山》,先要解决两个问题:一是确定这首诗的创作年代,以便能在历史语境中来解释它;二是我们要寻找到一个恰当的解释的方法,而不能仅凭读诗的印象来进行解读。

《独坐敬亭山》写于李白晚年,这是研究者的一致看法。当然这首诗究竟是写于哪一年,由于作者未注明,又无法从诗中找出确证,所以研究者的看法又不尽一致。

詹瑛《李白诗文系年》认为这是天宝十二载(753)李白 53 岁时的作品。但根据不明。这就要看李白一生有几次到过宣城。看看李白哪一次到宣城后的感情与《独坐敬亭山》所表现的感情谱系最为接近。根据有的作者考证,李白在离开长安之后,一生起码有四次到过宣城。

第一次到宣城是天宝十二载秋天,李白 53 岁,有《寄从弟宣州城长史昭》《宣州长史弟昭赠余琴，溪中双鹤舞，诗以见志》以及《宣州谢朓楼饯别校书叔云》《秋登宣城谢朓北楼》等诗为证。这一年李昭任宣城长史，李白因与昭有交情，特来拜见。从这段时间所写诗传达出的感情看，虽然有“愁”，但所宣泄的还是自己的才能不被理解，不能“安社稷”“济苍生”的烦恼，是一种孤寂之愁。在诗的字里行间，仍然有奋发向上理想，有时还很高涨，如他在谢朓楼饯别李华时，尽管是“抽刀断水水更流，举杯消愁愁更愁”，但仍然歌唱出“俱怀逸兴壮思飞，欲上青天揽明月”的强音。詹瑛先生认为《独坐敬亭山》创作于这个时段，这显然不合此时李白的心境。

第二次到宣城是天宝十四载(755)夏天，李白 55 岁。这有《赠宣城赵太守悦》《江上答崔宣城》等诗为证。赵悦为李白的朋友，天宝十载(751)夏，赵悦自淮阴迁任宣城，这是有案可查的。李白这首赠诗，分四段：第一段歌颂赵氏先辈如何声名显赫；第二段歌颂赵悦本人如何贤能；第三段歌颂赵悦光荣的发迹过程；第四段则主要写李白希望借重赵悦的地位，得到提拔，而施展自己的才华，其中句子有“愿借羲和景，为人照覆盆。溟海不震荡，何由纵鹏鲲。所期要津日，倜傥假腾骞”。此时安史之乱还未爆发，所以李白还是想找机会，去施展自己的才能。这个时间段，李白的心态仍然十分积极，不可能写出《独坐敬亭山》那种孤寂的诗句。

第三次到宣城是肃宗上元元年(760)，李白 60 岁，离去世仅剩一年余。这次到宣城有《经乱后将避地剡中，留赠崔宣城》《赠宣城宇文太守兼呈崔侍御》等多首诗为证。《经乱后将避地剡中，留赠崔宣城》：“中原走豺虎，烈火焚宗庙。”“四海望长安，颦眉寡西笑。苍生疑落叶，白骨空相吊。连兵似雪山，破敌谁能料。”“崔子贤主人，欢娱每相召。”很显然，这是李白在安史之乱后到宣城。这里的“崔子”即“崔宣城”，也即崔钦。天宝十四载即为宣城县令，安史之乱后仍为宣城县令。这次又“召”李白到宣城。但我们从《赠宣城宇文太守兼呈崔侍御》一诗中“无风难破浪，失计长江边”的句子中，可以知道，这是指至德二载(757)永王兵败丹江事。57 岁的李白其时正在永王幕府中，他自丹阳南逃，旋被捕入寻阳狱中。58 岁时，李白被流放夜郎，至白帝城已是第二年春三月，遇大赦，坐船返江陵。在流放返回江南后，李白由崔钦县令相邀再次进入宣城。李白一生有两大理想，一是“扶社稷”“济苍生”，二是“求仙访道”，但经过安史之乱之后，特别是他进入永王幕府，被判罪流放夜郎遇赦返回江南之后，他已经到了花甲之年，贫病交加，他的雄心壮志随风飘散。所以这第三次到宣城，已经没有先前的种种豪言壮语。《赠宣城宇文太守兼呈崔侍御》第四段末是这样写的：“……据鞍空矍铄，壮志竟谁宣？蹉跎复来归，忧恨坐相煎。无风难破浪，失计长江边。危苦惜颓光，金波忽三圆。时游敬亭上，闲听松风眠。或弄宛溪月，虚舟信洄沿。颜公三十万，尽付酒家钱。兴发每取之，聊向醉中仙。过此无一事，静谈《秋水》篇。”意思是说，我虽老壮如马援，可徒有壮志，竟无所成，蹉跎岁月，忧恨归家。就像那善操舟之人，无风可乘，也就无法破万里浪，甚至失计，困于江岸，淹留度日，月三圆而时间已晚了。我只好游敬亭山，听着松涛而入眠，或者泛宛溪而弄水月，用尽沽酒之钱，以沉入醉乡，或读读《庄子・秋水》篇，以求养生之术，我还能做什么呢？情绪的消沉，不但从诗的内容中显现出来，也从诗的语调中流露出来。这种感情谱系与《独坐敬亭山》所抒发的孤寂之情是一致的。因此《独坐敬亭山》作于李白 60 岁第三次到宣城之时的可能性是最大的。

第四次到宣城是宝应元年（762），是年唐玄宗（78 岁）、唐肃宗（52 岁）先后去世。唐代宗（年号宝应）即位。李白 62 岁。李白从金陵到当涂，依附族叔李阳冰。李阳冰比李白年轻，其时为当涂令。李白可能于晚春三月，最后一次游宣城，其情绪之低落，不言而喻。秋天回到当涂。病情加重，不久去世。这次到宣城，也有诗作。《独坐敬亭山》写于这最后一次宣城之旅时也是可能的[①]。

---

① 关于李白四次宣城之旅，参考了武承权著：《李白疑案新论》，陕西人民出版社 2002 年版，第 167—170 页。

以上资料,大体上可以证明《独坐敬亭山》一诗写于李白生活的晚年,即去世那一年,或去世前一年。因为只有这两年,李白的情感色调与其感情谱系的变化是相符的。

下面,我将寻找解读这首诗的方法。解读的方法应与盛唐时期的诗歌创作的追求,以及李白诗歌创作的艺术追求一致。

自六朝到唐代,中国诗歌发生了很大的变化,第一是唐代律诗形式完全成熟,并进入一个兴盛时期;第二是唐诗就其多少而言都是讲"兴寄"的,那种为写景而写景的诗歌已经少之又少。这与陈子昂的美学提倡有关。陈子昂说:"文章道弊五百年矣,汉魏风骨,晋宋莫传,然文献有可征者。仆尝暇时观齐梁间诗,彩丽竞繁,而兴寄都绝,每以咏叹。思古人常恐逶迤颓靡,风雅不作,以耿耿也。"①"风雅"中的"兴寄"逐渐成为盛唐时期诗歌创作的共同追求。这是唐诗与六朝诗歌的一个很大的区别,也是与其后宋诗的一大区别。而李白个人的艺术追求与陈子昂的"兴寄"是一致的。

李白的《独坐敬亭山》有何"兴寄"?这就要进入此诗写作的历史语境。这首诗既然是作于李白生活的最后两年,即761年或762年,其时安史之乱已基本平息,李白因参与璘王起事,为幕府,后被唐肃宗定位"叛乱",以致李白获罪,流放夜郎,要是不遇到大赦,他可能在牢狱中死于夜郎;他没有杜甫所受到的待遇,因抗乱有功而被授予左拾遗的官位,尽管这官位品级极低。李白生前的最后两年是落魄的。身体极差,心境极差,连个安身之地也没有,流转于金陵和宣城一带,最后不能不依附年纪比自己小的族叔李阳冰,李阳冰仅仅是当涂的县令,官职很小。李白此时觉得自己一生的两大理想:安社稷,救苍生和求道术,任侠行,都付之东流,完全没有实现。其内心的孤独可想而知。他就在这样的境况下,又一次来到宣城敬亭山。他是"独坐"在那里的,也许"独坐"的时间太长了,以至

---

① 陈子昂著:《与东方左使虬修竹篇序》,见周祖撰编:《隋唐五代文论选》,人民文学出版社1999年版,第70页。

于原本还在山边飞的鸟、飘动的云，都在不知不觉中先后飞走了，飘离了，不再陪伴他了，这是“众鸟高飞尽，孤云独去闲”这两句的意蕴。那么，还有什么留下来呢？那就是敬亭山了，所以他孤独地望着敬亭山，敬亭山也孤独地望着李白，李白感到空前的孤寂无奈，这就是“相看两不厌，只有敬亭山”的意蕴了。所以从上述介绍的四说中，我是比较同意第二说的，真的是看似写眼前之景，其实呢，是把孤独之情淋漓尽致地写尽了。动的鸟、云，本来蛮可爱，可它们不再陪伴我。这里李白甚至可能默默地回想到自己一生的往事，唯有静静的山还在，似乎对我还有情，我们只有互相对望了。后一联，可以说是“情以物兴”，又“物以情观”，山让李白倍感相伴之情，李白也回赠以情感的一瞥，形成生动的诗意的两相对望。诗的美处也就在这对望中显露无遗。整首诗寄托的是李白晚年孤独寂寞的感情。日本学者碕允明《笺注唐诗选》：“山上独坐幽寂之际，但鸟与云可爱也，然皆去而不留……鸟云琐琐之物，何足问焉？二物不相厌者，只有我与敬亭山耳，以山为有情，妙境物极。”这是从诗的意脉出发的一种理解，本来，飞鸟多可爱，云彩多可爱，但它们纷纷离去，剩下的只有不会移动的敬亭山，只有与敬亭山对视而不厌，反映人的寂寞。这种解读比较合理。又，《唐诗鉴赏辞典》分析这首诗的时候，以李白一生长期漂泊，饱尝人间心酸的经历为背景，结合诗所写的情景，认为“此诗写独坐敬亭山时的情趣，正是诗人带着怀才不遇而产生的孤独与寂寞的感情，到大自然怀抱中寻求安慰的生活写照”。前两句“看似写眼前之景，其实，把孤独之情写尽了”。后两句写诗人与敬亭山相望，周围没有人与景物与我相望，“世界上只有它还愿与我作伴吧”①。从诗歌的意脉上看，这种解释是符合实际的。

既然前人已经作了合理解说，为何还要写这么长的文章来再解说呢？这是因为前人的“孤独寂寞”说，只是从诗本身的印象或义脉中得来，没有进行历史的考证，没有进入历史语境，不少人认为不是确论，甚至出现

① 萧涤非等著：《唐诗鉴赏辞典》，上海辞书出版社 1983 年版，第 350—351 页。

了宣城敬亭山那个伪造的碑文，说此诗是李白对玉真公主怀有什么感情，误导人们对《独坐敬亭山》的理解。因此必须对此诗的意义进行历史的义证，以有力的历史事实和深厚的历史语境排除错误的理解。我始终认为解读诗歌要从诗的整体"义脉"着手，但"义脉"的解读是否正确，最终要以历史语境为基础。

解读古诗是文学教师的经常性的活动。过去的解读，其中包括20世纪90年代兴起的印象式的解读，一直持续到今天。近来，我对此种印象式的解读产生了怀疑。我觉得接受一首古诗，甚至像《独坐敬亭山》这样简单的古诗，如果停留在印象式的解读，而不进入整体义脉和历史语境，那是会遭遇到困难的。实际上，诗人写诗，都是在特定的历史语境，针对特定的遭际而发的。如果我们的解读，不能进入历史语境，不了解诗人创作时的遭际，那么我们的解读只是个人的一己之见，并不能符合诗歌原有的实际和意思所在。当然按照接受美学的观点，每个人因自己的"先见"不同，可以有自己的解读，但如果我们把解诗首先当作一种求真的活动的话，就要大体上追求作者的原意。

近几年，随着文学理论和批评所面临的困局，我一直提倡文化诗学，其中又有两点应特别加以关注：一点是要把文学理论与批评与现实的生动的文学创作密切地联系起来，另一点是要把文学理论和批评的问题放置回原有的历史语境中去解读。这后一点是针对我们面对文学史上各种文学作品的批评来说的。任何作品都不是孤立的，它产生于特定的历史语境中，那么回到历史语境去寻找原意，就是求真的活动，是一种科学研究的活动，文学批评的真谛也就在这里。文学理论和批评追求真善美，但求真不能不是基础，只有在求真这基础上，才可能进一步去求善与美。

由此可见，对李白《独坐敬亭山》的解读，讲具体人物，讲具体时间，讲具体地点，讲具体事件，讲具体情境，讲具体关系，即讲这些历史语境，就显得特别重要。

第四节　春天对严冬的感慨与沉思——读王蒙的《杂色》

一、小说的隐喻艺术

一部真正的文学作品是一个有机的整体，严格地说它是不可“拆卸”的；可文学评论则又不能不将它“拆卸”甚至“肢解”，以便对经过“拆卸”的这一点和那一点加以分析。因此，在富于有机整体性的作品面前，文学评论从一定意义上说是注定要失败的。现在，我面对王蒙的这部如同活的生命体的《杂色》，不得不开始注定要失败的尝试——先“拆卸”它，然后分析它。

《杂色》的故事简单得不能再简单，一个牧业公社的统计员曹千里骑着一匹老马去一个夏季牧场去统计点什么，小说就写他这一天的所见、所闻、所遇和所忆以及相关的一些议论。作者在小说写到差不多一半时，自己跳出来警告读者：“这是一篇相当乏味的小说，为此，作者谨向耐得住这样的乏味坚持读到这里的读者致以深挚的谢意。不要期待它后面会出现什么噱头，会甩出什么包袱，会有个出人意料的结尾。他骑着马，走着走着……这就是了。”可能有的读者还以为这种声明是小说家的“欲拒还引”的伎俩，小说后面肯定还有大开大合起伏跌宕的引人的故事，但你读下去，就会发现作者的声明是真话。小说的主人公曹千里不过是骑着它的杂灰色的老马又经过了一些地方而已。

的确，小说的结构平淡无奇，这位从京津地区自愿来到新疆少数民族地区工作而一直遭到不公平待遇的曹千里，吃完早饭，来到马厩，骑上杂灰色的老马，一路上经过了七个地方：过塔尔河（河水很急，老马喝水），进补锅村（在供销社买了点东西），进山（进山前遭遇到一条黑狗），然后走傍山石路(路上不断下马与哈萨克牧民施礼),进入草地(遇到暴风骤雨),最后来到一个名叫“独一松”的地方(饿了,在毡房里喝马奶)。如果把小说拆开看,作者所写的就是主人公曹千里、杂灰色老马及其与这七个场景的关系。如此简单的情节,能构成一部中篇小说吗?作者究竟是通过什么来展现他的艺术世界?以什么魅力来吸引读者呢?

《杂色》首先是隐喻艺术的佳构。隐喻是一种古老的修辞格,英语“隐喻 metaphor”这个词源于希腊语的 meta(意为“过来”)和 pherein(意为“携带”)。它是指一套语言过程,通过这个过程,此物的特征被转移到彼物上,以至于彼物被转移为此物。发展到现代的文学创作中,隐喻成为一种艺术的体系。王蒙的《杂色》就是现代意义上一系列的隐喻艺术体系。他写的是曹千里和他的杂灰色老马的一天的充满艰难困苦的路程(此物),可这种描写在读者的领悟中,已转移成对彼物的描写。难道曹千里的遭遇和老马脊背上的血疤以及他们(它们)的负重行进,不正是暗含着多灾多难的祖国曲折的历程吗?顺便说一句,曹千里和杂灰色的老马是一而二、二而一的,是“异质同构”的,曹千里就是杂色老马,杂色老马也就是曹千里,因此他们都体验到“同样的力量、同样的紧张,同样的亢奋,同样的疲劳和同样的痛楚”“不是他骑着马,而是马骑着他”,曹千里转移到杂色老马,杂色老马转移到曹千里,这本身就是一个隐喻,而这人马同一的形象,又被转移为苦难中国的形象。在这一小一大的隐喻形象之间,还有不大不小的中级的隐喻形象,如曹千里过“草地”时那气候突然风和日丽,突然又暴风骤雨,突然又艳阳高照,这无常变化,作者用了“你的善良愿望立刻就被否定了”,“这个时代结束了”,“又是一个突然”等句子来加以描写,都不是偶然的,在作者的意识中,草地的气候变化转移为对历史的某一阶段的暗示。小说中出现的“河水”,两次出现的“狗”,一次是黑狗,一次是白狗(这里又用了政治味很浓的谚语“尽管狗在叫,骆驼队照样前进”),还有使人和马都吃了一惊的“蛇”等等,都不仅仅是为了写这些事物本身,他们都是隐喻,以此物来喻彼物。连供销社的女售货员用奥斯曼草染过墨绿色的眉毛等，都是隐喻，不过所喻的是美好的事物而已。这样，《杂色》就构建了一个大、中、小都齐备的隐喻艺术的体系，它一点也不“乏味”，相反它有品不完的味，也许我们用“象外之象”“景外之景”“味外之旨”这些词语来评定《杂色》，是很合适的。作者通过他的隐喻艺术体系，在读者的感知和联想中，展现了动人心魄的历史社会场景，蕴含了丰厚的社会心理内涵。一部中篇小说要表现一个已经结束的严冬般寒冷的时代，如果不选择隐喻这一具有简洁、缩略、避讳功能的艺术手段，是很难达到目的的。隐喻的艺术作为现代主义文学的魔方，在王蒙笔下变换出独特而丰富的艺术世界，获得了广阔的阐释空间。上面我们只是点出这一点，详细的阐释也许在目前还是不可能的。

与此相关的另一点是，在具体的艺术描写中，王蒙在《杂色》中，运用了他所擅长的隐喻语法。这种隐喻语法的基本特征是，在差异性中把握相似性。王蒙在小说中，常把人物的感觉推到陌生的、似乎是第一次遇到的地步，然后用人们日常熟悉的感受去加以表现，这样，就把熟悉的和陌生的联系起来，陌生转移为熟悉，使读者也能充分的感受人物的情感、心境和感觉。如描写曹千里的在冬牧场看到了那些用原始树段钉在一起的房子的感觉时，作者写道：“从第一眼看到这几栋房子起，曹千里就有一种特别亲切的，特别温柔、特别庆幸的感觉。好像会见了一个失去联系多年的老朋友，好像找到了一件久已丢失的纪念品，他想起儿时，想起狼外婆的故事和格林童话，想起神仙、侠客、兔子、小鱼、玻璃球、蟋蟀和木制手枪……”人物的一种陌生感，作者用了十一种熟悉的感觉来加以描写，这样陌生感转移为熟悉感，差异立时变为相似。这种隐喻语法的运用，具有极强的艺术魅力，表面看是话语的转移，实际上是两种感觉的兑换，在这种兑换中，使读者把一种似乎不易理解的感情、感觉，立刻变成了极易理解的感情、感觉，从而使描写的对象的特征及其意义生动地突现出来。这种手法的运用，不但在本篇中，而且在王蒙的其他小说中均俯拾即是。

隐喻是《杂色》的艺术灵魂，它表层所描写的，可以根据作者所提供的历史文化语境转移为对某个时代的揭示和理解。这也表明王蒙是新时期以来一位真正的具有现代主义意味的作家。我个人认为,王蒙对隐喻艺术的体认和出色的运用,未必不比他引进的意识流手法重要。

其次,《杂色》又是一位小说家的哲学导言。王蒙是在1980年的美国依阿华创作成功这部作品的,这的确是在严冬过后"对严冬的回顾",正是在这回顾和沉思中,作品所写的虽然是具体生动感性的形象,但在这背后有透彻的人生哲学的感悟,这又是一种寓含具象中的抽象。《杂色》中所透视的人生哲学可以分析出很多,但其中最为重要的是对人生的"相对性"的揭示,对事物的"变动不居"的揭示。相对性而非机械性,变动不居而非静止凝固,是小说作者的一种从长期生活中建立起来的信念。如小说一开篇,作者就对"安全—不安全"这对人生范畴,借骑老马安全还是不安全的问题,发了议论:"是啊,当它失去了一切的时候,它却得到了安全。而有了安全就会有一切,没有安全一切就变成了零。"这是何等的精妙的体会,在我们的生活中,不正是存在这样的悖论吗:在失去了一切时似乎是不安全的,其实在失去一切时又反而变得安全了。"黑暗—光明",也是人生哲学的一对范畴,"月光是温柔的,昨夜,在月光下一切都变得模糊、含混因而接近起来;但是此刻,蓝晶晶的天空和红彤彤的太阳又把这个世界的所有的成就和缺陷清理出来、雕刻出来、凸现出来了。"太阳带来的光明何尝不好,可一切又都要在它的下面原形毕露,连同那缺陷;也许夜晚的黑暗更可以使物美化吧,特别在月光下。"美—不美",也是人们常遇到的一对人生范畴,"这是这样一个地方,它美么?很难说它美。然而现在是清晨,是一天的最好的时光。清晨,从马厩的破屋顶边斜着望上去,可以看到几簇抖颤着的树枝,厚重的尘土遮盖不住它的绿色的生机。"在一定的条件下,不美的也可转化为美。作品中所透视的此类人生哲学如果罗列起来,可以列出一个长长的清单:如"过程—目的""消极—积极""欢乐—惊险""平凡—光荣""空虚—充实""动与静"……而作品中最为深刻的是对"挫折—胜利"的人生哲理的揭示,这可以视为

《杂色》的母题。无论是曹千里还是杂色老马,都遭到不公正的待遇,他们是人,是马,是真正的人,热爱生活的人,是真正的马,是龙种马、千里马,他们身上却带着"血疤",被推到不屑一顾和受尽折磨的境地,然而艰难困苦的生活、不公平的待遇,却使他们蕴含和蓄积着巨大的力量,一切都会变,一切都在变,变是绝对的,不变是相对的,曹千里过"草地",不就在遭到冰雹和暴风雨的袭击后,又迎来雨过天晴的美好景象吗?曹千里在"独一松"的毡房里喝马奶,不也经过"挫折"吗?先是饱,继而是撑,差一点撑破肚皮,差一点死去,然后是醉,醉后是清醒,他发现自己面对的是强大的人们和明丽的景色。杂色老马也变成神骏的千里马。所以作者写曹千里在新的春天里,永远记得这一匹马,这一片草地,这一天的路程,并对生活充满了由衷的谢忱。所以挫折也许是胜利的前奏。

二、新中国成立前后社会生活和个人经历的胜利和挫折作为历史语境

王蒙后来出了"自传",读过《王蒙自传》后回过头来再读他的小说《杂色》,那么《杂色》的意义就更多地显露出来了。王蒙在"自传"中写了他自身的经历和他所处的时代,他所见证的历史场景,以及这个时代和场景与他个人的密切关联。那么,小说中的曹千里和他的老马的面目不是更清楚了吗?

在这里展开了对《杂色》与《王蒙自传》的比较,但这不是我这篇文章的任务,我这里只就他的最早的长篇小说《青春万岁》和中篇《组织部来了个年轻人》的历史语境,谈一些具体的看法。

在新中国建立前夕和之后的几年(可以算到1956年),作为年轻的布尔什维克的王蒙,只需看看他的带有"自传"性的小说《青春万岁》,我们就可感受到王蒙如何沉浸在胜利的欢欣与喜悦中,也可以看见蒋家王朝的黑暗统治被推翻的历史胜利的场景。那的确是一个值得书写的时代,旧社会的崩溃,统一战线的完成,土地改革的胜利和亿万农民的欢呼,计

划经济建设的开始，抗美援朝的伟大胜利，直到1956年中央提出的口号：向科学进军！王蒙个人则从“十四岁时候敢于加入地下党的中国共产党，十五岁时候敢于退学当干部，面对这样的时代，十八岁的时候敢于如火如荼地追求心爱的女孩子，十九岁的时候就不敢拿起笔写一部长篇小说吗？”①青年作家王蒙意识到：

> 我一定要写，我一定可以写一部独一无二的书，写从旧社会进入新社会，从少年时期进入青年时期，从以政治活动为主开始了大规模的经济建设，写从黑暗到光明，从束缚到自由，从卑微到尊严，从童真到青春，写一个偌大的世界怎样打开了门户展现在中国青春的面前，写从欢呼到行动，歌唱新中国，歌唱金色的日子，歌唱永远的万岁青春。

> 我确实不仅仅是为了个人的出人头地，我坚决相信我们这一代人是不寻常的，我们亲眼看到旧中国的崩溃，我们甚至参加了创造伟大崭新历史的斗争，我们少小年纪便担当起革命的重任，我们少小年纪便尝到了人生百味历史图景，而时代、历史过了这个村就没有这个店了，你如果不去写，你留下的是大片空白，对于你，对于他和她，对于世界，对于历史。②

王蒙在这里对于《青春万岁》写什么——“金色的日子”“中国青春”“时代”“历史”，还有“时代的天使，青春的天使”③——说得很清楚，对于怎么写——“独一无二”“坚决相信”“歌唱”、从什么什么到什么什么——也说得很清楚。这就是《青春万岁》所进入的历史语境。几十年后，王蒙写他的《杂色》，主人公曹千里带着他的老马要到一个地方去。一路所见

---

① 王蒙著：《王蒙自传·第一部》，花城出版社2006年版，第122页。
② 王蒙著：《王蒙自传·第一部》，花城出版社2006年版，第122页。
③ 王蒙著：《王蒙自传·第一部》，花城出版社2006年版，第136页。

所遇有喜有忧，有美丽也有不堪，有厌恶也有温暖……例如曹千里“开始进山”，他发现“马把他带到一个全然不同的天地里来”，“荒凉的光秃秃的戈壁和光秃的山岭已经结束了，前面是一个葱郁而又丰富的世界……”王蒙这里没有生硬的比对，而是用艺术的隐喻，写出了一个似曾相识的世界。正如他所说：“这儿就是山中圣地！这儿就是塞外江南！”当然一路遇到的困难、艰辛、危险更是不可胜数。王蒙的确如小说中说的：“艰难与光荣，欢乐与惊险，幸福与痛苦，就在这看来平平常常的路程上。”这里，不仅他的《青春万岁》在这条路上，他的另一部小说《组织部来了个年轻人》似乎也在这条路上啦！如果说，光荣、欢乐和幸福更多地化入《青春万岁》中的话，那么《组织部来了个年轻人》更多地艺术地化入了困难、惊险和痛苦。《青春万岁》和《组织部来了个年轻人》是写实的，而几十年后的《杂色》则是隐喻性的，后者通过艺术隐喻体系把前两者似乎组合在一起，形成一部包含历史与现实的奏鸣曲。但三部作品的历史语境不过是新中国成立后五六十年代的发展、起伏、曲折、变幻而已。

谈到《杂色》的历史语境，不能不谈到王蒙发表的《组织部来了个年轻人》这部小说的遭遇。因为，《组织部来了个年轻人》是王蒙命运的一次重大转折。

《组织部来了个年轻人》是王蒙在写《青春万岁》中间，小说表面上写的是官僚主义，实际内容要复杂得多。

《杂色》中有一节描写：

> 不知道过了多少时间，又是一阵风，游丝不见了，脸上感到一丝凉意，曹千里不由得四处张望一下，他的目光一下子被遥远的高天的西北角上的一抹黑色吸引住了。
>
> 不至于吧？不至于吧？阳光还是这样明亮，天气还是这样晴和，绿草还是这样浓艳而心境又这样安详。仔细看看，那儿真的有点发黑吗？哪里？哪里看得见？恐怕是因为太阳太好，才使你眼前出现

了看见黑影的错觉吧?

然而你的善良的愿望立刻就被否定了。像一滴墨汁在清水里迅速蔓延和散开一样,那一抹黑一忽儿工夫就扩大成一片了,西北角的天空已经被黑云封住了,而正北方,又出现了灰白灰白的迷蒙蒙却有点发亮的云——那儿已经下雨了。

……

风愈吹愈强劲、愈吹愈寒冷,简直是深秋的、扫除落叶的风。曹千里打了个寒战,似乎转眼间草原上已经换了一个季节。……

这几段艺术描写显然是隐喻。它隐喻什么呢?说不定就隐喻王蒙自己当年发表《组织部来了个年轻人》后的曲折经历。把这几段隐喻性的描写放回到20世纪五六十年代的曲折、起伏的斗争中去,就是放回到原有的历史语境中去。历史语境反映的是一种历史趋势,是一种无比强大的力量。而作家、理论家都不能脱离历史语境,他们的创作,他们的理论,总是在一定的历史时期、一定的历史时段、一定的历史场景中,那么历史语境作为一种力量,是具有制约性的。我们作文学批评也好,作文学理论也好,都要在历史语境中展开我们的工作,也就是理所当然的了。

后 记

从1998年开始发表第一篇文章《文化诗学是可能的》,我断断续续发表了一些论文,至今已有十六年之久。人生有几个十六年呢?但是当我拿起笔来写这篇“后记”的时候,回顾过去,想到未来,还是觉得这十六年工夫的研究,还是有价值的。时间将会证明,文化诗学这条路通过不断的修整和完善,一定会越走越宽。

感谢北京师范大学文艺学研究中心的同仁给予的支持,感谢郭宝亮等我指导的多位博士生按照我指出的路去实践,并获得了成功。感谢文学理论界的同仁对我的新的理论尝试的宽容和支持!

2014年12月北京师范大学小红楼完稿,时年79岁